Helga Schütz

Grenze zum gestrigen Tag

Helga Schütz

Grenze zum gestrigen Tag

Roman

Aufbau-Verlag

ISBN 3-351-02384-7

1. Auflage 2000
Aufbau-Verlag GmbH, Berlin

Einbandgestaltung Henkel/Lemme
Druck und Binden
Graphischer Großbetrieb Pößneck
Ein Mohndruckbetrieb
Printed in Germany

Asche. Mindestens sieben Eimer. Asche stürzt aus der Ofentür. Schwarze Lava und Staub. Wärmereste des gestrigen Tages. Asche fliegt, klebt in Nase und Auge, kriecht in den Schlossermantel, der meine Blöße bedeckt, hinten besser als vorn, weil Knöpfe fehlen. Ich drehe den Fidibus, zündle. Ich schaufle Asche, schichte die Schlacke zuoberst, ich packe die Henkel, gehe mit Schwung aus dem Kreuz. Ein hochträchtiger Maulwurf, so schleppe ich die Eimer aus dem Keller in den Kübel. Draußen fährt der Frost in mein spärliches Fell. Zwickt, zwackt in das Fleisch. So schnell kann ich den Deckel nicht schließen, als daß nicht eine schwefelstinkende Wolke entfährt.

Auf dem sauberen Rost knistern derweil meine schlau aufgekreuzten Scheite.

Feuer. Die Augen tränen. Wieder schaufle ich Asche zu Asche, eimervoll, zum Überlaufen. Zertrümmere mit dem Ofenspitz meinen größten Brocken. Den habe ich aufgehoben bis zum Schluß. Eine bewunderungswürdige Lavatafel aus gestriger Höllenglut. Zeichenbesetzt, beschrieben. Ein Gebirge, ein Dorf, das trockene Bett eines Baches, barocke Häuser, Ruinen, der Zwinger, die Frauenkirche, Bombentrichter. Was ich mir denken will.

Ich schaufle die Braunkohlenbriketts auf die hellen Flammen. Im schwarzen Ofenloch knistert das Holz. Ich schaufle obenauf guten Koks, bis der Kessel zwischen den Rippen voll ist. Es zündelt tief unter der Kohle. So muß es sein. Die Flammen haben zu tun. Ich fluche nicht mehr. Ich hänge den Aschemantel an den Schaufelstiel und horche zufrieden. So wie ich bin, im Eva-Kostüm, steige ich nun hinauf. Wieder ist mir das Frührot drüben hinter den Bäumen zuvorgekommen. Der Vorhang hebt sich. Meine Rohre klopfen, es tickt in der

Wand. Gleich wird uns warm. Dem Gefährten und dem Kinde in seiner Kammer.

Der Rauch vom Nachbarschornstein zieht mit einem Nordwestwind über den See.

Man kann unsere Sünden überall riechen, besonders bei hoher Luftfeuchtigkeit und Windstille. Schwefelasche. Die Schornsteine faulen allmählich. Die Birken ringsherum verlieren die Köpfe. Immer tut sich etwas. Schlechtes und Gutes.

Manchmal kommt die Aufregung von den Tieren.

Von Tieren soll hier manchmal die Rede sein.

Von einer Katze, von Enten, von Grenzhunden und von Pferden.

Noch zu Zeiten des Stacheldrahtes ist es gewesen, noch vor den Betonjahrzehnten.

Ein mannshoher Wulst zieht sich von Nord nach Süd. Die Grenze.

Sie schneidet uns ab von der Welt. Manchmal bereden wir den Draht und die Minen im Verhau und die Gewehrläufe in den Wachtürmen. Meist denken wir kurz in der Frühe das Wort Tod. Besonders im Winter, wenn die kahlen Bäume uns weit blicken lassen. Besonders an einem grauen Frostmorgen, wenn die Heizungsrohre ticken.

Die Katze ist stolz und einsam. Schwarz bis in die Ohren, aber die Pfoten, der Latz und die Schwanzspitze sind weiß. Wir kennen sie noch lange nicht.

Es ist ein lichthoher Herbstmorgen. Das Laub hat sich in Mulden gesammelt. Das Waldgras hat sich schon hingelegt. Da streift sie meine Gedanken. Sie tritt auf jenes Wort. Sie geht im gleichmäßigen Vierbeinerschritt parallel zum Stacheldraht. Aber in gehörigem Abstand. Sie kommt und geht jeden Tag. Immer zu der erwähnten Morgenstunde.

Wir wohnen am See. Das Haus lümmelt an der Uferböschung, es schaut mit den großen Fenstern in die schöne Richtung. Wo die Sonne aufgeht. Auf drübenscher Seite, am anderen Ufer, liegt das Jenseits, der freie Markt, die westliche Welt. Mithin, für uns geht im Westen die Sonne auf.

Es ist kein Wunder, daß unser Niklas mit einer solchen Meinung in der Schule beim Erdkundelehrer Ärger bekommt. Nach Gesetz muß die Sonne im Osten aufgehen. Wir sehen das jeden Tag anders.

Der Himmel hat Zacken und Stacheln, spitze Umrisse hat der Himmel.

Und damit geht es Schritt für Schritt ins Leben. Man übt das Augenverschließen.

Der Tag steigt über den Waldsaum. Im Hochsommer immer ungefähr dort, wo zu Besuchstagen Flugzeuge im Landeanflug verschwinden. Sondermaschinen der englischen Königin. Wir wissen schon ein paar Wochen vorher, daß die Königin kommt. Dudelsäcke probieren die Hymne und Marschmusik für den Gleichschritt. Man hört es von weit. Die westlichen Alliierten kümmern sich um den Status von Berlin. Die Franzosen, die Amerikaner, jeder hat einen Flugplatz. Der Flugplatz der Engländer liegt drüben hinter dem Wald.

Der Wind trägt uns manches zu. Im Sommer sogar das, was die Biertrinker in der Strandbaude am anderen Ufer reden.

Der See dampft. Ein Fischerboot läßt sich vom Westen herübertreiben. Schläft denn der Kerl? Oder dreht der mit Absicht so leichtfertig Richtung Osten? Der traut sich was. Noch mehr riskieren die Schlittschuhläufer und Schwimmer. Es ist nur ein Zeichen von Nachsicht oder Politik, daß sie in ihrer Tollheit noch leben. Auf dem Atlas verläuft die genaue Grenze in der Mitte des Sees. Das Wasser ist tief. Kein Balken hält die windgetriebenen Wellen. Die Aale und Havelzander leben wie in alten Zeiten. Die Vögel haben sowieso wenig Gesetz im Leibe. Keine Not mit der Schwerkraft, keinen Kummer vor Grenzen. In nämlichem Geiste scheinen die jenseitigen Schlittschuhläufer zu leben. Mit Musik und Sonntagslaune, so treiben sie bis an unser verdrahtetes Ufer.

Die Wächter auf den Türmen haben nicht geschossen. Bis jetzt nicht. Jedenfalls nicht mit Absicht.

Die kleine Regine war auf dem Pausenspielplatz hinter der

Behelfsschule im Grenzgebiet, wo die geburtenstarken Jahrgänge der Klassen eins bis drei unterrichtet werden, vom dicken Querast der Weide gefallen. Plötzlich, wie tot. Der Doktor vom Landambulatorium hatte das Kind in seinem eigenen Auto ins Stadtkrankenhaus gefahren. Aus der Röntgenabteilung ging's gleich in die Chirurgie. Ein Projektil hätte in ihrer Schulter gesteckt. Aber das war nur ein Gerücht, denn unser Doktor durfte bei der Operation nicht dabeisein. Sicherheitskräfte bewachten die Türen. Sie hatten die Röntgenaufnahmen sofort mitgenommen. Die Ärzte und das Personal bekamen verschärfte Schweigepflicht. Sicherlich ein Blindschuß, so vermuteten die Alten im Dorf, die mit Flinten und Kugeln noch vom Krieg her ihre Erfahrungen hatten. Regine hat Glück gehabt. Die Wunde heilte schnell. Die Weide wurde gefällt, die dicken Holzkloben abtransportiert. Die Pausenspiele hinter dem Gebäude verboten. Regine konnte sich an nichts erinnern. Sie hatte vergessen, daß sie von einem Ast gefallen war. Wenn sie es nicht einmal selber weiß. Auf Gerüchte soll man nichts geben. Das kleine sternförmige Zeichen unter dem Schlüsselbein?

Das ist schon lange, schon immer, erklärt Regine.

Einmal, beim Mittagessen, Linsen mit Rauchfleisch, das Gebell eines Hundes, ein lästiges Gejaule, dann ein Wimmern. Eine Weile wollten wir glauben, daß es Rollo wäre. Der raffinierte, ungezogene Heuler. Doch dann warfen wir die Löffel hin, wir rannten aus der Hintertür, den Garten hinunter. Hugo und Niklas. Ich hinterher. Ein fremder braunlockiger Hund hing mit beiden Ohren im Stacheldraht, mitten im Gestrick. Er hatte schon alles versucht, eine Mulde getreten, das Fell zerrissen, er kam nicht mehr los. Er lag nun still, gab nur noch wimmernde Laute. Der Nachbar stand oben neben seiner Wohnhütte. Er kam die Böschung herunter, vergaß den Abstand, den er sonst hielt, weil wir nicht riechen sollten, wenn er einen gehoben hatte. Verdammt. Wir standen da, mit hängenden Schultern. Hilflos. Der Nachbar drehte sich fluchend um. Verdammt. Er stieg hoch zum Werkzeugschuppen.

Er kam mit einer Drahtschere zurück. Auch eine Kneifzange brachte er mit. Zack, murmelte er. Wie bitte? fragte Hugo. Der Nachbar schüttelte den Kopf. Er sprach mit dem Werkzeug. Verdammt, sagte er. Verdammt. Fluch und Gebet. Wir nickten. Er zog ein Taschentuch, schnaubte, um sich fertigzumachen. Er kniete hin, scharrte sich eine Position zum Liegen. Wir redeten dem Tier gut zu. Guter Hund. Versprachen einen Rauchfleischknochen, sogar unser ganzes Linsengericht. Er sollte nur weiter stillhalten. Er schwieg tatsächlich. Uns stockte der Atem. Der Nachbar schob sich auf dem Bauch bis hin zum Stacheldraht. Er setzte die Schere an. Zack. Dreimal sagte er zack. Er bog den äußeren Draht beiseite. Der Hund im inneren Gestrick rührte sich nicht. Hatte der beschwipste Nachbar vergessen, wo er zu Hause war und was er tat? – Die Schere, der dreimal zerschnittene Stacheldraht. Das faustgroße Loch. Auf die Verletzung des Drahtes stand Gefängnis oder Tod. Die Zeitungen nannten die Sperre damals noch Antifaschistischer Schutzwall, der Nachbar hatte mit unserer Beihilfe hineingekniffen, ein Loch geschnitten, den Schutzwall kaputtgemacht. Grenzverletzer. Kriegstreiber.

Wir schnauzten das Kind an. Niklas sollte sich in Entfernung auf den Weidenstamm setzen. Hugo schob auch mich weg. Zieh ab, geh zu dem Jungen. Eine Mine konnte hochgehen. Ein Schuß konnte fallen.

Das Knirschen der Drahtschere. Zack. Sommerliches Getöne. Haubentaucher. Ein Frosch. Mildes Blau. Ein schöner Tag im Juni, so müßte ich mich erinnern.

Hugo holte sich die Anglerjacke von Niklas. Er wickelte sich die Jacke um die Hand, knotete die Ärmel ums Gelenk. Ich knickte Blütendolden vom Holunder, bog die Äste, zog Zweige zu mir herunter. Alles, um dem Wachturm ein freundliches Bild zu malen. Die Holunderblütensammlerin. Holundertee, ein altes Hausmittel gegen Fieber. Ich pflückte noch mehr. In nämlicher Absicht zog ein Sperber über den See. Weil wir den Frieden gewährleisten wollten. Friedensholundertee. Friede über uns.

Auf dem Trampelpfad zwischen hüfthohem Beifuß näherte

sich ein Grenzsoldat. Ein Fernglas, ein Gewehr. Die Patronen. Unser Leben. Soviel hing an dem jungen Kerl.

Flucht und auf der Flucht erschossen. Oder bleiben und mit unseren betagten Bäumen reden. Ein Ende abwarten. Wie der Nachbar. Der Hund. Die brütende Amsel vor dem Sperber. Der nickende Windhalm vor dem Stiefel.

Der Soldat legte sein ganzes eisernes Gehänge ins Gras. Er zog die Uniformärmel über die Hände und griff in das innere Drahtgeschlinge, zusammen mit Hugo zerrte er ein Loch, groß genug, daß der Nachbar flach auf dem Bauch bis fast zum Wasser durchrobben konnte. Der Hund hing mit den Ohren so fest in den Stacheln, daß man sich nun wieder entscheiden mußte. Ohren ab oder das andere, das Risiko. Der Nachbar kniff nicht in die Ohren, er kniff viermal kräftig in den Draht. Der Hund war frei. Er kroch aus dem Loch. Stumm lief er von einem zum anderen. Der Nachbar hob ihn auf den Arm. Zottlig schwarzbraun, ein ausgewachsener schwerer Kerl. Stacheldraht an den Ohren.

Wo bist du denn her? fragten wir so schön dumm wie nur möglich und weil es gutgegangen war.

Wahrscheinlich von drüben, meinte der Nachbar. Wahrscheinlich ein Westhund. Scheint ein guter Schwimmer zu sein. Der Grenzsoldat trat mit dem Stiefel das Loch im Drahtverhau zu. Er nahm das Gewehr. Jetzt wurde er sich der Übertretung bewußt und der anderen Gewehre in den Türmen rings um die Stadt. Es handelte sich um einen groben Verstoß, eine Grenzverletzung, einen Anschlag auf die Sicherheit des Weltfriedens. Von Befehls wegen steht darauf ein Verfahren.

Verlassen Sie die Anlage, sagte der Grenzsoldat. Der pflichtvergessene Junge. Er drehte uns militärisch den Rücken.

Danke, murmelten wir. Er stiefelte auf dem Trampelpfad Richtung Turm.

Niklas hatte den Topf mit Linsen herbeigeholt. Aber Linsen wollte der Hund nicht. Er lehnte stumm schnuppernd ab.

Vielleicht gewöhnt er sich an uns, sagte der Nachbar.

Der Hund blieb fortan im Gelände nebenan. Dort bewachte er die Schuppen, die der Nachbar einen nach dem anderen neben der Wohn- und der neuen Hundehütte baute. Buden aus grauem Gipskarton. Asbest, genauer gesagt.

Der Nachbar baut und baut. Der Hund mit den Drahtgehängen in den Ohren schaut zu. Und immer schweigend. Den Lärm macht Rollo, der Hund von der Bushaltestelle, versteckt hinter einer Ligusterhecke. Der bellt für zehne, so heißt es im Dorf. Der Nachbar hat eine Sammelstelle für Flaschen und Altpapier aufgemacht. SERO-Lehmann, so steht es am sperrangelweit offenen Tor. Der Hund kann ja aufpassen. Jedenfalls vorn. Hinten sind die Wachtürme. Der leere Weltraum. Auf den Landkarten ein weißer Fleck. Von da kann kaum etwas kommen. Nur Musik und, wie gesagt, Biertrinkerreden. Und einmal im Sommer zur Zeit der Holunderblüte die Aufregung mit dem Hund.

Von der schwarzen Katze soll noch die Rede sein.

Wenn ich nach dem Feuerschüren am Westfenster stehe, wenn ich in den Schenkeln spüre, wie die Wärme in die Heizrippen steigt, sehe ich sie unten am Drahtverhau kommen. Die Birke streut restliches Laub auf den Schnee. Die Sperlinge hängen im dürren Beifuß, unerschrocken. Ein instinktloser Schwarm. Die Katze zieht in ihrer ausgetretenen Spur ihre tägliche Bahn. Von rechts nach links. Sie schneidet die Nacht vom Tage, die Erkenntnis von der Schuld. Wehe, du kneifst ein Loch in den Verhau. Die Berührung des Zustandes dieser Welt heißt Tod. Du würdest die stationierten Raketen wecken. Den Knopf drücken, die Lunte des Weltfeuers zünden. Koexistenz, mit dem Namen etikettieren die Russen und Amerikaner dieses Bild. Ich warte, bis die Katze in den Büschen verschwindet. Sie hat einen Strich durch meine Gedanken gezogen. Ich stehe am Fenster, ich warte auf die Wärme und auf die Katze. Erst wenn der Strich gemacht ist, kann ich beginnen. Von rechts nach links – gelingt's.

Es ist eine fremde Katze. Niemand weiß, wo sie hingehört. Sie könnte eine von drüben sein.

Es braucht ein langes Jahr, ehe sie die Schwelle zu unserer Hintertür überschreitet.

Durch die Küchentür zieht der Dampf ab, vom Wecktopf und von der Waschmaschine. Krautschwaden flüchten aus dem Kochtopf in die Büsche oder hinauf in die Kronen der Birken. Zwischen den Baumstämmen hängt seit Menschengedenken ein Strick für Windeln und Handtücher. Für die große Wäsche ziehen wir extra eine neue unverwüstliche Plasteleine kreuz und quer. So ist unser Leben, weil wir eine Hintertür haben. Denn die Küchentür heißt Hintertür.

Im Winter wird Gekochtes, Milchreis zum Beispiel, zum Abkühlen einfach eine Weile vor diese Tür auf das Bänkchen gesetzt. Kann sein in den frischen Schnee, der seit der vergangenen Nacht die Stätte bedeckt, alles glatt und unbekümmert, die Treppe, die Simse, die Bank. Spurloses Weiß.

Einmal, es war noch im Herbst in der schneefreien Zeit, haben alle Hunde des Ortes, besonders aber der Nachbarhund und Rollo, mit unseren Verdächtigungen leben müssen. Der Milchreis. Die Stürze lag vor der Tür. Der Topf war leer. Alles ratziputz weg. Erst der Milchreis, als nächstes die Wurst, die sich draußen frisch halten sollte. Spurlos verschwunden. Tatsächlich spurlos. Denn Wochen später, wir hatten den Verlust inzwischen verschmerzt, sogar schon vergessen, war wieder eine zum Frischhalten vor die Tür gehängte Leberwurst fort. Aber da lag Schnee. Wunderbares Weiß. Der Schnee hätte den Beweis liefern müssen. Doch die Wurst war fort und der Schnee glatt, sauber, frisch, ohne Anhaltspunkte. Spurlos. Spurlos verschwunden. Es war gegen jede Vermutung und Möglichkeit. Eine Katze oder ein Hund konnte es nicht gewesen sein. Weder Rollo noch der vom Nachbarn. Diesmal nicht. Und die vorigen Diebereien?

Wir glaubten unterdessen an Geister, an solche, die Flügel und guten Hunger hatten. Wurst- und Milchreisfresser. Und außerdem mußten sie ziemlich schlau sein. Die Wurst hatte in einem Beutel gesteckt und war mit einer Schnur an einen Haken gebunden. Sie mußten Henkersknoten lösen und Stürzen aus der Topfrille heben können.

Unsere Neugier war groß. Wir wollten nichts mehr opfern, wir wollten es wissen.

Wir hängten einen mit Papier ausgestopften Beutel auf. Stellten den leeren Deckeltopf genau an den Platz.

Wir lauschten hinter der Tür.

Aber die Geister ließen sich durch unsere Attrappen nicht locken. Niemand kam.

Der Wind hatte den Schnee bis unter das Dach geweht.

Ein hauchdünner Schleier lag vor der Hintertür.

Mit meinen zwei Eimern voll Asche entdeckte ich eines Tages die Spur. Es war ihre Spur. In den Schnee geschrieben. Ihr Kommen, das unentschlossene Verweilen und das Gehen. Unter der gefrorenen Wäsche durch, dann im Tiefschnee hangabwärts bis zum ausgetretenen Katzenpfad am Stacheldraht. An der Grenze entlang. Wo sie seit Gedenken als schwarze Katze hingehörte. Wo ich sie täglich erwartete. Nun war sie zum erstenmal und mit Absicht heraufgekommen. Katzenspuren im Schnee. Das war ein Beweis.

Am nächsten Morgen stellte ich eine Schüssel handwarme Milch neben die Bank. Ich beobachtete, wie sie mit schiefem Blick die Milch bestaunte. Ich ließ sie in Ruhe.

Sie putzte die Schüssel, die Katzenschüssel mit der Katzenmilch, jeden Tag, darüber ging der Winter hin, sie fraß die Sprotten oder einen größeren Fischkopf. Ich legte ein Stück Wurst auf die Schwelle. Sie hielt Abstand. Fraß, wenn ich weg war. Sie kam näher. Einauge. Ein Blick wie aus der Mitte der Nacht. Das andere Auge war zugewachsenen. Eine vernarbte Wunde.

Einauge. Miez, rufe ich und denke: Wo hast du dir das Auge ausgerissen?

Ich lasse die Tür auf. Sie bleibt auf der Schwelle. Einmal ist sie hereingekommen. Einmal habe ich grade noch ihren schwarzen Schwanz mit der weißen Spitze gesehen. Flüchtend. Die Tür schwingt. Sie ist wieder im Haus gewesen. Wir reden leise, als könnte sie uns draußen noch hören. Sie hat den Vormittag auf der Bank gelegen.

Das Frühjahr und den Sommer hat es gedauert. Nun lebt sie bei uns. Sie heißt Einaug oder Mieze. Sie hat uns mit ihrem einen Auge erkannt. Unsere Lage. Wie wir stolpern. Unsere Fantasiegeschichten. Unsere Schuld sieht sie nicht. Vielleicht war es Absicht. Sie hat sich das Schuldauge ausgestochen. Ich bleibe lange mit ihr per Sie. Pluralis majestatis. Will Sie hinaus? frage ich. Sie dreht den Kopf schief, tut, als wollte sie etwas sagen, und ich öffne die Tür.

Wir wissen unterdes, wer die Wurst geklaut hat. Die Hunde und die Katze, sämtliches Fußvolk, haben wir fälschlich verdächtigt. Elstern sind es gewesen. Niklas hat eine auf frischer Tat erwischt. Wie sie, während ich noch die Kartoffelsäcke in den Keller trage, mit dem Schnabel eine Pfannkuchentüte aus dem Fahrradkorb zerrt. Wie sie wegfliegt. Auf der Birke sitzt. Wie eine andere Elster sich draufstürzt. Wie der Elsternstreit ausbricht und endet.

Elstern sind es gewesen. Wie im Lesebuch. Wie in der Oper. Ich finde einen lange vermißten Kochtopf unter der Birke im hohen Gras. Warum sind wir nicht gleich darauf gekommen?

Niklas sagt, darum. Weil Lieder nicht stimmen. So sind die Kinder. So wenig Glaube.

Manchmal sitzt einer der Hunde, der vom Nachbarn oder Rollo, mit der Katze beisammen. Sie sitzen auf der Treppe und beobachten die Vögel, die Sperlingsschwärme, ihren Leichtsinn. Aber nur, wenn es unserer Katze gefällt. Es ist ihr Haus und ihr Garten. Wir sind ihre Familie. Kommt ihr einer der beiden Hunde ungelegen, springt sie ihm fauchend ins Kreuz.

Gern sitzt sie auf einer lila Decke. Weil es schön aussieht. Oder auf dem Fensterbrett genau in der Mitte. Sitzt und gähnt in den Tag. Wenn ich unterwegs bin, wartet sie vor dem Tor. Sie rennt mir nicht entgegen, wie der Hund es macht, wenn der Nachbar nach Hause kommt. Sie wartet, bis ich an ihr vorbeigegangen bin. Dann kommt sie mir nach.

Ein Augusttag verändert unser Leben. Wir erfahren auf einmal, wie wir zusammengehören. Es geschieht, weil Betty gekommen ist. Ich habe sie euch mitgebracht. 54 cm groß, Augen wie der Augusthimmel, winzige Hugohände, Entenkükenhaar.

Voll Hoffnung bin ich vor einer Woche losgefahren. Das bereitstehende Gepäck. Mein naturgegebener Gattungsauftrag. Ich bin bereit. Ich habe ein Taxi bestellt. Ihr zu Hause mußtet euch, so allein und abgeschnitten vom Geschehen, mühsam mit ein wenig Alltag aushelfen. Schule und soviel Arbeit wie möglich. Die Teerpappe auf dem Dach ausbessern. Das Fallrohr muß künftighin fest sein. Die Rinne verklebt. Damit es nicht reinregnet. Damit euch die Zeit vergeht und alles gerichtet ist für nachher.

Ich bin weder zu früh noch zu spät im Krankenhaus angekommen. Für hohe Gefühle und Fürbitten bleibt keine Zeit. Ich muß mich gleich um meinen Körper kümmern. Die Atemtechnik. Dann das Pressen. Eine Zweitgebärende.

Die Aufnahme fragt: Kenne ich Sie? Sie weiß gleich selbst: Nikolaus vor sechs Jahren. Diesmal wird es leichter, und es wird schneller gehen.

Sie hatte recht. Kurz vor Dienstschluß legt sie mir das gewickelte Kind in den Arm und reicht mir gleich auch das Telefon.

Glück, sage ich. Mehr Wahrheit habe ich nicht parat. Das Wesen rührt sich. Die Hugohändchen fassen meinen Finger. Meine Stimme verkündigt euch da draußen in der Welt: Soeben wurde unsere Betty geboren. Ich lache gleich über meine gesalbten Worte. Wir lachen oft darüber. Soeben.

Betty will nicht wachsen. Die Waage zeigt es an. Erst fehlen hundert Gramm, dann zweihundert.

Wir kochen Reisschleim. Wir versuchen es mit Trockenmilch. Viel frischer Luft. Pferdemark und Liedern. Hugo singt am Abend mit seiner schönen Stimme. Heißa Kathreinerle. Am Morgen läuft Niklas mit vollgestopften runden Backen an ihr Bett und schmatzt ihr was vor. Damit Betty Essenlust bekommt.

Die Katze senkt das sehende Auge. Wir lauschen. Einaug

geht mir den Weg durch die Küchentür voran. Im Birkenschatten geschützt von einer Tüllgardine der Kinderwagen. Ein zartes Schaukeln sagt uns, Betty schläft nicht mehr. Eine feine Stimme. Wehlaute. Bettys rudernde Hände, ihr glühend heißes Gesicht. Sie hat Fieber.

Die Ärzte erklären uns, daß sie Betty dabehalten wollen, weil sie an ihrem Hals einen kleinen Schnitt setzen müssen. Es dauert zwei Wochen. Danach ist alles gut. Betty trinkt. Sie ißt den Brei. Hält den Kopf schief, lächelt mich an. Weil sie so fröhlich plappert, schieben wir das *Smaragd*-Gerät unter ihr Wiegenbett. Damit wir ihre Stimme auf Tonband aufnehmen und an die Großeltern schicken können. Wir hören uns die Aufnahme an. Am liebsten, wenn Freunde uns mutig im Grenzhaus besuchen. Es ist ein Wagnis für sie, zu uns zu kommen, und nun erst recht. Stolze Eltern. Wir sind unerbittlich. Hört mal, das hat uns das Kindchen gestern erzählt. In der vorigen Nacht. Die langen Pausen. Wir neigen unser Ohr, das Gerät auf dem Tisch, das Band knistert, wir sind durch nichts abzubringen. Hugo tauscht mit mir einen zärtlichen Blick, weil wir wissen, was noch kommt. Viel, erspäht unser Besuch an der sich gemächlich drehenden Spule. Langsam schleift das Band über den Tonkopf. Unsere Tochter Elisabeth. Zwischendurch schleiche ich mich zu ihrer Wiege. Sie schläft, die süßen Lippen zucken, lächeln. Wer schickt dir so einen fröhlichen Traum? Ich kehre zurück zu unserem Besuch. Eine Anmerkung aus der Runde macht mich wach. Es wird ewig so bleiben, zu dem Schluß seid ihr wieder gekommen. Ihr redet vom schmutzigen Frieden in dieser Welt. Ich sage: Liebe Freunde, Betty ist die Schönste im ganzen Land.

Ich verwahre die Töne im Karton. Hugo hat das Datum auf die Kassetten geschrieben. Die Uhrzeit. Unsere Betty am Morgen. Betty antwortet der Taube. Prinzessin Goldhaar genießt das Bad. Goldhaar unter Nachbars Kirschbaum. Für später zum Erinnern. Damit uns nichts verlorengeht.

Betty ist aufgewacht. Hugo hebt das Kind auf den Arm. Auch Niklas kommt verschlafen, um zu hören, wer vorhin bei uns war.

Niemand. Hugo zwinkert verschwörerisch. Niklas zwinkert zurück.

Ich verpulvere in Gewinnerlaune unseren letzten Blitz für ein Foto. Hugo. Niklas. Betty. Meine Verschwörer im Nest. Mai 1964.

Mit soviel Gewißheit leben wir beinahe das ganze Jahr. Die Waage für Betty brauchen wir nicht mehr. Ich schenke sie dem Ambulatorium, damit können nun andere Mütter ihre Kinder abwiegen.

Was hat das zu bedeuten? Eine schwere Kettenraupe mit breitem Blatt schiebt den Stacheldrahtwulst in den See. Kräne und Lastwagen folgen. Betonsegmente werden aufgetürmt. Alles an einem Tag. In wenigen Stunden ist die Mauer fertig. Nun ist der Ring geschlossen. Unser Seeufer sei der letzte Abschnitt mit Stacheldraht gewesen. Ein Schandfleck und relativ instabil. Unter Brüdern mußte man es sich außerdem eingestehen: Der Draht, der Rost, die Stacheln weckten Gedanken an die jüngste Geschichte. Intern gesagt, an ein KZ. Die Grenze sollte ringsherum nicht nur todsicher, sondern auch modern sein. Statt Stacheldraht nun Beton. Sauber, undurchsichtig, stabil. Zugegeben, eine Zierde ist das auch nicht gerade. So sagen die Frömmsten. Auch der glatte Betonwulst sitzt nicht aus Schönheitsgründen auf der Mauer. Oder der stumpfe Überhang. Jeder Kletterexperte sieht sofort: Das packst du nicht. Von dort oben rutschst du wieder dahin, wo du hingehörst. Wie der Laubfrosch im Glas. Plauz!, liegst du auf dem Kreuz. Versuche gibt es immer wieder. Fluchtversuche. Und Leute, die sagen: So einer ist selber schuld, wenn ihn dabei die blauen Bohnen treffen. Das sieht doch ein Blinder, wie so was von verboten das ist.

Der Überhang hat seinen praktischen Sinn und so auch die Platzpatronen.

Vom Fenster aus kann ich die kleinen Metallstäbe im Sandstreifen erkennen. Gut verteilt unter dem feingesponnenen Stolperdraht.

Wenn ich will, sehe ich die Lücken in der Perfektion. Schlau wie Edgar. Wie Edgar aus Shakespeares King Lear. And worse I may be yet: the worst is not so long as we can say: This is the worst. – Es kann noch schlimmer gehn; ’s ist nicht das Schlimmste, solange man sagen kann: Dies ist das Schlimmste.

Es kann immer noch schlimmer kommen.

Der Nachbar baut übers Jahr eine Pyramide aus Zeitungsbündeln. Eine Stufenpyramide mit viereckigem Grundriß. Die Schuppen sind vollgestopft, weil das Zentrallager zur Zeit nichts mehr abholt. Er stapelt die Flaschen an den Wänden hoch bis unter die Traufen. Sortiert nach Größe, Halsform und Farbe. Er nimmt auch Flachmänner, die unser Nachbar fachmännisch *Eulen* nennt, obwohl die Erfassungsstelle solche Flaschen nicht abnehmen wird, weil sich im Falle der Eule die Fuhre nicht lohnt. Der Nachbar nimmt Eulen. Es ist wegen der Neigen. In Eulen ruhen die besten Reste. Die Prozente. Manchmal steckt auch in Weinflaschen noch ein Schluck. Aber meist ein kleiner. Wieder bloß ein Fingerhut und schmeckt nach Schimmel oder Essig. Der Nachbar spuckt und schluckt. Er ist selber schuld, daß ihm das Altpapier und die Flaschen mittlerweile über den Kopf gewachsen sind. Er könnte den Laden vorübergehend aus technischen Gründen schließen, aber nein, er nimmt weiterhin alles an, setzt aus den Papierbündeln eine neue Treppe, stapelt Hals zu Hals eine weitere Flaschenwand. Er hält sich ab und zu eine Flasche unter die Nase, schnüffelt den sauren Weingeruch oder ein feineres Aroma, Rauch, Holzfaß, Mandelkern, Kokosnuß.

Das Jahr über klirrt das Glas. Einmal hat er in einer Kiste zwischen dem Leergut eine Bauchflasche Grusinischen mit fünf Sternen entdeckt. Verkorkt. Versiegelt. Kein Betrug. Eine Flasche reinster Wahrheit. Einmal ist der Hund die Schräge an der Schuppenwand hinaufgeklettert, da sind die Weinflaschen ins Rutschen gekommen. Nicht alle auf einmal. Erst kullerte die Endflasche in der dritten Reihe, anderntags rutschte die vordere Wand. Darauf sank das dahinter aufgerichtete Stapelwerk haltlos in sich zusammen, dann kippte ein liederlicher instabiler Bauch nach vorn. Irgendwann rutschte nichts mehr, und es herrschte Stille über dem Scherbenhaufen und um die Schuppen herum. Eine nachtliedartige Ruh irritierte unser Ohr.

Betty liegt auf dem Bauch. Sie kann den Kopf nicht heben. Das ist eigentlich mit das erste, was so ein kleines Wesen lernt. Kopf hoch.

Betty hebt die Nase, so kann sie uns sehen, sie kann lachen, daß ihr die Tränen aus den Augen rollen, sie kann uns rufen, sie kann uns packen. Sie hält einen Hemdzipfel von Niklas. Er gibt ihr sein Lesebuch. Sie kann soviel, aber mit ihren Beinen kann sie immer noch nichts anfangen. Wir hören Geschichten von Kindern, die erst ganz spät laufen gelernt haben. Immer später, erst mit zwei Jahren oder gar erst mit drei. Kopf hoch, Betty. Wir stecken ihr ein Kissen unter das Kinn. Das muß schon sein. Sie soll erkennen, was man dabei gewinnt. Einen anderen Blick. Sie will nicht. Sie kann nicht. Wir befreien sie von dem Kissen. Ich weiß nicht mehr, ob ich mich mit Hugo deswegen gestritten habe oder ob wir uns gleichzeitig einig waren. Tu ihr nicht weh!

Sie liegt auf dem Teppich. Spielt mit einem Teddy und den Bilderbüchern. Sie wiederholt unsere Verse. Hasenmutter, Abendfutter. Einmal hat sie sich allein hingesetzt. Als ich aus dem Zimmer ging, lag sie noch auf dem Teppich. Sie hatte den speckig geliebten Bären zu sich gezogen, ließ die Bärenarme in den Gelenken knacken, die gegeneinander gezahnten Plastikplatten. Sie rollte vor Vergnügen von einer Seite auf die andere. Und lachte, das hörte ich vor der Tür. Und dann: ich zweifelte nicht! Ich traute sofort meinen Augen. Weil ich wußte, daß das Leben schön ist und Betty uns die Liebste ist auf der Welt. Sie hatte sich ganz allein hingesetzt. Den Kopf hochgehoben. Sie saß. Wie ein Kind, um das sich niemand eine Sorge zuviel machen sollte. Sehr aufrecht, aber ohne Anerkennung heischenden Stolz. Sie streckte mir einfach nur den Bären entgegen.

Betty sitzt. Betty wird laufen können. Ich war wie losgelassen vor Freude. Ich rannte barfuß über die Brache am Thälmann-platz. Ich stand in der Drogerie und wußte nicht, was ich wollte. Betty sitzt zu Hause auf der Decke, sie wartet auf mich. Sie hat sich allein hingesetzt, erklärte ich den beiden Verkäuferinnen. Ich ließ sie in ihrer Warenlieferung, ihren Schachteln und Waschpulverkisten und in ihrer Verwunderung stehen. Ich rannte zurück durch das Wäldchen. Die Kiefernzapfen verhießen dem Eichkater ein gutes Jahr, einen kalten Winter, an meinen Fußsohlen klebte Harz. Blätter und Gras und Nadeln, alles schleppte ich mit den Füßen ins Haus. Betty konnte sich alleine hinsetzen.

Es geschah noch einmal. Betty sollte eigentlich schlafen, aber da hatte sie sich hingesetzt. Wir suchten einander, erzählten uns: Sie sitzt schon wieder! In andächtiger Freude, wohl auch noch ein drittes Mal. Freude.

Ich trage Betty des Morgens in ihren gelben Sessel. Wenn ich ihr Kissen hinter den Rücken und unter die Arme stopfe, kann sie eine Weile darin bleiben. Es ist ein Drehsessel, ein guter Platz zum Essen und Spielen. Wenn ich einen Augenblick fortgehe, schiebe ich den Sofatisch davor. So kann sie nicht fallen.

Der Blick aus diesem Fenster geht nunmehr auf die Betonwand und auf den Himmel. Nebenan sehe ich über dem Beton das Wasser und das andere Ufer. Eingeheizt habe ich schon. Die Gußeisenrippen wärmen für einen Augenblick meine Schenkel. Wärme, eine Erinnerung an die Nacht und an Hugo. Dann wecke ich Niklas. Die Katze zeigt, daß sie anwesend ist. Von irgendwo, durch ein Fenster, eine Tür, übers Dach oder durch den Keller, ist sie pünktlich zur Stelle. Manchmal mahnt sie von draußen hinter der Fensterscheibe. Stumm, weil sie weiß, daß wir sowieso nichts hören würden. Ihr vorwurfsvoller Blick scheucht mich aus den Gedanken. Will Sie eintreten? Sie buckelt auf dem Fensterbrett, kennt den Weg und die Stunde. – Sie frißt, während ich in der Küche hantiere. Betty hat sich lange nicht mehr allein hingesetzt. Sie hat das Sitzen wieder verlernt.

Die Katze läuft mir nicht mehr nach. Sie geht voran, weil sie weiß, wohin ich mit dem Frühstückstablett gehen werde. Zielstrebig treppauf, in die Stube mit dem gelben Sessel, dort wartet Betty auf das Essen, Niklas wird hoffentlich das richtige Hemd richtig rum anziehen, ich habe ihn geweckt, er wird gleich kommen. Er muß schon sehr weise sein mit seinen sieben Jahren. Ich löffle Betty den Brei in den offenen Schnabel. Das Brot schiebt sie sich selbst in den Mund.

Die Katze guckt sachkundig zu.

Mit Niklas bespreche ich nun so wichtige Sachen wie die mit der Sonne. Warum sie bei uns im Westen aufgeht. Unterschied zwischen Politik und Geographie. Daß sich die Erde immerzu dreht.

Aber warum sie nicht ruckt, manchmal wenigstens. Solche Probleme. Dann muß er sich beeilen. Ich winke aus der Vordertür. Wie er rennt mit seiner gewaltigen Aktentasche auf dem Rücken, im Genick den Traghenkel für später. Die Zukunft. Einmal schaut er sich um. Da tue ich so, als wäre ich schon wieder im Haus. Hinter der Tür sehe ich ihn rennen. Es ist, weil er lernen muß, daß Betty uns braucht. Betty darf nicht lange alleine sein. Sie könnte den Tisch wegschieben, sie könnte herunterfallen.

Einmal habe ich sie grade noch gehalten. Ihre großen blauen Augen, dann scheint es, als würde ihr der Kopf zu schwer. Sie fällt mir in die Arme. Betty ist müde. Betty will schlafen, etwas anderes will ich nicht wahrhaben. Ich streichle ihre Stirn, damit die schönen Träume kommen. Sie lächelt aus weiter Ferne

Manchmal betrüge ich die Katze, meine einäugige Vorläuferin. Ich führe sie an der Nase herum. Schwenke mit dem Tablett statt treppauf plötzlich in Richtung Kellertür oder gehe, wenn ich Betty zum Schlaf hingelegt habe, gegen alle Sitte nicht in die Mittagsklause, sondern in die Küche. Die Katze hält inne, sie spitzt die Ohren. Ja, drehen sich die Gestirne samt Mond und Mutter nun rückwärts? Bevor ich mich noch entschuldigen kann – es sollte ein Scherz sein –, läßt sie mich wissen, daß sie bereit ist, weitere Risiken mit mir zu tragen.

Der Blick ihres Auges, ihr entschlossener Schritt über Kreuz mir voran.

Der Tageslauf geht, wie es sich in unserem Hause gehört. Wenn Betty schläft, verschwinden wir beide, die Katze und ich, in das Zimmer mit dem Radio, dem Tisch, dem Stuhl, dem gelben Sessel. Wolle und Wäsche. Mäusezähnchen rings um Bettys Einschlafkissen, das Kissen will gerettet sein. Die Häkelnadel findet die Maschen. Die Katze liegt eingerollt auf der lila Decke, oder sie sitzt über der Heizung auf dem Fensterbrett. Sie schaut mit dem verbliebenen Auge lange in die schattenspielenden Blätter. Als könnte man dort eine ganze Menge entziffern. Wege. Irrtümer. Manchmal tippe ich auf der bordeauxroten Schreibmaschine einen Brief oder einen Merkzettel. Nicht vergessen. Hugo fragen. Hast du die Nachtigall gehört? Gestern, spät, wie du heim bist?

Die Nachtigall kommt stets am 2. Mai. Zwei Wochen später erwarte ich den Pirol.

Man schätzt die Mauer auf dreimännerhoch. Die Höhe, das Material. Aber auch die Zeit spielt eine Rolle. Allmählich entsteht der Ernst der Lage. Erst dachten wir, daß es vorübergehen würde, wie es die Lieder versprechen. Dann dachten wir: Wenn nicht heute, dann aber gewiß in unserer Kinder Leben. Aber nun? Beton ist Beton. Die Kinder denken: so ist die Welt. Und ein paar Wochen später sind die Schäferhunde da. Sie hängen mit Ketten an einem parallel zur Mauer geführten Laufband, so können sie je eine fünfzig Meter Grenzstrecke verbellen und gegebenenfalls verbeißen. Der Nachbarhund, der seit der Befreiungsaktion immer noch in beiden Ohren ein Stück Stacheldraht trägt, und unsere Katze mit dem ausgerissenen Auge meiden von nun an das untere Gartenterrain. Sie ignorieren den Grenzhund. Uns tut er leid. Wir geben ihm die Knochen vom Sonntagskotelett und bald auch einen Namen. Gesell, so rufen wir ihn. Wie Papas Bart sieht er aus, sagt Niklas.

Gesell ist ein Eiferer. Wie alle dieses Charakters von durchschnittlicher Schläue. Wenn er das Futterauto an der Seebucht in Höhe des Wachturmes herankommen hört, schnappt er sich den Blechnapf und rennt, so weit es die Kette erlaubt, dem Auto entgegen. Wir sind uns nicht einig, warum. Ich denke, er hetzt sich die Zunge aus dem Hals für ein Streicheln. Hugo meint, er ist dumm und gefräßig.

Alle vier Wochen gibt es eine Extra-Nummer. Zirkus. Der Tierarzt kommt. Es herrscht Stimmung unten am Draht. Wüten und Jammern. Das Klagegebell tönt immer lauter. Nun schon beim Nachbarn. Aber unser Gesell jauchzt. Übermütig hetzt er dem Arztjeep entgegen. Er kann es kaum erwarten, bis der Assistent den Klapptisch aufgebaut hat. Mit einem Sprung sitzt er oben. Wedelt, hält das eine Ohr hin und dann das andere. Empfängt seine Tropfen, die Impfungen und den Abstrich unter dem artig hochgestreckten Schwanz. Zum Schluß muß er spaßeshalber die Pfote geben. Die rechte. So ist es brav.

Der Grenzhundearzt zieht weiter. Immer um den Mauerring herum. Potsdam, Teltow, Mahlow, Berlin. Dann die Nordkurve. Ab Schildow dauert es nicht mehr lange. Ein paar Tage darauf, und der Jeep ist wieder da. Das euphorische Bellen. Die Assistenten in ihren dreckigen weißen Kitteln über den Uniformen. Der Klapptisch. Ohrentropfen. Spritzen. Die artige Pfote. Weiter. Bis ans Ende der Zeit.

Eines Tages kannten wir unseren Gesell nicht mehr. Der Tierarzt mußte sich bücken. Die Assistenten mußten den Hundeschwanz heben. Die Soldaten den Futternapf selber holen. Ein anderer Hund hing am Seil. Es war wirklich ein anderer. Ein Verweigerer mit gelben Augen. Vierzehn Tage später wieder ein fremder, so ging das weiter. Es handelte sich um eine neue Maßnahme. Die Hunde wechselten den Grenzabschnitt, denn es war Meldung erstattet worden, daß Gesell von uns Knochen und Bockwürste genommen hatte, stumm und freundlich direkt aus unserer Hand. Er war auf unseren Zuruf zum Gitter gekommen, hatte sich hingelegt, hatte sich streicheln lassen und gefressen. Gesell, der gute, mußte nun wandern. Alle Hunde mußten wandern, vierzehntägig fünfzig Meter weiter. Damit so etwas nicht mehr vorkommen konnte.

So eine persönliche Kontaktaufnahme zwischen Grenzhund und unbefugten Zivilisten. Man könnte nun eine Rechnung machen, zwei R mal Pi durch die Einzellaufstrecke, so würden wir ungefähr wissen, wann unser wandernder Gesell wieder am alten Stand bei uns im Garten ankäme. Man könnte, aber wir haben ja nur Pi und ungefähr die Strecke, alle anderen Größen sind unbekannt.

Niklas meinte manchmal: Da ist er ja wieder.

Aber er war es wahrscheinlich nicht.

Später brauchten wir nicht mehr zu rätseln. Wir hatten erfahren, daß er mit anderen Bestechlichen abgeholt worden war, zur Erziehung ins Sacrower Schloß, in die Grenzhundeschule. –

Beim Pilzesuchen hörst du manchmal hinterm Wald das höllische Gebell. Es ist, wenn die Hunde drüben im Schloß aus Schulungsgründen längere Zeit ohne Futter gestanden haben. Erst der Hunger. Dann die Lockpuppe mit dem gezielten Geruch. Ob unser Gesell je wieder Wächter wurde oder ob er nach dem Unterricht zu anderen Aufgaben tauglich geworden war, als Spürnase für Menschenfleisch unter den Waggons der Eisenbahn oder in Kofferräumen? Niklas sagt, weißt du was, weißt du wo? So bißchen braungrau wie Papas Bart oder wie Gesell und grüne Augen wie Gesell, so einen Hund habe ich im Panzergraben gesehen. Ob er abgehauen ist? Hat er sich vom Seil losgerissen? Ist er über eine Mauer gesprungen? Wie mag er aus seinem Käfig entkommen sein? Jedenfalls Niklas behauptet, er habe ihn gesehen. Erst die Spur, dann die Augen. Einmal ist er über den Panzergraben gelaufen.

Ein Hund übers Wasser, nun spinnst du aber!

Nein, sagt Niklas, übers Eis.

Panzergraben! Das ist auch so ein Ort. Dort trägt das Eis einen Elefanten, in der Zeit ist der See noch vollkommen offen. Den Karpfenteich bedeckt höchstens eine dünne Kruste. Teich und See sind noch zu nichts zu gebrauchen. Aber das Panzergrabeneis taugt. So ist es jedes Jahr. Die Kinder vergessen das Heimkommen.

So ist es immer. Nicht nur im Winter, zu allen Jahreszeiten

sind die Kinder von früh bis in die halbe Nacht am Panzergraben, du brauchst gar nicht erst woanders zu suchen. Es paßt mir nicht, daß Niklas immer wieder dorthin geht. Die Dorfleute behaupten, an dem Ort lauert längst keine Gefahr mehr, die steckt heute woanders! – Aber da bleibt immer noch das Wort. Panzergraben. Es schickt sich nicht, daß Kinder unter so einem Namen spielen, ebenso widrig ist es, daß in Bezirken dieses Names die gar schönsten und seltensten Kräuter wachsen, schöner und seltener als an gehegten Teichen. Gelbe und weiße Wasserrosen, die sibirische Iris, Sumpfpein, Löffelkraut, Uferpieper. Nymphenblumen. Libellen spiegeln sich im dunklen Wasser. Im Winter die Zehen der Vögel im Schnee. Hasenspuren. Rehstrecken.

Niklas schwingt sich die Schlittschuhe über die Schultern. Er wickelt Knochen vom Ochsenschwanz ins Schokoladenpapier. Aus dem streunenden Grenzhund ist inzwischen Iwan Zarensohn geworden. Wohnend in einem Unterwasserpalast im Panzergraben. Aber mit gutem Hunger auf Knochen. Sonst ist alles beim alten. Wir warten auf den Sommer.

Der Frost ist ja endlich aus dem Boden.

Es fehlte noch, daß es wieder kälter wird. Wir haben fast keine Feuerung mehr im Keller. Ich bin sparsam mit den Scheiten umgegangen, aber nicht sparsam genug.

Wieder mal retten uns die Russen. Am hellichten Nachmittag tuckert ein *Taigaschreck* vor unserem Gartentor. Eine schwarze Lawine stürzt von der Ladefläche aufs Straßenpflaster. Es ist eine Minutensache. Und schon ist das Auto weg. Es parkt rechts in der Richard-Wagner-Straße, unschuldig, ein leeres Schulfahrzeug, an dem ein Sowjetsoldat mit Radmuttern-Schlüssel hantiert. Ein zweiter bleibt vor dem Gartentor, um zu kassieren, er nimmt, was ich habe, er ist auch mit der Hälfte zufrieden. Da wäre noch ein Benzinkanister. Er schlägt mit der Stiefelspitze dagegen. Voll, zeigt er mir. Schwer. Ein Angebot. Nein, Benzin will ich nicht, weil ich's nicht übertreiben möchte. Atabai, sagt er. Er tippt sich auf die Brust. Zeigt auf mich: Du Mama. Wir schütteln uns die Hände, der Kirgisenjunge und ich.

Er schlendert mit dem Kanister die Straße hinunter. Ein Auto hält an. Jemand steigt aus und öffnet den Kofferraum. Es ist unser Pfarrer. Mehr will ich nicht gesehen haben.

Der Nachbar hilft, er karrt den guten Koks von der Straße zum Kellerfenster. Kippt die Fuhre in den Schacht. Ich schaufle im Keller vom Fenster in die Buchte. Ich werfe meine Jacke ab, dann den Pullover.

Der wärmt gleich zweimal, ruft der Nachbar dem Koks hinterher. Es sind bestimmt noch gut fünfzig Karren. Bestimmt noch mal soviel. Oder noch mehr. Der Nachbar ist guter Dinge. Er poltert. Er trabt. Zu jedem Koksschwall fällt ihm was ein. Noch vierzig Karren. Er will mich lebendig begraben. Ich wühle mit der eisernen Zwölfzinkengabel oder mit der Schaufel oder lieber mit Eimern oder mit Händen. Mein Vorrat, meine schwarze Zuversicht. Nun kann der Winter bleiben.

Auch Holz werden wir übers Jahr unter Dach haben, mehr als die Kälte von uns verlangt. Die Bäume werden hinfallen, wie es uns nicht einmal die schlechtesten Träume diktieren. Wie geschlagene Seelen. Sie haben auf dem Grenzstreifen *Wege-Rein* ausgegossen. Ein Stoff, der lebendigen Pflanzenzellen das Wasser entzieht. So auch unseren Bäumen.

Die Russenkasernen liegen hinter Bretterzäunen. Bis vor kurzem waren die Zäune grün angestrichen. Nun hat der westeuropäische Spott diesem Grün ein Ende gesetzt. Keine grünen Zäune mehr. Die Rote Armee hat reagiert. Verwundert zwar, denn will nicht ein Bretterzaun von selbst, also beinahe von Natur aus, grün aussehen? Nun aber haben sie mit Konsequenzen gelernt, das ewige Grün ist zum Lachen. Der Gegner kann am grünen Zaun gleich erkennen, wo wir stecken. Das muß ja nicht sein. Es wäre ein Fehler. Es wäre sogar gefährlich. Mit der weitreichenden Einsicht wird nun jedes Brett grau gestrichen. Grün sieht nach russischem Dorf aus. Grau bedeutet Europa. Wie Pulverkaffee und Radios ohne Stecker, das gibt es neuerdings auch manchmal im Russenmagazin.

An der Bushaltestelle warten die warm angezogenen Frauen der Offiziere. Eine Wolke drängt am Fahrer vorbei. Maiglöckchen. Knoblauch. Niklas hält sich die Nase zu. Stinkt wie im Puff, sagt er. Aus seinem Rucksack auf den Knien guckt der schwarze Pittiplatsch. Stimmt's, Pitti? Wie im Puff. Der Mann gegenüber nickt meinem Sohn aufmunternd zu. Stinkt. Ich kneife ihm in die Hinterbacken. Er rappelt sich beleidigt. Wie im Puff. Er pustet wie eine Dampflok. Puff.

Guck mal. Ich versuche es mit List.

Auf dem Bürgersteig gehen Schulkinder in schwarzbraunen Schulkleidern. Kahlköpfige Knaben. Mädchen mit festgeflochtenen Zöpfen, weißen Schleifen. Rote Halstücher. Alle so stolz und artig.

Guck mal, lauter sowjetische Pioniere. Mein Sohn bleibt dabei. Er hält sich die Nase zu und genießt das Schmunzeln der Leute.

Es klopft selten an unserer Tür. Weil die meisten keinen Ärger haben wollen. Wir wohnen im Grenzgebiet. Das Betreten des Hauses, so kündet alle zwanzig Meter eine Tafel, ist verboten.

Es gibt aber doch Leute, die sagen, leckt mich. Auf die sind wir angewiesen. Manche kommen gleich hintenherum durch die Küchentür, huschen ins Haus. Nun denken wir, sehen und hören uns die Ferngläser und Richtmikrophone nicht mehr. Es ist selten, daß einer kommt. Manchmal vergehen Wochen, Monate.

Ich wärme das Essen. Betty ruft mich schon. Die Katze mahnt. Hörst du nicht. Sie kennt meine Pflichten. Als ich die Kakaotasse endlich auf das Tablett gestellt habe, trabt sie treppan. Betty ruft. Dazwischen ein Geräusch an der Tür. An der richtigen Haustür. Pochen. Klopfen. Mit dem Knöchel, mit der Faust. Ich überhole die Katze, weil das Klopfen so dringlich ist, ich eile aus besagten Gründen. Der Teller, die Kakaotasse. Das laute Poltern.

Zitternde Hände strecken mir eine fellgefütterte Mütze entgegen. Ich höre, verstehe gleich, was mir das Kerlchen sagen will. Die Worte. Ich muß die Worte nicht übersetzen, obwohl ich es könnte. Ich habe Russisch gelernt. Ich verstehe. Vokabeln und Grammatik. Ich kenne die Ausnahmen. Vor allem die

Ausnahmen. Die selten gebrauchte gerü-Deklination. Weil mich die Grammatik beherrscht, deswegen kann ich nicht reden. Nicht weil es mir die Sprache verschlägt. Es sind die Ausnahmen. Und die Augenbrauen des Jungen vor meiner Tür. Eine ist viel dünner als die andere. Wie für Kümmernisse geboren. Und geschoren der Kopf. Ein schmales Gesicht, blaß wie Lindenholz.

Die Mütze mit dem roten Stern will er mir geben.

Was soll ich denn mit einer Mütze.

Der Junge vor meiner Tür ist auf der Flucht. Er ist geflohen. Aus dem Knast der Kaserne von Krampnitz, und nun glaubt er sich auf dem Weg zu seiner Mama, immer durch den Wald, immer nach Osten, wo die Sonne aufgeht. So denkt er sich das. Vor Angst setzt er den Fuß in die Tür.

Mama i Papa i Anton f Adjubinske. Ich will es nicht wissen. Kakao soll er trinken und die Suppe löffeln. Und verschwinden. Ich reiche ihm die Tasse, Bettys Teller. Iß dich satt und geh heim, sage ich auf russisch und meine die Kaserne, die Prügel, den Knast. Einzelhaft für wer weiß wieviel Jahre, was weiß ich, was.

Vor Angst. Betty ruft. Die Katze wischt durch die Tür. Mamuschka? Geh heim. Ich fasse seinen Uniformärmel. Ich will ihn nicht fortstoßen, ich will, daß er von alleine kehrtmacht, die Mütze aufsetzt und verschwindet. Samt seinen kummervollen Augenbrauen. Die Flasche, der Teller, nimm das Essen zum Beweis. Sein Fuß klemmt zwischen der Tür und der Schwelle. Im Garten die Mauer. Bei uns ist im Osten der Westen. Der weite Weg um die eingemauerte Stadt und überhaupt, es ist unmöglich. Sie schnappen dich, wenn nicht hier, wenn nicht heute, so morgen. Utro.

Spatch. Er will hier schlafen. Ich hätte ja Mitleid. Vor der Dallgower Kaserne habe ich einem Wachposten einen goldenen Fingerring mit einem fetten wasserfarbenen Stein abgekauft. Auch Kaffee habe ich einem Russen abgenommen. Franzuski Röstung. Schmeckt wie Galle, sagt Hugo. Sie brauchen das Geld, sage ich. Koksgeld. Benzingeld. Damit kaufen sie in den Kreisstädten in der Nähe der Busbahnhöfe ein. Kaufen Koffer zum Beispiel, Vulkanfiberkoffer aus Werder. Das sieht komisch aus. Lauter Russen mit Koffern. Sie gehen gerne mit Koffern spazieren, marschieren in geschlossener Formation durch Sanssouci. Jeder sein Köfferchen in der Hand.

Ich habe Feuer gelegt. Unter schwefliger Kohle. Angst schwelt in unsrem Haus. Er wird hier übernachten. Am anderen Tag wird er noch dableiben müssen: Ich werde die Uniform in der Koksglut verbrennen. Ich suche passendes Zeug zusammen. Zu niemandem ein Wort. Ob wir uns auf Niklas verlassen können? Selbst in Zivil, in Hugos Hose, in Hugos Pullover, wäre er bald in einer Falle, er würde beim ersten Schritt draußen auf der Straße aufgegriffen und müßte zugeben, woher er das Zeug hat. Von mir, von Bettys Mutter. Das heißt, er müßte, wenn er erst mal in der Küche sitzt, auf jeden Fall bleiben. In einer Stube. Im Keller. Im Versteck. Aus Sicherheitsgründen, damit ihm und uns nichts geschieht. Einen Tag um den anderen. Wie viele Jahre? Über meinen Tod hinaus. Sein Leben lang. Als Mann, als alter Mann versteckt in einem Haus im Grenzgebiet. Und wenn er Zahnschmerzen hat? Oder blutet? Und wenn ich tot bin, was wird dann aus ihm?

Bettys Stimme. Sie ruft mich. Mein Kind. Die Mütter hüten das Leben. Ich bin für Abrüstung und zahle heimlich für Kriegsdienstverweigerer.

Fuß weg. Ich schlage die Tür zu.

Es klopft. Er versucht es einfach noch mal. Mit mir kann er es ja machen. Ich bin nicht zum Telefon gerannt. Ich habe niemanden um Hilfe gerufen. Ich horche hinter der Tür. Endlich stiefelt das Kerlchen die Stufen hinunter. Es setzt seine Mütze auf. Es ist fort. Das junge Gesicht mit den schiefen ungleichen Augenbrauen.

Unten im Keller kann ich die letzte Glut grade noch retten. Gleich werden die Heizkörper wieder warm. Die Kesseltemperatur wird bald wieder steigen. Das Flämmchen spielt zutraulich um die Späne.

Die Schlacke liegt vor dem Ascheneimer. Das schwarzsilberne Gebirge, wo alle wohnen. Rübezahl, Gerdchen, die Großmutter und ich.

Sprich das Gesetzl, sagt die Großmutter.
Lieber Gott, mach mich fromm und den Ofen hell.

Großmutter hatte vier Kinder. Die drei Mädels und Gerdchen. Eins der drei Mädels ist meine Mutter. Meine Mutter hat eine Stellung in der Stadt. Das andere Mädel arbeitet in einer Gastwirtschaft. Das älteste ist dienstverpflichtet im Reich. Gerdchen ist mein Onkel. Ich werde geboren, da ist Gerdchen zehn Jahre alt. Als ich anfange ihn zu lieben, ist er vierzehn und arbeitet im Nachbardorf in der Schmiede. Er kommt nur sonnabends nach Hause. Ich sehe ihn schon. Er kommt drüben über den Berg herunter. Er quert die Bach. Der lange Lulatsch springt von Stein zu Stein. Bis in den trockenen Schierling. Er beeilt sich. Die Teigschüssel vom Sonntagskuchen steht auf der Ofenbank für ihn bereit. Die kratzt er säuberlich aus. Mir gibt er den Holzlöffel zum Lecken. Denn er hat meine Wachsamkeit und Liebe gespürt, aber er merkt nicht, daß ich seine Dampfmaschine in der Mache hatte. Großmutter hat mir dazu heimlich die Sammelbücher mit den Zigarettenbildern gegeben, damit ich aufgehoben bin, wenn sie füttert und Wasser trägt. Der Großvater verlangt: Brunnenwasser für mein Vieh.

Es ist Krieg. Man sieht es dem Großvater an. Er steckt seinen Löffel in den Volksempfänger, den rechten, weil der am besten hört. Im anderen Ohr steckt Watte, das Ohr hat eine Granatenexplosion im vorigen Krieg lädiert. Er hört Feindsender, denn er denkt, daß keiner ihn sieht, wenn Gerd noch hinter dem Berg ist und Berta füttert, und weil ich noch zu dämlich bin.

Auch Großmutter baut auf meine Dummheit. Manchmal kommt der belgische Feind, der beim Nachbar im Pferdestall wohnt, in unsere Stube zu Lichte. Er sitzt mit dem Großvater auf dem Kanapee. Sie haben eine Zigarre mit dem Rasiermesser durchgesäbelt. Das wäre doch gelacht. Spät abends steht Schura im Gewölbe. Sie ist ohne Laterne über die finstere Wiese gekommen. Ich weiß längst, daß die Großmutter unter einem geschliffenen Schwerte wandelt mit dem Speck unter der Schürze. Eine gekästelte Decke, eine Winterstrickjacke. Die ziehst du ganz unten drunter, da steckst du warm. Großmutter weiß nicht, daß ich das weiß. Sonst hätte sie die Tür zugeklinkt, und sie hätte mich nicht mitgenommen ins Dominium zu den Waschtagen. Die Frauen haben an den Holztrögen viel zu tun. Das Weiße muß zweimal im Kessel abgekocht werden, weil die Verwalterin vom Schloß es so haben möchte. Vorher *Imi* und hinterher schweifen in *Wäscheblau*. Ich verziehe mich mit dem dicken Nebel, der aus dem Kessel steigt, verschwinde aus der Tür über den Hof zum Kind in der Krippe. Es ist Schuras Kind. Das weiß ich, denn ich erkenne unsere gekästelte Decke. Schura arbeitet mit der Meute über Tag in den Wasserrüben. Ich darf mich nicht noch einmal erwischen lassen, nicht im Stall, nicht unter der Freitreppe. An einem Waschtag hat mich der Inspektor in einer rotsamtenen Kutsche gefunden. Das Enkelmädel der Waschfrau drückt sich in der Remise herum. Es kriecht sogar in die Kutschen. Es möchte sich gekümmert werden um das Kind. Berta macht das gleich mit einem fremden Blick. Von da an soll mich keiner mehr kennen.

Berta, meine schlesische Großmutter, erzählt nichtendenwollende Geschichten, so endlos wie das Bild auf der Kaffeebüchse. Es ist ein Sonntagsbild. Auf der Kaffeebüchse siehst du eine Großmutter, die eine Kaffeebüchse in Händen hält, auf der man ein Sonntagsbild sieht mit einer Großmutter, die eine Kaffeebüchse in Händen hält. – Dann mußt du auf die Erscheinung warten.

Bis Sonntag. Nach dem Füttern wird die Schürze abgebunden und die alte Manchesterjacke an den Haken gehängt, die neue Manchesterjacke wird angezogen. Großvater Heinrich setzt sich aufs Kanapee. Er legt sich eine Zigarre zurecht. Das Wasser kocht auf dem Spirituskocher. Es ist soweit. Es geschieht. Berta, beinahe so festlich wie die Büchsengroßmutter, nimmt die Büchse aus dem Büfett. Sie dreht sich zu uns und spricht: Es ist noch was drin. Und so lange noch was drin ist, ist noch was dran am Leben.

Wir sind das Bild. Die Großmutter in der Mitte. Der Großvater und ich im silbernen Feld der sonntagduftenden Stube. Nach dem Gesetzel – danke Gott, daß du uns was bescheret hast – laufe ich in die Tenne. Mit Großvaters Zimmermannsstift male ich die Großmutter samt Büchse auf den Zementsack, nicht zu groß, damit ich um mein Bild noch eine Büchse malen kann. Die Kaffeebüchse, ihr zugehörig die Großmutter. Ich brauchte, um das Ornament zu retten, einen himmelweiten Grund. Den Tennenboden. Ich krieche mit dem Malstock durch das Stroh. Der nächste Umriß reicht bis zum Graben hinter dem Haus, bis zur Bach, den Berg hinan, über die Felder. Das Dorf, das Schloß und die Wirtschaft, und Schönau, die Stadt mit dem Postamt, der Schule und den beiden Kirchen.

Betty ist groß geworden. Ich habe ihr ein Kleid genäht, weit genug, daß wir es leicht aus- und anziehen können. Sie schützt trotzdem die Ohren mit beiden Händen und macht ihre Angstaugen. Das kann doch nicht weh tun. Sie zieht den Kopf ein und ist froh, wenn ihre Hände aus den Ärmeln herausgucken. Vielleicht spürt sie das Operationsmesser noch an der Kehle. Fein sieht Betty aus im blauen Kleid. Wir feiern Geburtstag. Die Großeltern bekommen eine Genehmigung zur Einreise ins Grenzgebiet. Betty blinzelt uns zu, wir blinzeln nun auch, kneifen ein Auge und dann beide Augen, daß es komisch aussieht, das Augenzwinkern. Lustig. Einfach nur eine Angewohnheit. Sicher fällt ihr nächstens was anderes ein.

Betty im Kinderwagen. Wohin ich auch gehe, Betty kommt mit. Ich deute die Leuteblicke. So ein großes Kind noch im Wagen.

Der Arzt sagt, Sie sehen ja, Betty hat Absencen. Um es mir verständlich zu machen, erklärt er: Es ist, wie wenn der Film reißt. Wenn sie nur ganz kurz blinzelt, packt sie den Anschluß wieder. Aber die Lücken können größer werden. Die Lebenslücken.

Kopfnicken, Umfallen, Wegbleiben. Kein Anschluß mehr. Das hat sie ja alles schon durchgemacht. Ich konnte sie grade noch halten. Die angstvollen Augen. Als müßte sie allein auf der Welt sein. Der Arzt hat einen einzigen Trost. Tabletten. Es gibt verschiedene. Die besten gibt es in der Schweiz. Wenn es mein Kind wäre. Er schreibt den Namen und die Firma auf die letzte Seite von Bettys Hasenbuch. Wir danken für alles. Besonderen Dank für die Offenheit. Eine Brecht-Schauspielerin nutzt ein Gastspiel. Sie kennt einen Schweizer Arzt. Sie stopft vor der Wiedereinreise die Tablettenpäckchen in die Stiefeletten. Ihr Lebensgefährte telefoniert aus Berlin. Wie wär's mit einem Rendezvous in Berlin, Café Prag?

Ich komme.

Wann?

Gleich. Jetzt. Sofort. Ich spanne die Flügel.

Besser ist morgen. Ein verständnisinniger Gruß.

Ich fahre mit dem Fahrrad, mit dem Bus, mit dem *Sputnik*, zum Schluß mit der S-Bahn bis zur Friedrichstraße. Das Café Prag liegt an der Ecke Französische. Es ist ein rauchig warmes Treffcafé. Der Lebensgefährte wartet schon vor einem doppelten Kaffeegedeck und einem leeren Glas. Er sagt, wir sind jederzeit für Sie da, scheuen Sie sich nicht. Zwei Bäche stürzen aus meinen zwei Augen. Salz. Salz. Ich danke Ihnen. Die Tabletten habe ich schon in der Tasche. Er gießt Milch in meinen Kaffee. Zucker? Ich schluchze. Aller Schmerz und gleich auch Dankbarkeit für die Hilfe, die Milch, rütteln und schütteln Lunge, Herz und Nieren, immer noch stürzt Wasser aus meinen Augen, ich will mich endlich beherrschen. Ich sage: Bitte keinen Zucker. So erzählt er mir seine Geschichte. Wie es im einzelnen war mit seiner Verhaftung, dem Prozeßverlauf, der achtjährigen Knastzeit in Bautzen. Wir haben das Beste gewollt, von Anfang an im Bunde mit Moskau. Können Sie Schachspielen? Er redet laut, damit ich ihn verstehe. Durch den Schleier meines Kummers gewahre ich die beiden Männer, die am Nachbartisch sitzen, Gläser leer trinken und schreiben. Sie schauen uns schon lange zu und horchen. Es ist wie ein trickreicher Traum, den ich am besten gleich vergesse. Ich muß nach Hause, das weiß ich.

Die Tabletten sind wunderbar. Unser fröhliches Kind. Wir

fahren dreimal wöchentlich zur Gymnastik. Wir kullern Gummireifen, lachen und stellen Forderungen. Betty hängt über einem großen Ball. Wenn sie erst einmal merkt, wie gut es ist, selbst vorwärtszukommen, die ersten Schritte von der Sprossenwand in meine Arme, dann wird sie nicht mehr zu halten sein. Wie die anderen Kinder wird sie losrennen, rennen, rennen. Langsam, liebe Betty, so werde ich hinterherrufen, Betty, immer schön langsam, nur nicht so schnell. Eile bringt Gefahr. Sie soll jetzt eine rote Lederrolle mit den Füßen wegstoßen. Jede kleine Bewegung braucht Kraft. Und wer weiß wieviel Nervensignale. Beine strecken, feste treten, Betty. Oder kann sie uns nicht verstehen? Die Augen, die Ohren, es ist nicht so einfach, hinter die Wahrheit zu kommen.

Die Fachärzte stellen Diagnosen. So könnte es sein. Wir glauben den Erklärungen und wissen es besser. Betty freut sich, wenn Niklas auf der Flöte spielt. Unser Mädel ist musikalisch, sagen wir. Sie zeigt auf den Hasen im Bilderbuch. Freddy. Da ist Freddy. Und wo ist der Hase? Da. Na also. So ein liebes Kind.

Die Physiotherapeutinnen sind von unterschiedlichem Charakter und Talent. Menschen, tröstet mich Hugo. In einem Wort die Kurzfassung des Spruches: Seit ich selbige kenne, liebe ich die Tiere. Der Spruch ist ziemlich albern, aber so was soll ja nur ein Trost sein. Menschen. Hugo nimmt mich in die Arme.

Uschi gehört nicht zu denen. Uschi schont ihre weißen Kittel und sich selber nicht. Sie schleppt eine schwere Turnmatte herbei. Sie hebt das Kind aus dem Auto, schleppt, legt sich mit ihm unten hin und versucht jedesmal etwas anderes. Vielleicht paßt es, daß sie von allen Therapeutinnen, die ich inzwischen kennengelernt habe, selber am meisten durch das Leben gebeutelt wurde. Abtreibungen. Väterfluchten. Eine heimliche neue Liebe zu einem Pfarrer aus dem Westen. Manchmal kommt Uschi zu uns nach Hause. Ich mußte sowieso ins Dorf, sagt sie. Unerschrocken kommt sie durch die Gartenpforte. Die Heinis können mich mal, von wegen Grenzgebiet und Betreten verboten. Wir wollen Betty auf die Beine helfen.

Quälen wollen wir sie nicht. Wir nehmen das Kind in die Sofamitte. Uschi erzählt von Abenden an Donnerstagen. Immer halb zehn. Da blinken die Autoscheinwerfer des Pfarrers über den See. Kurz und lang. Stachel und Nägel. So weiß die Seele Bescheid, wie im Buch Salomonis geschrieben steht.

Er chauffiert bis zur Kladower Badestelle, fährt von der Straße herunter, stellt das Auto frontal zum Wasser, dann schaltet er den Motor ab.

Zwei helle Streifen fließen vom Jenseits her über das Wasser, Licht von drüben. Ich hatte das seltsame Blinken schon seit einiger Zeit vom oberen Fenster her gesehen. Immer an der nämlichen Stelle und immer um die gleiche Stunde.

Sieh dir das an. Licht. Zwei Streifen Licht. Das heißt doch was!

Hugo meinte gleich, es ist eindeutig ein Pkw, und irgend etwas wird es zu bedeuten haben.

Nun brauchen wir uns nicht mehr zu wundern. Die Adresse der Signale heißt Uschi. Sie wartet auf der Anhöhe in der Gasse zwischen den Häusern. Fängt Salomons Grüße mit beiden Händen. Bald komme ich, sagt das Jenseitslicht, bald, wenn nicht heute, so am hellen, heiligen Nimmerleinstag. Ein jegliches hat seine Zeit, alles Vernehmen unter dem Himmel hat seine Stunde. Steine streuen und Steine sammeln, herzen und ferne sein von Herzen.

Leiden und Lieben bis aufs Blut, das ist Uschi.

Wir haben immer was zu erzählen. Oft reden wir über das Donnerstagleuchten. Wir reden über die Synode, an der ein paar Pfarrer von drüben teilnehmen sollten, sie ist zum drittenmal ausgefallen. Verschoben, heißt es.

Manchmal spielt Uschi für Betty auf der Mundharmonika. Sie zeigt ihr, wie sie reinblasen muß, damit Musik rauskommt. Betty legt los, mit viel Spucke, so begleitet sie unsere Seufzer.

In der Behindertenwerkstatt hole ich einen verstärkten Sportwagen ab. Er wurde aus kräftigen Rohren geschweißt und grau gestrichen. Graue Kunstlederpolster. Der Mann im Gerätelager ölt noch einmal die Achsen und pumpt die Gummibereifung auf. Er spießt das Attest auf einen Nagel.

So, falls was ist, sagt er und zieht das rechte untere Augenlid. Holzauge! Ersatzteile habe ich genügend besorgt. Er drückt mir einen Schraubenschlüssel in die Hand. Den soll ich immer bei mir tragen, zum Muttern-Nachziehen. Auch die Luftpumpe sollte ich immer am Mann behalten. Die Ventile sind nicht die besten.

Nun kann ich mit Betty lange Spazierfahrten machen. Die Katze rennt uns voraus. Mindestens bis zu Uschis Gartentor kennt sie den Weg.

Vor dem Haus, in dem Uschi wohnt, steht ein Krankenwagen. Türen schlagen. Schon preschen Blaulicht und Sirene an uns vorbei.

Die Frau aus der Erdgeschoßwohnung sagt: Die Pulsadern. Schon das zweite Mal. Man weiß nicht, was man ihr wünschen soll.

Die Autoscheinwerfer blinken am Donnerstag über den See. Ich gebe mit der Taschenlampe ein Notsignal.

Uschi kommt durch. Sie wird vom Krankenhaus in ein Sanatorium gebracht. Wir tauschen eine Kiste voll Briefe. Jeden Donnerstag Autoscheinwerfer. Grüße. Liebe Uschi, schöne Bescherung, die Grenzer haben mich mit der Taschenlampe erwischt. Sie haben die Funzel konfisziert, dazu ein Protokoll aufgenommen. Ob ich Geschwister hätte. Auf das eheähnliche Verhältnis mit Hugo sind die Vernehmer mehrmals zu sprechen gekommen. Sollte ich sagen, daß auch ich manchmal gern eine Urkunde besäße, aber Bigamie sei ja leider verboten. Ich ließ es bleiben, denn solche Wünsche gehören nicht in meine guten Tage. Ich gefalle mir besser, wenn mich die Behördenstempel nicht locken. Sollte ich ihnen erklären, was eine gütliche Einigung ist, ein gegenseitiges Einvernehmen. Ich verstehe ja selbst kaum, was Gott von einer katholischen Lehrerin in einer katholischen Kleinstadt verlangt. Ich will es aber heute und immerdar respektieren und dankbar sein, daß mein lieber Gott es mit mir nicht so genau nimmt.

Ein Wort noch zur Sonne im Juni. Zur Junisonne. Wie lange sie abends das Gegenufer bescheint. Bis kurz vor Mitternacht ist es hell. Dann brennen Feuer, Musik ist zu hören, und der

Badebetrieb nimmt kein Ende. Das Blinken verschwimmt in der Hitze und im Lärm der hellen Jahreszeit. Kein Zeichen mehr von drüben. Liebe Uschi, Licht und Licht gibt Dunkel. Wisse, die Dunkelheit ist Gesetz. Das weiß sogar die Physik. Der Fresnel-Effekt.

Wir ärgern uns manchmal. Der Wind schmeißt uns Papier in den Garten. Auf der Straße treiben die zerfetzen Zeitungsseiten. Der Nachbar wird seiner Sache mit den Sekundärrohstoffen nicht mehr Herr. Für die Flaschen hat er kein System mehr. Es klirrt und kracht. Einmal ist uns zwischen den Fetzen ein fremdes Blatt zugeflogen. Eine guterhaltene Wissensbeilage vom anderen Ufer. Sie hing in unserem Johannisbeerstrauch. Da haben wir uns gefreut. Kein Fernsehen an dem Tag. Nicht einmal Nachrichten. Gleich ins Bett. Im Fliegenfenster zucken die Nachtschmetterlinge. Die Mücken holen sich den Tod an den Leselampen. Hugo wartet geduldig. Endlich bin ich soweit. Seitentausch. Gegen Morgen haben wir die vielen Betrachtungen über das Menschenhirn zu Ende gelesen. Jede Erinnerung entsteht aus geordneten Feuern der Nervenzellen. Ich sag's doch, sagt Hugo.

Feuer in den Nerven, etwas Ähnliches hatte ich schon einmal gelesen oder gehört. Wo bloß?

Der Nachbar will handeln. Er wartet nicht mehr auf ein Auto von der *Sero*-Zentrale, wer weiß, wann die endlich wieder ein Benzinkontingent haben. Er kümmert sich, bestellt Franz, unseren anderen Unternehmer am Ort.

Ich laß die Fuhre kommen, ruft er mir als Morgengruß zu. Ein Pferdegespann steht an der Straße. Am Kutschbock festgeschraubt immer noch das Prägeschild Fuhrbetrieb Franz und auch am Kinnring von Herta, der Hannoveranerin, eine ovale Messingspange Fuhrbetrieb Franz. Ich reflektiere auf die Pferdeäpfel, die Herta hat fallen lassen. Kann ich die haben? rufe ich über den Zaun. Selbstverständlich, sagt Franz. Ich werde Ihnen mal eine Fuhre vorbeibringen. Das wäre schön und so ein schönes Pferd. Hugo trägt Betty herbei.

Betty greift in Hertas Mähne. Draufsetzen. Das können Sie bedenkenlos wagen, sagt Herr Franz. Die Stute kaut, sucht meine Hand, ob ich noch einen Brotbrocken habe, sie spürt das Kind auf dem Rücken. Sie spielt mit den Ohren. Das Glasgeklirr. Braves Tier, sagt Hugo. Ich sehe, wie er das Pferd verklärt betrachtet. Wie er schnuppert. Mein Ritter mit der siebensaitigen Leier.

Ich möchte ihn am liebsten umarmen.

Wir kälbern ein bißchen. Weil wir dem Alltag nicht zu viel zumuten wollen. Es ist Glücks genug, wenn Betty lacht. Alles andere hat Zeit.

Der Nachbar stapelt schlau, erst die Flaschen, dann das Papier, damit alles auf einmal fortkommt. Sonst mache ich halt noch eine zweite Fuhre, sagt Franz. Es gefällt ihm, wie wir seine Herta bewundern und daß Betty immer noch oben auf dem Pferd sitzen will. Schließlich ist alles aufgeladen. Franz schwingt sich auf den Kutschbock. Herta zieht. Die Flaschen unter dem Papier melden sich wieder. Das Klirren verschwindet erst in der Straßensenke, dann fern im Nachmittag.

Wenn Betty schläft, weiß der Garten, daß ich komme. Gießkanne. Korb. Hanfstrick. Stäbe für die Tomaten. Das Nachbarterrain schläft nun auch. Flaschenlos. Kein Zeitungsrascheln.

Die Rhododendronbüsche stehen in voller Pracht. Die Leute im Linienbus machen freudig bewegte Gesichter. Die hohe Betonmauer am Ufer kennen sie schon, die sehen sie jeden Tag, aber dieses Weiß vor dem dunkelgrünen Taxus in meinem Garten und das Rosa, das Violett – die Schönheit vergeht. Man muß sich ihrer innigst vergewissern. Sehen, riechen. Ich schöpfe aus der Regentonne, breche die welken Blütenstände, damit der Zauber noch ein paar Tage bleibt.

Ein Polizeiauto streift langsam vorbei. Das folgende Auto stoppt drüben über der Straße am Dianahain, so nahe, daß ich das russische Armeeschild erkenne. Rot und weiß und die kyrillischen Zeichen. Es ist wieder so ein Vielzweckauto, ein Eisenschwein, wie ich unterdes weiß. Russen springen heraus.

Sie stürmen mit vorgehaltenen Gewehren durch die Knallerbsenbüsche. Nur der Fahrer ist beim Auto geblieben. Er nutzt die Zeit und die Stille. Er knöpft die Hose auf und läßt das Wasser laufen. Als er mich sieht, weiß er nicht gleich, wem der Nachmittag und das heimliche Örtchen gehört. Ihm oder mir. Trotziges Plätschern. Endlos. Im Hain hört es sich derweil an, als würden sich Tiere jagen. Keine Stimmen, nur brechendes Holz. So treiben sie ihn. Er hat es schon lange aufgegeben. Schon drei Tage. Seit er in den Büschen steckt. Den Widerstand, das Hoffen, die Flucht sowieso. Eine nasse Decke hängt von seinen Schultern.

Als graues Bündel liegt er auf der Straße. Einer stößt mit dem Gewehr. Einer stößt mit dem Fuß. Die anderen treten. Mit den Absätzen dahin, wo der Kopf ist. Burschen, Boys, Beatniks, Kerlchen, Schläger. Alle so um die zwanzig Jahre alt. Eine kleine Mannschaft. Ob einer versucht, seine Stiefel zu schonen? Das wäre eine Hoffnung. Sie packen die Decke und werfen ihren Fang über die Klappe. Eisenschweintüren knallen.

Die Polizei hat unterdes eine Runde ums Karree gedreht. Sie fährt in kleinem Abstand dem Armeefahrzeug hinterher.

Noch tagelang zündeln Lagerfeuer am Waldrand und da, wo unsere Straße in die Landstraße mündet. Russen in wetterfesten Pelerinen stochern in der Glut. Die Gerüchte sagen, es sind noch mehr aus der Kaserne getürmt. Im Konsum haben sie sich verbarrikadiert. Sie haben die dicke Klausch als Geisel genommen. So spaßig ist das nicht, wie wir jetzt darüber lachen, wir lachen ja nur, weil sie die Klausch nicht im Laden behalten haben. Das mit der dicken Klausch war wirklich nur ein Gerücht. Die Männer reißen ihre Witze. Wärest du gerne eine Nacht mit der Klausch im Konsum? – Aber daß welche eingebrochen sind, das stimmt nun wieder. Russen, das ist erwiesen. Sie haben die Schnapsregale leergeplündert und sind dann verduftet. Einen haben sie schon erwischt. Die anderen, Gnade ihnen Gott, die sind wahrscheinlich noch in den Wäldern.

Immer wenn die Feuerchen an der Weggabel brennen, wissen wir, es ist wieder was vorgekommen.

Franz hält sein Versprechen. Er kippt mir eine Fuhre Pferdemist über den Zaun. Ich ziehe Betty das blaue Kleid an. So fahren wir im verstärkten Sportwagen das Pferd Herta besuchen. Der Mist, Herr Franz, der sollte nicht etwa geschenkt sein. Geben Sie, was Sie denken, sagt Herr Franz. Er zeigt uns den Stall. Herta wiehert uns freudig entgegen. Der letzte Mohikaner, sagt Franz. In guten Zeiten waren es fünf. Vier geräumige Boxen sind leer. Bald wird es im ganzen aus und vorbei sein.

So ein schöner Stall. Schöne Spinnweben. Betty greift unerschrocken hinein. Nun muß die Spinne die Netze wieder reparieren.

Hühner hocken in den dicken Fenstermauern, weil der Mittag hier kühl bleibt. Aber im Winter ist es warm und erst recht bei vollem Bestand. Franz wiederholt: Es waren fünfe. Er hat Strohballen gestapelt, daneben lagern etliche Sack Erbsen. Ausgesonderte Militärbestände. Zum Zufüttern, wenn du das Maß nicht übertreibst, bestens geeignet. Übertreiben ist immer schlecht. Als Fuhrbetrieb kommt man rum. – Zum Beispiel in den Russenwäldern, im Schießgelände, Franz kennt das Tagesprogramm, weiß, was nachmittags die Knattersalven bedeuten, nämlich Feierabend. Nach der Schießerei ist es still, wie mittags in der Kirche oder nachts im Bärenarsch, jetzt kutschiert er los mit seiner Herta. Er kutschiert seine Fuhre, Flaschen klirren, das Lachen eines Spechtes läßt sich vernehmen. Sonst nichts. Er kippt das Zeug rechter Hand ins Gelände. Hotta, sagt er zu Herta. Eine leere Fuhre ist eine leere Fuhre. Ein Manko. Deswegen lenkt er weiter gradeaus, weiter in ausgefahrenen Panzerspuren, zwischen Kiefernstämmen. Kein Heidekraut mehr, nur gelber Sand und verstreut ein paar schwarze Zapfen und ausgebrannte Patronenhülsen. Dann die abgeworfenen Kartons, lauter Schüsseln und ein Haufen Schnürschuhe. Ausgesondertes Zeug der Truppe. Sülzwurstbüchsen. Überalterte Reserven, mit denen, wie der Stempel sagt, kein Krieg mehr zu gewinnen wäre. Feldflaschen zum Beispiel. Franz hält vor dem Hügel. Er könnte eine Feldflaschenfuhre machen. In den leeren Pferdeboxen ist Platz für solche Schießplatzsachen. Er lädt mehr als genug.

Nehmen Sie mal in die Hand! Greifen Sie zu. – Na? Ganz leicht und eigentlich neu, jedenfalls ungebraucht. Man sieht es an der Filzhülle. Druckknöpfe. Feldgrüne Flaschenmäntel. Liegt zu Bergen im Wald. Greifen Sie zu. Schon hat er Betty drei Feldflaschen in den Schoß gelegt. Dazu eine Schachtel Eier von den eigenen Legehorn. Noch eine Flasche?

Hinten im Stroh stapelt sich das Zeug. Erbsensäcke. Filzstiefel. Ein Hamsterbau für etliche harte Winter. Schade ist es ja um den Stall. Pferde sind Pferde. Durch keinen sonstigen Besitz zu ersetzen.

Betty hat nun genug von Flaschen und Pferden und der Gutmütigkeit des Herrn Franz. Uschi, sagt sie, Uschi. Sie will, daß wir weiterziehen.

Wenn's wieder mal paßt, gable ich wieder eine Fuhre über den Zaun. Mit dem Versprechen sperrt er uns das große Tor auf.

Ich schiebe den grauen gummibereiften Wagen durch das Dorf, weiter den Weg durch die Wendenwiese. Die Stoßdämpferfabrik liegt hinter den Bäumen, in Richtung, wo die anderen Kasernen liegen. Fahrplatz heißt das hiesige Birkenrevier. An einer Einbruchstelle kann man sehen, wie die Wurzeln an bombensicheren Betonplatten nagen. Wie sich Erde in den Hohlwinkeln sammelt, wie Gesträuch und Gras darüber wachsen. Betty in ihrem Wagen wartet auf mich, derweil ich im Spalt ein paar Meter in die Erde krieche. Ein Luftschacht zu alten unterirdischen Stätten. Mama! ruft Betty. Hier wohnt der Drache, erzähle ich ihr. Laß uns abhauen. Ich spanne mich ins Geschirr und trabe los. Ein Schwarm stecknadelfeiner Fliegen zieht mit uns, eine Wolke, die sich filzig verdichtet. Ich schlage in das Gestichel. Ich stoße den Wagen im tiefen Pulversand voran. Die Fliegen folgen, sie hüllen uns ein. Sieben Millionen oder Milliarden. Du wirst uns nicht entkommen mit deinem Kind im mausgrauen Wagen. Die Wette gilt. Es ist überhaupt kein Spaß mehr. Wir sind Beute. Betty hustet. Wischt die Spucke, schmiert sich den Rotz in die Augen, wirft sich mit dem Gesicht in die Eier von Franz. Sie röchelt in der schleimigen Lache. Drache. Der Drache jagt uns. Ich renne, stoße den

Bettywagen, Betty, dem Dorf entgegen. Häuser, die sind unsere Rettung. Häuser kann der Drache nicht leiden. Drache, Drache, sagt Betty.

So ein Biest, sage ich.

Ich erzähle von einer Sorte weißer stecknadelfeiner Insekten und von den Bunkern unter dem Königswald. Die Einheimischen sagen, da wurden früher Bomben gebaut. Und heute?

Trotzdem ist es ein schöner Sommer gewesen. Ich schreibe lauter Fortschritte ins Betty-Buch. Verse. Lieder, die sie neuerdings mit uns singt. Wege, die sie kennt, Ausflüge, von denen sie munter erzählt. Der Nachbarhund mit den Stacheldrahtohren hat nun einen Namen, er heißt Harry, weil Betty es so will. Betty lebt auf. Ohne Absencen. Bleistiftspitzer. Wasserzeichen. Solche neuen Worte notiere ich jeden Tag. Vagabund, das Wort kennt sie aus dem Fernsehen. Jeden Dienstag kommt der Mann mit dem Hund und das Lied: Ich bin ein Vagabund. Als Refrain setzt er ein Was-kost-die Welt-Lachen. Betty lacht aus vollem Hals mit.

Unsere einäugige Katze hat Junge geworfen. Wir haben in der Küche eine Wochenstube hergerichtet, aber die hat ihr nicht gefallen. Wißt ihr, wo sie ihre drei Jungen hingeschleppt hat? Zu Betty. In Bettys Zimmer. Unter das Federkissen. Ich habe die jungen Katzen wieder in die Küche getragen. In die Kiste, die ich nun mit der lila Decke gepolstert habe, schöner geht es nicht, die lila Decke muß unsere Katzenmutter doch überzeugen. Aber als ich komme, um Betty anzuziehen, da springt sie grade wieder durch das Fenster, ein Junges im Maul, zwei hatte sie Betty schon zu Füßen gelegt. So geht die Umsiedlung noch ein paarmal hin und her. Aus der Küchenkiste ins Kinderbett. Wir bewundern die Beharrlichkeit. Wie sie das anstellt, übers Dach, die Regenrinne abwärts. Woher weiß sie, daß ich das Fenster aufgemacht habe? Sie ist eben schlau und wer weiß. Wir vermuten ein Geheimnis in unserem Katzentier. Sie scheint mit Betty im Bunde zu sein. Wir sind dankbar, daß sie uns die grobschlächtigen Einmischungen in ihren Lebensstil vergibt.

Die schwarze kleine Katze hat Franz genommen, die andere mit dem weißen Latz der Nachbar, die dritte ist in einem kleinen Spielzeugkörbchen illegal in den Westen gereist. Eine Freundin von Vorstacheldrahtzeiten, von Beruf spezialisiert auf Textil- und Ledertapeten, einst im Schloß Charlottenhof von Sanssouci, von wo wir uns kannten, jetzt Schloß Charlottenburg im Westen, hatte mit ihrem kleinen Sohn einen Tagespassierschein zu ihrem Vater bekommen. Bei der Gelegenheit wagte sie einen Besuch, still und heimlich hintenherum durch unsere Küchentür. Klara. Zur Begrüßung hauen wir uns auf die Schulter. Weil alles so aussieht wie: man muß nur wagen. Wir bleiben den ganzen Tag bei unserer Zuversicht. Jaköble, der Sohn, will sich von dem kleinen grauen Kater nicht trennen. Nimm ihn mit, sage ich. An der Grenze mußt du ihn gut verstecken. Wir kippen einige Fingerhüte voll Kuba-Rum in den Johannisbeermost, auch das hilft gewinnen. Wenn ihr an der Friedrichstraße durch die Kontrollschleuse marschiert, festen Schrittes, freien Blickes, steckt ihr das Katerchen ins Spielzeugkörbchen. Wir fangen gleich an, das Tier an das Manöver zu gewöhnen. Mit einem Brocken von meinem sächsischen Kirmeskuchen, den ich kräftig mit der letzten Neige aus der Flasche getränkt habe, läßt er sich locken, er leckt und wird still. Hoffentlich geht's gut. Wir drücken die Daumen, wir beten.

Anderntags bringt die Briefträgerin ein Telegramm: Alle gut angekommen. – Da wußten wir Bescheid. Da haben wir es Hugo gestanden: der Graue ist nicht davongelaufen, er ist im Westen. Die Geschichte von der Fluchthilfe. Seid ihr verrückt geworden. In seiner Schimpfe steckte der ganze Schreck, der linke und rechte Wachturm, die Mauer im Garten, der fremd knurrende Schäferhund am Laufdraht, Minen, Nachrichten, Prozesse. Dann sind die Ängste verflogen, er nagelt das Telegramm an die Küchentür. Er frohlockt mit uns. Man muß dem Unfug ein Schnippchen schlagen.

Sind alle gut angekommen, der Spruch hängt an der Tür. Ein schöner Sommer. Zum Baden fahren wir an den nächsten See. Niklas springt vom Bootssteg ins Tiefe. Hugo fischt ihn aus dem Wasser. Niklas macht große Augen und ruft gleich: Noch mal, noch einmal. So lernt er tauchen, schwimmen, solange der Atem reicht. Wie ein Delphinkind, sagen wir.

So hüten wir sein Vertrauen. Hugo trägt Betty ins Wasser. Er hält sie fest unter den kleinen Achseln. Sie ballt die Fäuste unterm Kinn. Im Wasser, liebe Betty, bist du ganz leicht. Du kannst stehen, du kannst gehen, deine Beine müssen nur wollen. Niklas hopst, um es dir zu zeigen. Er holt dir den Schwimmring. Sieh mal, so bist du ein Schwan. Wir stecken dich in den Ring. Dein Herz klopft bis zum Hals. Die Schläfenadern pulsieren. Dein Zittern. Dein Angstblick. Wir wollen dich nicht quälen, du sollst dich freuen wie die anderen Kinder. Du lachst, du jauchzt, wenn Hugo dich auf den Rücken nimmt. Huckepackschwimmen bis zur Boje.

Kommt zurück, kommt zuurüüück. Niklas sieht mich an, forscht, ob ich wirklich Angst habe. Es ist Spaß, wir rufen nun beide, bitten, befehlen, jammern, daß ihr endlich zurückschwimmen sollt.

Die gute Sommerszeit hält an. Die Großeltern aus dem Erzgebirge haben einen Dauerpassierschein bekommen. Wir haben Besuch und das nicht nur für einen Tag oder drei. Oma und Opa können noch bleiben. Sie können mich unterstützen. Kochen und Geschichten erzählen. Ich muß nur noch die Waschmaschine anstellen und aufmachen, denn an die elektrischen Knöpfe und Stecker geht Oma nicht ran. Sie hängt die Wäsche auf, sie nimmt ab und räumt auf. Es ist wunderbar für mich und für die Kinder. Opa muß seine Geschichten noch einmal erzählen und noch ein drittes Mal. Es sind Geschichten, die Oma schon lange kennt und schon beim ersten Erzählen ernstlich gerügt hat. Eisenbahngeschichten aus Opas Lokomotivschlosserzeiten, wie er die Strecke Aue–Zwickau unter Aufsicht hatte, noch schlimmer die Geschichten von damals, als er in den dunklen Zeiten der Arbeitslosigkeit Schwarzchauffeur von einem Chefauto war. Hut, Lederhandschuhe. Wenn du abbiegen willst, hat's rechts und links een roten Daumen am Schassi. Opa mußte den Chef von der Thalheimer Strumpffabrik jeden Sonnabend nach Hof zu einem Gasthaus transportieren. Hotel Lilly. Opa schmunzelt. Plüsch, inwendig alles roter Plüsch. Oma schmeißt giftige Blicke. Was du den Kindern wieder erzählst. Märgusche! Wie soll man das übersetzen: Märgusche. Gusche, das ist ein ungehobelter Mund. Mären heißt dummes Zeug reden, erfinden, behaupten. Märchen erzählen. Oma ist gegen Opas Märchen, weil sie hauptsächlich aus dem Leben kommen, lauter Zeug ohne anständige Moral, ohne Weisheit. Niklas lacht und lacht. Ein Waggon, den es auf der Kalberger Höhe aus den Schienen geworfen hat, holpert weiter, immer weiter den Berg hinunter bis zu den Häusern, direkt auf die Schule zu, dort drischt er gegen eine Laterne, der Waggon kippt und die Säcke platzen, und weil es ein Mehl-Waggon von der Bienertmühle ist, denkt der Lehrer, der Winter ist da, es schneit. Kinder, es schneit. Ein anderer Waggon gehört der Wurstfabrik, auch der ist entgleist, total überladen mit Schweineschinken. Betty schläft selig auf Opas Knien. Und weiter! Was passiert mit den Schinken? Einer ist wie eine Granate durch das offene Fenster auf unseren Tisch geknallt. Zu Omas Geburtstag. Niklas lehnt an Opas Schulter, drückt beide Daumen in den Fäusten, so sehr wünscht er sich einen guten schrecklichen Schluß. Gern erzählt Opa von Meister Erich, dem zweiten Mann in der Schlosserei, wie gut der seine Frau abgerichtet hatte. Jeden Morgen ist sie noch im Finstern in den Schuppen gegangen, um das Motorrad anzutreten, damit es bis zur Abfahrt warmgelaufen ist, und die Tabakpfeife hatte die Frau bereits gestopft, nicht zu fest, nicht zu locker. Eine Tabakpfeife ist kein Vogelnest. Die klemmte mit einem Weckring auf der Brotbüchse, fertig zum Anzünden in der Kantine nach dem Frühstück. Opas Thema: Erichs Sinn für Gemütlichkeit.

Nun mach aber einen Punkt. Das Essen steht auf dem Tisch. Märgusche, schäm dich. Das Beste ist, was man selber ißt. Er zischt das scharfe S, um Oma noch höher auf die Palme zu treiben.

Ist alles nicht wahr, was der Opa erzählt. Oma nimmt Niklas mit in die Küche. Die Kartoffelschüssel tragen. Eine Tabakpfeife ist kein Vogelnest. Jeden Mittag gibt es rund um die

Woche was anderes. Donnerstags Milchreis. Freitags Hering. Sonnabends Kartoffelsuppe. Sonntags erst Suppe, dann das Gericht und zum Schluß noch Kompott.

Weil Oma und Opa bei uns sind, kann ich mit Hugo in die Oper und ins Kino gehen. Wir können zum Pferdemarkt nach Havelberg fahren. Franz fährt jedes Jahr am ersten Sonnabend im September nach Havelberg. Das hat uns der Nachbar erzählt. Ist ja auch Heiratsmarkt dort.

Es wäre ihm zu wünschen, daß er dies Jahr was findet. Aber gibt's denn auch Pferde? frage ich nun doch, damit wir nicht mit falschen Vorstellungen losziehen. Pferdemarkt ohne Pferde. Wie neulich in der Kirche, da gab's keinen lieben Gott, nur Musik.

Ob wir eins kaufen wollen, fragt mich der Nachbar.

Warum nicht, sage ich forsch. Aber das sind nur Reden.

Ich weiß ja selbst nicht, wie es kommen wird.

Ich lasse mich überrumpeln und habe doch alles in der Hand. Warum habe ich Herrn Franz sehr nebenbei jene pferdepsychologische Frage gestellt, damals, als ich mit Betty die zweite Fuhre Stallmist bezahlte. Das Mistgeschäft könnte so gesehen fast als Vorwand erscheinen. Die Schulden, die ich hatte, dann ging es wohl auch noch um die junge Katze. So ein kleines Tierchen fängt schon Mäuse und tut so, als gehört es seit Weltbeginn hierher ins Stroh. Verschwindet mit dem Hals vom Sonntagshuhn hinter den Hafersäcken. Kennt die Töpfe im Haus und die Schlupflöcher im Stall.

Wäre es nicht besser für Ihr Pferd, wenn noch ein zweites im Stall stehen würde?Franz hatte sich gleich wieder auf das Thema Pferd eingelassen. Seine langen Tage habe er Zweigespanne chauffiert und immer Jungtiere im Stall gehabt. In der heutigen Zeit sei die Pferdehaltung eine Haferfrage: die Erbsen von den Russen sind gut, aber Hafer ist besser. Es ist wie verhext mit dem Hafer. Nix Hafer. Es gibt keinen mehr.

Seit wann?

Seit Chruschtschow, hatte Franz erklärt.

Chruschtschow hat den Osten bis an die Elbe auf Mais eingestellt. Auch Erbsen läßt man gelten. Leguminosen. Sie verbessern als Wirte der Knöllchenbakterien den Boden, Stickstoffsammler. Die Erbse als Frucht enthält Eiweiß und andere Stoffe, die gut sind für gesunde Winde im Darm. Das hatte gewiß seine Richtigkeit, aber Hafer bleibt Hafer, so jedenfalls, denkt Franz, denkt ein Pferd.

Hafer bleibt Hafer. Das ist die Lage.

Wir sind unterwegs.

Es ist wieder zwei Stunden später geworden. Die Zeit stiehlt sich heimlich davon. Weder Hugo noch ich haben am Morgen Macht über sie. Das ist unsere Pünktlichkeit rund ums Jahr. Aber der Tank ist voll. Unser Auto fährt andächtig durch fremde Dörfer. Niklas wird jetzt aus der Schule kommen. Betty wird Opas Geschichten hören. Oma wird kochen. Bei einem Dorfbäcker kaufen wir bemehltes Landbrot und Pflaumenkuchen für morgen. Die Bäckerin wedelt die Wespen aus dem Laden. Gute Fahrt, ruft sie und zeigt beide Daumen zum Himmel: Pferdemarkt bedeutet Schönwetter. Als ihr das Donnerwetter vor drei Jahren einfällt, sind wir schon wieder auf der Chaussee.

Die Autoschlange vor der Havelfähre bestätigt uns nochmals, daß wir richtig sind. Der Weg, das Datum. Aufgenommen in die Gemeinde, die unterwegs ist zum Geschehen.

Die Fähre treibt gemächlich herüber, hinüber. Zwei Autos nimmt sie jedesmal mit. Nach einer Wartestunde faltet Hugo die Landkarte auseinander. Im nächsten Ort, zirka zwölf Kilometer, gibt es eine Brücke, sagt er. Hinter uns ein freundlich kurzangetipptes Tut. Wir rücken gleich zwei Längen vor.

Jetzt umkehren wäre wieder ein Fehler. Jetzt heißt es klug sein und warten.

Auf der Fähre sagt der Chauffeur des anderen Autos, hoffentlich erreichen wir das Ziel noch vor Schluß. Wir sind nicht allein mit unseren gemischten Gefühlen. Das tröstet. Unser Auto rollt tapfer an Land, zieht weiter mit der Kolonne, hält Anschluß, springt wachsam in die Lücke der richtigen Spur. Links in der Ferne ein Riesenrad, rechter Hand auf einem Hügel eine Backsteinkirche. Dahinter vermutlich die Stadt. Ein

Bach und ein Winddamm bestimmen die Richtung. Menschen und Menschen. Und wo sind die Pferde?

Parkplätze auf den Weidewiesen und Stoppelfeldern. Wurstbuden am Weg. Aber auch Pferdeäpfel. Hugo sagt: Na siehste, na also!

Unser Auto sucht eine Lücke. Ein Mann mit Armbinde reißt Zettel vom Block. Fünf Mark. Wir murren. Parkgebühr auf einem Acker. Wo leben wir denn? Hugo zahlt, weil es keinen Zweck hat.

Es gibt wahrlich Pferde genug. Und zwar aus besagten Gründen. Kein Hafer. Kein Heu. Die Betriebe in den Dörfern sind auf Spezialisierung aus, Pflanzenproduktion oder Tierproduktion, sie brauchen Spezialmaschinen, aber keine Pferde. Das Pferd ist von der Arbeitshilfe zur Liebhaberei geworden.

So stehen die unnützen Fresser festgebunden am geschälten Rundholz. Rappen, Schimmel, Falben und Füchse, Schecken, Wallache und Stuten, manche tragend, manche mit Fohlen. In der Nähe der Tiere, scheinbar gelassen, die vom Betrieb abgeordneten Handelsmänner. Märkische Bauern mit Stall- oder Büroerfahrung, etliche mit Landwirtschaftsschule. Je nachdem, meist im Gespräch, meist mit Flasche, meist jedoch hin und her gerissen, was man sich wünschen soll. Einen Verkauf oder lieber eine Remission. Am Abend mit der stalleigenen Stute auf dem Hänger wieder nach Hause. So böse wäre das nicht. Wenn die leeren Futterkrippen nicht drohten. Wo hernehmen und nicht stehlen. Beziehungsweise, man würde ja stehlen, beziehungsweise abzweigen, wenn es wo eine Scheune mit vollen Säcken gäbe. Es gibt keine. Such mir in diesem Land ein Haferfeld.

Manch einer hat hier ein Tier angebunden und tut dazu noch so, als wollte er ein weiteres heimführen. Er zeigt, was er im Herzen ist. Ein kaufwilliger Kenner. Er nimmt die Parade zum siebenten Mal. Hebt die Hufe, guckt andächtig in die Mäuler, streicht sich das Kinn, als gäbe es etliches zu bedenken, Argumente gegeneinanderzustellen. Kostenpunkte. Ausbildungsgrad. Alter. Die wachsen ins Geld, heißt es neben einer jungen Stute und einem Hengstfohlen mit Papieren. Was soll's denn kosten?

Auch wir sehen inzwischen ernstlich interessiert aus. Wie wir uns nach dem Stockmaß erkundigen. Einssechzig. Ziemlich groß, oder nicht? Was soll's denn kosten? Und das daneben? – Vorsicht, der schlägt! So warnt uns der Eigner eines Apfelschimmels, ein Mann, der hofft, daß er seinen Grauen zum Schluß wieder mit nach Hause nehmen kann. Ein nettes Tier, aber er tritt, da kennt der nischt.

Wir heben die Hufe. Schönes Auge. Wir begutachten lange, gelbe Pferdezähne. Das Pferd, vor dem wir nun kennerisch verweilen, ist ein Rappe. Der Halter stellt sich handelsbereit daneben. Wofür, ich meine, zu welchem Zweck, würden Sie ihn denn haben wollen? Ich meine, als Kutsch- oder Reitpferd? Dressur oder Springen? Oder soll er was wegziehen?

Da sagen wir, daß wir nichts übers Knie brechen möchten. Wir gehen woandershin. Ein Hühnerbein essen. Und dann zum Riesenrad. Das ist der Heiratsmarkt. Ein Name nur, mehr können wir nicht entziffern. Keine späten Mädchen. Keine Galane. Keine Spur von Franz. Als wir wieder bei den Pferden sind, kommen wir gerade recht zum Theater, das hat dieses Jahr noch gefehlt. Das mußte noch kommen. Einer hat Hand eingeschlagen, aber er will den Handel nicht wahrhaben. Jeder weiß, daß das nicht nur gegen die Ehre, sondern auch gegen das Gesetz geht. Mit Handschlag gilt das Geschäft als geschlossen. Im Augenblick haben sich zwei Parteien gebildet. Die ziehen nun als getrennte Haufen über den Platz, stracks zu einem angemieteten Zirkuswagen, wo das Schiedsgericht sitzt. Es ist eine Minutensache. Der Mann muß zahlen. Das ist man kloar. Glück hat er. Das Pferd ist ringsherum erste Güte, das nähme ich sofort. So die übergreifende Rede, eine Mischung aus Hoffnung und Resignation. Man muß dabeisein, um Tragweiten zu ermessen.

Wieder der Rappe. Wir sind plötzlich wieder an der Stelle. Der Trubel und unsere Neigung haben uns geleitet. Der Bauer, ein Mecklenburger, hat uns gleich erspäht.

Ein Vielseitigkeitspferd soll es sein, höre ich Hugo sagen.

Zwei hemdsärmlige Assistenten treten aus dem Hintergrund neben den Chef. Mecklenburger wie er. Kerle von Schrot und Korn.

Der frißt nicht viel. Einer sagt es, die anderen nicken. So is es. Das beste an Pferd. So is es.

Ob Hugo nicht mal aufsitzen möchte? Jemand trägt einen Sattel herbei. Leute kommen. Der Rappe wird gezäumt, gesattelt. Die Steigbügel müssen Sie sich aber selber richten. Hugo fingert an einer Schnalle. Viele Augen schauen zu. Hugo nimmt die Zügel. Räuberleiter, zwei Kerle halten die gefalteten Hände hin, die Schultern zum Stützen. Hugo klettert. Einer gibt seinem Hinterteil einen Schwung. Mein Hugo sitzt auf dem Pferd.

Ein Traum. In Morgenstunden, wenn ich Hugo sehr nahe war, habe ich manchmal im Grund seiner Augen ein sehr tiefes Flimmern gesehen, aber ich war nicht helle genug, die Zeichen zu erkennen. Ich ahnte ja nur, was sein verklärter Blick bedeutete, wenn Franz bei uns vorbeikutschierte. Jetzt weiß ich Bescheid, jetzt steht das Bild vor mir. Ein Mann, ein Pferd. Der Kindertraum samt seiner hochfahrenden Erfüllung. Ich kann mich nur wundern. Ich bin nur froh, daß ich mit Herrn Franz in einer weibischen Ahnung über die Möglichkeiten, ein Pferd unterzubringen, geredet habe. Franz hatte gleich in alter Frische die Hände gerieben. Warum nicht? Ich brauchte jemanden, der hilft beim Heu. Die Fahrländer Wiesen bringen ein paar privatwirtschaftliche Fuder. Die Mähmaschine muß hin. Bei Schönwetter muß gewendet werden. Lauter machbare Sachen. Mistkarren, Strohstapeln. So was ist uns nicht fremd. Unsere Ahnen, wir selber stammen vom Lande. Ich bin mit Ziegenmilch großgeworden. Später besaß mein Großvater eine Kuh. Ich kann Cyclamen pikieren. Ich kann Rosen veredeln. Als gäbe es keine Grenzen. So haben Franz und ich ins Blaue hinein geredet.

Ich grüße dich da oben. Alles klar? Ich nicke dir zu. Doch an den Männern, die mit mir auf der Erde stehen und zu dir hinaufschauen, bemerke ich ein befremdliches Schmunzeln. Kennermienen. Da kannst du wetten, höre ich ihr Raunen, der

Hansl hat doch noch nie im Leben auf einem Pferdebuckel gesessen. Lauter Gerede. Mir erscheint Hugo dort oben nur königlich. Wie Sachsens Johann vor der Semper-Oper. Wie aus Bronze gegossen, so steht das Pferd. Und Hugo immer noch oben. Die sind bloß neidisch, denke ich mir. Da muß man ja neidisch sein.

Wir kaufen ein Pferd. Wir kaufen das Pferd. Ich klopfe auf meine Anoraktasche, den Scheck, unsere Habe. Hugo weist die Männer zurück. Er klettert allein herab. Inzwischen sind alle da. Die Experten, Bauern, die übrigen Mecklenburger und die neugierigen Zuschauer. Wir begutachten das Pferd aus verschiedenen Entfernungen, in der Art, als wollten wir es malen. Dann streichen wir ihm die Fesseln und heben die Hufe. Dann bringen wir es dazu, das Maul aufzumachen. Die Zunge, die Zähne. Ganz jung wird es nicht mehr sein. Aber was wollen wir denn mit einem jungen, ungezogenen Pferd? Statt dessen soll unser Pferd freundlich sein, es soll nach Stall riechen, durch Nüstern schnaufen, wie dieses Tier. Sein Fell soll so warm sein wie seine Seele.

Ob der Sattel im Pferd und im Preis inbegriffen ist, will ich wissen.

Selbstverständlich, sagt der Bauer.

Damit habe ich klug einen Vorteil erhandelt. Hugo schenkt mir einen Blick. Mutter Courage.

Nun sind wir vollends glücklich. Wir kaufen ein gesatteltes Pferd. Das arglose Pferdeauge. Seine schöne Gestalt. Ich lasse mir seinen Atem in die Ohren säuseln. Schnuppere, bilde mir ein, daß das Tier mich schon kennt. Hugo wird auf meinen und dann auch auf seinen Wunsch noch einmal schwungvoll in den Sattel gehievt.

Meinst du wirklich? fragt er von oben. Ich nicke und zwicke ihm verschwörerisch in die Wade. Seltsame Worte. Spalthuf. Schweißrinne. Ramskopf. Hirschhals. Dämpfe. Ich will sie nicht hören.

Zungenhänger, sagt so ein Schlaumeier hinter meinem Rükken. Die Zunge hängt ihm tatsächlich manchmal aus dem Maul. Wir haben es schon selber erkannt, daß unser Pferd zur

Melancholie neigt. Es gibt unter Hunderten kein schöneres Tier. Es ist ein Wallach. Offiziell acht Jahre alt. Die Stimmen, die ich nicht hören will, verdoppeln die Zahl. Murmeln. Der steht kurz vor dem Abnippeln. Der taugt kaum noch für die Wurst, so dürre wie der ist. Guck dir doch die hängenden Lefzen und die Äppel an, grau und lauter unverdaute Körner. Der braucht Quetschhafer, dann macht er vielleicht noch ein bißchen. Was denn? Mist. Mecklenburgisches Bauernlachen.

Ich sehe Hugos still versammelte Freude und wie er kopfrechnet. Ich bin schneller. Ich steige auf eine Futterkiste und rede ihm zu. Wir verkaufen die silbernen Löffel und die Dresdner Bibel, hoffentlich ist sie was wert. Der Mann im Fotoladen ist schon lange scharf auf die Leica. Die soll er nun haben. Stell dir vor, wie sich die Kinder freuen.

Trotzdem, ich fühle es auch, ein Zuspruch von einer außenstehenden Seite wäre nicht schlecht. Herr Franz erscheint wie gerufen. Ich sehe ihn kommen, er drängt sich durch gaffendes Volk. Er hat in dem alles überragenden Reitersmann Bettys und Niklas' Vater, meinen Liebsten Hugo erkannt und nun mit einem Blick das Pferd.

Unser Pferd, rufe ich ihm mit stolzer Bestimmtheit entgegen. Franz sieht die gespaltenen Hufe. Hört, wie es unter den Rippen des Tieres rasselt. Jedes, bloß das nicht, sagt er.

Wir müssen ihm glauben, aber es tut sehr weh.

Wir wollen keinen Turniersieger haben, verteidige ich unsere Einfalt und das gesattelte Pferd. Sein wunderbares Fell.

Mottenfraß, sagt Herr Franz.

Ich sage: Ich meine, die Farbe. So ein schönes dunkles Braun.

Herr Franz hat auch dafür einen schonungslosen Kommentar. Wie ein alter Filzlatsch. Es ist die Wahrheit, aber sie verdient keinen Dank.

Haben meine Bekannten etwa schon eingeschlagen? fragt Franz in die Zeugenrunde. Das haben wir nicht.

Hugo gibt mit finsterer Miene die Zügel an den Besitzer.

Ich wußte nicht, daß Sie ein Wildwestpferd suchen. So der beleidigte Mecklenburger. Herr Franz schleust uns aus der

Mitte. Das Publikum pfeift hinterher. Einverständnis oder Schimpfe. Man kann es nicht wissen. Wir sind auf der Flucht.

An einem Stehtisch trinken wir schweigend jeder ein großes Bier. Senf klebt am Wachstuch. Pappe, schlecht abgenagte Hühnerknochen. Schnapsfahnen wehen an unserer Seite, denn wir sind umgeben von Gewinnern.

Daneben Geselligkeit auf Campinggestühl, klug, mit eigenen Thermoskannen, Kartoffelsalat, Würfelzucker im Marmeladenglas. So meistert man jede Ausfahrt von zu Hause. Einer hat sogar einen großen Gemeinschaftsschirm mitgebracht. Falls es regnet wie im vorvergangenen Jahr. Lebenskünstler. Die sind gerüstet. Die lassen sich nicht unterbuttern.

Sie wollen also ein Pferd kaufen, sagt Franz. Wir müssen nicht antworten, denn direkt auf uns zu kommt vom Strom der Menschen und vom Schicksal geleitet unser rettender Engel, er ist rotbärtig. Hugo kennt ihn persönlich. Wir wissen es gleich, er ist der Mann für den richtigen Schluß. Er hat uns gesehen. Hugo ruft ihm entgegen: Sie schickt der Himmel.

Ich sehe Hoffnung in Hugos Augen.

Der Mann hat die Geschichte *Pony Pedro* geschrieben. Und das Buch *Tinko*, auch darin geht es um Pferde. Immer geht es bei ihm um Pferde. Selten um Politik oder Frauen. Aber wir reden jetzt nicht von Büchern oder Theater oder Musik im Theater, den Versuch einer Dorfoper, mithin über die Choreinstudierungen, die in Hugos Händen lagen. Es geht um unsere letzte Gelegenheit. Die Zeit ist knapp. Unser rotbärtiger Engel läuft uns voran. Schon schaukeln Zugmaschinen samt Hänger über den Platz zu den Warteständen. Die gekauften und die unverkauften Pferde werden verladen. Sieh dir das an. Hier kannst du Charaktere studieren. Das ladefreudige Tier ist in drei Sätzen auf dem Transporter. Dann gibt es die, die nicht gerade vorbildlich sind, aber beizeiten Einsicht zeigen, weil der Stall lockt, weil sie Hunger haben, weil sie aus anderen triftigen Gründen schlau sind. Aber es gibt eben auch den Typ des Problem-Laders, der ist mit nichts vom Erdboden wegzubringen.

Solche Pferde sind die Attraktionen des Marktes. Wo so

eins geladen wird, bildet sich im Handumdrehen ein interessierter Kreis. Man wartet, bis der nächste Experte auftritt, wie der dem Biest einen Sack über den Kopf stülpt, beobachtet, wie der seine Ruhe verliert, wie er anfängt zu fluchen, wie er es plötzlich noch einmal ganz anders, nämlich mit Gottvertrauen und guten Worten versucht, kameradschaftlich am Ohr des Tieres. Nu geh, mein Guter. Dann noch mal schulmäßig streng: Auf, Anastasia, auf. Und wie der Schlaue schließlich mit letzter Beherrschung sämtliche Zuschauer wegscheucht. Haut ab, sonst ruf ich die Polizei.

Halt die Luft an, Dicker. Und mach hier die Pferde nicht scheu.

Der Dicke greift nach der Peitsche. Du machst die Pferde scheu. So kann man gleich noch erleben, wie Sprichwörter geboren werden. Einfach beim Überkreuzreden, wenn es in einem Augenblick zu viel Meinung gibt. Worte bleiben für immer auf der Zunge.

Unser Mann führt uns an den fröhlichen Zuschauern und den Problempferden, die aussehen und sich benehmen wie Schnitzwerke aus dem Erzgebirge, vorbei.

Wir haben keine Zeit zu verlieren.

Wir suchen nach einer Remonte, einem Fuchs, gut gebaut, freundlich, aber mit Temperament im Auge. Einem Pferd, das er am liebsten selber mit heimnehmen würde.Wir suchen nach einem Bilderbuchtier. Einem Muster von Pferd. Eins, das Flügel spannt, wenn es darauf ankommt. Beim Verladen zum Beispiel. Der Rotbärtige hat vorhin so eins gesehen. Er ist dabeigewesen, wie es mit zwei lautlosen Sprüngen die Rampe raufgaloppiert ist. Auf einen Hänger aus der Gegend von Klötze/Salzwedel. Man muß es nur finden.

Die Fahrzeuge stehen abfahrbereit in Kolonne. Die Klappen sind dicht. Mähnen, manchmal nur Ohren, lugen still durch die Bretter und Planen. Ihre Begleiter, ganze Familien, halbe Dorfgemeinschaften, sind zum Abschiednehmen im Bierzelt. Noch ein letztes bis nächstes Jahr.

Hier, sagt unser Engel, das ist es.

Vier fuchsfarbene Köpfe nicken uns vom Hänger herab zu.

Er hat ihn gefunden, nicht nur den Hänger, sondern auch dieses eine Wesen, den Fuchs mit dem freundlichschlauen Auge. Das richtige Pferd.

Er weiß, was wir wollen. Wir allerdings wissen nur, wir sind bereit. Ich bin geneigt, Hugos Kindertraum zu erfüllen. Wozu sollte mein Vermögen von 2000 Ostmark sonst gut sein. Die Bibel, die Löffel. Es ist immer noch mehr eine Eingebung als ein kalkulierter Schluß.

Hugos Bekannter ist auf den Hänger geklettert.

Den meine ich, sagt er. Fuchsbärtig neben unserem Fuchs.

Den nehmen wir, sage ich.

Voll Hochachtung vor diesem Pferdeexperten und Schriftsteller fahren wir heim. Auch Herrn Franz kann ich wieder gut sein. Wir haben ein Pferd. Herr Franz wird eine Box für unseren San Pedro richten. Der schöne Fuchswallach soll noch für ungefähr zwei Monate in seinem Geburtsort bleiben. Dann wird seine neue Bleibe, die Box im Stall neben Herta, der Hannoveranerin, gerichtet sein. Dann werden wir ihn holen. So haben wir es neben dem Pferdehänger beschlossen. Hugo, Franz, der Verkäufer und ich, Handschlag, Vertrauen gegen Vertrauen. Hugo war selbst noch hinaufgekrochen. Er wußte ja nun, die Hufe, die Atmung, das Fell, die Zähne. Die Kunde, so sagt der Fachmann, muß an den Milchschneidezähnen noch ziemlich flach sein, jedenfalls flacher als die Kunde vom späten Schneidezahn. Kein Einspruch von Franz. Franz hatte sogar mehrmals zustimmend genickt.

Kinder, wir haben ein Pferd.

Man hält uns fortan für Narren. Vielleicht sind wir tatsächlich wunderlich geworden. Aber bis gestern waren wir es nicht. Bis gestern waren wir weder närrisch noch klug. Wir wußten ja nicht einmal, was ein Woilach ist.

Der Schriftsteller, unser Engel und Meister vom Pferdemarkt, hat uns eingeladen. Das freut uns. Er ist uns ein Bruder im Geiste. Hugo aus Pferdegründen und Theaterzeiten und mir, weil ich mich in seinen Dorfgeschichten zu Hause fühle. Die Leute kenne ich, die Dorfschuster und Bäcker, die Unerschütterlichen, die mit Bäumen reden, um zu erfahren, woher übermorgen der Wind wehen wird. Vor etlichen Jahren ist er von Berlin aufs Dorf gezogen. Wieder zurück aufs Dorf, denn nach dem Kriege war er vom Dorf in die Stadt gekommen. Das Naturtalent war einem Ruf gefolgt. Dem Ruf des Theaters. Bertolt Brecht hatte ihm Briefe geschrieben. *Katzgraben*, die Geschichte, die man von ihm in der Bauernzeitung abgedruckt hatte, gehöre auf die Bühne. Nun lebt er als Mensch mit solch einem Lebenslauf nicht einmal mehr im Dorfe, sondern außerhalb, eigentlich schon im Wald. Das alte Haus und der Neubau hocken in kleinem Abstand in einem hügelumschlossenen Gehöft, umgeben von Obst- und Nußbäumen und Weiden. Es gibt ein Gatter für Autos und Wagen und ein kleines Tor mit Schloß und Klinke für sämtliche Fußgänger, Tier und Mensch. Es ist kein Getue, er ist einer, der weiß, wovon er redet. Er redet von Pferden. Ich wundere mich nur, daß er uns für voll nimmt. Unsere wohlgefälligen Blicke auf den Araberhengst, den er an der Longierleine vorführt. Ein Rappe aus dem Morgenland.

Frage nicht, wie der hierhergekommen ist. Diplomatische Beziehungen spielen eine Rolle, nicht nur im übertragenen Sinne, sondern direkt. Der Rostocker Zoo und das Politbüro haben die Hände im Spiel. Jedenfalls ist dieser Araber über Generationen verwandt mit einer der legendären fünf Stuten, die einst die Flucht von Mekka nach Medina überlebten. Eine dieser tapferen Fünf war seine vorverflossene Urgroßmutter. Wie diese trägt er weiße Abzeichen an den Beinen, mit Ausnahme des rechten Vorderfußes, der ist schwarz wie ein Seidenstrumpf.

Hanif sein Name.

Solche Welten.

Unser Meister redet vom Stockmaß. Die Longierleine spielt in seiner rechten Hand. Er gibt nach und strafft über den Zeigefinger. Blaue Latzhose. Karohemd. Der besagte rote Bart, kleine dunkle Augen, eine Ledermütze mit schmalem Schirm. Er äußert seine Meinung mit philosophisch schräger Unterlippe, sieht dabei einem Filmschauspieler verdammt ähnlich, wenn der sehr überzeugend einen schlauen Bauern spielte. Stockmaß. Solche Sachen will ich mir merken. Gaaalopp, und der Hengst gehorcht. So muß es sein. Hugo soll den weichen Gang des Hengstes probieren. Er brauche fast keine Hilfen, man müsse nur denken oder wünschen, wohin man wolle. Der Gedanke rutsche aus dem Kopf in die Hände und von da über die Zügel zum Pferd, oder er rutsche den Rücken runter, in die Gesäßknochen und teile sich auf diesem Weg durch den Sattel hindurch dem Pferde mit, ein Konzentrat des Gedankens fahre außerdem in die Knie und in die Waden. Jedenfalls wisse der Hengst, was der Reiter grade wünsche. Einen gemütlichen Galopp zur Koppel oder einen Trab zum Briefkasten oder zum Bäcker. Vielleicht schweben die Gedanken auch gleich kurz und bündig von Kopf zu Kopf. Damit werde das Reiten zur Natur. Und es bleibe Zeit, auf das Pferd selbst zu achten.

Worauf?

Auf die Ohren. Was er so denke über die Wegebeschaffenheit oder über einen Keil Gänse am Himmel oder über das Rauschen der Zeit oder über die Furcht vor Schuld und Schmerzen. Oft wolle das Tier nur komisch sein mit seinen Ohren. Es reiße Witze. Darüber könne man dann lachen.

Hugo sitzt auf. Hugo denkt und denkt, man sieht es an seinem spitzen Blick und an den beredt rosa Ohren. Hugo denkt an einen versammelten Arbeitsschritt. Doch das Pferd bleibt wie ein Zaunpfahl am Platze. Plötzlich ein Schwanken. Hugo hält die Zügel unter dem Kinn. Das Pferd tritt mit der Hinterhand in die Johannisbeersträucher, es drängelt rückwärts, Schritt für Schritt, mit kleinen traversen Sätzen, nicht daß es buckelt, nicht daß es ausschlägt, davon hält es Charakter und Erziehung zurück. Es kaut auf der Trense. Die Zähne knirschen.

Es räumt sich auf, sagt der Meister mit seiner philosophischen Unterlippe. Aus der verwunderten Anmerkung ist eine kleine Enttäuschung herauszuhören. Gilt sie uns oder dem Pferd, dem außerordentlichen Araberhengst, der sich nun zusammenschiebt wie eine Ziehharmonika? So hat er fast keinen

Rücken mehr. Nur noch widersetzliche Beine. Überkreuztretende Hinterhände. Die Nase zum Himmel. So tänzelt er durch sämtliches Beerenobst. Rückwärts durch den Rhabarber.

Hoho. Hoho, Hanif. Leise, ohne Zauberstab und Sternenmantel. Unser rotbärtiger Experte in Latzhose, Ledermütze, dreimal bittend von der Seite: Hoho. Mit Hugo auf dem Rücken marschiert das Pferd sofort wie auf einem Turnierplatz, Tritt für Tritt, einmal im Voltigierkreis. Noch eine Runde. Sehen Sie, wie er durch das Genick geht? Hoho. Ich bestätige die Talente. Ich erkenne die Kunst. Das Genick, die gebogene Kruppe, die auf Vorderhand gerichtete Nase. Und die untergesetzten Hinterhände? fragt der Meister. Ich bestätige: Die sehe ich auch.

Hugo macht Miene. Ich weiß, was er denkt. Bloß runter, denkt er.

Der Gastgeber hat Kaffee gekocht. Wir reden weiterhin über Pferde, und das ist die Hauptsache. Woilach, es genügt eine gute Decke, sagt er, so eine aus Wolle, am besten die vom russischen Militär. Darauf fügt er noch eine Erklärung an. Woilach ist einfach der Schutz zwischen Sattel und Pferderücken. Für uns ist auch das eine Erleuchtung.

Der Meister geht uns voraus. Quer durch den Kiefernhochwald, dann einen Sandweg zwischen Wald und Schonung. Er schlenkert einen geblümten Beutel, da ist getrocknetes Brot drin. Er trichtert die Hände und ruft in den Wald: Kay. Laut in eine Richtung. Kay.

Heute kommt er nicht, sagt er. Das enttäuscht uns und vor allem Niklas, dem er die Attraktion vorführen wollte. Seinen Ponyhengst Kay. Und wenn wir Glück haben, die ganze wild im Wald lebende Herde. Er kommt bestimmt, sagt Niklas. Wir halten immer noch Ausschau. Der Meister zeigt die Richtung, aus der er sonst jedesmal aufkreuzt. Unterholz, dahinter kupferne Kiefernstämme. Immer, bloß heute nicht. Kay. Wir lauschen. Ein Schmetterling gaukelt. Der Eichelhäher kräht.

Das sind so seine Scherze. Der Meister ist selber betrübt. Gleich aber kann er schmunzeln. Das sind so seine Scherze. Kay, du Lümmel.

Niklas hat rasch Hugos Hand genommen. Vor Schreck, aber auch, um mich zu beschützen. Hugo und Niklas bauen sich vor mir auf. Im Angesicht die Mächte des Waldes.

Lautlos war der Ponyhengst hinter unseren Rücken aus seinen Gefilden zu uns gekommen. Wie aus der Erde gewachsen, ein wild zerzauster Geselle.

Lümmel.

Er schüttelt das Zottelfell, die Mähne, die fast auf die Erde tunkt. Trockene Blätter, Moos, eine Wolke Staub wirbeln auf. Er stampft mit dem Huf. Brot. Der Meister hält ihm die Brocken hin. Auch von Niklas läßt sich der Ponyhengst füttern.

Hier gibt's noch mehr, Kay, hier.

Kay hält inne und lauscht. In nämlicher Sekunde fliegt das Laub. Eine Spurfahne weht die Strecke, die er zieht, in die Senke hinunter. Er hat sich gezeigt. Er ist fort.

Kay, ruft Niklas. Nun kommt er bestimmt nicht noch mal, sagt der Meister. Er schüttet das Brot in die Wurzeln des Eichbaums. Das holen sie sich, wenn wir weg sind. Die Herde lebt frei im Wald. Im Sommer und im Winter. Wir haben für sie eine Hütte gebaut. Aber die Ponys bleiben lieber unterm Himmel. Im letzten Schneewinter haben sie direkt neben der Hütte übernachtet. Alle zusammen und drüber eine dicke weiße Decke, wie ein Federbett.

Ist er der Großvater oder der Vater von Tinko? fragt uns Niklas auf der Heimfahrt.

Ach, sagen wir, er hat sich die Geschichten in den Büchern doch ausgedacht.

Niklas will uns nicht alles glauben. Er zweifelt eigentlich an manchem, was wir so erzählen.

Wahrscheinlich ist er beides, sagt Niklas.

Geht denn das?

Das geht. Mehr Einsicht in seine Meinung gewährt er uns nicht.

Zu Hause ist alles beim alten. Betty sitzt auf Opas Schoß. Oma hat die Rosen vom Strauch abgeschnitten, einfach mit dem Küchenmesser. Statt vor der Mauer zu blühen, hängen sie nun in der Blumenvase. Beinahe hätte ich heulen müssen, da hat Betty ihre Hand ausgestreckt, und ich war erlöst. Im Holz steckt bestimmt schon ein frischer Trieb und eine Blüte dazu. Und der Zaunpfahl kriegt auch noch ein Blatt. Wie der Spazierstock, den ich aus dem Potsdamer Sperrmüll mit nach Hause genommen habe, der trägt diesen Sommer unsere Tomaten. Sorte Harzfeuer, mitten in den Erdbeerpflanzen, so steht er, stolz behängt mit den roten Kugeln. Du machst Witze, meint Hugo.

Aber ich rechne längst mit solchen Wundern. Wer weiß, sage ich, wenn ich will, schlägt der Spazierstock Wurzeln. Betty zupft mich am Ohr.

Sie freut sich, daß wir wieder zu Hause sind.

Niklas fängt gleich an, sein schönstes Ferienerlebnis aufzuschreiben. Jetzt hat er noch Lust. Er weiß schon, die Lust vergeht irgendwann und wandelt sich um in eine häßliche Pflicht. Er holt das Heft aus der Tasche, schreibt, weil er will, und nicht, weil er muß.

Links oben steht: Mein schönstes Ferienerlebnis.

Auf den Anlasser bei unserem Auto kann sich keiner verlassen, so fängt der erste Satz an. Startprobleme des Polski Fiat. Niklas schreibt eine ganze Seite voll. Am Ende sind wir immer noch nicht losgefahren, weil wir warten müssen, bis das Auto wieder kalt geworden ist. Erst dann können wir es noch mal probieren. Nach jeweils drei Versuchen muß eine Pause sein. Wenn der Motor gleich beim ersten Dreh anspringt, ist es meist gut. Beim dritten Mal geht nichts mehr. Wehe, du bringst nicht genug Geduld auf. Wehe, du drehst den Zündschlüssel zu früh und gibst womöglich noch Gas. Dann ist es vorbei. Das Abkühlen ist von nun an das wichtigste. Die Geduld. Man muß mindestens bis tausendachthundert zählen, ehe man es wieder versuchen kann. Wir warten lieber noch etwas länger. Wir haben ja Zeit. Auf eine Stunde früher oder später kommt es nicht an.

Endlich ertönt die Stimme des Motors. Rummmmmmssssss. Eine ganze Zeile im Schulheft. Wie Musik. Das soll erst einmal genug sein. Als ich dem wilden Kay im Wald das Futter brachte. Das soll die zweite Überschrift sein. Der vorläufige Schlußsatz heißt: Manchmal ist es für immer vorbei. Der Satz bezieht sich immer noch auf den launischen Motor und die Startprobleme des Polski Fiat. Fortsetzung folgt. Später. Spätestens, wenn das schönste Erlebnis als Aufgabe vor dir steht.

Hugo fährt noch am Abend mit dem Fahrrad zu Franz, um die Sache mit dem Pferdetransporter abzusprechen.

Das ist das eine. Das andere ist die Hängerkupplung, die wir nun dringend brauchen. Eine Hamsterkralle für den Polski Fiat, wer im Himmel könnte uns die über kurz oder lang besorgen.

Franz weiß Rat. Die Schmiede in Dallgow und das Depot in der Kaserne, dazwischen ein Verbindungsmann, den ich Herr Namenlos nenne.

Die Heimholung des Pferdes San Pedro wurde zu einem Kapitel für sich. Wir waren mit zwei Autos angereist. Hugo im Polski-Fiat mit Hänger und ich mit dem Trabantkombi des Nachbarn. Er hatte gemeint, besser ist besser.

Es war vorauszusehen, daß wir nicht so schnell loskommen würden. Der Pferdebrigadier hatte ein Schweinchen geschlachtet und ein Faß Berliner im Hof aufgestellt. Nachbarn hatten sich eingefunden. Klötzener, Nordbrandenburger, mit großen Ohren und Ansatz zum Dickschädel. Wir standen da und pusteten die Blume vom Glas.

Das Verladen auf den einachsigen Hänger verlief ohne Zwischenfälle. San Pedro tat, was verlangt wurde. Er wieherte kurz und galoppierte mit Getöse die Rampe hinauf. Unser Pferd. Man hatte unser Pferd nicht in Fahrtrichtung, sondern dem nachfolgenden Verkehr ins Auge sehend geladen. Es gab geteilte Ansichten im Hof, zwei Ladeparteien. Eine meinte, ein Pferd müsse immer in Fahrtrichtung stehen, das Pferd müsse einen Fluchtwinkel vor Augen haben. Die andere Partei hielt den Fahrtwind dagegen. Es sei besser, der durch die Plane wehende Wind träfe das Hinterteil. Diese Partei war die stärkere, sie behielt das Sagen.

Der Hänger wurde an der neuen Kupplung festgehakt. Der Polski Fiat hatte mit der Russenkupplung eine deutliche Wertsteigerung erfahren. Blinklicht, Bremsleuchte, alles nach Vorschrift. Es war, als könnten wir damit die Erde aus den Angeln heben.

Wird schon schiefgehen. Die Klötzener schüttelten uns die Hände. Hugo chauffierte. Ich folgte im Trabbi, ich sollte den Transport von hinten abschirmen und überwachen. So umsichtig hatten wir geplant. Der Nachbar hatte gemeint, wir sollten Kolonne fahren. Der Polski Fiat samt Hänger und ich in seinem Trabant. Im Kofferraum ist alles drin. Ein Beil, ein Seil, ein Keilriemen und, besser ist besser, eine neue Lichtmaschine. Der Nachbar fuhr kaum selber, er hatte Gründe. Er verpumpte das Auto und war stolz, wenn ich es lobte.

Der Weg führte querfeldein. Es war eigentlich nur ein schmaler Weg durch nackte Felder. Zwei tiefe Räderspuren, zu schmal, jedenfalls nicht breit genug für ein Auto samt Pferdehänger. Das rechte Rad steckte in der Furche, das linke rollte auf dem Mittelstreifen. Aber meist lag der Hänger so schief, daß zwei Räder ganz die Berührung mit der Erde verloren. Ich konnte weder hupen noch sonst was. Mein Hinterherfahren hatte überhaupt keinen Sinn. Wenn ich gehupt hätte, um die Gefahr zu signalisieren, wäre die Katastrophe perfekt gewesen. San Pedro wäre wild geworden. Ich konnte nur dem schwankenden Pferd und meinen bösen Vorstellungen folgen:

Achsen, Deichseln und Beine brechen. Ein entsprungenes Rad torkelt über die Wintersaat. Ein Pferd streckt die Hufe zum Himmel. Weiße Augen. Polterndes Ende. Die Hand des Todes ragt aus zerschmetterten Brettern und langt nach dir. Fängt nicht genau so, den tragischen Schluß vorwegnehmend, ein Horrorfilm von Ingmar Bergman an? Ich bete. Ich fluche. Oh, wie habe ich Hugo verflucht. Das Rad hängt über der Erde. Es gibt nichts Schrecklicheres als einen kippenden, auf einem Rad schlingernden kleinen einachsigen Hänger, auf dem ein großes Pferd steht. Schrecklich, wenn der Feldweg eine Steigung nimmt. Grausen, wenn der Weg hügelab fällt.

Ich sah, wie das Tier geistesgegenwärtig sein ganzes Gewicht gegen die Fliehkraft stemmte, wie es die Achse hielt. Immer um Haaresbreite. Unser kluges Pferd. Ich klammerte mich an das Lenkrad.

Hugo mit seinem freien heimwärtsgerichteten Blick lebte derweil in einer unheimlich besseren Welt.

Nach einer Stunde erreichten wir eine betonierte Chaussee. Hugo zog los, als spielte Musik. Blue Grass Country. Du in deinem himmlischen Frieden. Ich winkte dem Pferdekopf. Der nickte mir zu. Aber frei atmen konnte ich erst, als San Pedro im Stall neben der alten Herta stand. Niklas war gekommen. Er hatte Betty mitgebracht. Sie saß in ihre karierte Decke gewickelt im grauen verstärkten Sportwagen und lachte, weil wir lachten.

Hast du Betty alleine in den Wagen gesetzt?

Opa hat mir geholfen.

San Pedro pustete in den Hafer. Wir Menschen hielten uns andächtig im Hintergrund und hörten zu.

Laßt ihn zur Ruhe kommen, sagte Franz. Zwei Tage gutes Futter, und er weiß, wohin er gehört. Der Klötzener Pferdebrigadier hatte uns ein Stallhalfter und eine Longierleine geschenkt. Die hängten wir ordentlich an die Stallwand. Die Feldflaschen und dem anderen Kram, die vielen leeren Säcke, Stricke und Rohrteile würden wir bald woandershin räumen.

Am dritten Tag, einem Sonntag, einem wahren Sonnentag im August, machen wir uns gleich nach dem Frühstück auf den Weg. Niklas rennt voran, die Hosentaschen voll Würfelzucker. Ich schiebe Betty in ihrem bemalten und mit Abziehbildern beklebten Wagen. Hugo folgt in tiefen und großen Gedanken. Heute wollen wir das Hauptkapitel beginnen.

Wir lassen unser Pferd aus dem Stall. Hören, wie die Stute Herta mit dem Blecheimer klappert. Ihr leises Wiehern. Einvernehmlich hinter ihrem neuen Stallgenossen her. San Pedro. Auf dem Hof schmücken wir ihn mit dem Klötzener Halfter.

Hinter Gardinen an irgendeinem Fenster vermuten wir Franz, wo er sich mühsam zurückhält und sich fragen muß: Wat nu uffs Tapet is.

Hugo hakt die Longierleine ins Halfter. Das Tier in unserer Mitte, so ziehen wir aus dem Tor und aus dem Dorf. In Richtung Russenwald. Erst einmal über die Straße. Die Autos flitzen. Es ist die Fernverkehrsstraße Nummer Zwei. Hoho. Hugo gibt Zeichen. Den Fahrzeugen und dem Pferd. Stop. Hoho. Er gewöhnt San Pedro an seine ruhige Stimme. Gutes Pferd. Guter Pedro. Weder Hugo noch ich haben je vorher mit Pferden gelebt. Mein Großvater, der sich stolz Landwirt nannte, fütterte eine Kuh, Schweine, zwei Ziegen und Kleinvieh. Er redete aber gern von Pferden wie von Klugen und Frommen, die um ihrer selbst willen leben, nicht um zu arbeiten wie wir oder um gegessen zu werden wie eines Tages die Kuh. Das Pferd ist das beste am Menschen. So sprach er, und so neidisch hat er aus seiner Stalltür rüber auf die Nachbarkoppel geschielt.

Hugo nimmt die Leine noch kürzer. Erst am Waldsaum auf dem freien Platz gibt er nach. An langer Leine darf unser Pferd grasen. Wir haben viel Geduld. Daß wir dazu auch Mut haben, wissen wir nicht. Ein Flugzeug zieht mit ausgelassenem Fahrwerk über uns hin, donnert im Landeanflug zum englischen Flugplatz nach Gatow. San Pedro äugt zum Himmel, dann zupft er weiter, nervenstark, selbstvergessen, ganz wie es ihm und uns gefällt. Jetzt soll gearbeitet werden.

Auf dem Zirkel, sagt Hugo.

Hugo spannt die Leine. Er gibt nichts mehr her. Das Pferd wendet den Kopf und hat, was es will. Genug Raum, um die Nase ins Gras zu stecken. Hugos ruhige Stimme. Schritt, sagt Hugo. Aber dann die andere Stimme, die wir auch kennen. Die andere Stimmung. Der Gaul soll im Kreise gehen. Warum will er das nicht kapieren. Wir halten Abstand, anteilnehmend und zurückhaltend, in genauer Mitte. Schhhritt, knirscht Hugo. Weil sich die beiden im Moment nicht verstehen, gehe ich hin und nehme das Halfter. Ich will ja nur helfen. Ich sage: Vorwärts. Dann bitte ich um wenigstens einen Schritt. Wie ich es bei unserem rotbärtigen Experten gesehen hatte. Ich flüsterte dem Pferd ins Ohr: San Pedro, komm, bitte. Bittebitte. Um des lieben Friedens willen.

Hugo auf seinem Mittelposten. Geh doch endlich. Und dann: Geh, du verdammter Drecksgaul. Hugo schnauzt.

Das Tier will nicht. Geh. Elendes Miststück.

Der nächste Fluch gilt nun eindeutig nicht mehr dem Pferd, sondern mir. Krücke. Und so soll es noch oft kommen.

San Pedro zeigt seinen nordbrandenburgischen Dickschädel. Sein Erbteil. San Pedro ein Nachkomme des Hengstes Senatus. Die Kenner wissen, was das heißt, nur wir wissen es nicht.

Hugo hat einen Zirkel abgemessen. Er strafft von der Mitte aus die Leine. Die Entfernung zum Pferd ist gut. Doch statt im Zirkel vorwärts zu gehen, dreht der Gaul seinem Lehrer das Hinterteil zu, in Zirkelmitte Kräuter schnuppernd, zupfend. Beifuß zum Beispiel. Der schmeckt.

Ich habe mich ins Heidekraut gehockt, emsig tätig, ich pflücke einen Heidestrauß. Waldgräser. Schöne Disteln. Niklas bringt eine Feder vom Eichelhäher.

Der Eichelhäher ist der Polizist des Waldes, stimmt's? ruft er.

Kann sein, geh mal zu Betty, zeig ihr die schöne Feder.

Das muß Hugo auf das äußerste verdrossen haben. San Pedros Widersetzlichkeit und meine Ignoranz. Hugo schimpft nun hauptsächlich mit uns. Unser ganzes Benehmen, das Gerenne von Niklas, meine signalblaue Bluse, Bettys Husten, das hält ja kein Pferd aus. Wir stellen uns schuldigst in eine Reihe. Betty nuckelt am Daumen. Ich halte Niklas fest und wage einen Trost.

Geduld, sage ich.

Geduld. Als hätte ich mit einer Startpistole geschossen.

San Pedro steht auf den Hinterhänden, dreht, springt um die Achse. Alles in einem Augenblick. Gestreckter Galopp. Die Longierleine schlägt um die Kiefern, schlängelte durch das Gebüsch. Die Waldwiese, weit drüben ein fliehendes Pferd. Horizontwärts. Flitzende Autos. Die Fernverkehrsstraße. Eine Staubfahne über dem jenseitigen Stoppelfeld. Dann nichts mehr. Ich halte mein Heidekrautsträußlein. Betty hat einigermaßen erkannt, was los ist: Renne renne, sagt sie zu mir, und wiederholt es für Hugo und für Niklas.

Ein Pferd zieht es stets dahin, wo seine Herde steht.

Wo, wenn San Pedro noch unter den Lebendigen ist, werden wir ihn wiederfinden. Im Klötzener oder im hiesigen Stall?

Der ist nach Klötze. Hugo hat nicht mehr viel Mut. Niklas schluckt heimlich. Betty kommentiert mit großen wichtigen Augen. Renne renne.

Ich denke an das Abschiedswiehern der Stute. Komm bald wieder.

Wir ziehen mit gepreßtem Herzen durch das Dorf. Hinter den Fenstern Gesichter. Schadenfreude oder Bedauern? Franz erwartet uns am Hoftor. Der weiß schon, wo er zu Hause ist. Darauf will Franz nun ein bißchen stolz sein. Ein inneres Leuchten. Als sei ihm ein Kunststück geglückt oder ein Prachtweib zugelaufen.

Das ist ein schlauer Schlurks, sagt Franz. Dem ist kein Haar krumm geworden. Der steht an der Krippe und frißt seit einer halben Stunde seine Erbsen.

Hugo schiebt Franz beiseite, er greift sich die Longierleine, zerrt San Pedro aus der Box, klinkt den Karabinerhaken ins Halfter. Wortlos führt er das Tier über den Hof, zum Tor hinaus.

Ich wage nicht, mich gegen Hugo und das Pferd zu stellen. So wie ich es künftighin nicht wagen werde. Hugo läuft meist ohne Erklärungen zum Stall, manchmal fährt er mit dem Fahrrad. Wochenlang mit der Longierleine, später zieht er Stiefel an. Er schleppt seinen Sattel. Trägt das neue Zaumzeug, ein Martingal. Ich stelle keine Fragen, hole die durchgeschwitzten Hemden unter der Treppe hervor und sorge für Heilsalbe und Wundpflaster, breites hautfreundliches *Gothaplast*.

San Pedro lernt Schrittgehen, traben und galoppieren. Er spielt mit den Ohren. Ein leises Wort, eine kleine Schenkelhilfe, ein Zeichen mit dem kleinen Finger genügt. Manchmal kann er fromm wie ein Pilger sein, doch meist zeigt er sich als Roß des spanischen Teufels. Wir wissen inzwischen, daß San Pedro ein Nachkomme des Hengstes Senatus ist. Auf A, Bund L-Turnieren sind sie von Parcoursmachern gefürchtet und von Zuschauern geliebt als Draufgänger, die sämtliche Hindernisse umreißen und Zäune niedertreten, die ihre Reiter abwerfen. Das Schlagen und Buckeln ist ihnen mitgegeben. Berüchtigte Senatussprößlinge. Die Unberechenbaren.

Nach einem Jahr ist San Pedro hoch über uns hinaus zu einem Königspferd aufgegangen. Stockmaß 180 cm. Der wächst bestimmt noch, sagt Franz in seinem Glück. Er hält sich das Gedeihen des Tieres zugute. Vater Senatus mochte im Spiel sein, aber da gibt es noch den Eiweißgehalt der Russenerbsen, das macht mobil, und obendrauf seine Kavalleristen-Erfahrungen von den Potsdamer Ulanen.

Nu hat dett Ferd doch wenstens n Ansehen. Und wenn er nicht will, Kandare und Sporen. Spielerken passen sich nicht für den. Er meint Hugos Reitstil wie Neckermann, fehlt bloß noch der Zylinder. Das is emt jetz n echtes Ferd. Ein Kernsatz von Franz.

Kandaren und Sporen kommen mir nicht ans Pferd. Hugo immer noch im Schweiße. Er verflucht die Erbsen. Nehmen Sie das Zeug aus der Krippe. Das klingt so, daß in Franz etliche ruhende Muskeln wieder parieren. Der alte Kavallerist steht stramm. Er füttert drei Wochen keine Erbsen, dafür aber fuderweise Luzerne. Auf dem Feld steht das gute Grün bis zum Bauch. Soll das Futter verfaulen? San Pedro frißt und prescht aus dem Stall auf die Koppel, die wir zum Austoben hinter der Scheune abgezäunt haben, wie eine Stahlfeder spannt sich das überfütterte Tier, die Erde bebt. Franzens Augen leuchten. Hugo schluckt seinen Zorn. Er wartet mit Striegel und Kardätsche, der Sattel und das Zaumzeug hängen über einer Koppelstange. Drei Stunden später bricht das Gewitter aus.

Niklas und ich schleichen geduckt durch das Haus. Betty versucht ein versöhnliches Lächeln. San Pedros Manieren lasten bleiern auf uns.

Ach, wenn ich doch eine Amazone wäre.

Der Nachbar borgt mir das Auto. Haben will er wieder nichts dafür, nicht mal eine Flasche. Der Schlüssel steckt, sagt er. So ein liederlicher Mensch. Das hat schon Mutter immer gesagt: Allzugut ist liederlich.

Ich starte.

Im Auto auf den Chausseen überfallen mich manchmal gewisse Freiheitsräusche. Da kann ich nicht nur samt Nachbartrabbi fliegen. Da werde ich geliebt. Und Worte wie ewige Treue und schönste Rose gelten mir und manches Ohr hört mir zu und Wege stehen mir offen. Auf langen Chausseen fange ich sogar manchmal an zu singen. Oder ich versuche Verse. Von einem schlauen Vogel, der sich in einem heißen Sommer die Federn ausreißt.

An solchen Tagen sitzt Woody Allen neben mir. Er spricht so komisch wie in *Manhattan*. Er stimmt ein in mein Lied und zeigt sich ziemlich besorgt um mein rechtes Knie. Und dann kramt er in seiner Hosentasche:

Willst du ein Pfefferminz? Ich höre heraus, wie froh er ist, mit mir zu fahren. Eigentlich müßte jeder froh sein an meiner Seite. Er glaubt an mich.

Ich lege übermütig Tempo zu. Einen Trecker will ich in einem Streich überholen.

Wer, wenn nicht du. So flüstert er mir ins Ohr. Woody, so sage ich laut, Woody, ich möchte schnell mal was wissen, was ich vergessen kann.

Ich nehme ihn als Bruder und Freund, aber bei ihm ist es noch etwas mehr, es ist fast Liebe. Beifahrend ein liebender Gott. Woody weiß, wo's langgeht. Immer nach Hause. Woody, hast du noch ein Pfefferminz? Woody? O Gott, das muß aber nun unser Geheimnis bleiben.

Meine Einkäufe aus dem Russenmagazin liegen in drei bunten Beuteln hinten im Auto. Diesmal hat mir das Mädchen mit der weißen Kochmütze ungarische Salami, Honig und mehrere Büchsen Salm eingepackt. Ich habe außerdem drei Meter blauen Cordsamt, Nähmaschinennadeln und Kalißer Briefpapier erworben. Po russki: Ob sie mich mal besuchen würde? Sie wird fragen und mir das nächste Mal sagen, ob ja, ob njet. Doswidania. Lenas Blick zur Hintertür, wo ihre Hüter sitzen.

Chausseepflaumen. Das gibt Mus und Kuchen. Lauter Zukunft. Aber immer noch nicht genug. In der Ortsmitte von Seeburg biegt ein schwarzer Weg ab.

In Umrissen erkennt man das einstige Dominium. Ein zerstückeltes Herrenhaus unter gnädig hohen Kastanien. Betonzufahrten für Maissilage. Zweistöckige Wohnhäuser neben den alten Stallgebäuden. Gartenzäune. Und in der Mitte ein Tummelplatz für die Pferde.

Die Glauberin füttert. Sie sagt, ich soll morgen gegen fünfe wiederkommen. Die Glauberin ist so alt wie ich. Ihre Kinder, Meik und Sven, sind fünf und sieben. Sie sind eine Familie, haben ein und denselben Schnupfen – Meik, Sven und die Glauberin. Aus den Nasenlöchern tropft das Wasser, obwohl sie warme Jacken anhaben. Auch im Sommer. Die Glauberin immer in grauer Wattejacke. Herr Glauber nicht. Er trägt einen sauberen dünnen Schlossermantel. Er arbeitet, ohne daß etwas an ihm klebenbleibt. Kein Schmieröl, keine Erde. Er hat eine saubere Stirn, Naturlocken, die Schnupfenviren befallen ihn nicht.

Der Glauberin hängt alles an. Der Dreck von den Mohrrüben, die sie für die Pferde scheuert. Wasser aus dem Schlauch. Wasser schwappt aus der Mulde in die Gummistiefel. Das Gesicht schwarz besprenkelt. Sie wischt sich mit dem Ärmel die Nase trocken. Die Dauerwelle von Pfingsten ist ausgewachsen, sie klemmt die Krause hinter die Ohren. Die Glauberin kommt aus Nackel, der nächstgrößere Ort heißt Neustadt, und dort ist sie untergekommen nach der Schule. Nicht als Friseuse oder Verkäuferin, sondern im Gestüt bei den Pferden. Sie mußte füttern und putzen und zureiten. In der Berufsschule hatte sie Tier- und Futter- und Gegenwartskunde, Rechnen und Rechtschreibung. Sie konnte in Nackel bei der Oma wohnen. Die Oma war streng, trotzdem ist die Glauberin schwanger geworden. Mit Meik. Bevor Sven geboren wurde, sind sie umgezogen. Weil zu der Arbeitsstelle als Pferdepfleger und Kutscher hier eine Wohnung gehörte. Der Neustädter Ausbilder hat ihr einen Facharbeiterbrief und einen Reitlehrerschein mitgegeben.

Die Glauberin nimmt mich an die Longe. Heute mit Grete. Denn Grete geht heute nicht im Gespann. Als zweiter Schimmel zusammen mit Dorfschöne hat sie sonst die Hochzeitskutsche zu ziehen. Herr Glauber sieht dann noch sauberer aus, schwarzer Frack und Zylinder. Jedenfall, wenn er früh losfährt. Abends kommt er heim, knallrot, beschwipst und verstaubt. Grete weiß Gott sei Dank, wo es langgeht, und Dorfschöne trottelt mit. Die Potsdamer Chaussee, dann feldein.

Die weiße Kutsche mit den Schimmeln hält pünktlich zur Fütterzeit vor der Stalltür. Glauber rutscht vom Bock und schlingert mit weichen Knien ins Haus. Mit einem schönen Trinkgeld in der Tasche. Die Glauberin spannt aus. Dorfschöne und Grete.

Grete, das Pferd mit Verantwortungsbewußtsein. Sie hat mir die Gangarten beigebracht. Losgelassenen Sitz und weiche Anlehnung im Pferdemaul.

Die Glauberin gibt an mich weiter, was sie bei einem alten Neustädter Reitlehrer, der noch bei Marwitzens und von Rohrs den Stall unter sich hatte, gelernt hat. Schwämmchen ausdrücken. Und Einwirken. Mit den Gesäßknochen durch den Sattel auf die Laune des Pferdes. Das geht, sagt die Glauberin. Sie macht pädagogische Augen. Wasserblaue. Sie lobt mich manchmal. Aber wenn etwas schiefgeht, bin ich es gewesen. Niemals das Pferd. Ein Seufzer klingt mit. Sie müssen Anlehnung behalten und das Pferd gehen lassen. Alles Lehren vom alten Neustädter. Das war einer. Die Glauberin schweigt. Ich ahne, wie man gleichzeitig fürchten und bewundern kann, aber hauptsächlich fürchten.

Wir fliegen im Galopp über die Stoppelfelder. Grete will nicht leiden, wenn Charly vorn ist. Wir galoppieren durch die Wälder. Folgen dem Bussard, der die Flügel über die Breite des Weges spannt, seinem Tiefflug in der kilometerlangen Flucht. An der Weggabel steigt er endlich aus dem offenen Wald in den Himmel. Wir jubeln. Wir galoppieren. Die Hufe trommeln. Im Hochwald begleiten uns Rehe. Das Rudel folgt Charly, dem Leittier. Die Böschung. Der märkische Sand. Unsere braven Tiere. Wir queren die Hamburger Chaussee. Drüben in Staaken binden wir die Pferde an den Fahrradständer. Wir kaufen rundes Brot. Beim Fleischer schiebt der Meister für jeden ein Paket über den Tresen. Den Sonntagsbraten und bestimmt etwas Schinken und eine gute Leberwurst. Wir verstauen die Schätze im Rucksack.

Den Rückweg nehmen wir über den Ausbau. Galopp bergan und eine schöne Strecke im Schritt quer durch den Wald. Wir schlängeln uns um die Kiefernstämme. Sitz finden, sagt die Glauberin. Das Pferd bringt Ihnen alles andere von alleine bei. Sie reitet voran, und ich folge auf meiner Grete. Immer querbusch. Frei am langen Zügel. Plötzlich springt mein Pferd in einem unverhofften Satz zur Seite. Grete bäumt sich und buckelt. Obenbleiben, ruft die Glauberin mir zu, und ich bleibe oben.

Gut. Sagt sie. Gut. Grete ist mit dem Huf gegen einen Stahlhelm getreten. Wir haben im Wald ein Kreuz aus Birkenstämmen gefunden. Soldatengräber.

Meine Nachfrage bei der Kirche und bei der Gemeinde bringt zu Tage, daß hier bei Carolinenhöhe sieben Deserteure erschossen wurden, achtzehnjährige Jungen, die man 1945 zum Volkssturm eingezogen hatte. Sie hatten sich geweigert, den Krieg noch mitzumachen. Man habe sie für kurze Zeit, eine Woche vielleicht, zur Festung Spandau gebracht und von dort aus hierher in den Wald gefahren. Ein Pfarrer aus Staaken habe sie begleitet.

Vielleicht lebt der Pfarrer noch. Und die Todesschützen? Was ist aus denen geworden, wo wohnen denn die?

Steht etwa das Kreuz schon wieder da? Die Gemeindesekretärin klinkt die Tür zu. Sie redet leise.

Die Bewohner des Nachbarortes haben das Kreuz aufgestellt und die Helme hingelegt. Verwandte gewiß. Das Kreuz ist darauf von offizieller Stelle immer wieder beseitigt worden. An die Helme traut sich keiner heran. Man hofft, daß das Blech eines Tages im Waldboden verschwindet, im Sand versinkt, mit Heide überwuchert oder daß fleißige Ameisen einen Hügel über die Helme bauen. Hofft auf Rost und Vergessen. Hofft, daß unterdes niemand an der Stelle vorbeikommt und Fragen stellt. Der Name der rührigen Verwandten ist den zuständigen Leuten bekannt, man will jedoch den Vorgang nicht öffentlich machen. Im guten nicht und nicht im bösen. Die Gemeindesekretärin läßt manches nur durchblicken. Sie möchte nichts gesagt haben.

Ich rate Ihnen, die Sache im Dunkeln des Waldes ruhen zu lassen.

Aber ich habe ja schon an den Pfarrer am anderen Ufer, drüben im Westen, geschrieben. Ich habe ihn gebeten, ob er sich in der Festung Spandau mal erkundigen könnte. Ich sei auf der Suche nach den Namen, den Hintergründen; wüßte gern die Adresse des Pfarrers, der in der Nähe von Carolinenhöhe der Erschießung beigewohnt habe.

Die Gemeindesekretärin hat ein Gefühl für verzwickte Sachen. Einerseits tendiert so ein Fall durchaus in Richtung Widerstand gegen die Nazis. Die Haltung der sieben jungen Leute ist durchaus als brüderliche Verbundenheit mit der siegreich heranrückenden Roten Armee zu deuten, andererseits, mal losgelöst von den geschichtlichen Gegebenheiten, ist und bleibt es ein widersetzliches Verhalten, Befehlsverweigerung. Und in der Richtung braucht es augenblicklich keine Helden. Das gibt jetzt nur Ärger. So eine Sache darf sich nicht selbständig machen oder von unten aufkommen. Das muß im Auge bleiben. Das darf nur eine Angelegenheit des Apparates sein. Es gilt, sich einzuschränken, denn es gibt bereits genug angesagtes Gedenken mit Kränzen und Feiern. Nur nicht noch was mitten im Wald und so dicht an der Grenze.

Die Gemeindesekretärin weiß von allein, wie sie mich freundlichst lenken und leiten muß. Lassen Sie die Angelegenheit ruhen.

Am Carolinenhöher Waldweg wird ein Schlagbaum aufgestellt. Betreten verboten. Als Ersatz wird die Schneise an der Windmühle ausgeforstet. Herr Glauber hat damit eine bessere und kürzere Strecke für die Hochzeitskutsche gewonnen. Querdurch, manchmal bis Potsdam. Grete und Dorfschöne trotten auf dem neuen Weg bald genau so zielstrebig nach

Hause. Glauber ist eingenickt. Irgendwo im Wald, die Gräber, die Geschichte, über die, geschützt vor Deutungen, gnädig Gras wächst.

Die Glauberin klebt einen Spruch in die Stallgasse, den hat ihr der alte Neustädter ins Poesiealbum geschrieben: Ein schlechtes Pferd, gut gehalten, ist besser als ein gutes Pferd, schlecht gehalten.

Herr Glauber runzelt die Stirn unter seinem Zylinder:

Ein schlechtes Pferd, wo gibt's denn das? – Na siehste.

Der Russenkoks macht eine Höllenhitze. Hoher Heizwert. Der taugt. Manchmal bringe ich den Kessel zum Glühen. Die Rippen funkeln rot. Das Schönste ist, am Morgen hast du keine staubige Asche. Es ist nur ein Schlackebrocken übriggeblieben, graubraun, die Niederungen glitzern wie ausgelaufenes Schmieröl, wie Splitter von Perlmuttmuscheln in herrlichen Farben.

Uschi hat einen hiesigen Offizier kennengelernt und bald auch geheiratet. Er wurde von der Grenze weg nach Kamenz in Sachsen versetzt. So ist es immer noch für uns beide das beste, mein Gefühl hat mich zu Verstand gebracht, das schreibt Uschi auf der Ansichtskarte vom Lessing-Museum. Sie grüßt uns alle und umarmt Betty. Sie wird in den nächsten Tagen an uns denken und ganz fest die Daumen drücken.

Die Charité in Berlin kommt gleich nach dem Regierungskrankenhaus. Wir verlassen uns auf ihren guten Ruf. In den vergangenen hundert Jahren wurde hier Medizingeschichte geschrieben. Bronzene Denkmäler stehen auf dem weitverzweigten Gelände. Gleich vorn am Tor, grübelnd, vor blinkendem Mosaik ein Mann der Augenheilkunde. Wohltätig ist das Licht des Auges. An den Backsteingebäuden hat sich seit der Jahrhundertwende nicht viel verändert. Bomben haben ein paar Lücken geschlagen. Die gröbsten sind im Rohbau wieder geschlossen. Das Gute muß sich nicht immer glatt verputzt präsentieren. Im Gegenteil. In der Forschung und in der Anwendung neuer Heilmethoden kann sich die Charité sehen lassen. Der Chef der Kinderabteilung hat sich wegen der vielfältigen Möglichkeiten hierher berufen lassen. Von auswärts. Aus Uppsala! Ein Spezialist auf dem Gebiet der Kinderheilkunde, wie es keinen besseren in Europa gibt. Er soll selber drei Töchter haben. Die sind alle mitgekommen aus Uppsala, und seine Frau und die Nymphensittiche in der Voliere seines Sprechzimmers, die hat er auch mitgebracht. Er hätte es nicht nötig gehabt, aber er ist gekommen. Er spricht nicht darüber. Es scheint, als gebe es außer der Charité und dem Haus in Caputh, in dem er mit seinen Töchtern, der Frau und weiteren Sittichen wohnt, kein weiteres Stück Welt, das ihm wichtig sei. Freitag mittag fährt er zu ihnen. Montag gegen Mittag steht sein Vertrauen erweckendes Auto aus Schweden wieder auf dem Parkplatz der Kinderstation neben dem Telefonverteilerkasten.

Professor Wilmson war ohne weiteres einverstanden, daß ich Betty begleite und auf der Station betreue. Auch die Stationsärztin hatte im Prinzip nichts dagegen. Wenn ich nachts nicht wüßte wohin, dann könnte ich auf dem grünen Ledersofa in ihrem Sprechzimmer schlafen. Die Reinigungsbrigade kommt um fünf. Ich erwarte das Klirren im Flur. Ein Diagnose-Tag. Die Kinder aus den anderen beiden Betten, die sonst immer schon mit großen munteren Augen auf mich warten, sind für ein paar Tage auf die Chirurgie verlegt worden. Betty schläft noch. Sie schläft unter der Beruhigungsspritze, die sie gestern nach dem Baden bekommen hat. Ich lege ihre Hände auf die Decke. Die Nadeleinstiche sind blau geworden, lauter Veilchen. Die Sauerstoff-Flasche steht neben dem Bett. Ich habe die Schwester gestern extra daran erinnert. Einer Bemerkung des Professors hatte ich entnommen: Sauerstoff. Betty braucht Sauerstoff. Die Atmung muß unterstützt, das Blut muß versorgt werden.

Ich habe den Klinikrollstuhl hergeholt, mein Kopf liegt neben Betty auf dem Blumenkissen. Ihr leise kollernder Atem, das flatternde Herz. Ich halte die kleine Maske vorsichtig über Bettys Nase. Vielleicht hilft dir das leise Rauschen beim Schlafen und Träumen. Wie das ferne Mühlrad, der wispernde Mühlgraben hinter der Scheune. Schlaf gesund. Schlof och gesund. Der zögernd klopfende Regen hinter den dunklen Fenstern. Das Keulen der schweren Bohnerbürsten im Flur. Der zuckende rote Glühfaden am Lichtschalter. Die sauber geglätteten Kinderbetten. Statt Licht kommt Dunkel, ein mohnblumensanfter Schlaf.

Betty liegt auf einer Trage. Ich fahre mit ihr die Gänge entlang. Fahrstühle. Labore. Röntgenabteilungen. Kardio- und Enzephalogramme. Platten und Papierstreifen. Nummern. Überweisungen. Manchmal müssen wir über den Hof, über die Straße, in einen anderen Block, wo ein anderes Röntgengerät eine genauere Diagnose ermöglicht. Einmal werden wir per Telefon und Flurlautsprecher zurückgerufen, weil die Aufnahme nicht zu gebrauchen ist. Noch einmal muß Betty ganz stille liegen. Gurte fixieren Arme und Beine. Ein Riemenkreuz hält ihre Stirn. Der Assistent hebt mir eine Bleischürze auf die Schultern. So versuche ich Betty zu beschwören. Stieglitz, Stieglitz, is Zeiserl is krank.

Betty liegt warm eingepackt auf dem Gestell. Die Strickjacke, der Bär neben dem Kopfkissen. Die Schwestern geben uns große braune Briefumschläge. Halt feste, Betty, und sieh dir das an, was wir für Glück haben, es regnet nicht mehr. Wir fahren unter Sonnenstrahlen über den Hof. Stieglitz, Stieglitz, is Zeiserl wird gsund.

Die Stationsärztin empfängt uns. Das war das Schwerste, sagt sie, nun wird Betty schön schlafen. Wir bringen Betty zusammen ins Zelt, da braucht sie keine Maske und keinen Nasenschlauch. Die Stationsärztin verabschiedet sich mit einem aufmunternden Gruß. Bis morgen. Sie streichelt Betty über die zerstochenen Handrücken. Mach's gut, Betty.

Das Schwerste liegt hinter uns. Die Stationsärztin muß es wissen. Die Mittagssonne steht auf der Weidendammer Brücke. Ich laufe die große Runde. Viele Passanten tragen ihre Jacken über dem Arm. So erleichtert gehe ich nun auch. Am Bahnhof Friedrichstraße im Buchladen herrscht immer das gleiche Gedränge. Ich frage den Verkäufer leise nach Albert Camus, ob der schon da ist. Der Verkäufer antwortet mit einem kleinen Augenzwinkern. Übermorgen, murmelt er. Am Kiosk unter den Kolonnaden lasse ich mir ein Paar kalte Prager Würstchen einpacken, zwei Semmeln dazu. Mein Weg führt mich Unter die Linden. Ich habe ja Zeit. Zeit für das Schaufenster mit den Teebüchsen und der weißen Salami und für den Schallplattenladen. Zwei Stunden bleibt Betty im Zelt.

Und weil wir das Schwerste überstanden haben, trage ich nun vor lauter Übermut einen Karton im Beutel. Ein Denkmal, weil wir, weil Betty und ich, aufatmen können. Die Stationsärztin hat es gleich zweimal gesagt, einmal zu mir und einmal zu Betty. Das Schlimmste ist überstanden.

Ich habe einen Harlekin gekauft. Einen gekrümmten buckligen Kerl mit schwarzrotem Wämslein und schlohweißen Strümpfen. Ein echter Kändler, so hatte mir die Fachverkäuferin erklärt. Erste Wahl. Sie hatte mich auf die Marke, die gekreuzten Schwerter, hingewiesen. Ungekerbt. Daran erkennt man die Qualität. Der Entwurf stamme aus dem 18. Jahrhundert. Hoeroldt-Farben, handgemalt, handbousiert. Ich mußte unter zwei gleichen und doch nicht gleichen Figuren wählen.

Schauen Sie genau. Die Verkäuferin ließ mir Zeit. Es war schwer.

Hinter mir murrten und schoben die anderen Interessenten. Der Laden, in dem sonst nur Neugierige die Vitrinen mit den Ausstellungsstücken betrachten, war durch Zeichen von Packpapier auf dem Ladentisch binnen einer Minute zu einer Arena geworden. Berlin hatte überraschend eine Sendung Weinlaubgeschirr und einige Kändler-Figuren aus Meißen geliefert bekommen. Wahrscheinlich, so wurde gemutmaßt, ist irgendein Königshaus von seine Bestellung zurückgetreten. Das sind unsere Chancen. Die Leute waren beim Warten und Geldkalkulieren richtig ein bißchen in Stimmung gekommen. Ein Redseliger meinte, so was sei bei dem Schleuderpreis und dazu noch in Ostmark immer noch eine stabile Wertanlage. Selbst wenns Krieg gibt. Dem Atom soll ja Porzellan widerstehen. Solche Argumente.

Ich nehme den, so hatte ich mich plötzlich sagen hören. An der Kasse mußte ich meinen Ausweis für einen Listenvermerk vorzeigen. Damit ich meinen Kauf nicht in andere Währungsbereiche verschiebe.

Nun bin ich eingetragene Besitzerin eines Harlekins. Gutes kommt zu Gutem. Ein Vorfrühlingstag.

Ich suche die Balance zwischen Glück und Leichtsinn. Wenn ich wollte, könnte ich mir zum Harlekin im Karton gleich noch eine Eintrittskarte für die Komische Oper kaufen. Das nächste Schaufenster präsentiert Violinen und Notenblätter, dazu die Fuchsmaske vom Fuchskostüm, die schönsten Requisiten der Felsenstein-Inszenierung des *Schlauen Füchslein*. Das Deckblatt der Originalschrift von Leoš Janáček. Wenn ich wollte, könnte ich heute oder morgen in die Oper gehen. Und dann könnte ich Hugo sehr viel von unserem Heil und meinem Leichtsinn erzählen. Betty hat das Schlimmste überstanden.

Ich laufe in Richtung Brandenburger Tor. Links liegt die Mauer. Drüben ist der Westen mit seiner Bundesfahne. Sie wedelt auf dem alten Reichstag. Weiter die zugige Ecke und die Brücke über die Spree. An der *Möwe* vorbei, wo ich die Speisekarte und das Jahresprogramm der Gewerkschaft *Kunst* schon kenne. Die schiefen Trottoirs. Aufgeworfene Granitplatten. Die Spuren von Granateinschlägen an den Häuserfassaden. Wir haben das Schlimmste überstanden. Den Karton mit dem Harlekin vergrabe ich in Bettys Kleiderfach.

Ehe wir mit einer neuen Therapie anfangen, müssen sich die Ärzte noch einmal beraten. Man muß abwägen, weil jede neue Therapie neue Begleiterscheinungen bringen könnte. Dies bedacht, kämen womöglich zu den Begleiterscheinungen andere Komplikationen hinzu. Die Primärfrage sei die Atmung.

Ich reguliere das Ventil, halte die kleine Maske und erzähle Betty die Geschichte vom kleinen Gregorius. Ich bin immer da und immer wachsam. Man kann uns nicht übersehen. Endlich ist ein Schlafplatz im Zelt freigeworden. Professor Wilmson ordnet an, daß Betty künftig unter Sauerstoff übernachten darf. Das sind unsere großen Augenblicke. Es ist gut, daß ich nicht weiche.

Ich habe inzwischen ein Unterkommen gefunden. Ich laufe nun spät abends, wenn Betty im Zelt liegt und schläft, in die andere Richtung der Friedrichstraße. Für eine Dachstube in einem Hinterhaus der Borsigstraße habe ich einen Schlüssel. Es ist ein Lager aus Röcken, Schals und schwarzen Strümpfen. Eine Stube voller Perlenketten, Federn, Schaumgold und Kaninchenfellen. Auch ein paar Löffel liegen herum. Ein Hammer. Eine Zehnerschachtel mit Sicherungen. Es hat keinen Zweck, eine neue Birne in die von der Decke hängende Fassung zu schrauben. Jedesmal gibt es einen Knall. Der Wasserhahn und auch die Gosse stehen eindeutig unter Strom. Es ist das Eisen, denke ich mir. Ich habe eine Notiz an die Wand geschrieben. Achtung elektrische Schläge. Ein Ölkreidestift liegt für solche Sprüche bereit. Nach Benutzung Hauptdrossel schließen, Schlauch kaputt! Das steht über dem Gaskocher. Die Stromzählerscheibe flitzt unter dem Dauerbetrieb einer Werkstattheizsonne. Ihr glühendes Rot strahlt von einem hochgeschraubten Fotostativ aus der hinteren Ecke. Tauwasser läuft vom Fenster in einen Scheuerlappen und vom Lappen in den Eimer. Bitte liegen lassen. Das Fenster hat jemand mit zwei Latten vernagelt. Vorher galt der Spruch: Bitte nicht aufmachen, Wirbel klemmt. Andere Wandsprüche sind durch Ausrufungszeichen und Unterstreichungen immer wieder aktuell gemacht worden. Bitte nicht anfassen. Tür offen lassen. Nicht verschließen. Nicht runterklappen. Nicht ziehen. Nicht draufsetzen. Nur hocken. Wasser nachgießen. Bitte nur wenn nötig. Und nachträglich, palimpsestartig, in roten Ölkreidelettern: Bitte nur im Ernstfall benutzen. Groß eine Etage tiefer.

Es ist nicht das Bett einer Schnapsverkäuferin oder einer Studentin von der Kunstschule, auf das ich mich strecke. Ich schließe die Augen. Das habe ich gelernt, das Augenverschließen und auch das Schlafen. Denn ich sage mir im Morgengrau beim Umsteigen aus dem Trainingsanzug in die Tagkleider, die Nacht ist vorbei und doppelte Finsternis heißt bei mir Schlaf. Eine junge, freundliche Masseuse von der physiotherapeutischen Abteilung hat mir den Schlüssel gegeben. Die Bude wäre frei, weil sie für drei Wochen nach Ungarn fahre.

Sie heißt Gigi und trägt immer einen gestärkten weißen Krankenhausanzug und chinesische Badelatschen. Sie ist blond, ziemlich streng frisiert und auch sonst eigentlich eine adrette Erscheinung. Jetzt liegt sie in einem Bett am Balaton oder sitzt in einer Bar, verlebt ihr Masseusinnengehalt und geht viel später ins Bett, in ein Lotterbett, wie ich jetzt weiß, denn ein gebügelter Anzug sagt nicht alles, er sagt eigentlich nichts, aber die nach Gas stinkende Bude, in der ich auf den Morgen warte, um zu Betty zu eilen, spricht Bände.

Ich esse einen Apfel, alles andere erledige ich unterwegs. Auf der Toilette im Bahnhof Friedrichstraße zahle ich fünfzig Pfennige für eine Duschkabine. Heißes Wasser prasselt aus einer tellergroßen Brause. Ich laß mir Zeit, bis der Wärter an die Tür klopft.

Er hat inzwischen das Tischchen gedeckt. Thermoskanne, zwei Tassen, zwei Servietten, zwei Honigsemmeln. Ein richtiges Mitropafrühstück. Kaffee weiß ohne Zucker. Da kannste nicht meckern, Kleene. Halb sechs ist alles noch still. Kein Grenzverkehr. Die Arbeiterstoßzeit beginnt erst in einer Stunde.

Mich umschmeichelt Gemütlichkeit. Saubere Kacheln, grüne Fliesenwände. Unter meinem Sitzefleisch liegt ein Federkissen. Heizsonnen trocknen mein Haar. Der Wärter Harald, wie ich ihn nenne, reißt, seinen Arbeitstag vorbereitend, die Papierrollen in Dreierstücke. Zuteilungen. So senkt er den Verbrauch und besonders den Diebstahl. Noch n Tässle? Er gießt mir nach. Eigentlich will er mir was erzählen. Er kennt mich ja unterdessen. Meinen Lebensstil, weiß ohne Zucker, und politisch kennt er mich auch. Heute nur soviel. Hinter dem Blechspind, wo alles unter Verschluß ist, ein zweiter Perlonkittel, die Handtücher, die Wäschesäcke, das Papier, die Seife und auch die Pariser für den Fromms-Automaten im Treppenbereich, da ist eine Klappe zum Schacht für alle möglichen Rohre. Einsfünfzig mal einsfünfzig, so ungefähr.

Und dann soll ich mal horchen. Das Ohr an der Wand, wo besagter Spind steht. So ein Rattern kannst du alle zwanzig Minuten hören. Es ist die U-Bahn. Die West-U-Bahn, wie sie stracks durch den Osten fährt. Ohne Halt in der Tiefe, unter mehreren Bahnhöfen durch, unter Straßen und Häusern. Wer Bescheid weiß, weiß Bescheid.

Ich stecke dem Wärter Harald ein Trinkgeld in die Kitteltasche. Wahrscheinlich komme ich morgen wieder. Und dann geht für Harald auch schon das Geschäft los. Drüben bei den Herren. Ein Taxifahrer.

Von dem, was die Stationsärztin erzählt, verstehe ich kein Wort mehr. Sie hat mich in ihr Sprechzimmer gerufen. Ich sitze auf dem grünen Sofa. Sie erklärt mir alles noch einmal. Was soll das heißen? Bettys Atmung. Damit habe niemand gerechnet. Sie fängt wieder von vorn an. Die Ursache sei gewiß schon im ersten Lebenshalbjahr zu suchen. Die Entzündung am Fingernagel, am Hals. Sie legt die Papiere mit der Anamnese beiseite. Sie zeigt mir eine Kurve. Die Werte haben sich verschlechtert. Der Trend sei progressiv.

Progressiv? Ich schnappe das Wort. Sie nickt. Ich weiß, was sie meint. Aber ich glaube ihr nicht. Sie äußert etwas zur Lebenserwartung, daß sie darüber nichts wissen könne, keiner sei Gott, nur soviel sei sie von Berufs wegen, mehr noch, weil sie mich und Betty schätze, verpflichtet zu sagen, Bettys Krankheit sei ernst. Sehr ernst. So sei sie verpflichtet zu sagen.

Mir schwinden die Sinne, doch ich richte mich auf.

Danke. Ich gehe den Flur entlang, als hätte ich nichts Neues erfahren. Das habe ich längst gewußt. Betty ist krank, und wir werden ihr helfen. Betty ist ein gutes frohes Kind. Wenn die Stationsärztin etwas anderes weiß, muß ich ihr aus dem Wege gehen. Ich werfe sie aus meinem Herzen, obwohl sie mir gerade noch sehr nahe war. Freundschaftlich, schwesterlich. Die Tüchtige, die mir sagen kann, was zu tun ist, und die mich lobt, wenn wir es geschafft haben. Wenn wir Bettys Vene auf dem Handrücken treffen. Dann habe ich die tüchtige kleine Frau umarmt wie eine Komplizin.

Ich fühle mich verraten und verkauft. An eine unanständige Wertekurve.

Ich gehe in die Kantine. Das bin ich meiner Tochter schuldig, auch wenn ich nichts essen werde. Ich spüre die Blicke vom Tisch der Ärzte. Ich grüße und wünsche Gesegnete Mahlzeit oder einen Guten Appetit.

Es ist mit mir gesprochen worden. Ich habe die Unterredung mit unerwarteter Fassung aufgenommen. Die Stationsärztin glaubt selber nicht an den Bericht, den sie den Kollegen kurz gab, dazu kennt sie die Welt zu gut und besonders die Frauen, die Muttertiere. Dazu muß man nicht Psychologie studieren. Man muß nur wissen, daß manchmal die Wahrheit zu gar nichts taugt.

Ich telefoniere mit Hugo.

Kommt heim. Auch Niklas ruft durch den Apparat: Kommt ihr bald? Ich drücke Betty den Bär in den Arm. Wenn du aufwachst, fahren wir nach Hause. Der Wärter vom Bahnhofs-WC ist jetzt ganz mit den Herren beschäftigt. Die Damen hat eine Kollegin übernommen. Als er sich kurz blicken läßt, drücke ich ihm eine Schachtel Zigaretten in die Hand. Alles Gute und danke fürs Ohrenschärfen. In der Tiefe nun wieder das leise eilige Rattern. Ich lege den Finger auf meine Lippen. Jemand erbittet Papier. Er händigt die Streifen aus. Es ist sein Geschäft. Ich will ihn nicht länger stören.

In der Physiotherapie ist eine Ansichtskarte aus Ungarn angekommen. Unsere Kollegin läßt alle Mitarbeiter und Patienten herzlich grüßen und verspricht uns schon jetzt eine Ujházy-Hühnersuppe. Weiß jemand, was das ist?

Was mit Ingwer und Nudeln, ruft einer der Masseure hinter dem Vorhang. Seine helle Stimme erklärt, daß Ungarn überhaupt das bekannteste Nudelland sei. Paprika und dann folgt die Nudel als Nationalgericht. Doch da läßt sich eine Frauenstimme aus einer anderen Buchte vernehmen. Das echteste Nudelland sei Italien. Spaghetti, Makkaroni, alles italienische Sprache.

Das bringt einen bebrillten Lehrertyp, der im schwarzgelben Bademantel auf seine Anwendung wartet, zum Reden. Erfunden worden sei die Nudel in China. Man denke immer fälschlich, der Chinese äße hauptsächlich Reis.

China ist groß, tönt es von anderer Seite. Die Debatte geht

nun zwischen dem schwarzgelben Kartoffelkäfer und der anonymen Stimme. Beide sind in China gewesen. Wann. Wo. Warum.

Ich lege die Schlüssel von der Unterkunft in der Borsigstraße im Garderobenfach unter die Badelatschen und verabschiede mich von den anderen.

Heißt das, Betty kommt nicht mehr, heißt das, wir können die Betty-Termine löschen?

Die Leiterin blättert im Bestellbuch. Sie radiert. Ich warte, bis auch das erledigt ist.

Höhensonne. Sauerstoff und ein Absauggerät. Dazu neue Medikamente, die das Atmen erleichtern.

Die Katze sitzt vor der Tür. Die Bäume wiegen die Häupter. Ich wende mich heute an euch, meine Lieben, an euer Grün, an das Chlorophyll, mit dem ihr aus einer ungesunden Kohlenstoffverbindung, etwas Wasser und viel Sonnenschein guten Sauerstoff machen könnt. Seid fleißig, meine Lieben, ich will es euch lohnen. Haltet bitte durch. Ignoriert unsere Schwefelkohle im Winter. Macht euch nichts daraus, wenn die Posten an der Mauer giftige Säfte versprühen.

Wie willst du uns lohnen? Zweifelndes Blättergewisper. Ungläubig dürres Knistern. In der Mittagsstille kann man sogar das Knarzen der alten Weiden verstehen.

Mit Wasser zum Beispiel, sage ich schlau. Als Beweis schleppe ich an einem brütend heißen Junitag mehrere Eimer, und an den welken Haselstrauch lege ich gar einen Schlauch.

Na, ist das nichts? Und Bettys Stimme, wenn sie ruft, wenn sie lacht? Das muß uns doch freuen. Ihr Bett steht auf dem Balkon oder unten im Garten. Was wir noch Garten nennen. Waldgras und Bäume und dazwischen das, was mir auch in mageren Zeiten treubleiben will. Strauchrosen und Rhododendron. Manchmal sehe ich Kinder aus der Nachbarschaft neben Betty im Gras hocken. Ich sehe, wie sie ihr was erzählen. Die Katze hat sowieso ihre Plätze in nächster Nähe. Unser Nachbarhund inspiziert das Terrain erst, wenn alle fort sind. Streitereien, aber auch Zutunlichkeiten geht er mit seinen Erfahrungen am liebsten aus dem Wege. Vor Betty stellt er sich auf, als käme er, wie verabredet, zu Besuch. Schnüffelt, schüttelt zur Begrüßung die Stacheldrahtohren.

Einmal packte mich Rührung und Schreck. Ich wollte gerade losrennen, um Betty hereinzuholen, denn es hatte unverhofft angefangen zu regnen, da sah ich, wie die Kinder aus der Nachbarschaft hochrot und keuchend Bettys Liegestuhl den Hang heraufschleppten. Sie hatten allesamt zugepackt. Ein Junge ging rückwärts, er hielt Betty fest unter den Armen, damit sie nicht rutschte. Ein Mädchen brachte das Spielzeug.

Einmal dachte ich, ein Engel sei bei ihr gewesen. Spuren von Kinderfüßen ganz nahe, und Betty schlief. Niklas meinte, kann schon sein, aber eigentlich gehen Engel gar nicht zu Fuß.

Unser heiliger Pedro ist dreimal aus der Koppel ausgebrochen. Einmal ist er von allein mitten in der Nacht wiedergekommen. Er hat das Hoftor eingetreten und unter Herrn Franzens Schlafstubenfenster gewiehert. Einmal hat ihn Herr Glauber von Carolinenhöhe herübergeritten. Einmal haben wir ihn als vermißt melden müssen. Erst nach zwei Wochen ist er dreckig, aber gut genährt im Gelände einer Russenkaserne gesichtet worden. Von dort hat Franz ihn zurückgeholt. Immerhin zehn Kilometer an der Hand. Trotzdem, sagt Franz, sein Kern ist gut. So richtig was auf ihn kommen möcht ich nicht lassen. Hugo mußte ein zertretenes Fahrrad und eine beschädigte Fahnenstange bezahlen. Alles kein Beinbruch, sagt Franz.

San Pedro nimmt jedes Hindernis und galoppiert wie der Teufel.

Jetzt ist er auch noch ein Übersteiger geworden. Wenn es ihm paßt, klettert er in Hertas Box hinüber. Da drängelt er sie gegen die Wand und frißt ihre Erbsen. Wenn sie aufmuckt, dann zwickt er sie in die Ohren. An einem Ohr fehlt schon ein Stück, und das andere blutet.

So kann es nicht weitergehn.

Sogar Franz ist jetzt dafür, daß der mal eine andere Hand spürt. Vorübergehend, so schränkt er rasch ein, denn der Kern ist gut. Auch wir sagen, nur bis er gelernt hat, am Zügel zu gehen. Niklas versteckt sich. Am Abend sitzt er mit verheultem Gesicht in der Küche.

San Pedro ist nicht aus der Welt.

Er steht in einem Stall, in dem sogar mehrere Landesmeister im Springen trainieren. In Pferdenähe herrscht Ruhe. Man verliert keine Worte. Pferdeschnaufen und Schwalbenzwitschern, sonst nichts. Nur einmal, als wir mit Würfelzucker und Fenchelöl für die Hufe anrücken und wieder in der Stallgasse im Wege stehen, hören wir von einem der Meister: Das hier ist keine Töchterschule.

Die Pfosten und Sattelbäume tragen Schilder mit dem verschlungenen F und R. Das Wappen der Könige. Kronen. Spuren von Gold. Vor langer Zeit haben hier mal gesalbt und geputzt die Pferde des Kaisers gestanden. Ganz oben unter der Decke sieht man zwischen den Schwalbennestern noch einzelne Delfter Kacheln. Es gibt Fotos, wie alles mal war. Von oben bis unten holländisches Weiß und Blau. Dazu kunstgeschmiedete Raufen, Tränken aus Porzellan. Jetzt leben die reiterlich strengen Grundsätze, die Reste von Preußens Tugenden, in nackten Ziegeln. Die Pferde saufen aus vorgehaltenen Eimern. Unter den alten Parkbäumen rotten die Misthaufen und der Schrott wächst zu Bergen.

Die Baskenmütze des Stallmeisters hat weiße Kleckse. Schwalbendreck. Er karrt ein Fuder voll Mist aus dem Stall. Niklas huscht schnell zu Pedros Krippe. Er schmuggelt wenigstens den Zucker unter den Hafer. Pedro soll spüren, daß er im Herzen zu uns gehört.

Ein roter Faden zieht sich parallel zur Mauer durch unseren Garten. Es ist eine Plastikleine. Sie durchquert das Nachbargebüsch, führt von Nachbar zu Nachbar zu Nachbar, wer weiß wie weit. Wer weiß, wohin und was das bedeuten soll. Vielleicht was fürs Telefonieren, vielleicht was für den Rundfunkempfang. Wir leben mit einem Rätel.

Ein Entenschwarm fliegt tief über den See, taucht in den Nebel, der über dem Wasser steht, steigt hervor, zieht höher hinauf, flüchtend vor dem Lärm, der auch mich geweckt hat. Es hört sich an wie stürzende, durch Astwerk brechende Bäume.

Tamerlan, Dschingis Khan, metzelnde Horden. Petroleumgestank. Spitze hochlodernde Flammen. Glühendes Kleinholz treibt in den rosabewölkten Morgenhimmel. Gottlose Kettensägen. Schwenkkräne heben zersägte Stämme auf Speziallafetten. Eine Planierraupe folgt. Schiebt einen Wall genau bis zur roten Schnur.

Rauch senkt sich über die Dächer des Dorfes.

Das Ufer, wo früher die Kiefern, Birken und Weiden standen, liegt glattgewalzt in der Mittagssonne. Totenstille. Unsere beiden Sperber umkreisen die Stätte. Ich höre das Gelächter eines irre gewordenen Spechtes.

Eine neue bessere Piste für die Grenzfahrzeuge wird gebaut und eine zweite gleich hohe Mauer, die das Hundelaufseil, die Minen und Rollbahn vor unserem Auge versteckt. Und die dir auf deiner Seite nun so gut wie gehört. Du könntest im Betonschatten Kletterbohnen stecken oder Hopfen aufziehen. Du könntest den Beton mit den Fingern berühren.

Wir halten uns ferne.

Der Pirol hat sich nahe bei uns im Holunder verkrochen. Die Nachtigallen sind fort.

Die Rabenvögel drängeln sich auf der übriggebliebenen Birke vor der Hintertür. Es ist der Platz, an dem sie sich am Ende des Tages versammeln. Zum Schlafen fliegen sie über die Straße ins Gehölz. Frühmorgens sind sie verschwunden, abgehauen über Mauer und See nach dem Westen. Die Müllhalden locken. Sie haben eine besondere Delikatesse gefunden. Unter den Schlafbäumen liegen neuerdings Gummiringe. Wie gesät liegen sie, in verschiedenen Farben. Die Kinder stopfen sich die Taschen voll. Es ist ihre neueste Leidenschaft. Wer die meisten hat, und was man alles damit machen kann. Eine Weile hatten wir mit einem Rätsel zu leben. Wie sind die kleinen bunten Ringe ins Gehölz gekommen? Und wieso liegen jeden Tag neue unter den Bäumen. Die natürlichste Erklärung sind die Rabenvögel. Ihre Gefräßigkeit und was alles weggeworfen wird drüben im Westen. Das Weitere bleibt Spekulation. Ob sie die Ringe pur oder mit einer verdaulichen Kost gefressen haben. Unser Nachbar glaubt an gebündelte Petersilie.

Bettys Atem, das ist jetzt mein größter Kummer. Es ist nicht schlimm, daß sie noch nicht laufen kann. Daß die Dosierung der Schweizer Tabletten manchmal nicht ausreicht. Das ist nichts. Wenn sie nur genug Sauerstoff in die Lungen bekäme. Sie hustet. Die Lippen färben sich blau. Ich reiße das Fenster auf, versuche, die Luft aus dem kahlen Himmel ins Haus zu holen. Betty keucht. Ich träufle ihr Tropfen in die Nase. Ich bilde mir ein, es wird besser. Ein freier Atemzug. Es ist besser geworden. Rückenklopfen. Hinsetzen. Tief atmen. Ich vertraue den Tropfen und diesen Augenblicken. Wenn Betty die Arme um meinen Hals schlingt, um mir zu sagen, jetzt ist es wieder gut. Wenn Niklas kommt. Hochrot, in verschwitztem Hemd. Auf dem Fußballplatz hinter der Kirche ist er gewesen. Motor Hennigsdorf und die Eignen auf eigenem Platze. Vor lauter Partei kann er nicht gleich Worte finden. Aber dann bricht sein Ärger heraus. Mit einem Drecksack, der neben ihm auf der Zuschauerbank saß, habe er sich angelegt.

Die Tute habe ich ihm weggenommen und über die Kirchhofsmauer geworfen. Da hat der gesagt, warum nimmst du mir die Tute weg. Na, wenn Sie mir ins Ohr tuten, wo Hennigsdorf stürmt.

Betty streckt ihre Hände aus. Niklas hält seinen Kopf hin, damit sie ihn streicheln kann. Kräftig packt sie die Bruderwangen. Er macht dazu ein Gesicht wie der teure Porzellanharlekin aus rosigen Zeiten. Und Betty lacht.

Ich habe mich nicht verhört. Mein Neunjähriger hat sich mit einem erwachsenen Mann angelegt.

Du hast einem erwachsenen Mann die Tute weggenommen?

Wenn er mir dauernd ins Ohr tutet.

Und dann?

Hat er gesagt, ich soll die Tute bezahlen.

Und dann?

Hat Hennigsdorf gewonnen, da hat er nicht mehr an die Tute gedacht. Betty atmet wieder ruhig und ohne Not. Sie hat ihren großen Bruder getröstet, weil seine Mannschaft verlor. Ich müßte manchmal bei Niklas andere Saiten aufziehen, aber ich weiß nicht welche.

Wir hören, daß seit den frühen Morgenstunden in den Straßen von Prag russische Panzer rollen. Das Kofferradio mit seiner Nachricht steht inmitten blühender Rosenbüsche auf einem Rabattenstein. Wir stellen die Tassen hin und reden kein Wort mehr. Wir wissen, dafür steht die perfekte haushohe Doppelmauer mit den Hunden, Minen und Wachtürmen in unserem Garten, sie unterstützen die Panzer in Prag. Wir spüren noch deutlicher als allezeit zuvor, wie die Gewehre direkt auf unseren Frühstückstisch zielen. Auf Niklas, auf Betty in ihrem verstärkten Wagen.

Bis zu jenem Augusttag hatten wir immer noch Hoffnung. Wir wollten auf unseren Schlackebildern eine urchristliche gewaltlose Gemeinschaft aufbauen. Nach Rezepten von Marx. Die Philosophisch-ökonomischen Manuskripte galten uns als Welterklärung und als Versprechen. Das war unsere Bibel. Die östlichen Nachbarn hatten in kurzer Zeit einen Grund gelegt, auf dem über Neid und Gewalt hinweg nun endlich Tugenden wachsen sollten. Solidarität. Tätige Gerechtigkeit.

Gerechtigkeit. Wo, an welchem Ort sollten wir die nun noch suchen. Wenigstens im Traum.

Im Westen? In der Sonne, im Süden, dort, wo du keinen Koks brauchst. Wo die Goldorangen glühen. Auf den Kanarischen Inseln, da wachsen sogar Bananen. In Kalifornien bei den Flower Children mit ihrer schönen Musik und den gestrickten Klamotten. Die haben keine Kinder, um die sie sich sorgen müßten, und meist reiche Eltern. Reiche Eltern haben wir nicht. Also wo?

Kann es sein, daß die Leute auf das Prager Versprechen sowieso nicht länger als ein halbes Jahr gesetzt haben würden? Wo anders als im Himmel hat es Gerechtigkeit je gegeben? Der Mensch will auf seinem Feld besser sein als sein Nachbar. Klüger, reicher und näher bei Gott.

Gott, das sind heute allerlei Glaubensreste, einige zur Zeit noch ungeklärte Sachen. Klugheit wird meist von der sowieso ungerechten Natur verteilt. Und darauf folgt auch noch dies: Die dümmsten Bauern haben die größten Kartoffeln. Das sagt doch, es bleibt nur das eine. Wie komme ich zu großen Kartoffeln.

Gespräche am Küchentisch und in der Badewanne. Was tun?

Ich mache einfach da weiter, wo ich aufgehört habe. Mit Hammerschlägen treibe ich die Spitze eines zwei Meter langen Eisenstabes in die Erde. So durchforsche ich das verbliebene Terrain zwischen Mauer und Haus. Schritt für Schritt. Franz hat gesagt, auf dem Grundstück hat es früher mal einen Brunnen gegeben, ein kleines Pumpwerk könnte man beinahe sagen, das vom Seeniveau das Wasser in ein kleines Becken heraufhob. Vor dem Krieg und im Krieg noch. Wo die Treppe den Hügel hinunterführt, da steckt es vielleicht.

Wenn der Stab auf ein Hindernis stößt, fange ich an zu graben. Es sind schon überall Löcher und Sandhaufen. Einmal bin ich mit dem Spaten auf eine Stiefelsohle gestoßen. Es waren Gott sei Dank wirklich nur ein Paar Stiefel vom Militär und eine dunkelblaue Uniform und eine Nazimütze. Ich habe das Zeug in der Sonne trocknen lassen und zusammen mit Reisig verbrannt. Damit ich nicht den Grabekoller bekomme, suche ich täglich nur eine Stunde. Ich schaue auf die Uhr. Wenn ich zeitiger unterbrechen muß, hole ich den Rest am Abend nach.

Am hellen Mittag, in einem schwarzen, vor der Brust aufgeknöpften Hemd, das Gründungsprotokoll vom Club of Rome zum Stab zusammengerollt in der Hand, so steht er vor dem Gartentor. Als komme er auf einen Sprung aus der Nachbarschaft, doch er ist seit drei Stunden unterwegs. Er kommt aus Berlin.

Wir hocken auf wackligen Klappstühlen unterm Vordach an der Hintertür in einem Winkel, daß uns die Grenzer vom Turm nicht sehen können. Er hat gesagt, er würde gern draußen sitzen, um die Aussicht zu genießen.

Mir stockt das Herz, wenn er seine Stimme hebt oder wenn er lacht. Die Zigarre hält er wie ein Signalfähnchen in Schulterhöhe oder hoch über Kopf. Hier bin ich, der Narr aus Berlin. Es ist Leichtsinn. Auch daß ich Hugos rumänischen Kognak auftische, ist unbedacht.

Ich hoffe immer noch, daß er Tabletten für Betty aus den Papieren zieht oder aus der Hüfte zaubert. Er trinkt und redet. Ich hoffe bis zur Neige. Vom Dach bis in den Keller hat unser Haus nichts mehr zu bieten als eine Flasche *Lindenblatt*. Die entkorke ich als letzte Möglichkeit und gieße sein Glas gleich ordentlich voll.

Auch gut, behauptet er.

Mir fällt ein Zipfel ungarische Salami ein, weil die niemand gern ißt, hängt die Wurst in der Küche am Fensterwirbel.

Brett und Sägemesser.

Das skeptische Auge der Katze blinzelt unter dem Holunder hervor. Sie hat sich in unsere Nähe gehockt und taxiert diesen leichtlebigen Besuch. Was will denn der?

Er will weiter nichts, als mir die Protokolle zu Füßen legen. Von der Salami nimmt er nichts. Mit dem letzten Schluck Wein sagt er in seiner freundlich närrischen Art: Dein Garten ist der ehrlichste Platz der Welt.

Soll das ein Trost oder kalt, beinahe herzlos, eine Weissagung sein? Ich ahne gleich, daß mir der Satz anhängen wird. Wie der Besuch. Wie seine Zigarre, die er nur so hat qualmen lassen, ohne davon ernstlich zu kosten. Ich bin froh, als er sich einigermaßen geduckt zum Gehen anschickte.

Und dann bin ich froh, daß Betty noch schläft, daß Niklas noch Fußball spielt.

Ich schwinge mich in aller Eile aufs Fahrrad und kurve ins Russenmagazin, von da wie angestochen zum nächsten.

Endlich habe ich Glück. Die Flasche mit dem rumänischen Kognak soll wieder im Schrank stehen. So wie sie gewesen ist. Offen.

Drei Mäßlein kippe ich aus, die müssen fehlen. Der Besuch, mein Geheimnis. Eine Vorsorge, mein Mäuerchen für den Frieden in unseren Stuben. Hugo hat schon Ärger genug. Er bereitet eine Oper vor. Das Libretto soll von einer Theatergruppe erzählen, die ein Stück gegen den Krieg in Vietnam spielt.

Als die größte Sommerhitze vorüber ist, geht es Betty wieder etwas besser.

Sie sitzt in ihrem gelben Sessel und gräbt mit beiden Händen hingebungsvoll in einer Schüssel. Lauter wunderbare Glasperlen. Hugo hatte sie aus einer Thüringer Glasfabrik mitgebracht. Die Glauberin hatte Leder besorgen können. Ein Dutzend naturfarbene Kalbshäute. Sorte drei, mithin ungleichmäßig in Stärke und Färbung, auch mit Gerblöchern an den Rändern, aber weich genug für meine elektrische *Veritas*-Nähmaschine. Ich nähe Fransenwesten. Solche, wie sie die Blumenkinder in Kalifornien tragen. Wichtig sind die Glasperlen, die ich am Rücken- und Brustsattel und um den Bund herum drapiere. Die Perlen machen jede Weste zu einem Einzelstück. Betty reicht mir die Farben. Auf eine Franse die Roten, ganz wie es uns gefällt. Wenn Betty die Farben durcheinanderbringt, lassen wir den Zufall walten. Und der waltet gut. Blau ist gelb. Rot ist grün.

Die Nachfrage nach unseren Perlenwesten steigt.

Ich lege Betty die fertigen in den Schoß. Sie zeigt mit dem Finger. Sie strahlt. Die ist noch schöner, will sie mir mit großen vergnügten Augen erklären.

Nun muß doch bald alle Welt so eine Weste haben. Hugo freut sich, wie munter Betty im gelben Drehsessel thront. Prinzessin Goldhaar. Die Arbeit an der Vietnam-Oper ist einen guten Hürdensprung vorangekommen.

Ein Gewandmeister hat einen weiteren Sack Perlen aus Lauscha mitgebracht. Lauter alte Bestände, die auf Halde liegen, weil jetzt auf dem Weltmarkt nur noch die leichtere Plastikperle gefragt ist.

Ein Schönwetterstreif. Der Himmel voller Stare, die sich den Flug in den Süden abgewöhnt haben.

Das bunte Glas rieselt aus dem Sack in die große Schüssel. Prächtige Farben. Schöne Formen. Blau ist Gelb.

Herr Glauber kommt. Er hat eine Rolle geschultert, noch mehr naturfarbene Kalbslederhäute, und einen Schöngruß von der Glauberin.

Dorfschöne hat ein dunkles Stutfohlen zur Welt gebracht, nun schon zwei Monate alt, und es hat wieder Krach mit dem Chef gegeben. Glauber soll die Hochzeitskutsche einspännig mit der Grete fahren. Warum nicht gleich mit Nachbars Ochsen. Das sieht doch aus wie beim polnischen Bauern. Nee, da macht er nicht mit. Glauber hat sich Vorschriften aus Neustadts alten Gestütspapieren besorgt, er ist extra mit dem Bus hingefahren. Ob das nicht mehr gelten soll: Auf vier Chausseure zwei Pferde bei ebener Strecke und gutem, nicht ausgeschlagenem Lager. Steht alles aufgeschrieben. Lauter Gesetze für die Personenbeförderung mit dem Pferd. Futterzeiten. Schmiergeld. Richtlinien und Paragraphen. Die Brautleute müssen halt mit dem Heiraten warten, bis Dorfschöne ihr Fohlen abgesetzt hat.

Grete und Dorfschöne, im Paar, anders deichsel ich nicht.

Stehen doch noch mehr Pferde im Stall. So versuche ich einen Kompromiß anzuregen.

Keine Schimmel, sagt Glauber, und das sagt genug. Es sagt, daß so ein Chef eine Pflaume ist, wenn er den Stall nicht mit einem dritten Schimmelpferde bestellt. Besser man hätte zweimal zwei Schimmel und damit das Paar im Wechsel. Glaubers Vorwurf will sagen, daß ein gemischtes Gespann oder ein Rappen- oder Fuchspaar vor einer weißen Kutsche von vornherein Unglück bedeuten würde. Und wer wollte das hinterher, wenn's dann brennt, auf seine Kappe nehmen? Na also.

Ich verstehe und kann nun auch Glaubers Enttäuschung nachfühlen, daß das Fohlen der Dorfschönen ein Vaterkind ist. Ein gesundes Dunkelfüchslein mit niedlicher Blässe, aber in dem Sinne mit keiner Zukunft. Was sagt man zu einem Chef, der ohne Sinn und Verstand seine Stuten deckt.

Wir leben in einem geteilten Dorf. Wir sind zugereist. Wir wissen nicht, wie es damals war. Wir kennen nur die Gegend auf hiesiger Seite der Mauer. Den Russenwald und den Königswald. Die alten Bauernhäuser. Die Uferbebauung. Die Schule. Die Kohlenhandlung. Die Kirche auf dem Hügel. Den Kirchhof. Der wird in diesen Zeiten nur noch von uns belegt. Die Alten, die nach dem Abendläuten hingehen, um die hiesigen Hildebrandts, Bunzels, Wollins und Franzens zwei Ehefrauen zu begießen, teilen die Gartenblumen für die Gräber, auf denen die Steine mählich in den Boden versinken. Schwenken den Rest aus der Wasserkanne an verwilderte Rosenbüsche. Vom Ribbeck-Anwesen kennen wir nur den Namen und einen Zipfel vom Park. Das Gutshaus und die Stallungen liegen drüben. Die Kinder haben sich den Parkrest erobert. Die Gertrudebank und die Säulentrümmer des Portals. Das sind nun wieder Zerstörungszeichen des Krieges. Die Trümmer im Park, die Panzerlöcher und die Munitionsfabrikreste im Wald und die Wüstenei auf dem Windmühlenhügel. Die Mühle ist beschossen worden und in den letzten Kampftagen abgebrannt.

Wir leben auf Sand. Das weiß ich nun ganz genau. Jeden Tag klopfe ich den Eisenstab durch eine dünne Humusschicht und Sand bis auf zwei Meter in die Tiefe. Die Militärstiefel, die Uniform und einige schön geschliffene Gemmengesteine, das ist alles, was ich unterdes ausgegraben habe.

Wir leben auf einer Eisrandlage. Auf den Spuren einer Lobennaht, einer Grenzlinie zwischen zwei Gletschern des Inlandeises, die sich, aus Ost und West kommend, hier dermaleinst trafen.

Ich grabe im Geschiebe des Brandenburg-Gletschers.

Die Anwohner können sich nicht mehr erinnern. Die meisten sind Zugezogene wie wir. Franz aber möchte schwören. Das Haus war zwar nicht das allererste, aber doch mit unter den ersten, die auf dem Kiefernhügel am Seeufer gebaut worden waren. Da ist Franz noch ein Kind gewesen. Reiche Berliner sind hergekommen. Künstler, die weiter nichts anderes zu tun gehabt haben. Wohnen wollte in dem Kuhdorf zwar keiner, aber auf Sommerfrische herkommen, das war mit mal ganz große Mode geworden.

Franz hatte Milch und Eier vertragen. Die Künstler schliefen meist noch, und die Gattinnen der anderen Herrschaften ruhten auf offener Terrasse im Liegestuhl. Ein Musiker, so wußte Franz zu erzählen, hatte das allergrößte Haus, wo jetzt die Schule drin ist, von einem einzigen Lied gebaut, und er kaufte auch die Eier und die Milch von dem Lied und hatte sich von einer Berliner Gärtnerfirma Rhododendren anpflanzen lassen bis runter zum See, wo früher die Kuhkoppel war. Alles voll. Alles ein Blütenmeer. Die Fenster auf, der Frühling kommt. Franz war der Anfang von dem teuren Lied wieder eingefallen, aber leider nicht, wo etwas genauer die Pumpenanlage gewesen sein könnte und ja immer noch unter der Erde stecken müßte. Franz grübelte. Vielleicht näher am Haus. Er überlegte, wen er in der Nachbarschaft noch fragen sollte. Es fiel ihm einfach niemand ein.

Schon während des Krieges, und erst recht nachher, sind dauernd andere Leute ein- und ausgezogen. Eine Zeitlang hat Militär im Haus gelegen, dann die Russen, dann kamen wieder andere Leute. Flüchtlinge. Dann ein Doktor, der ist aber bald mit der Familie nach dem Westen gegangen. Lehrerfamilien sollten später einziehen, aber die wollten in den Neubau neben der Schule. Verständlich, denn das Haus war ja bloß für den Sommer gebaut. So ein Gebäude hatte im Winter seine Tücken. Der Warmluftschacht funktionierte nicht mehr. Doch das mußte mir Franz nicht erzählen, das wußte ich selber. Was das heißt, einen Schornstein einreißen und einen neuen bauen.

Als der Schornstein zum ersten Mal wieder rauchte, hatte mich Hugo zum ersten Mal Mutter Courage genannt. Nichts gegen Cassius Clay und die Everest-Besteiger, ich hatte auch etwas zu bieten. Einen Sieg über Materialverwalter, Dispatscher, Einsatzleiter von LKWs. Ich war David und Daniel, ein unverhoffter Gewinner. Ich hatte einfach einmal ungehöriges Glück. Und das ohne einen einzigen Kasten Bier noch Zielgeld oder eine Schachtel Pralinen. Davon hörte ich später mit nachträglichem Schreck von erfahrenen Leuten. Ich schämte mich im stillen für mein schusseliges Betragen. Meine leeren Hände, wenn ich auf die Baustelle, wie sie die Küche nannten, gekommen war.

Man hätte es nicht für möglich gehalten. Franz meinte meinen Schornsteinneubau und daß je wieder einer in der verfallenen Bude würde wohnen können. Ich wollte gerne mehr erfahren, wie das gewesen ist mit dem Milch- und Eieraustragen. Ob Franz sich noch erinnern könnte, wer die ersten Bewohner des Sommerhauses waren?

Franz zog den Bremsklotz fest und schnallte der Herta den Kinnriemen locker. Er scheuchte mit dem Ärmel Fliegen aus ihren Augen. Der Wald rennt uns nicht weg. Das Meterholz wird auf uns warten. Schon im Hof beim Anspannen hatte Herta gewußt, wo es langgehen soll. Franz hatte die Kastenbretter aus dem Fuhrwerk herausgenommen und die Spannketten unter den Kutschbock geworfen. Das Meterholz stapelte im Königswald. Franz mußte nur aufsitzen und auf ungefähr halber Strecke, wenn sie die Anhöhe erreicht hatten, wieder absitzen, weil Herta unterdes traditionell vor unserem Gartentor eine Pause machte, damit Franz mich aushorchen konnte, wie es mit dem heiligen Pedro stünde. Vielleicht auch, um sich von Betty streicheln zu lassen, und manchmal lag auf dem Pfosten des Gartentors eine Mohrrübe.

Der Wald rennt nicht weg. Herta hatte Geduld. Sie ließ uns reden, guckte nur und zupfte, wenn es nichts mehr aus der Hand gab, an dem bißchen Gras am Wege.

Franz nahm mich am Ärmel. Er führte mich wortlos die Stufen hinauf vor die Haustür. Im Gezack der himmelblau gestrichenen Zierstäbe, die von außen den Glaseinsatz schützten, zeigte er mir drei verborgene Buchstaben. Dreimal ein großes A.

Abraham. Ich besinne mich noch, sagte Franz, wie die Buchstaben geblinkert haben. Auch der Türknauf war blank. Jedenfalls in den ersten drei vier Jahren. Meist kam das schlesische Mädel an die Tür. Die hat mir die Milchkanne abgenommen und mich jedesmal in die Nase gezwickt: Na, Franzla. Ich habe durch die drei geputzten A geschielt und abgewartet, bis sie mir das Geld und die leere Kanne brachte, und manchmal hatte sie noch ein Zuckerstück in der Schürzentasche. Na, Franzla, willst a Nißla? Nach drei vier Jahren sind dann andre über Sommer hergekommen. Vielleicht Verwandte, jedenfalls auch Berliner. Die vorigen mit dem schlesischen Mädel sind nach Amerika, so hieß es. Die Neuen hatten eine Tülle für die Fahne am Schmiedeeisen neben dem Flurfenster anschweißen lassen und die Tür frisch gestrichen. Auch das Ziergitter, samt der Buchstaben. Alles eine Soße. Blaues Gezack. Ich weiß das, weil ich die ersten Jahre immer noch die Milch und die Eier zu vertragen hatte. Und immer nun mit deutschem Gruß und einem Sechser und Schöndank fürs Bringen. Bis paar Jahre vor Ultimo, da gab's für mich den Gestellungsbefehl. Schluß mit Milch und Honig und Eiern. Es ging mit den Ulanen nach Flandern. Und nach dem Zusammenbruch durch die Büsche wieder heim. Unseren Alten zu Hause hatte es beim Volkssturm erwischt. Beim Minenräumen. Also mußte das Franzla die Wirtschaft übernehmen. Es fiel nicht auf, wenn die Sommerfrischler in der Schönen Promenade nicht mehr kamen. Vieles drehte sich nun andersrum. Milch, Obst, Rüben, alles was du und das Vieh hergeben konnten, die Städter standen schon bettelnd vor dem Tor. Ein Ei war so gut wie ein Silberlöffel. Und erst die Kartoffeln, Ackergold, das war nicht mehr nur ein Name, das war die Wahrheit.

Franz hatte recht. Ich habe die drei Buchstaben unter Delftblau, Russengrün, Mausgrau und unserem Himmelblau wieder herausgekratzt und mit Sidol blankgerieben. Franz hatte sich noch auf die zwei Abrahamkinder besonnen, auf Robert und Nathan, die aber in Rennfahrermützen und Lederhandschuhen schon damals Kerle gewesen sein müssen, und zum Schluß besann er sich noch auf den Namen der Leute, die nach den Abrahams zwölf Jahre lang als Sommerfrischler in das Haus gekommen waren. Winterfeld. Franz hatte recht. Wir zahlten seit Anbeginn unsere Miete auf ein Konto mit diesem Namen. Verwandte der vorherigen Bewohner waren es nicht. Das war Franz auf meine Nachfrage wieder eingefallen. Aber keine näheren Umstände und auch nicht, wo, in welcher Gegend im Gelände, sich die Pumpe befand.

Er sagte nur: Ich laß mich schlagen. Und machte mir Mut. Weiter. Mit dem Eisenstab, daß ist eine gute Methode.

Der Nachbar hörte mein Hämmern.

Rennfahrermützen, womöglich Schatullen, Eisenkisten. Nachlässe. Briefe. Ich bin nun auf alles gefaßt, aber doch froh, wenn sich das Hindernis wieder als ein Stein erweist, als eine Spur der Eiszeit, der Lobennaht, der Grenze von zwei Gletscherzonen in unserem Falle.

Nur die Katze glaubt noch an mich.

Sie sitzt oben am offenen Fenster und behält uns im Auge. Mich unten im Garten und die schlafende Betty.

Sie sieht mich graben. Mit Schaufel und Karre hantieren. Denkt sich, ach, dieses komisch lachende Tier. Ich bin unter einer verrotteten Laubschicht mit meinem Eisenstab auf etwas Festes gestoßen. Ich muß mich nicht mehr fürchten. Ich brauche nicht mehr neugierig zu sein. Ich weiß unterdes, es ist nichts. Keine Leiche. Kein Schatz. Höchstens ein Stein. Die Pumpstation habe ich leider nicht finden können. Kiesgrund. Schutt von der Eiszeit oder vom Hausbau.

Es ist der Platz, wo ich uns einen See bauen werde.

Ich verspreche euch, wir werden in unserem Diesseits wieder am Wasser wohnen. Ich rede von einem Tümpel oder Bassin oder Teich. Ein Meter Tiefe.

Dachpappe und Teer holt Franz aus dem Russenwald. Zement besorgt der Nachbar. Sand schenkt mir die Erde unter den Füßen.

Und Wasser? fragt Hugo.

Nur die Katze glaubt an mich.

Zu Ende des Sommers ist ein bohnenförmig ausgekehltes Gemäuer fertig. Das letzte ist ein Kübel Unterwasserblau. Nach dem Verstreichen muß die Farbe eine Woche lang trocknen.

Ich sehe, wie Hugo und Niklas vor der blauen Erdwanne verweilen. Ich sehe den kleinen und den großen Rücken. Ich sehe an ihren Schultern, sogar an den Ohren, wie sie zweifeln. Wie sie dann skeptisch unten am Hang den Ablaufhahn auf-

und zudrehen. Einen gefetteten Kegelstumpf, der in einem maßig durchbohrten Rohr steckt. Eine saubere Schmiedearbeit von Glauber. Ein Ablauf, aber kein Zulauf.

Und Wasser? fragt Niklas. Hugo zuckt die Schultern. Frage mich nicht. Ich sehe das trockene Unterwasserblau und hinter der Mauer den im Winde bewegten irgendwie aus tiefen Gründen spöttisch lächelnden See.

Es ist Nacht. Betty sitzt auf dem Topf. Ich hocke auf der Bettkante, so kann ich das müde Kind mit meinen Knien festhalten. Manchmal schlafen wir beide ein. Manchmal zupft mich Betty am Ohr. Die zweite Hälfte der Nacht heißt Nächtlein.

Ich schleiche in den Keller. Ich habe schon alles bereit. Den Schlauch und den Anschlußstutzen. Der kürzeste Weg vom Hauptwasserhahn führt durch ein Luftrohr. Ich habe die Strecke und den Schlauch abgemessen. Es ist alles bedacht. Ich drehe den Hahn auf. Ich muß mich beeilen. Barfuß. Kalt ist die blaue Haut, und kalt rinnt das Wasser aus dem Schlauch. Eine Spätsommernacht mit einem Käuzchenschrei aus der Kirchhofrichtung und einem Suchscheinwerfer vom Wachturm. Ich krieche mit Sofadecke und Bierflasche unter den Fliederbusch. Lange Lichtstreifen fingern vom See her über Mauer und Anhöhe. Sie huschen durch mein Versteck. Ich beobachte andächtig das glitzernde Rinnsal.

Bald steht eine Pfütze, eine silberne Lache, die gut ist als Spiegel für den Septembermond, ein Viertel Teil, ein Horn, in einer blaßmarmorierten Scheibe. Am Beckenrand, schwarz im Flügel der Scheinwerfermühle, die anteilnehmende Silhouette unserer einäugigen Katze. Auch ich kneife verschwörerisch mein linkes Auge zu. So sieht die Mondsichel aus wie ein zappelnder Fisch. Immer laß dich täuschen, denke ich vor lauter Vergnügen.

In dieser Nacht zeugt sich der See, den ich euch längst geweissagt habe.

Wie der leibhaftige Süden, so steht das Wasserbecken am Morgen gegen die betongraue Mauer.

Meine Lieben sollen jetzt erfahren, daß ich das Wasser nicht mit Hokuspokus oder per Verdrängerpumpe aus dem See hinter der Mauer zu uns heraufgehoben habe. Der Schlauch vor dem Kellerschacht sagt die Wahrheit. Es ist ein See aus dem Wasserhahn.

Eine gewisse Zeit warten wir ab, ob das Becken dichthält.

Es hält. Niklas hat sich schnell auf meine Seite geschlagen. Auch Hugo setzt sich einvernehmlich zu mir auf die Bank. Zuversicht. Es scheint zu halten. Das Wasser steht immer noch am Eichstrich, den ich mit dem Fingernagel oben in die Folienhaut gedrückt habe.

Ich bin stolz wie ein Kranich.

Wasser ist mir nun nicht mehr genug.

Die Glauberin schenkt mir eine in Kuhmist eingepflanzte Seerosenwurzel. Ich versenke die Wurzel an der tiefsten Stelle. Ich fahre in die Futter- und Kleintierhandlung Schönwalde und erwerbe ein Paar junge Mandarinenten. Eine Abbildung im Buch *Gefiederte Freunde* zeigt, wie schön sie einmal werden sollen. Wenigstens der Erpel. Sämtliche grauen Federn wird er verlieren, und dann wird er goldene Ohren bekommen und pflaumenblaue Sichelfedern, und im nächsten Frühjahr werden die beiden brüten. Hugo, angesteckt vom Glauben an unsern See, baut ein schwimmendes Entenhaus, eine gotische Wasserburg mit Steg, und ein niedriges Zäunchen, das mein blaues Gemäuer und eine kleine Wiese umschließt. Die Katze äugt von oben herab auf die neue Gemarkung und auf das huschige Geflatter, das Aufspritzen und Wasserstieben, dann auf die beiden Knäuel, die auf einem Bein am Beckenrand stehen. Dicht beisammen, die Köpfe leichtsinnig unter dem Flügel. Wenn ihr wüßtet, wie mir manchmal aus lauter Gelüst und Verlangen die Krallen zucken.

So ungefähr konnte man forthin ihre angespannt fromme Zurückhaltung deuten. Der neugierige Nachbarhund mit den Gehängen aus Stacheldraht in den Ohren war bei der ersten freundlichen Kontaktaufnahme entsetzt zurückgewichen und dann über das Zäunchen geflüchtet. Der Erpel hatte nur mannhaft seine Flügel gespannt und probehalber gezischt.

Unsere Mandarinenten schreckte nichts. Sie behaupteten

sich oder schliefen. Sie hatten immer noch bei Gefahr die gotische Fluchtburg. Wer sollte ihnen dort, umgeben von kaltem Wasser, gefährlich werden?

Und doch ist es geschehen.

Der Erpel war tatsächlich mit der Zeit zu einem prächtigen Vogel geworden. Wie aus Seide gestickt hatte er noch nach dem Abendfutter neben der schüchternen braungescheckten Ente im Neuschnee gehockt. Märchengleich glitt er zusammen mit seinem Spiegelbild auf dem Wasser, das vom Schnee umrahmt noch blauer geworden war. Tinte, Orange und Gold. Ein Mandarinerpel im Schnee. Die Grenzer durften mich mit dem Fotoapparat nicht noch einmal erwischen. Sie hatten mich schon mehrmals belehrt: Fotografieren verboten. Ich nahm mir vor, es anderntags noch einmal zu wagen. Schlau im Frühlicht. Doch über Nacht war alle Pracht verschwunden. Es hatte getaut und dazu noch geregnet.

Ich will es nicht wahrhaben.

Ich locke wie gestern. Wie immer. Willi, Mariechen. Die Ente schwimmt allein auf dem Wasser. Verstört. Unansprechbar. Sie flüchtet hinter die Burg. Bin ich der Fuchs aus dem Lied? Marie!

Drei goldene Kopffedern liegen unter dem Fliederbusch. Reste von Willi. Eine Blutspur führt hinüber zum Nachbarn.

Ich will an die Täterschaft des Nachbarhundes nicht glauben. Ich kontrolliere die Pfoten, blicke ihm streng in die Augen und stelle den Nachbarn zur Rede. Der schwört: Harry hat die ganze Nacht bei mir in der Kammer gelegen. Es wird der Fuchs gewesen sein oder ein Iltis oder ein Habicht.

Ich fahre schnellstens mit dem Polski Fiat in die Kleintierhandlung nach Schönwalde. Niklas und Betty sollen von der Tragödie nichts merken. Marie soll sich gar nicht erst an das Witwendasein gewöhnen. Auch Hugo will ich schonen. Er wohnt für eine Woche in Berlin, um die Vietnam-Oper vorwärtszubringen.

Sie haben Glück, sagt die Frau im Laden. Wellensittiche und Kanarien, auch Hamster hätte ich viel, aber Mandarinerpel ist grade noch einer da. Das Einzelstück in seinem bunten Winterkleid kostet doppelt soviel wie das vorige Paar. Ich fange nicht erst an zu handeln. Ich zahle. Ich setze den Pappkarton mit dem Erpel ins Auto und sause los. Bevor Niklas aus der Schule kommt und Betty auf ihrer Spieldecke anfängt zu protestieren, sitzt mein Kauf im Gehege. Ich spreche der Ente und dem Erpel gut zu. Vertragt euch. Marie hält Abstand. Der neue Erpel zieht sich zurück. Ich setze beide wieder zusammen. Die Ente läßt sich eigensinnig ins Wasser gleiten. Ich schubse den Erpel mit guten Worten hinterher. Der schlägt mit den Flügeln, strampelt und tut, als müßte er gleich ertrinken. Mit einem Sprung ist er wieder am Ufer. Die Ente dümpelt hinter die Fluchtburg.

Mein prächtiger Neuer hockt auf dem Fundstein, den ich an der Stelle im Gehege gehoben und zu einem frühgeschichtlichen Kunstwerk erklärt habe. Dort, auf der breiten Hüfte der Brandenburgischen Venus, bleibt er. Elegant, unnahbar, die schön umrahmten Augen im Weitwinkel auf die Mauer gerichtet. So blickt er über das blaue Wasser und über das braungescheckte Mariechen hinweg, das ganze Angebot mit Zäunchen, schwimmendem Steg und Unterschlupf, nebst vollem Futternapf, in dem ich gekochte feingehackte Eier mit Reis gemischt habe, ignorierend.

So sitzt er noch am Nachmittag. Auch am nächsten Morgen weiß ich nicht, ob er in seiner neuen Heimat je mit einer Feder gezuckt hat. Marie wird allein in der Wasserburg übernachtet haben. Sie hockt wie immer, wenn ich in der Frühe das Futter bringe, schüchtern auf dem Steg. Ich serviere einen Napf voll ausgequollener Haferflocken, in Hoffnung, daß sie sich beim Fressen irgendwann näherkommen, daß sie sich über dem guten Futter vertragen. Vom Fenster aus beobachte ich, wie sie in höflichem Abstand abwechselnd probieren. Zum Schluß sind sich beide zu fein, den letzten Happen wegzuputzen. Distanziert watschelt erst sie, dann er am Futter vorbei. Der Rest bleibt im Napf. Die Ente schwimmt wieder zur Wasserburg. Der Erpel steigt wieder auf den Stein. Ich denke mir noch nichts, als mein Stolzer die Flügel schwingt und drei Sprünge probiert. Ich denke mir nur, wenigstens haben sie sich nicht gestritten, und denke weiter: daraus kann schon noch etwas werden. Ein Entenpaar. Eine Entenfamilie. Doch dann muß ich beim vierten Schwung zusehen, wie der neue teure Erpel vom Stein abhebt, wie dreihundert Mark und unbezahlbares Vertrauen das Gehege verlassen, wie er einfach fortfliegt. Zielsicher strebt er über die Mauer, immer geradezu über den See.

Hiergeblieben, rufe ich leise, und zur Ente sage ich: Siehst du, du Dumme. Das ist deine Schuld.

Dann stürze ich zum Telefon. Beschimpfe die Futter- und Kleintierhandlung in Schönwalde. Sie hätte mir einen Flieger angedreht. Er sei unter meinen Augen über die Mauer nach dem Westen abgehauen. Ich habe für meine gute schüchterne Ente einen seßhaften Erpel anschaffen wollen. Mein Zorn steigt direkt aus meinem gepreßten Herzen. Es drängt sich so vieles zusammen. Bettys Husten. Der ewige Beton. Die Asche jeden Morgen im Keller. Hugos Ignoranz in den vergangenen Wochen. Er kümmert sich nur noch um die Oper und um den Krieg in Vietnam. Er hatte nicht einmal Zeit zum Entenfotografieren.

Die Frau auf der anderen Seite beruhigt mich. Ich hätte unverschämtes Glück. Ein einziger allerletzter Mandarin sei noch im Bestand und der gehöre nun selbstverständlich nicht dem Besteller, sondern mir. Betty bekommt meine Schreibmaschine zum Klappern und die heutige Zeitung. Viel Papier zum Schiffchenbauen.

Ich starte den Polski Fiat. Glück im Unglück. Die Bahnschranken sind offen. Die Ampeln auf Grün. Keine Kunden im Laden. Die Verkäuferin setzt mir den einzigen in den Karton. Sie hat für den Westflüchtling die ganze Verantwortung und auch die Wertgarantie übernommen. Der kostet Sie nichts, sagt sie. Ich danke nicht mal. Ich zeige immer noch Zorn und große Eile.

Nichts für ungut, ruft sie mir hinterher. Und murrt für sich: Das kann schließlich mal passieren.

Betty hat die Zeitungen und das Klebheft vom Konsum in Flocken zerrissen. Soviel Schnee. So lange bin ich unterwegs gewesen. Aber der Winter ist noch nicht fertig, ruft mir Betty entgegen. Vor Eifer hat sie das Schnattern im Karton nicht gehört.

Ich stifte schnell noch ein paar verschriebene Notenblätter für Bettys Winter. Laß es schneien, liebe Betty, gleich bin ich wieder da, dann wird gegessen und Frau Holle gespielt.

Draußen vor der Hintertür rinnen die Bächlein. Es taut, und ich will mit dem Karton in den Armen meinen Augen nicht trauen. Wer kann mir das erklären? Die Katze eilt herbei, anstatt mit mir über die Welt zu staunen, betrachtet sie mich, eine Törin, die immer noch für eine Sinnestäuschung hält, was einfach nur wahr ist.

Ein bunter Mandarin steht auf dem Stein, genauso entschlossen wie vor drei Stunden, als wollte er gleich losfliegen, aber er bleibt. Wo gibt's denn so was. Ich spüre, wie der Wind mir die Wangen trocknet. Rührung und ein Fluch, weil ich so gerannt bin. Der Flüchtling war, während ich seinen Ersatz besorgte, aus dem Westen wieder heimgekehrt. Die Ente auf ihrem Steg äugt mir entgegen. Mit einem auftrumpfenden Blick, der sagen will: Was dachtest denn du.

Nun erzähle ich allen, was geschehen ist. Den Mord. Die Flucht. Die Rückkehr.

Die Mandarinenten leben zu dritt. Die beiden schöngefiederten Erpel und die braungesprenkelte Ente. Der Rückkehrer aus dem Westen gibt sich elegant und als ein Landbewohner. Er bleibt hartnäckig wasserscheu. Hockt auf der Hüfte meiner Venus wie der Hahn auf dem Mist. Eine Zeitlang habe ich ihn ängstlich beobachtet. Wenn er nur mit den Flügeln zuckte, dachte ich, jetzt macht er sich fort. Unterdes scheint mir, er will uns ein wenig zum Narren halten. Unsere Abhauängste. Schon wieder ist einer rüber. Ganz in unserer Nähe. Der Schornsteinfeger vom Kehrbezirk Nord. Nachts. Mit einer sehr langen Leiter.

Der andere Erpel, der Neuling, ist ein fröhlicher Bursche, immer etwas schräg in den Federn. Wenn ich mit dem Weichfutter komme, begrüßt er mich mit begeisterten Flügelschlägen. Ein heiterer Fresser. Im Handumdrehen ist der Napf leer.

Während Mariechen und der Elegante immer noch gern etwas übriglassen. Einen Rest, ein Zeichen der Höflichkeit. Oder Mittierlichkeit. Ein Außenstehender würde in dem neuen Fröhlichen, der sich sehr gern auch als Charmeur zeigt, einen Favoriten um die Gunst der Ente vermuten. Der Anschein spricht ganz dafür. Mariechen duldet seine Späße. Besonders im Wasser. Das plötzliche Verschwinden, das schelmische Auftauchen an einer unvermuteten Stelle, sogar die Federberührungen, wenn er wieder einmal keß mit den Flügeln schlägt. Sie selber allerdings gibt keine Zeichen. Ihre Entgegnungen bleiben zurückhaltend. Leidenschaftslos. Man könnte sie mütterlich nennen. Einmal sah ich, wie sie ihm Kiefernnadeln aus den Federn klaubte. Oft überläßt sie ihm den Sonnenplatz auf dem Steg.

Andere Manieren lassen tiefer blicken. Wie sie an Land schwimmt, wie sie sich unter dem Fliederbusch ein Gewerbchen macht.

Wenn der makellos gesterzelte Sonderling seine diagonalen Gänge vom Stein zur Trinkschale unternimmt, eilt sie neuerdings an seinen Weg. Sie neigt den Kopf, kreuzt die kurzen Beine. Manchmal scheint mir, als würden ihre Wangenspiegel beim artigen Knicken leise erröten. Es ist kein Stolpern, es sind Knickse, die sie vor seinen blinzelnden Augen vollführt.

Soweit kenne ich die Liebe: Ihr Betragen verrät eine blinde Schwäche für schwierige Charaktere. Das Gute und Heitere zündet leider kein Feuer.

Hugo ertappt mich, wie ich den Stolzen ins Wasser scheuche und den Luftikus unter den Fliederbusch neben das Entchen locke. Willst du nicht klug sein?

Halt dich da raus. Hugo schimpft aus dem Fenster herab, wie der Himmelskönig, der einen Cherubim beim Pfuschen erwischt. Ich merke gleich, er ist gekränkt nach Hause gekommen und wahrscheinlich ist der Ärger, den er in Berlin hatte, bei uns gleich weitergegangen. Notenblätter sind verschwunden. Niklas hat die gute Axt, das Erbstück vom Schmiede-Urgroßvater, irgendwo im Busch verschmissen, und ich habe vor lauter Politik unten im Keller das Feuer vergessen. Der Ofen ist aus. Asche. Schlacke. Ein spärlicher Funke.

Ich setze Betty in den Wagen und frage nicht. Wir fahren ins Dorf zu Franz, dann an den Panzerlöchern vorbei, danach zurück in den Königswald. Die große Räsonierrunde. Le grand tour de la revolte.

Eine Oper vom Blutvergießen. Ich ahne ungefähr, wie fromm man sein muß, um die Kunst auf sich selbst zurückzuschrauben. Eine Oper über den Krieg in Vietnam ist eine Oper über den Krieg in Vietnam. Hugo hat gesagt, wenn die Welt untergeht, wird Musik übrigbleiben. Ein Hintergrundrauschen.

Und dabei singe ich alle Lieder. Erst allein, dann singt Betty mit. Das Männlein im Walde und das von den Rosen und Näglein. Wir hören, wie sich ein Finkenvogel von uns anstiften läßt. Es ist ein Hänfling. Was er sich heute abgelauscht hat, flötet er von seinem Sitz auf dem Sperrschild in die warme Dämmerung hinein. Der große Imitator flötet Bettys Lied. Ich pumpe schnell frische Luft in die Wagenreifen. Mit prallen Reifen nach Hause. Das muß ich euch erzählen. Hugo, Niklas, kennt ihr schon Bettys Lied? Von Rosen bedacht. Morgen früüüh, so singt der Hänfling eine Weile hinter uns her.

Nach Hause, Betty. Hinter der Bushaltestelle rufen wir den trotzig grollenden, von Schuldgefühlen gebeutelten Niklas. Ich weiß, wo er steckt. Er hat sich auf den selbstgezimmerten Hochstand verkrochen. Komm runter, Niklas. Ich verspreche ihm, daß wir die Axt morgen suchen werden, vielleicht taucht sie unterdes allein aus ihrem Versteck auf, wie neulich die Luftpumpe und der Papierlocher, die waren auch plötzlich wieder da.

So eine Axt kann sich ja schließlich nicht in Luft auflösen. Die findet sich wieder. Wir geben ihr noch eine Nacht Zeit.

Bestimmt? fragt Niklas von oben.

Bestimmt, sage ich.

Wirklich? fragt er im Heruntersteigen. Glaube mir. Wir finden die Axt. Meine Zuversicht blüht aus schönem, ganz frischem Grund.

Lieber Hugo, lieber Niklas, ich muß euch sofort was erzählen. Hugo, du hast vielleicht bis heute geglaubt, daß Betty gut singen kann. Singen wie ein Vogel. Wie der Hänfling auf dem Sperrschild. Aber das ist es nicht allein, hinter der Melodie und den Worten sieht sie einen tieferen Sinn. Ihr Lieben, Betty erkennt mehr, als wir vermutet haben. Heute hat sie das Männlein nicht auf einem Bein, sondern auf einem Fuß im Wald stehen lassen. Es reimt sich zwar nun nicht mehr aufs Köpfelein, aber es gibt doch einen wohldurchdachten Sinn. Das ist aber noch nicht alles. Das Gutenachtlied von den Näglein, den Nelken, mit denen die Decke besteckt ist, in dem das Kind morgen früh, wenn Gott will, wieder geweckt werden soll, hat Betty für sich umgedichtet. Zusammen mit einem Hänfling hat sie ganz laut gesungen: Morgen früh, wenn Gott will, wirst du wieder gesund.

Hugo trägt seine Tochter auf dem Arm. Seine Augen glänzen vor Friedenshoffnung. Von ihm hat Betty die blauen Augen, die Stirn, die Hände, die Lieder.

Es ist, als wäre die Sonne noch einmal aus der Dämmerung heraufgestiegen. Das spielt sie uns manchmal so vor. Sie verschwindet im Busch, daß wir denken sollen, die Nacht habe uns nun ganz übernommen. Für heute sei es mit dem großen Licht vorbei. Doch bald darauf liegt eine goldgesprenkelte Hand auf dem See. Goldfinger spielen unter den Weiden am anderen Ufer. Ein Reflex des Reflexes streift über die Mauer durch unser großes Fenster. Wir lassen die Lampe über dem Tisch noch aus. Betty sitzt im Lutherstuhl, sie hört zu, wie wir Niklas erklären, was das ungefähr ist, ein Erbstück, und daß der Schmiede-Großvater aus Wolfersdorf den Axtkeil selber geschlagen hat. Mit dem Fuß hat er den Blasebalg getreten, damit die Hitze im Kohlenfeuer noch steigt. Dann hat er den roten Eisenklotz mit der Zange aus der Glut genommen und von beiden Seiten mit dem Pinkehammer zurechtgeschlagen. Vor allem die Schneide glätten, das will gelernt sein. Es dürfen keine Risse ins Eisen kommen, denn mit einem Riß wäre alle Arbeit umsonst gewesen. Der Bub, sieben Jahre, Hugo mit Namen, holt Wasser aus dem Graben hinter der Schmiede. Er schleppt den vollen Eimer an den Feuertisch. Das Wasser braucht der Schmiede-Großvater, um das geschlagene Stück zu tauchen. Dann kommt das Eisen wieder und noch einmal in die vom Großvater höllisch gemachte Glut. Das sind die Äxte, die die Wolfersdorfer brauchen. Es sind auch schon Leute aus Annaberg herübergekommen. Meist haben sie eine Axt mitnehmen wollen, wenn sie mit ihren Pferden zum Beschlagen gekommen sind. Frühmorgens noch forsch und mutwillig. Der Schmiede-Großvater hatte ein oder zwei Stück schon fertig. Solange der Schmiede-Großvater mit den Pferden zu tun hatte, war Zeit, sich den Axtkauf noch einmal zu bedenken.

Ach, Schöndank, vielleicht das nächste Mal. Und größer könnte die Axt sein für die Wurzelstöcke oder kleiner für das Kleinholz, die Späne.

Eine schlechte Zeit war gekommen, die Inflation. Der Schmiede-Großvater hatte sieben auf saubere Eichenstiele gezogene Äxte am Wandregal hängen. Geworben hat er dann so: Sie brauchen wohl keine Axt nicht? Nein?

Er hat den Leuten das Nein direkt in den Mund gelegt. Dazu hat er auch gleich noch den Kopf geschüttelt. Der Schmiede-Großvater hat dagestanden wie eine einzige große Verneinung. Es war das Jahr, in dem alle seine sieben Kinder zum ersten Mal ein Geschenk zum Geburtstag bekommen haben. Jedes eine Axt. Trudel. Maria. Emma. Charlotte. Erna. Hildegard. Ruth. Hugos Tanten und seine Mutter, unsre Oma Trudel, die als älteste damals schon seit sieben Jahren verheiratet war.

Trudels Axt hatten wir uns mal mitgenommen. Die könnt ihr erben, hatte Oma Trude gesagt.

Und was war aus den anderen Äxten geworden? Auch verbummelt, sagt Hugo. Niklas versteht und spielt den Tunichtgut mit einem verschmitzten Blick.

Man weiß es nicht, sage ich. Vielleicht haben Maria, Emma und Ruth ihre Äxte mitgenommen, oder wenigstens eine, als die drei Mädels zusammen mit den anderen Abenteurern von Wolfersdorf rüber sind nach Amerika. Vielleicht ist jetzt eine von Schmiede-Großvaters Äxten in Amerika.

Weil der Gedanke so schön ist, wollen wir ein bißchen daran glauben. Wenn wir es wirklich wissen wollten, könnte Niklas an seine Großtanten einen Brief schreiben. Wir kennen ja ihre Adressen von den Christmasgrüßen nebst dem Eindollarschein, den wir Jahr für Jahr im *Grünen Heinrich* verstecken. Ein Großtantengrundstock. Für Niklas. Für die Schiffsfahrkarte nach Amerika. You kannst not know, was die time clocks. Wish you all das Beste. Unser Zeichen für korrekten Empfang ist ein blauer Punkt über der Briefmarke auf einer offenen Postkarte von Sanssouci, die Niklas mit schönen Buchstaben beschriftet. Schöne bunte Grüße von uns allen. Euer Niklas. Ein zuverlässiger Überseebesuch in Wolfersdorf hatte dieses Zeichen mit Oma Trude ausgehandelt und auch, daß Niklas erst mit seiner Volljährigkeit von seinem Besitz erfahren sollte. Es gibt noch andere Tantenverfügungen. Das Geld ist nicht zum Verleben. Niklas sagt: Ich weiß, daß ich nichts wissen darf. Ihr könnt euch darauf verlassen.

Die Sonne ist nun zum zweiten Mal untergegangen. Das zweite Mal gilt. Schluß für den Tag und die Tagstimmen. Pause noch für die Frösche und für die Sprosser und Nachtigallen. Hinter der Mauer hat sich der Nachtchor versammelt, um im unverwüstlichen Schilf in aller Ruhe auf das Einsatzzeichen zu horchen.

Nicht einmal wir können in der Finsternis die Schwäne und die weißen Grenzbojen auf dem glatten asphaltfarbenen See unterscheiden. Soviel Warten, soviel Stille. Das wäre jetzt ihre Zeit. Jetzt könnten sie aus dem Wasser aufsteigen oder aus dem Gestrüpp des Gegenufers herüberkommen, all die glänzenden Nixen und Elfen in ihren weißdurchsichtigen Schleiern. In ihrem trotz des Unterwasserlebens bewundernswert weichgesponnenen Haar. Schillerlocken. Seerosenbekränzt. Gürtel aus Froschlöffelkraut. Jäckchen aus Wasserlinsen. Wir schalten die Tischlampe an und schließen, um sie nicht weiter zu stören, die Fensterläden. Meist tanzen sie nicht nur, meist haben sie etwas zu tun. Ein Hemd nähen, das aus Sternenblüten zu sein hat, oder einen Schwanenflügel reparieren. Sie müssen sich sehr beeilen. Ihnen gehört nur ein Augenblick.

Wenn die Suchscheinwerfer aufblenden, ist ihres Bleibens nicht mehr. Dann ist ihre Zeit schon vorbei.

Die erste Abendmaschine senkt sich röhrend in Richtung Flugplatz. Die zweite wird gleich folgen. Aber die hören wir nicht mehr, die hören wir nur noch, wenn wir telefonieren, wenn ein Verwandter aus Wolfersdorf durch den Apparat fragt, ob wir Kegel schieben oder Möbel räumen, dann kann ich nur sagen, daß Hugo friedlich auf dem Sofa liegt und daß die Kinder vor dem Fernseher sitzen, weil heute der *Vagabund* läuft.

Beim Aufgehen treibt die Sonne manchmal das gleiche komische Spiel. Sie kriecht zweimal hervor. Zwischen den beiden Sonnenaufgängen ist Franz mit seiner Herta vorbeikutschiert. Wieder in Richtung Wald. Es hält ihn nicht hinter dem Tisch in der Stube. Ein Säckchen Erbsen hat er über unseren Zaun geworfen. Für den heiligen Pedro in seiner kaiserlichen Pension. Das versteht sich. Er legt immer was ab für ihn, und ich will möglichst die Mohrrübe nicht vergessen. Franz wäre nicht grade gekränkt, aber darauf zu sprechen würde er später doch kommen, wie Herta den leeren Torpfosten beguckt hat. –

Er erzählt, daß er an unserem Tor abgestiegen ist, um der Herta was aus seiner Hosentasche auf die Hand zu legen. Er lacht über das narrische Tier, das sich wer weiß was einbildet immerzu und stehenbleibt. Immer an derselben Stelle. Vor unserem Tor. Das beste wär's, wenn Pedro wieder im Stall neben Herta stünde. Das sagt er mir nicht ins Gesicht, das denkt er sich bloß jeden Tag. Das Holz und die weggeworfenen Sachen im Russenwald und die leere Pferdebox, Franz dreht sich wie ein Karussellbaum, ringsherum flüchtet das Leben, die Pferde, die Kutschen, mit Glockengebimmel. Die Frauen. Die Felder. Der eigene Verstand. Man versteht nicht, wohin das alles hinaus will. Das ganze Dasein.

Frau Bunzel, die im Franz-Haus die Oberstube gemietet hat, hört manche Nacht, wie Franz das Scheunentor aufschiebt und mit den Geschirrketten rasselt. Wie er anspannen will, in Sorge, es könnte schon spät sein. Zu spät vielleicht. Da zieht Frau Bunzel schnell den Mantel über das Nachthemd und erklärt ihm, daß Zeit ist, weil sogar die Hühner noch schlafen. Auch die Schwalben haben die Köpfe noch unter den Flügeln. Die Tauben stecken im Taubensöller. Gehen Sie mal vorläufig wieder ins Nest, Herr Franz.

Daß der schwarze italienische Hahn zur Stunde nicht gekräht haben sollte, das ist ihm ein Argument. Verwundert schielt er durch das Astloch in den Hühnerstall. Frau Bunzel hat recht. Der Schwarze hockt mit schlappem Kamm auf der Futterkiste. Sein Hahnenauge blinzelt im Traum. Die Hühner schlafen. Mit der Einsicht legt sich Franz selber wieder aufs Ohr. Der Ordnung halber.

Ich begegne ihm, da ist er mit seiner Bruchholzfuhre auf dem Rückweg. Er kommt vom Einschlag im Wald.

Danke für die Erbsen. Ich werde ihm nicht sagen, daß ich die auf den Kompost geschüttet habe, zwar mit schlechtem Gewissen und fürchtend, daß sie mich eines Tages durch Keimen und Wurzelnschlagen und riesenwüchsiges Kraut verraten könnten. Gedeih und Verderb, da ist es. Eine Erbsenhecke überwuchert das Haus, überfällt Garten und Tor. Franz besorgt die Erbsen regelmäßig und in Fülle aus dem Russenwald. Die Wildtauben dinieren auf unserem Kompost. In den Kaiserstall dürfen wir mit so was nicht kommen. Pedro wird dort nach Lehrbuch gefüttert. Urkunden hängen in der Sattelkammer. Wenn wir ihn besuchen wollen, ist er nicht da. Zum Turnier, heißt es kurz angebunden. Von Pedro kann ich überhaupt nichts Neues berichten. Ich verrate etwas anderes. Ich rede vielleicht wieder einmal zu viel und zu früh. Ich sage, Herr Franz, die Sache ist aber noch nicht im richtigen Topfe, wo sie richtig kocht.

Ich rede von Fox. Fox ist ein Pferd. Das Pferd gehört Frau Himmelpforte. Eigentlich gehört es ihrem Sohn. Es steht in einem Gemeinschaftsstall in Rehbrücke. Es ist ein zierliches Pferd mit Vollbluteinschlag. Früher ist Frau Himmelpforte selber geritten. Wie eine Amazone. Dressur vor allem. Dann ist ihr eine Krankheit dazwischengekommen. Ihren Sohn hatte sie schon als Vorschulkind zum Voltigieren mitgenommen. Er hat auch bald auf Pferden gesessen. Und Kinderturniere gewonnen. Zum Geburtstag und fürs gute Zeugnis bekam er das Pferd. Ein Tier aus Hoppegarten. Von der Galopprennbahn. Frau Himmelpforte hatte es zu günstigen Bedingungen überschrieben bekommen. Man fragt nicht, was das fürs Portemonnaie bedeutet hatte. Es schien damals ein Glücksfall gewesen zu sein. Die Himmelpfortes wohnten in ländlicher Gegend. Schweinehochhäuser wurden populär. Und Hormone. Der Sohn war als Kind ein guter Bratenesser. Er wuchs. Er schoß von Monat zu Monat immer höher hinauf, besonders die Beine und die Füße wuchsen. Als er siebzehn war, maß er über zwei Meter. Don Quichotte, die Leute schmunzelten, wenn er auf dem zierlichen Fox daherkam. Es sah aus, als führte er ein Steckenpferd zwischen den Beinen. Die Füße tappten auf die Erde. Was sollte die Dressurreiterin Himmelpforte dazu sagen? Vernunft und Liebe stritten ein ganzes Jahr und Monat für Monat. Das Ende vom Lied war ein Zettel am Brett im Kaiserstall: Frommes zierliches Pferd (Vollbluteinschlag), neun Jahre, in gute Hände abzugeben.

Sollten wir die guten Hände für Fox sein?

Wer so fragt, hat eigentlich schon entschieden. Wem in einer Morgenstunde das Herz über die Zunge gehüpft ist, der hat sich aus der Freiheit in die Pflicht begeben. Wir hätten Franz eine Entscheidung gegen das Pferd in Rehbrücke nicht mehr antun können.

Niklas hatte gute Argumente. Wie alt wir schon wären. Sehr alt. Ihr wachst bestimmt nicht mehr. So machte er uns Mut. Er hatte gelernt, ein Pferd muß nicht nur Charakter haben, es muß taillieren. Mensch und Pferd müssen zusammenpassen. Sollten wir den langen Himmelpforte bedauern?

Wir fuhren ein dreizehntes Mal nach Rehbrücke.

Fox, schon der Name ist ehrlich, Fox ist ein Fuchs. Stirnblässe. Vier Bänder um die Fesseln. Ein unauffälliges Pferd, aber wir kennen ihn schon aus dem Trubel von fünfzig Pferden heraus. Wer ein Himmelpforte-Pferd nicht reiten kann, der sollte für immer den Arsch von Pferden lassen, so ging die

Rede. Was gibt es noch zu bedenken? Die Formsachen sind schnell erledigt. Ein Tierarzt ist zur Stelle. Er macht auf dem Übergabeschein alle nötigen Kreuze. Geimpft. Keine Bornasche Krankheit. Kein Rotz. Keine Beschälerseuche. Räude, Druse. Milzbrand, alles nein. Der Stall besitzt einen eigenen Pferdetransporter. Der Chauffeur ist zufällig im Gelände, und er hat zufällig Zeit.

Wir fahren voraus, um den Transport durch die Stadt zu geleiten und weiter an den Kasernen und am Krampnitzsee vorbei, bergan zwischen den Schießplätzen und dann die Chaussee hinunter. Franz steht mit leuchtenden Augen vor dem offenen Tor. Wie haben Sie denn wissen können, daß wir kommen?

Franz lacht bloß.

Man kann nicht so schnell gucken, wie Fox im Stall steht.

Franz hat Stroh aufgeschüttet und die Krippe anständig mit Hafer gefüllt. Saufeimer. Die gleichmütig freundliche Herta. Ein Himmel voll Spätsommerfliegen.

Am besten kann Fox galoppieren. Das hat er mir eines Tages im altweibersommerlichen Königswald gezeigt.

Wir haben unterdes manche gute Morgenstunde miteinander geteilt.

Niklas und ich sind, seit Foxi bei uns lebt, zu Frühaufstehern geworden. Betty bekommt ihre Haferflocken, darauf stecken wir sie in mein nestwarmes Bett. Hugo blinzelt ihr kurz zu, manchmal muß er ihr eine Geschichte erzählen. Eine Schlaf-noch-ein-Stündchen-Geschichte. Meist aber ziehen wir der daumennuckelnden Betty und dem wieder tief pennenden Hugo leise die Decken über die Ohren und schleichen auf Zehenspitzen die Treppe hinunter. Wir radeln zum Stall. Foxi steht schon im Hof, von Franz gestriegelt und auf Glanz gebürstet. Der Sattel hängt schon auf dem Deichselkopf vom Leiterwagen. Niklas flitzt in die Scheune. Er holt die Trense. Alles strahlt in der Lichtflut, die über das Stalldach in die Hälfte des Hofes fällt. Das Federvieh plustert sich. Die verwegensten Hühner sitzen im Nußbaum. Die Kaninchenställe fangen die Sonne. Die Felle der Katzen knistern vor Behagen.

Ich schwinge mich aufs Pferd. Franz macht das kleine Tor hinter mir zu. Frühstück! höre ich ihn rufen. Er hat für Niklas Eier und Kakao gekocht. Nach dem Essen hilft Niklas die Kaninchen füttern, und dann sammeln Franz und Niklas die Nüsse auf. Über Nacht sind ziemlich viel heruntergefallen. Auf dem Stalldach schmatzt der Eichkater. Der alte Schlawiner schleppt seinen Vorrat in die Dachrinne unters Laub. Franz schimpft und zieht beizeiten die Uhr aus der Hosentasche. Er läßt den Deckel aufspringen. Klappt wieder zu. Droht zum Dach und zieht wieder die Uhr.

Nun mußt du los! sagt er beim dritten Mal und das mit einem bedauernden Seufzer, der vieles meint, nicht nur die Schule, auch daß er nun mit Herta zusammen Geduld üben muß bis Fox wieder im Stall steht. Herta schlägt mit den Ketten.

Karamba, antwortet Franz.

Ich gehe mit Fox den Grünen Weg an der hinteren Kirchhofsmauer entlang, weiter über das umgebrochene Stoppelfeld. Schritt immer noch. Ich weiß, Niklas wird pünktlich in der Schule sein. Ans Händewaschen haben sie sicherlich wieder nicht gedacht. Da kann ich mich auf Franz und Niklas verlassen. Den vergessenen Turnbeutel wird Franz mit dem Klingelzeichen über den Schulzaun werfen. Niklas, fang auf. Fang auf: einen Taler für einen Negerkuß. Einen Wurzener Schaumtraum, wie die Konsumtante es will.

Fox ist ein Pferd, das im Wald nicht lange allein blieb. Es zieht andere Tiere auf sich. Rehe begleiten unseren Weg. Einmal ist ein Fuchs im Schutze der Kiefernschonung neben uns her gelaufen. Ein gemeinsames Rennen. Bis wir den Hochwald erreichten. Da ließ uns der Fuchs davonziehen. Wir preschen im Jagdgalopp hügelan. Fox liebt freie Strecke und den Wind.

Er hat seine Jugend auf der Galoppbahn in Hoppegarten verbracht. Manchmal fällt ihm die Zeit wieder ein. Hast du was kannst du. Alles was in ihm steckte. Wer in dieser Sekunde nicht wach genug ist, kann nur noch beten.

Schneegitter am Waldrand, der Eichenweg, die Äste stark und schwarz wie Galgen, dann auf breitem Asphalt dem Dorf entgegen. Das Stoppzeichen der Hauptstraße wischt vorbei. Die Bushaltestelle. Applaudierende Frühaufsteher, die denken, ich will ihnen ein eitles Kunststück vorführen. Der Konsum. Unser Gartentor. Die Kirche. Weder Zügel noch Kreuz, Wade oder Schenkel noch gute Worte oder tutende Autos können ihn bremsen. Im Gegenteil, Fox beschleunigt beim feinsten Zeichen. Sein inneres Ohr hört die Glocke zur letzten Runde. Er kennt mich nicht mehr. Wenn das die Glauberin sehen würde, mein Versagen. Ach, ihre blauen traurigen Augen! Aber immerhin, ich bin immer noch oben. Ich stehe in den Bügeln.

Gib Gas, Mutter, rufen Schulkinder hinter uns her.

Auf dem Feld beim Kirchhof haben seine Beine genug. Ausläuten, die Kilometer sind gelaufen, die Zeit ist vorbei. Selig ermattet sucht der Sieger Anlehnung in meinen Händen. Versammelter Galopp im Zirkel. Im Schritt weiter zum Stall. Das machst du mir nicht noch einmal. Jedenfalls nicht so bald. Wenn der Bus gekommen wäre! Eine Handbreit, und ich hätte mit dem Kragen am Ast der Eiche gehangen.

In schaumigem Schweiße steht Foxi im Hof. Ich trockne ihn ab und breite eine Decke über Schultern und Rücken. Die Hufe auskratzen. Es ist alles gar kein Problem. Nur diesen einen kleinen Augenblick, wenn sich Foxis Sinne auf seine Galopperzeit richten, den darf man nicht verpassen. In dieser Sekunde muß der Zügel straff sein, man muß sich freundlich, aber bestimmt mit ihm ins Benehmen setzen. Hiergeblieben, mein Foxi. Genau in diesem Augenblick.

Eigentlich heißt er nicht Fox. Den Namen hat ihm der Himmelpforte-Sohn gegeben, zu Zeiten als beide noch klein waren. Sein richtiger Name fängt, wie es sein muß, gleichfalls mit F an, denn sein Vater hieß Floristan.

Auf dem Fohlenschein heißt Fox Forgang. Geschrieben mit einem F wie Floristan. Der Schein ist ein prächtiges Papier, ein wahres Dokument, geziert mit einem getrensten Pferdekopf, geschmückt mit viel Schnörkeln und Girlanden. Wasserzeichen wie auf wichtigen Urkunden oder auf Geld. Über allem die Weltkugel, darauf Hammer und Sichel, drumherum der mit Schleifen umwundene Ährenkranz. Als Krone ein fünfzackiger Stern.

Fox wurde im Kaukasischen Gestüt »Sonnenaufgang« (Woschod) im Krasnodarsker Gebiet geboren. Mutter: Galina. Unter den Vorfahren gibt es Pferde mit Namen Ritterakademie, Garmonia, Ariel, Orchidee, Grazia, Sektor, Reichenbach, Oleander. Namen, die weit hinunter in die Zarenzeit reichen.

Fox sollte mit seinem fremden Blut ein Zuchthengst werden. Und zwar, der Exportliste folgend, in Moritzburg bei Dresden. Der künftige Sachse sollte einen deutschen Namen bekommen, einen mit F. Und dazu einen, der etwas Gutes verhieß. Forgang. Mit dem Namen und den vielen Schnörkeln auf dem prächtigen Papier sowie dem Versprechen eines idealen Zuchtrahmens hatte er als Einjähriger das Krasnodarsker Gebiet verlassen.

Stockmaß 180 sollte er haben. Die Moritzburger hielten die Meßlatte zum Widerrist, denn manchmal täuscht uns der Augenschein. Es war wie es war, zwei Handbreit fehlten. Budjet, hieß es. Das wird noch. Der wächst noch ins Geld und in sein Amt als Zuchthengst. Doch Forgang blieb klein.

Der wunderbare Fohlenschein mit Pferdekopf, vielversprechenden Stempeln, samt Ahnengalerie und Gesundheitszeugnis, wurde zusammen mit seinem Besitzer, dem nun allerdings die Möglichkeit zur Fortpflanzung genommen war, nach Berlin-Hoppegarten auf die Rennbahn geschickt. So zierlich und geschwind wie sich der fuchsfarbene Wallach zeigte, rechneten die Betreuer mit ersten Plätzen. Doch Forgang hatte eine Macke. Er war nur im Training schnell. Nur wenn man auf dem Gelände unter sich war, rannte er den anderen Pferden davon. Wochentags flitzte er wie ein geölter Blitz. Sobald aber sonntags Zuschauer an der Strecke standen, gönnte er den anderen die guten Plätze. Oder er wollte sich besonders in Szene setzen. Er galoppierte schön, aber langsam. Weil er unbelehrbar war, wurde er mit einem Versorgungsvertrag für Pferde der Versorgungsgruppe zwei zur Sektion *Traktor* abgeschoben – erst in das Volksgut Stolpe, später nach Rehbrücke. Auf dem getippten Zettel stehen dem Pferd Forgang 5 kg Hartfutter, 4 kg Heu und 4 kg Stroh pro Tag zu. Stempel. Futterbeauftragter Freyenstein. Stempel Fachausschußvorsitzender Hallpeter.

Der Versorgungsschein trägt die Nr. 5066 und den Kopf des Deutschen Pferdesportverbandes. Wir haben ihn vollgültig von Frau Himmelpforte übernommen. Er übertrifft an Wichtigkeit die prächtige Geburtsurkunde aus Krasnodarsk. Das Papier ist ein Dokument.

Auch das Kleingeschriebene ist wichtig. Unter der Fußnote: Nichtzutreffendes streichen war der Pferdeverwendungszweck »Turniersport« mit dem x der Schreibmaschine verneint worden.

Für Fox, bzw. Forgang, bleibt als Verwendungszweck das gewichtige Wort »Übungsbetrieb« offen. Mithin, auch wenn er nichts weiter kann, als was sein falsch geschriebener Name sagt: vorwärtsgehen, sein Anrecht auf Stroh, Heu und Hafer ist festgeschrieben und auf zwei Durchschlägen abgeheftet. Wir besitzen das Original mit Originalunterschriften und einem sozialistischen Gruß.

Franz winkt nur ab.

Fünf Kilo Hartfutter für einen ganzen Tag? – Das sieht denen ähnlich. Nach vier Wochen ergänzt Franz mit einem Klatsch auf Foxis Hinterteil: Nun wird das allmählich ein Pferd.

Herr Franz! Hugo versucht einen verträglichen Ton, Herr Franz, dieses Pferd ist ein Achal-Tekkiner aus dem Kaukasus, ein Pferd mit Vollbluteinschlag, es ist nur gut, wenn über seinen Rippen kein Specksattel liegt. Wehe Sie füttern dem Foxi so einen Wanst an wie Pedro. Und auf keinen Fall Erbsen. Klar?

Erbsen? fragt Franz, als kenne er nicht einmal das Wort.

Es hilft wenig. Es hilft nichts.

Franz füttert pünktlich. Ich radele abends hin und raffe einen Teil des Körnerfutters aus der Krippe. Auch Niklas ist eingeweiht. Sei vorsichtig. Franz darf nichts merken. Niklas guckt den Winter über früh vor und mittags nach der Schule in den Stall. Haferwegnehmen. So heißt die Aktion.

Gib auf Betty acht, ich fahr schnell Haferwegnehmen. Und manchmal hat Franz wieder Erbsen untergemengt.

Die Kontrolle der Futterkrippe, das Haferwegnehmen, frißt Zeit. Ich schaffe es, weil die Nähmaschine kaputt ist und weil Betty neuerdings stundenlang mit Büchern und Klötzern spielt. Ein geduldiges Kind. Sie bekommt wieder besser Luft. Sie atmet leichter. Man sieht es ihr an. Wenn es nicht regnet, nehme ich Betty mit. Weil es kalt geworden ist, steckt sie in Strickzeug aus Schafwolle und dazu im Fellsack. Obendrauf noch eine Sofadecke und ganz zuoberst, quer über Bettys Knie, setzt sich die Katze. So schiebe ich mit dem verstärkten Sportwagen los. Ich nehme die Fuhre mit in den Stall. Die Hühner kommen angerannt. Die Spatzen sind gleich zur Stelle, weil ich in der Eile Körner verliere. Denn ich muß mich beeilen. Gleich taucht Franz auf. Wir verteilen die Brotkanten, die wir mitgebracht haben. Unsere Katze guckt von erhöhter Warte zu, wie die Stallkatzen, mittlerweile zur eigenen Tochter ein Wurf Enkel, um einen Zipfel Jagdwurst streiten.

Pedro ist es nicht, sagt Franz. Die zierlichen Fesseln, die Rippen unter dem Fell, der ganze leichtgewichtige Fox macht ihm Kummer.

Ob er was hat, Würmer vielleicht?

Herr Franz, Fox ist ein Vollblut.

Daß er so einen Dürrländer in seinem Stall stehen hat, er kann es immer noch nicht verwinden.

Aber Pfeffer hat Fox, das will Franz zugeben, und Charakter. Er hat ja nichts gegen den Russen, bloß, ein Königspferd wie der heilige Pedro ist er halt nicht.

So ungefähr geht jeden Tag die Rede. So gestaltet sich unser Leben. Wir nehmen uns Zeit auf dem Heimweg. Betty steckt die Hände unter den warmen Katzenbauch. Ich verweile mich unterwegs, denn die Nähmaschine ist ja nicht mehr im Haus. Erst dachte ich, das Leder hätte sich festgefahren. Aber es hieß, ein Ring vom Spulengreifer ist zerbrochen.

Die Werkstatt mußte das ganze schwere Ding nach Wittenberge zu *Veritas* schicken. Wie lange es dort dauert? Man weiß es nicht. In der vagen Auskunft spüre ich ein Ende. Keine Perlenwesten mehr. Ich spüre, wie die Perlenwestenära verfließt. Verflossen mein aufständisches Gebaren. Warum ich darüber froh bin, kann ich mir noch nicht erklären.

Ich tippe an Uschi einen Brief.

Schreibe von Betty und Niklas, von den drei Enten, von der Katze und vom Pferd. Über Hugo mache ich einige Andeutungen. Aber ich muß ja vorsichtig sein. Politisch und was Männer betrifft. Wahrscheinlich liest der Offizier meinen Brief. Zwar hatte sie mir noch unter vier Augen erzählt, wie froh er sei, daß er aus der heißen Grenzzone in den Lausitzer Sandkasten versetzt worden ist. Was das Militärische angehe, sei alles reine Theorie. Ein Was-wäre-wenn-Spiel. Den Krieg zettelten die einzelnen, die an der Mauer ein Schußfeld aufmachten. In der Lausitz herrsche für wenigstens noch eine Generation Ruhe.

Und so als Mann? Das durfte ich damals fragen. Er sähe sie als Retterin. Sei das nicht schön? Und dazu bete der Gerettete unter der Decke. Wir hatten damals Auge in Auge gelacht, und Uschi hatte hinzugefügt: Wie ein sündiger Katholik. Ja, er könne prächtig sündigen, aber eben auch heimlich glauben. Der Genosse Offizier glaube an die Wiedergeburt des Heiligen Geistes. In der Sache unterscheide er sich nicht von dem westlichen Pfarrer, doch er sei ein besserer Sünder.

Liebe Uschi, unsere Hintertür ist immer offen. Wie wär's mit einem Besuch? Dabei weiß ich, daß ihr die Offiziersehe einen Besuch in meiner Küche dreifach verbietet. Wehe wehe wehe.

Ich lösche die Einladung mit dem kleinen m-Buchstaben. Das kleine m ist tüchtiger als das X. Es ist schwärzer. Ich grüble nach statthaften Sätzen.

Liebe Uschi, unsere Betty hat sich an die neue Physiotherapeutin gewöhnt. Sie ist fachlich in Ordnung, das kann ich nicht anders sagen. Ich schwärze das folgende Aber mit besagtem m und setze einen Punkt. Die Schreibmaschine hatte ich mir noch vor der Nähmaschine gekauft. Eigentlich hatte ich ein Fahrrad haben wollen. Aber das dunkelrote *Simson Suhl*, das ich im Industriewaren Dresden-Mitte gesehen hatte, gab es nicht mehr, als ich mit dem Sparen auf 300 Mark war. Vielleicht in drei Monaten wieder oder in sechs, hatte die Verkäuferin erklärt. Hinter ihr auf einem schrägen Regal standen drei aufgedeckelte Kofferschreibmaschinen. Zwei lackschwarze *Erika*, eine dunkelrote *Rheinmetall*. Die kunstlederbespannten Sperrholzhauben lehnten neben den Maschinen an der Wand. Eine Schreibmaschine kostete 300 Mark. Genausoviel wie ein Fahrrad. Ich kaufte die dunkelrote. In der Haube klemmte ein Staubpinsel, eine Drahtbürste, einmal Typenknete und eine Pflege- und Gebrauchsanleitung. Gewöhnen Sie sich an das Zehnfingersystem! Schreiben Sie blind. Betrügen Sie nicht. Binden Sie ein Tuch über Ihre Augen! Mit Musik geht es besser!

Stenoheft und Bleistift schaffte ich mir auch noch an. Ich war die, die im Kursus immer einschlief. Mit knallroten Apfelbacken, glühenden Ohren. Perlmuttglanz vor den Augen. Die Wärme des Kachelofens im Schulraum wickelte mich ein. Das Steinesetzen auf dem Bauplatz im Zwingerhof, die lausige Kälte saß in den Knochen. Steno und Maschineschreiben in der Volkshochschule Wintergartenstraße. Musik von der Grammophonplatte streichelte die Hände. Ich schrieb im Schlaf. Erst Fingerübungen. Dann Sätze. Zum Abschluß noch ohne Diktat eine wahre Begebenheit. Auf Start fingen wir an. Achtung, fertig, los.

Das Schaff ist leer. Die Großmutter geht mit beiden Eimern zum Brunnen.

Es durfte kein Q in der Begebenheit vorkommen, weil das Q auf meiner Maschine kaputt war. Ich dachte, besser das Q als das E. Die Musik lief. Es galt, einen Rhythmus zu finden.

Ich lebe heute noch ohne das große Q. Man kommt auch ohne aus. Ich habe mich daran gewöhnt. Ich schreibe nicht nur, ich rede unterdes sogar von Topfen wie die Österreicher oder von Weißkäse wie die Berliner. Manche Wörter sind sowieso irgendwie zuviel. Rührlöffel tut es auch. Cydoniakonfitüre. Agropyrum, anders würde ich das zähe Unkraut gar nicht nennen. Der Obergärtner forderte Latein von uns Facharbeitern. Und später die Schreibmaschine. Calamintha. Catabrosa. Weißkäsekuchen. Ich behaupte, er ist kräftig gebacken. Er ist knusprig, dunkelbraun. Endlich sehe ich es ein: mein Backwerk ist schwarz. Verbrannt.

An der Waschmaschine ist der Simmerring kaputt.

Die Dreckwäsche türmt sich zu gefährlichen Bergen, doch ich behalte die Nerven. Bekleckerte Niklashemden, Fußballzeug und Windeln von Betty. Betty muß ja abends wieder eine Tablette schlucken. Die hilft ihr, denn wenn sie durchschlafen kann, hat sie meist anderntags keine Absencen. Bettwäsche. Handtücher. Ich verzweifle immer noch nicht. Hugos verschwitzte Hosen und Hemden. Socken. Er ist dabei, unserem Foxi einen versammelten Galopp beizubringen. Auch muß Foxi das Zungenhängen wieder verlernen. Wenigstens auf dem Weg durch das Dorf sollte er sich beherrschen und seine Zunge wie ein gut gelauntes Tier im Maul behalten. Es ist eine neue Angewohnheit. Er denkt sich immer was anderes aus, um unsere Liebe auf die Probe zu stellen. Der Kampf gegen die aus dem Maul hängende Zunge kostet Schweiß. Und damit Wäsche. Noch ein Tag. Das Chaos droht.

Ich muß mich nicht fürchten. Der Simmerring ist diesmal kein Problem, weil ich bei der vorigen Panne gleich zwei gekauft habe, und ich habe genau beobachtet, wie der Nachbar den alten Ring an der Welle gelöst hat. So kann ich mich selber retten.

Ich stellte die Maschine auf den Kopf. Ein Stemmeisen. Ein Hammer. Gewalt muß sein. Auch beim Einsetzen des neuen Teils braucht es heftige Hammerschläge. Wichtig ist, daß sich das Wellrad dreht, zugleich aber kein Wasser mehr unten rausläuft.

Durch meine Vorsorge hat mich der Berg nicht bezwingen können. Ich bleibe Herr der Lage. Ich kämpfe erfolgreich. Erst das Weiße, dann das Helle, das Bunte, dann Blau und Schwarz. Ich nehme die Socken auseinander und hebe die Sachen, die aus den Hosentaschen fallen, auf. Aus Hugos Jeans klirrt ein Schlüssel neben die Maschine. Es ist ein Schlüssel für eine Tür.

Ein Haustürschlüssel. Ein Schlüssel, den ich nicht kenne. Diesen Schlüssel habe ich noch nie gesehen. Ein Fremdling. Ein Rätsel.

Ich lege das Fundstück auf den Küchentisch. Die anderen Sachen liegen auf dem Fensterbrett. Der Tischtennisball von Niklas, Hugos Kamm, Geld.

Am Abend ist der Schlüssel verschwunden. Ich verbiete mir Fragen und beschimpfe mein beklommenes Herz. Ich scheuche die dunklen Bilder aus den Gedanken.

Wenn Hugo mit den Kindern spielt, reite ich mit Foxi in den Wald oder über die Stoppelfelder zur Glauberin. Ich lasse ihn galoppieren. Die Erdbatzen fliegen. Aber nur, weil ich will. Er bleibt an der Hand. Er behält die Zunge im Maul. Er tut mir den Gefallen.

Die Glauberin dreht den Wasserhahn zu. Sie hängt den Schlauch über den Rübenbottich und kommt mir mit nassen, rotgefrorenen Händen entgegen. Die Wattejacke trieft bis zu den Ellenbogen. Die Dauerwelle hat sie zu einem Pinsel gebunden. Sie führt mein Pferd in den Stall. Sie nimmt die Trense ab, wirft ihm eine Handvoll Mohrrüben in die Krippe. Da kann er sich ausruhen. Die Glauberin geht mir voraus. Kaffeewasser aufsetzen. Ich kaufe bei der Köchin von der Volksgutkantine Schokolade und ein Päckchen *Mona*, den guten in der goldenen Tüte. Glaubers wohnen mit fünf anderen Familien im Neubau zwischen den Rinderställen und der Siloanlage. Vor den fünf Türen stehen die Hauslatschen oder die Gummistiefel, je nachdem.

Wir sitzen in der Küche. Die beiden Weihnachtsmänner sollen für die Kinder sein, entweder gleich oder später. Es ist ja zum Glück noch eine Weile hin bis zum Fest. Ich rede über Foxis Zungenproblem und über Futterfragen und ob sie meint, daß ich mal zum Schmied nach Dallgow rüberreiten sollte. Beschlagen oder nicht. Das ist die Frage. Die Glauberin nickt. Aber eine richtige Meinung ist das nicht. Nicken. Hat sie mir überhaupt zugehört? Sie stellt die Kaffeetasse hin: Ich muß dir was zeigen.

Nicht hier in der Küche. Nicht unten im Stall.

Was Schönes? Sie seufzt und sagt: Ja. Ein Wäschekorb in der dunklen Stube neben den moosgrün abgedeckten Ehebetten. Unterm Kopfkissen im Korb ein piepsender Laut. Eine gerunzelte Glauberstirn, das verkleisterte Rotznäslein paßt genau zu den Brüdern.

Es ist Olaf. Und schon sechs Wochen alt. Die Glauberin, in Socken und Wattehose und gekästelter Bluse, strahlt einen Augenblick wie Mutter Maria. Da liegt er erst mal gut. Wenn er nicht mehr in den Korb will, kommt er auf die Besucherritze, und wenn er durchschläft, kriegt er ein Bett bei den beiden Großen. Das hat grade noch Platz. Ein vierter darf nun nicht mehr kommen. Die Glauberin seufzt. Na ja, nu is er da, der Olaf.

Das Zeichen, der Beweis, wie lange ich mich habe nicht blicken lassen.

Lichtjahre. So lange wie der Schöpfer von Anbeginn gebraucht hat, das Material für sein Werk zu beschaffen. Alles was dazugehört. Viel Wasser, aber das ist noch das wenigste. Das wichtigste sind die vielen miteinander verstrickten Wunder. Ernst Haeckels biogenetisches Grundgesetz, schöner Agronomenglaube. Das Werden eines Menschenwesens ist die flinke Rekapitulation der abertausendjährigen Stammesgeschichte. Neun Monate braucht's für einen Olaf ziemlich genau, und dann legt der Schöpfer, wenn er gütig sein will, noch zirka siebzig Jahre dazu.

Es ist nicht zu fassen. Glauberin, die Überraschung ist dir gelungen.

Weil sie es will, trinken wir den Kaffee aus den guten kobaltblauen Sammeltassen. Die Hauptsache, das Kind ist gesund. Das denken wir beide, aber wir sagen es nicht, denn der gesprochene Satz sagt nicht alles. Die Wahrheit liegt im Schweigen. Denn Bettys Wahrheit ist immerdar, und die ist allemal größer. Die Glauberin müßte in vielen Augenblicken den Nobelpreis für Psychologie bekommen oder dereinst wenigstens einen guten Platz im Himmel. Einen gemütlicheren als auf Erden. Mehr Sonne. Keine Schnupfenviren. Alkoholverbot für Ehemänner.

Schließlich sagt sie doch noch ihre Meinung. Nicht beschlagen, sagt sie. So harte Hufe wie Foxi hat und das bei unserem Sandboden. Fox braucht keine Eisen. Sie erzählt mir noch, daß Glauber und die Großen mit der Kutsche unterwegs sind im Gespann mit Grete und der Dorfschönen. Dabei macht sie wieder ein Gesicht, als sollte ich noch mehr heraushören. Das alte Lied. Glauber und der Chef in der Debatte um Pferdezuchtfragen. Wo das hinführen soll. Und weil sie sich von dem nichts nachreden lassen will und weil Olaf so schön schläft, sind wir schnell wieder unten. Wir stehen im Stall, nicht mitten in der Gasse, sondern hinter der Tür. Besagter könnte ja, wie er das so macht, in seinen Chefstiefeln jeden Moment aufkreuzen und irgendwas kontrollieren, die Anwesenheit oder die Rüben zum Beispiel, ob die küchenrein sind. Es ist nicht zum Lachen.

Dann will mir die Glauberin noch etwas zeigen.

Noch was?

Schellenklirrend trägt sie ein steifledernes buntes Zaumzeug herbei. Auch das eine Glauberschöpfung. Fox tänzelt verstört.

Für das Schlittengespann, sagt sie, und zu Fox: Das tätest du wohl gerne mal anschirren!

Schön, sage ich. Es ist mehr ein Bekenntnis als ein ehrliches Urteil. Ihm gefällt's nämlich nicht.

Da muß kein Name genannt werden. Ich weiß Bescheid. Chef gegen Stallmeister. Aber, falls es richtig ernst werden sollte, gibt es ja immer noch die Gewerkschaft. Das Arbeitsrecht.

Fox hat sich für einen gemächlichen Schritt entschieden. Er hat Zeit, und ich will mich fügen. Ich sehe an seinen Ohren, daß ihm irgendwas durch den Kopf geht. Die Steppen vom Kaukasus. Die Rennbahn in Hoppegarten? Wartet er auf das Glockenläuten vor dem Start? Ich melde mich über Zeigefinger und Zügel. Ich erkläre ihm die Gegebenheiten. Wo wir sind. Wohin wir gehen. In Gemütsruhe Richtung Stall. Wir meiden die festgefahrenen Wege. Uns gehört das kilometerweit umgebrochene Feld. Wahrscheinlich hat über Sommer hier Roggen gestanden. Das Jahr hat ohne mich stattgefunden, hinter meinem Rücken. Die grüne Einsaat, der Juni, der gelbe August, die Stoppeln. Das Olaf-Knäblein ist zwischendurch fertig geworden.

Zuzeiten haben wir hier nach der Ernte Kartoffeln gelesen. Unseren ganzen Wintervorrat. Niklas hat mir stoppeln geholfen. Wäre doch schade drum, wenn das Liegengebliebene auf dem Feld verdirbt. Wir haben es gemacht, wie es richtig ist. Die Kartoffeln hinter dem Haus aus den Körben geschüttelt, damit sie in der Mittagssonne trocknen. Dann auf drei Haufen verlesen. Einen mit den Kartoffeln, die gleich weg müssen, weil sie eine Stelle haben oder angehackt sind, einen mit leicht beschädigten und noch einen mit einwandfreien. Ein paar ganz große Kartoffeln haben wir beiseite getan für Puffer und auch die großen für die Weihnachtsklöße haben wir vorsorgend in eine Kiste sortiert.

Wo in diesem Jahr der Kartoffelschlag war, das ist die Frage. Es wäre vielleicht noch nicht zu spät.

Es ist zu spät. Ich weiß, daß es zu spät ist zum Stoppeln Anfang Dezember, und es war auch im vorigen Jahr zu spät. Vor drei vier Jahren habe ich mit Niklas die Kartoffelaktion gestartet. Klöße haben wir in den vergangenen Jahren zu Weihnachten nicht mehr gekocht, weil die Verwandten ersten Grades keinen Passierschein für das Grenzgebiet bekommen haben. Für zwei Erwachsene und zwei Kinder lohnt sich die Kocherei nicht. So hatte ich gegen Hugo entschieden. Es war kein glücklicher Beschluß. Das kloßfreie Fest lag uns allen auf der Seele. Die beiden Omas und der Märchenopa nicht bei uns zu Besuch, Hugo in kulturpolitischen Ärgernissen und nun noch das. Ein mageres Abendessen auf schlesische Art. Warmer Kartoffelsalat, Brühpolnische, hinterher Mohnschüssel. Es war meine Schuld. Damit muß ich auch dieses Jahr fertig werden. Es steht mir bevor.

Fox spielt mit den Ohren. Lauter Dinge, die sich mit einem Pferd, das ruhig im Schritt geht, bedenken lassen. Weihnachtsessen. Niklas' Kopfzensuren. Bettys Fortschritt beim rhythmischen Turnen. Neuerdings aber wird mein Leben von einem rätselhaften Schlüssel bestimmt. Ein Dorn in der Seele.

Es ist ein leichter Aluminiumschlüssel gewesen. Drei Zacken in der Kante des wenig gewinkelten Bartes. Ein einfacher, ein primitiver Schlüssel.

Von einem Schlosser aus einem Rohling zurechtgefeilt. Ein Schlüssel für ein Kastenschloß. Ein Zweitschlüssel. Hugo muß nicht vor der Tür stehen, wenn der Besitzer des Urschlüssels nicht im Haus ist. Dieser Zweitschlüssel öffnet ganz leicht eine Tür zu einer Stube, in der lauter freundliche Sachen warten und gleich anfangen zu reden. Kompott, in das Hugo sich reinlegen möchte. Eingezuckerte Schwarze Johannisbeeren. So eine Lockspeise wäre noch keine Kunst, ich habe ja auch zwei Büsche gepflanzt extra für Hugos Geburtstagstorte. Es sind die vielen selbstgemalten wunderbar duftenden Bilder. Anfänge. Umrisse, Skizzen, Farbversuche. Entwürfe, die einen verständnisinnigen Betrachter suchen und einen einfühlsamen Pinsel. Stifte und Zeichenkohle. Tonklumpen, auf Leisten gezogene Leinwände. Eine Stätte des Beginnens. Und auf einem Schemel für den liebsten Gast ein Schallplattenspieler, schwer erkämpfte Platten. Jazz und Lyrik mit Manfred Krug, Elvis. Polnische Filmmusik. Modernes Opernschaffen. Pendereckis *Teufel von Loudun*. Malerei und Musik, die Vermählung von Auge und Ohr. Ein Musenbund.

Der Schlüssel ist aus der Tasche von Hugos blauer Hose gefallen. Klirrend zu Boden. Ich habe ihn aufgehoben. Dieser fremde Schlüssel ist kein Gemälde, unter das ich schlau wie ein Künstler schreiben könnte: Das ist kein Schlüssel. Dieser Schlüssel ist die Wahrheit. Anstatt ein Stück Kernseife herzunehmen und einen Bartabdruck einzupressen, habe ich dem Schlüssel ein paar Takte geflüstert. Ich habe ihn zur Rede gestellt. Sprich oder ich brech dir den Bart. Ich habe ihn mehrmals an einem wohlüberlegten Ort abgelegt. Auf dem Küchentisch, nicht genau in der Mitte, sondern in der Nähe vom Honigglas. Wer ihn dort findet, hört meine Trommeln. So dachte ich.

Ich habe leider keinen Abdruck genommen, wie das ja nicht nur Ganoven machen, wenn man an einer Tür ein besonderes

Interesse hat. Das ist eine kluge Vorsorge, um im Ernstfall eine Schablone für einen Notschlüssel in der Hand zu haben. Ich hätte mir einen Rohling kaufen können. Einen Schraubstock und einen Satz Feilen haben wir vom Wolfersdorfer Schmiede-Großvater in unserer Garage. Den Bartabdruck habe ich versäumt. Ich habe nichts. Keine Beweise.

Hugos ganze Sorge bin ich, sind wir in dem Haus an der Grenze. Wir sind schwer, so schwer wie ein schwarzes Loch. Antimaterie sind wir. Voller Ansprüche und Fehler. Ein Zungenhänger, eine schlesische Köchin, Niklas, der die Fußballschuhe verliert. Bettys Tablettenschachtel ist leer.

Die Stube hinter der Tür, zu der jener Aluminiumschlüssel paßt, ist das Gegenteil. Schöner Stoff. Lieblich. Die Stille. Die Sachen sind in seidiger Luft aufgehoben. Jeder Löffel ruht dort in Frieden.

Glückliches Pferd. Ich sehe es an den Ohren. Ich entdecke auch gleich den Grund. Weit drüben auf der Chaussee zwischen den gestutzten Pappeln. Die beiden Glauber-Schimmel. Wie das Gespann, die Kutsche und die Dämmerung hinter sich her ziehend, in den Feldweg einfliegt. Von Potsdam kommend nach Hause.

Fox schickt Fanfarenstöße über das Feld. Eine ganze Serie, als grüße er die Jugendzeit, eine vielköpfige kaukasische Herde. Der Pferdeleib dröhnt. Die näherkommenden Schimmel antworten mit nämlichem Getön. Hin und her.

Die weiße Kutsche fliegt im Himmelslicht. Fliegt durch meine versehrten splittrigen Gedanken. Glauber und die beiden Kinder schwenken den großen und zwei kleine weiße Zylinder.

Haaallo.

Mit ihnen der Halbmond, von Wolke zu Wolke. Erst in gemessenem Gang. Dann will der da oben schneller sein. Eilt und stolpert. Unentschlossen. Rückwärts und vorwärts, so geht die himmlische Reise.

Hinter den Eichen wird Glauber die Propeller anwerfen, oder die Schimmel werden die Flügel ausbreiten und erst recht hoch hinaus fliegen, über Zäune und Wegschranken und über das Waldstück mit den alten Soldatengräbern und über den Zipfel von West-Berlin. Auf kürzester Strecke nach Hause. Trinkgelder klimpern in den Hosentaschen. Schnapsfahnen wehen, eine große und zwei kleine. Zwei Neigenfähnlein.

Fox läßt sich nicht anstiften. Wir bleiben im Schritt. Der Mond hat beschlossen, die letzte Strecke bis zum Stall mit uns zu gehen. Wir müssen uns besinnen. Wie werde ich Hugo entgegengehen?

Wo ist Betty?

Die schläft, sagt Niklas.

Wo ist Hugo?

Der mußte noch weg.

Wohin denn? Ich frage, weil sich mein anteilnehmendes Interesse einfach gehört.

Hab ich vergessen, sagt Niklas.

Apfel Apfel, ruft Betty. Ich setze mich zu Betty an die Bettkante. Ich schäle einen Apfel und erzähle vom neuen Olaf. Eine Geschichte von ganz anderen Leuten.

Als Hugo nach Hause kommt, mache ich einen frommen und vollbeschäftigten Eindruck. Hugo soll keinen Grund haben, mich mit einer Lüge zu trösten. Er darf schweigen, aber er redet. Kaiserstall. Sattelkammer. Für Pedro ist ein neues Zaumzeug angeschafft worden. Sattelkammer-Schlüssel. So jubelt meine Seele.

Zaumzeug? frage ich meinen allerliebsten Gefährten. Pedro brauchte ein neues, das alte taugte nichts mehr.

Ich habe längst gesehen, daß er die Wahrheit spricht. Strohgrannen am Pullover. Hugo darf schweigen oder sein Herz ausschütten. Er darf fluchen, wie es ihm gefällt. In seiner lieblichen Pferdeduft-Aura höre ich ihm zu. Wie die Bühnentischlerei gepfuscht hat. Die Dekoration der Zauberflöte nach dem alten Schinkelplan wäre beinahe ums Dreifache zu klein geraten. Die Zacken der Sterne winzig. Da muß man doch umrechnen von Zoll auf Zentimeter.

Jeder will was von Hugo. Sternenmaße. Zaumzeug. Tabletten. Trost und kein Ende. Hugo hat Grund zur Klage.

Sieben Christstollen hatte Hugo aus dem Erzgebirge mitbringen müssen. Die packe ich mit einem Fichtenzweig und einem Weihnachtsgruß in Kartons. Die Amerikastollen habe ich gleich zur Post gebracht.

Der für Hanna steht noch auf dem Tisch. Ein gerissener und gebutterter Mandelstollen. Ein Gebäck, das wir strenggenommen anläßlich der Geburt unseres Erlösers essen.

Hanna hatte mir im vorigen Jahr ganz überraschend aus Kanada eine Karte geschrieben. Sie hatte herausgefunden, wo ich wohne und daß ich noch im Osten bin.

Darfst du mir schreiben?

Ich hatte ihr sofort geantwortet. Sie sollte sehen, wie ich mich über ihren Gruß nach so vielen Jahren gefreut habe, und sie sollte damit gleich auch erfahren, daß ich darf. Ich ja. In hoffärtiger Ignoranz der sonstwo waltenden Politik.

Hanna, ich wollte ihr unbedingt gut sein.

Unsere Bekanntschaft gründete sich auf eine kurze gemeinsame Zeit. Drei Wochen sind es gewesen. Schloßwochen. Wir wohnten zusammen im Turmzimmer des Schlosses Siebeneichen. Eine Auszeichnung hatte uns dorthin gebracht. Hanna war die beste junge Agronomin aus Cottbus. Ich war die beste junge Agronomin aus Dresden. Insgesamt waren wir ungefähr vierzig junge Agronominnen und Agronomen. Naturwissenschaftler und Philosophen von der Humboldt-Universität, international bekannte Genetiker aus Gatersleben, Biologen aus Halle und Dresden waren für die Zeit ins Schloß berufen worden. Sie sollten uns unterrichten.

Im Kaminzimmer, dem nunmehrigen Labor, machten grauhaarige Studenten mit uns Übungen, Bodenuntersuchungen, Düngeranalysen. Dr. mult. Noll, ein Herpetologe, dessen Institut samt seiner Forschungsreihe in Hamburg ausgebombt worden war, leitete uns an beim Mikroskopieren. Wie man ein Zellpräparat macht. Das Schneiden, das Einfärben. Er zeigte uns an Fröschen die Fersenhöcker und ging mit uns abends an die Teiche Rotbauchunken verhören.

Die Wissenschaftler waren entweder Lyssenko-Leute oder eben richtige Genetiker. Eigentlich sollte vor unseren Augen und Ohren ein Kampf stattfinden. Das Altüberlebte gegen das Neue in der Biologie. Lyssenkoisten gegen die Mendelisten-Morganisten. Wir als junge Agronomen sollten Partei ergreifen für das Neue. Die Erziehung der Apfelbäume. Die Jarowisation des Getreides. Eichen im Nestpflanzverfahren, wo sich zwölf Sämlinge für den stärksten ihrer Art, den dreizehnten, opfern. Daß aus Sonnenblumen in einem Sprung Ackerwinden werden konnten.

Die Kapazitäten gaben sich Mühe mit uns. Fast alle fingen mit der Zelle an. Die Zellteilung. Sie redeten und malten mit bunter Kreide die Wandtafeln voll. Das Maulbeerstadium. Eine erstaunliche Mathematik. Wir hingen an ihren Lippen und schrieben alles mit. Eins war so spannend wie das andere.

Bevor ich mit meiner Urkunde und einem Freifahrschein von Dresden nach Meißen abgedampft war, hatte ich mit Extrazuspruch von unserem Obergärtner ein altes Kontobuch geschenkt bekommen. Ein paar Lagen beschriebener Seiten hatte er herausgerissen. Ich besaß mithin ein dickes Schreibheft mit buntgeädertem Schnitt.

Auf daß du dein Wissen zu uns nach Hause tragen kannst.

In das Heft schrieb ich die jeweiligen Meinungen der Professoren ein. Solange sie redeten, hatten sie recht. Jeder hatte recht. Warum sollte nicht eines Tages in Sibirien der Kaiser-Wilhelm-Apfel gedeihen. Wieso sollte das Unbewußte, von dem ein Psychoanalytiker aus Leipzig sprach, gegen die Äpfel im Hohen Norden stehen. Oder gegen die Lepeschinskaja, die aus Kristallen Bakterien und sogar Infusorien zaubern konnte. Oder die Experimente, die sie in Gatersleben mit der Kartoffel machten. Einfach durch Veränderung der Chromosomenstruktur mehr Stärke. Warum nicht. Ein Gast von dort hatte einen Apparat gebaut. Hochgespannte Elektrizität. Ammoniak und Methan in einem Glaskolben, für den seine Frau aus Wollresten einen Kolbenwärmer gehäkelt hatte. Er nannte das, was er uns vorführte, eine Wiederholung des berühmten Stanly-Miller-Urey-Experimentes. Er glühte vor Eifer. Voriges Jahr war es dem Studenten Stanly unter Aufsicht des Chemikers Urey gelungen, mit jenem Gerät organische Moleküle zu erzeugen. Es brauchte nur stündlich einen Blitz und durch den Wollwärmer garantierte gleichmäßige Temperatur. Applaus. Am siebenten Tag war unsere Ursuppe fertig.

Wir glaubten daran.

Wir waren nicht zum Streit aufgelegt. Jedenfalls Hanna nicht und ich auch nicht. Dazu war unser Turmzimmer viel zu schön. Wir besaßen ja dazu noch in einem marmorgefliesten Badezimmer eine eigene Badewanne mit Handbrause und Warmwasser. Zu Hause mußte Hanna freitags eine Zinkwanne in der Küche aufstellen. Ich ging immer sonnabends nach der Arbeit für fünfzig Pfennig ins Sachsenbad.

Es war Hochsommer. Die Fenster unseres Boudoirs standen angelweit offen. Nach drei Richtungen hatten wir freie Sicht. Östlich hinunter ins Elbtal, südlich auf die Burg und den Dom, im Westen lagen zwischen Feldern und Wiesen die dörflichen Ausläufer des Ortes. Hähne krähten, Hunde bellten. Der Wind streifte durch das Zimmer, hob Zeitungen und blies die Vorhänge hinaus ins Blaue. Wenn die Professoren ihr letztes Wort gesprochen hatten, liefen wir in den Turm. Jeden Tag. Es waren sonnenvolle, hellichte Wochen. Wir warfen unsere Kleider hin und stiegen in die Badewanne. Es war das erste Mal, daß ich mich vor anderen Augen auszog. Ich tat so, als wäre ich immer so ein natürlicher Mensch gewesen. Eine von uns sagte eine Zahl. Wir zählten stumm, sprangen auf, triefend, wie regennasse Melonen. Die Sonne, der Wind, ein streichelnder Fön. Wir streckten uns auf den wollenen, blumengemusterten Teppich. Die Kristallzapfen des Kronenleuchters klimperten. Farben spielten an der Decke. Schwalbenschatten segelten von Fenster zu Fenster. Unter dem Turmdach gurrten die Tauben. Die Sonne drang feurig in unsere Haut. Hanna stieg noch einmal in die Badewanne. Sie drehte die Handbrause auf und ließ Wasser tropfen. Sie lag in der Badewanne wie Schneewittchen, Schnee und Ebenholz. Gewärtig auf den Kußmund eines Prinzen. Wir waren sechzehn Jahre alt. Abends nach den Seminarübungen bevölkerten wir mit den anderen den Speisesaal. Wir fraßen viel, denn wir wollten für den ganzen nächsten Tag satt sein. Während

Hanna die Teller wegtrug, klaute ich aus den Stiegen vor der Küche eine Flasche Apfelsaft. Ich ließ die Flasche in meiner Aktentasche verschwinden, die ich dafür bereitgestellt hatte. Mit dem Saft saßen wir über die Nacht im Turmfenster. Wir schauten in das Elbtal, sahen zu, wie die Lichter der Schleppkähne und Zillen auf dem Fluß langsam davonzogen. Hanna erzählte mir, daß sie als kleines Mädchen während der Kriegszeit in einer Farm in England gelebt hatte. Bei alten Leuten. Jetzt aber wohne sie, weil ihre Eltern nicht mehr am Leben seien, bei ihrem zehn Jahre älteren Bruder. Er habe sie durch den Suchdienst ausfindig gemacht. Geboren seien sie beide, der Bruder und Hanna, in einem Dörfchen bei Lublin. In Riki. Der Bruder nenne immer nur den Ortsnamen, sonst nichts. Wenn er erzähle, rede er von China. Flüchtende Österreicher haben ihn mitgenommen nach Shanghai.

Hanna sagte Verse auf, die sie von der englischen *auntymama* gelernt hatte. The Giving Tree von Shel Silverstein. Once there was a tree and she loves a boy.

Ich erzählte ihr von meinem Geburtsort in Schlesien, von der Flucht und vom Bombenangriff auf Dresden. Mein Vater. In den Baumwiesen von einem Bombensplitter getroffen. Tot. Die Kindererinnerungen. Es war ja schon neun Jahre her. Ich fand eine Geschichte für die Brandnarbe auf meinem Knie. Phosphor. Phosphorbomben schleudern zähe brennende Spucke. Hanna beugte sich zu mir. Sie küßte die Stelle. Warum schämst du dich deswegen? fragte sie. Wir schoben unsere Finger ineinander zu einer goldenen Brücke.

Die Lerchen stiegen schon aus den Feldern. Ein Stich Morgenröte zeigte sich vorsichtig am Horizont. Wir warfen uns auf die Betten und warteten auf das Gesumm einer Fliege. Wenn es plötzlich still war, spazierte sie auf meiner Haut oder ich hörte Hannas schnellen gekitzelten Atem. Meist schliefen wir vor lauter Erwartung ein und wachten erst mit dem Frühstücksläuten wieder auf. Uns blieb nur Zeit, den Apfelsaftgeschmack aus dem Mund zu spülen und in die Kleider zu kriechen. Hochsommer. Weil wir mit uns selbst einmal ganz frech sein wollten, trugen wir gar nichts unter den Kleidern.

Das Jagdzimmer oder der Hörsaal 2 war frisch gelüftet. Von Morgenluft durchströmt. Der Hausmeister hängte Fliegenfänger an die Elchgeweihe. Er wechselte die Anschauungstafeln von gestern gegen neue. Er war kompetent. Die Stalinschen Waldschutzgürtel. Das Miller-Urey-Experiment.

Hanna saß nie neben mir. Wir setzten uns auf entfernte Plätze.Ich schlug mein dickes Kontobuch auf, das Obergärtnergeschenk, und war ganz Ohr für die Stunde des Ethik-Professors. Für sein eindringliches Dozieren. Die Kreide quietschte an der Tafel. Überschrift: Wissenschaftliches Ethos hat seine Wurzeln in der Kommunikation mit dem Schöpfergott, dessen Absichten durch Entzifferung der Naturgesetze aufgedeckt werden und dessen Kreativität durch unsere Erkenntnisse und Erfindungen (zweite Natur) nachgeahmt wird.

Wie Musik. Ein Rausch. Ohne den strafenden Blick der Vernunft.

Erstens: Utopische Konstrukte der Renaissance.

Zweitens: Die Autonomie der Neuzeit.

Wir lauschten, wir entzifferten, wir flogen treppan. Und hatten, als wir oben ankamen, wieder mal Seitenstechen.

Rosenholzfarbene Seidentapete. Wandschränke aus Nußbaum. Eine sächsische Barockkommode. Ein altdeutscher Teppich. Tische, Betten und Stühle aus neuer Fabrikation für Schulen und Jugendherbergen. Wäsche aus weißem Linon. Wenn der Abend kühler wurde, wickelten wir uns in so ein Laken.

Wir zeigten uns Freundschaftsbilder, die in unseren Briefmappen steckten. Kinder in Männermänteln. Mit Hut auf dem Knie. Für ewig Dein Jürgen. Für ewig Dein Paulchen.

Hanna überflog einen Brief. Wie findest du das, der Knabe erzählt mir, wie sehr ich ihn vermisse.

Manchmal hörten wir nachts eine Feuerwehrsirene unten im Tal, wir rochen brennendes Stroh, ein Getreidefeld loderte in der Nacht, manchmal hörten wir Musik. Eine Klarinette, sagte Hanna. Mein Bruder spielt Klarinette.

Kannst du den Reiterstern erkennen?

Ja.

Dann hast du sehr gute Augen.

Was möchtest du lieber haben, Brille oder rote Nase?

Brille.

Ich auch. Geige- oder Klavierspielen? Meist wollten wir das gleiche.

Wir guckten hinauf in die Milchstraße, bis uns schwindlig wurde. Wir taumelten auf den Teppich.

Einmal, ziemlich am Ende unserer drei Wochen, blieb Hanna auf dem Fenstersitz eine Weile ganz still. Sie hatte bei der Postverteilung nach dem Abendessen einen Brief von ihrem großen Bruder bekommen. Seine Verlobte wolle nicht mit nach Kanada auswandern. Der Bruder hatte aber schon für zwei Personen die Schiffspapiere bezahlt. Alles war auf Cottbusser Ämtern geklärt. Des Bruders Vormundschaft für die bald siebzehnjährige Hanna würde noch ein Jahr weiterbestehen.

Am nächsten Morgen ging Hanna hinunter in die Stadt. Von der Post aus schickte sie ihrem Bruder ein Telegramm.

Wir hörten auf, nächtens von der Welt zu reden. Wir schwiegen viel. Am Mittag badeten wir. Wir kämmten uns gegenseitig Pferdeschwanzfrisuren, schwarze und blonde. Wir wischten uns die Augen trocken. Tunkten die Finger in rotes Brausepulver und malten uns damit gegenseitig die Lippen. Hanna war schön. Und wenn ich mit meiner Hand die Brandnarbe verdeckte und solange Sommer war, war auch ich schön genug.

Mein Zweisamkeitsbedürfnis war so groß, daß ich die vierzig anderen studierenden Agronominnen und Agronomen zwar gesehen, aber nicht wahrgenommen hatte. Ein Foto lernwilliger Gesichter ohne Namen. Die dozierenden Professoren erschienen mir als hochachtbare Leute. Bewundernswürdig, was sie wußten und dachten. Ich klopfte heftig aufs Holz. Ich hörte auch Hanna nach den Vorträgen klopfen. Ich kannte ja ihren Knöchel.

Hanna und ich, wir waren Versöhnler. Wir taugten nicht für den Klassenkampf, der unter den Biologen zugunsten der

Lyssenko-Lehre ausgefochten werden sollte. Wir hatten uns aus der Zeit gestohlen.

Das Ende der drei Wochen war das Ende eines Traums. Mutige Hanna. Hanna, meine liebste Agronomin.

Es gehörte zum Traum, daß wir nicht mit dem Zug oder mit dem Bus, sondern mit dem Schiff nach Dresden fuhren. Wir schleppten unsere schweren Koffer vom Terrassenufer über die Brücke, den Platz der Einheit hinunter bis zum Neustädter Bahnhof. Wir blieben stehen, um zu lachen. Ein Mann mit Krücken und aufgeschlagenem Hosenbein kam uns ungeheuer komisch vor. Wir verlachten die schlappen Zeiger der Uhr am Giebel der ausgebrannten Markthalle. Ich kam nicht auf den Gedanken, Hanna meine Arbeitsstelle zu zeigen. Den Kommunalen Gartenbaubetrieb, oder sie mit zu meiner Mutter zu lotsen, damit sie sah, wo ich lebte. Meine barocke Bohnenlaube.

Alles neben uns war nichtig.

Höchstens Ersatz für die echten Lebensgründe. Ein Baum auf dem Bahnhofsvorplatz. Eine junge Buche inmitten von Gesträuch und fahnentuchroten Cannapflanzen. Den Baum habe ich gepflanzt. Sie warf einen belustigten Blick hin. Armer Strunk. Wir lachten. Mein stolzes Werk beim Grünanlagenbau. Solche planierten und bepflanzten Plätze, Bäume, Schneebeeren, schnellwüchsige Ribisbüsche, dazu zwei Bänke, gab es in der ganzen Stadt. Enttrümmerte Flächen und wuchtige schwarze Ruinen, auf denen die Birke zu Hause war. Ein weißes siebenjähriges Stämmchen über dem zerbombten Bahnhofsportal.

Hanna stand im Fenster des D-Zugs nach Cottbus.

Sie entschwand.

Musik. Ein Rausch. Drei Narrenschulwochen. Eine nachgetragene Kindheit. Befreit von Verantwortung für die Vergangenheit und für den Gang der modernen Biologie.

Wie hatte ich mich nur von den begrenzenden Tatsachen so paradiesisch weit entfernen können? Ich hörte, wie viele der echten Genetiker bald darauf nach dem Westen gegangen waren. Nur Gatersleben blieb immer ein Refugium wie auch unsere Dresdner Gärtnerei. Im Club junger Agronomen werteten wir mein Heft, das alte Kontobuch, aus. Ich hatte alles aufgeschrieben. Mit Buntstiften Weizen mit verzweigten Ähren gemalt, auch ein Über-Ich hatte ich skizziert. Auf einem kleinen Beet legten wir Kartoffeln in Nester. Nestpflanzverfahren. Wir sahen im Herbst, das bringt nichts. Wir hatten es geahnt, aber nun, durch Erfahrung bestärkt, konnten wir diese Neuheit in aller Stille beiseite tun.

Hanna schickte mir ihre neue Adresse. Kanada. Ontario. Lake Muskoka. Mein Bruder ist Rabbi geworden. Ich bin, was man bei euch eine Bäuerin nennt.

In meiner Antwort hatte ich angedeutet, daß ich Dresden ein paar Schritte up north verlassen würde, und ich hatte gewiß auch Hugo erwähnt.

Sie schrieb zurück, drei Seiten in großer flüchtiger Schrift. Einen Satz hatte sie in bezug auf meinen Brief unterstrichen. Liebe ist ein sehr undeutliches Wort. Darauf hörte ich nichts mehr von ihr.

Bis mich überraschend vor ein paar Wochen ihre Grüße erreichten.

Darfst du mir schreiben.

Der Stollen für Hanna steht auf dem Tisch. Gehört sich das überhaupt? Ein Stollen als Geschenk. Weihnachtsgrüße. So ein Verweis auf Christi Geburt und alles, was mit dem Erlöser an Streitigkeiten und Ärger für Nichtchristen dann folgte. Verletzt so ein süßer, gebutterter Mandelstollen ältere Gesetze? Die Gebote des einzig kompromißlosen, die Vollkommenheit fordernden Gottes? Hanna ist Jüdin. Ihr Bruder ist Rabbi geworden. Was bedeutet denn das? Ich will mit meinem Geschenk keine Dummheit machen. Taktlos möchte ich gegen sie nicht sein.

Ich wüßte niemanden, den ich darum aushorchen könnte. Direkt fragt man da nicht. Auch als junge Agronominnen im Schloß Meißen-Siebeneichen haben wir über so was nicht gesprochen. Wir lebten ja damals wie Pflanzen.

Geschenksendung, keine Handelsware. Diese Paketaufschrift

verlangt das Gesetz für den Postverkehr in nichtsozialistische Länder.

Bleibt noch das Feld für Mitteilungen an den Empfänger.

Kein Weihnachtsgruß. Kein Gruß aus der Heimat, denn Heimat, das undeutliche Wort, will ich gleichfalls vermeiden. Ich fürchte Hannas Fragezeichen. Ich schreibe: Aus der Alten Welt an Hanna.

Das ist gut.

Die Wurzeln der gefällten Bäume, damit haben wir über Winter zu tun. Ich fange an, ringsherum die Erde abzugraben. Ich gewinne den Nachbarn mit einer Flasche. Hugo greift ein. Er kommt mit der Rodehacke. Ich stochere tief. Bald schieben mich die beiden Männer beiseite. Sie weisen mir eine andere Arbeit zu. Leere Körbe besorgen. Platz schaffen.

Ich stifte an. Ich baue auf den Schnaps und auf ein gestacheltes Gewissen. Hugo will uns nicht frieren lassen. Er sorgt für Holz. Er trägt die Scheite sogar in den Keller. Der Weihnachtsmann bringt uns einen *Raduga*, ein Farbfernsehgerät. Der Osten in Farbe. Der Westen schwarzweiß. Wir wissen, was zu tun ist. Wir widmen einige Tanten-Dollarscheine um. Im Intershop kaufen wir mit Niklas' Währungsreserve, von der er weiß, daß er nichts weiß, einen Decoder. Ein Tüftler aus dem Nachbarort, von Beruf Halbleiter-Ingenieur, borgt uns einen Schaltplan. Ich bastle über Nacht. Es ist verdammt knifflig, aber machbar.

Ich gebe mir Mühe.

Mit einem Decoder aus dem Shop kann ich mit Geduld und Spucke fast jeden russischen *Raduga* und auch den modernen *Chromat 20* aus Radeberg soweit bringen, daß er den Westen in Farbe zeigt.

Bunte Bilder von Vietnam. Die Haydn-Hymne zu einer schwarzrotgelb flatternden Fahne, dann ist Schluß.

Die Kinder schlafen. Betty hält das Hasenohr fest.

Ich sehe nach, ob die Enten sich im Entenhaus verkrochen haben, ich rufe die Katze. Ich horche, ob eine Autotür schlägt.

Die großen Zeiger sind schuld, die Sprünge der kleinen Zeiger. Die Katze schließt ihr einziges Auge. Sie mißbilligt meine Abhängigkeit von den Uhren. Herzklopfen. Flennen. Der Teekessel pfeift, und ich höre es nicht.

Ich höre Schritte. Grenzposten, die auf Nachtgang um die Häuser streifen. Ich warte. Ich reiße mir die Haare aus. Ich stolpere in großen Schuhen. Ich wünsche mich in die andere Haut. Die andere wolkenweiche Mandala. Betty auf dem Rücken. Niklas an der Hand, so wandere ich los. Die Katze folgt. Die Enten breiten die gestutzten Flügel. Ich locke, ich tröste: Wenn die Flügel nicht mehr wollen, dann gehen wir alle zu Fuß. Pfote für Pfote immer der Nase nach. Der nächtliche Weg führt aus dem schwarzen Loch in die andere Behausung, zu der unser Hirte einen Schlüssel besitzt. Aus dem Fenster scheint ein zärtlich gelbes Licht. Er hat die Tür schon aufgeschlossen. Er sitzt auf einem Lutherstuhl, ähnlich dem, den ich für Betty angeschafft habe, weil sie darin gut aufgehoben ist, noch besser als im gelben Sessel. Ich kann vorn an der Armlehne zur Sicherheit ein Tuch oder einen Gürtel festbinden. Falls Betty die Balance verliert. Damit sie nicht runterpurzelt. Das Absauggerät. Die Höhensonne. Tabletten. Die restlichen Perlen. Die rote Schreibmaschine. Er erwartet mich, um mich zu verlassen. Ich bin kein Anker, an den er sich gekettet hat. Es ist genug, wenn wir uns berühren. Wenn es Zeit ist zu gehen, lasse ich ihn ziehen.

Löten will gelernt sein. Hugo zeigt mir, wie ich die Hand halten muß, damit der Löttropfen auf die richtige Stelle fällt. Silberdraht ist kostbar. Hugo führt meine Hand.

Kühlwasser verdampft. Und Tränen. Eine tropft brennend auf Hugos Arm.

Wieder soll Betty den Grund für meinen Kummer hergeben.

Bettys Zahnschmerzen heute nacht. Hugo sagt: Mach einen Punkt. Zahnschmerzen sind nur normal in dem Alter. Die Milchzähne stoßen sich ab. So will es die menschliche Anatomie.

Das ist es nicht.

Was ist es denn? fragt Hugo in seiner hochheiligen und nun wirklich ahnungslosen Art.

Sie haben uns keine Einladung geschickt für Betty. Nicht einmal zurückgestellt ist sie worden. Sie haben Betty aus dem Register gestrichen. Keine Schule für Betty.

Hugo läßt mich allein weiterlöten.

Ich sehe, wie er im Garten auf der Wiese mit Betty spielt. Betty hält ihm einen Luftballon ans Ohr. Das Flüsterspiel und dann Ringkampf mit Lachen.

Habe ich tatsächlich gewollt, daß uns jemand eine vorgedruckte Aufforderung schickt. Ein Anmeldeformular für die Schule. Wollte ich, auf Atteste und Gutachten verweisend, in einem Antwortschreiben mitteilen, daß Betty leider nicht schulfähig ist. Oder wollte ich mit Betty vor einer Kommission auftreten, die dann entscheidet: Eindeutiger Fall. Schule wäre eindeutig verfehlt. Das Kind kann weder laufen noch längere Zeit sitzen. Es hustet viel. Eine Zwerchfell-Lähmung schränkt die Atmung ein. Es kann ja nicht einmal über fünfundvierzig Minuten einen Bleistift halten.

Ich sollte froh sein, daß man uns solche Wege erspart.

Hugo trägt Betty zu mir in die Stube. Ich ziehe den Stecker vom Lötkolben aus der Dose.

Heiß, sagt Betty.

Also wirklich, sagt Hugo, mit dem Decoder-Schaltplan könntest du auf die Leipziger Messe gehen.

Wir halten uns fest in den Armen. Ich sollte froh sein und auch den Aluminiumschlüssel vergraben. Nicht mehr daran denken.

Wir fahren mit dem Polski Fiat nach Dresden. So früh wie es uns möglich ist, brechen wir auf. Denn wir wollen zum Enten- und Katze- und Pferdefüttern wieder zu Hause sein. Dieses Amt hätte auf Bitten sofort auch der Nachbar oder Franz übernommen. Füttern ist ein einleuchtendes Argument für Mutter. Mutter, es hilft nichts, unsere Viecher, wir müssen heute wieder heim. Daß es für alle das beste ist, für sie selber und vor allem für Betty, würde als Erklärung nicht reichen.

Warum bleibt ihr denn nicht wenigstens über Nacht? Man sieht sich und kann sich gar nicht ein bissl besinnen.

Daß das Jungl dableibt und sogar vier Wochen, das wäre im Augenblick des Aufbruchs nicht genug. Na nu bleibt doch, nun habt ihr euch den weiten Weg hergemacht. Setzt euch. Zieht die Schuhe aus.

Das Vieh, Mutter, die Enten.

Wieviel sind's denn?

Drei Stück.

Ob wir Stunden bleiben oder drei Wochen, es ist immer zu kurz. Unser Aufbruch zu plötzlich. So überstürzt wollt ihr los?

Wir würden ja bleiben, aber.

Wir richten uns gar nicht erst für die Nacht ein, das stellt Hugo noch einmal klar.

Wir müssen doch füttern. Meine Beipflicht ist entschlossen und wahr. Wir üben den Abschied. Wir schützen die zu Hause in der Dunkelheit wartenden Tiere vor. Wir wissen, was zieht. Das Wiehern und Miauen, das traurige Schnattern zu Hause.

Niklas fährt zu seiner Großmutter. Er hat Ferien. Er freut sich schon lange. Ich verreise nach Dresden.

Niklas trägt sein Spielzeug ins Auto, das noch und das noch.

Das Fahrrad, sagen wir, das bleibt aber hier. Damit mußt du dich abfinden. Wir laden noch selbsttätiges Waschpulver und eine Kiste Spreewaldgurken in den Kofferraum, Sachen, die es nur in Russenmagazinen oder in Berlin zu kaufen gibt. Auch zwei Schachteln Eier von Franz nehmen wir mit.

Betty sitzt schon hinten im Auto. Niklas wirft sich gegen das Garagentor. Ich habe mich aber noch nicht abgefunden.

Worum geht's denn nun noch?

Ums Fahrrad.

Niklas beutelt unser steinernes Herz. Ach, und dazu habe ich vergessen dem Jungen die Haare abzuschneiden. Einen in Sachsen anerkannten Haarschnitt sollte er eigentlich noch bekommen. Eine ordentliche Jungsfrisur. Es ist zu spät. Wir sind unterwegs. Hinter Michendorf fällt Niklas in meine Sorgen ein: Habe ich mein Zeugnis mitgenommen?

Hast du. Ich klopfe auf meine Umhängetasche. Zweimal

gefaltet, ein schönes Blatt. Lauter Einser, auch die Kopfzensuren Sehr gut. In der Beurteilungszeile steht: Niklas zeigt Bewußtsein.

Ich zeige Bewußtsein. Was soll denn das heißen, hatte mich Niklas gefragt.

Das heißt, daß du den Geist der Arbeiterklasse in dir hast und den nach außen zu erkennen gibst. Er hatte das Blatt andächtig beiseite gelegt und längst wieder vergessen. Nun war ihm eingefallen, was er seiner Großmutter vorführe wollte: das Bewußtsein und die Einser. Das Fahrrad hat er leider nicht mitnehmen dürfen.

Hugo brettert ohne Halt über die Autobahn bis Abfahrt Nord und weiter über Hirsch und Bühlau bis zur Anlegestelle der Weißen Flotte in Pillnitz. Wenn das Auto erst einmal fährt, dann fährt es. Nur anhalten und hinterher einen Warmstart, das will es nicht. Ein Polski Fiat ist im Prinzip wie ein Rennbahngalopper. Er nimmt am liebsten alles in einem Ritt. Vom Start zum Ziel.

Wir sitzen auf der Bank an der Elbe. Hugo, Niklas, Betty und ich. Wir haben einen schönen Tag erwischt. Nicht zu heiß. So geht es Betty gut, und das macht den Fluß noch schöner und die Kranichinsel und unseren Plan, daß wir das Schloß ansehen oder die baumgroße Kamelie im Park besuchen könnten. Es macht uns nichts aus, daß wir noch über eine Stunde zu warten haben, bis das Schiff kommt. Wir sitzen ganz nahe am Anlegesteg.

Mit der Pillnitzer Kamelie ist es so gewesen. Im Sommer hat sie im Freien gestanden, im Winter mußte man sie als Kind des Südens, genau des südlichen Japan, vom Platz im Freien in ein Glashaus transportieren. Jedes Jahr ist sie größer geworden und schöner, aber auch schwerer fortzukriegen. Schließlich haben sie direkt am Sommerstand ein Gerüst gebaut, das man im Winter zu einem Glashaus machen konnte. Am 13. Februar 1945 ist das Glashaus zerkracht, nicht direkt von Bomben, sondern vom Feuersturm, von der Höllenhitze. Die Parkbäume brannten. Menschen, die sich bis hierher gerettet hatten, erstickten im Rauch.

Ich kann euch nur sagen, es ist wahr. Ich bin ja zwei Wochen später dagewesen. Wir sind vom Borsberg heruntergekommen. Ich, in einem Strom von Flüchtlingen. Versteckt unter einer Soldatendecke, humpelnd, mal neben zwei großen Mädchen, mal neben einer alten Frau, die meine Mutter hätte sein können, wenn sie mir nicht in der Sammelkaserne abhanden gekommen wäre. Mutter war schon tagelang weg. Sie war in die Baumwiesen gerannt. Papa suchen. Mein Knie tat mir weh. Meine Hose war naß. Ich durfte nicht mucken, ich mußte unter der Decke bleiben. Und immer mitgehen. Als gehörte ich dazu. Der Strom durfte nicht ins Stocken geraten. Auch unten im Park nicht. Jeder hatte nur einen kurzen Blick, denn die vom Berg Kommenden drängten nach. Sie wollten das Wunder mit eigenen Augen sehen. Das Wunder von Pillnitz. Ich blieb einfach stehen. Dabei merkte ich, daß mich weder das Rote Kreuz noch sonst jemand unter der Decke auflesen wollte. Wenn mich niemand sucht, brauche ich mich nicht zu verstecken. Ich durfte dastehen und staunen, so lange es mir gefiel. Es war Ende Februar. Die berühmte zweihundertjährige Kamelie hatte in lausiger Kälte im Freien angefangen zu blühen. Rosarot und üppig. Wie nie zuvor, so hieß es.

Über die Kamelie von Pillnitz existierten bald mehrere Gedichte. Eins konnte man sogar singen. Nach der Melodie: Müde kehrt ein Wandersmann zurück. Ich hatte mir zur Nierenentzündung und zur Brandwunde am Knie die Nase erfroren. Das ist der Grund, warum meine Nase jedes Jahr, wenn es kalt wird, anfängt rosarot auszusehen. So wie die Kamelie von Pillnitz ungefähr.

Wir haben für Betty ein Nest aus Kieselsteinen gelegt. Nun sitzt sie am Ufer und schmeißt Hände voll Steine, damit das Wasser spritzt. Niklas wirft Butterbemmen gegen die Strömung. Siehst du, Betty, das ist Kunst.

Wir warten auf das Schiff.

Es kann nicht mehr lange dauern. Ankömmlinge studieren den Fahrplan am Steg. Der Vater vergleicht die Uhr. Die Mutter führt ihren Jungen zum Ufer.

Du siehst ja aus wie die Beatles, höre ich sie sagen.

Genau das habe ich kommen sehen. Pilzkopf. Ich habe es gewußt. Nicht umsonst sind die Brücke-Künstler in den zwanziger Jahren aus Dresden geflohen und seinerzeit Richard Wagner. So was hält sich. Übergardinen. Sonntagshut. Das Einhenkeln. Und auch, daß der Mann die Handtasche der Dame trägt. Daran sieht man in Dresden, ob er was taugt.

Niklas hat einen korrekt gekämmten Konkurrenten bekommen beim Bemmenschmeißen. Flache Steine hopsen über das Wasser. Dreimal, viermal. Was noch gilt und was nicht. Sie sind großzügig beim Zählen.

Betty haut ihre Hände voll Plumpskiesel mitten hinein.

Du kannst wohl nicht laufen?

Betty nickt.

Bist du hingefallen.

Betty schüttelt den Kopf.

Ist die bescheuert?

In solchen Augenblicken, so hatte uns Niklas versprechen müssen, hast du die Fäuste in die Taschen zu stopfen. Auch wenn es juckt.

Ich bin auf dem Sprung. Hugo packt mich am Arm.

Niklas kniet sich zu Betty. Er nimmt ihr den Stein weg und hält ihre Hände.

Es ist jetzt genug, faucht er seiner Schwester ins Gesicht. Keine Steine mehr schmeißen. Die müssen alle hier liegenbleiben. Du darfst nicht so viel Steine ins Wasser werfen. Sonst gibt es nämlich bald keine Elbe mehr.

Niklas fängt an, einen Wall um Betty zu bauen.

Das darf man, erklärt er. Los, leg den Stein jetzt hierhin.

Betty gehorcht und guckt, was der Konkurrent macht. Der zählt laut seine Butterbemmen. Steine flutschen in weiten Sprüngen über das Wasser. Niklas hat sich auf eine Moral verpflichtet, daran will er glauben wie an Betty und an seine Ehre. Er dreht dem, der sich am Leben der Elbe versündigt, den Rücken. Betty soll über die Knallpfeife nicht mehr lachen.

Der ist vielleicht beknackt, sagt Niklas. Der Arsch macht

die Elbe kaputt. Wenn ich ein Gewehr hätte, würde ich den verschießen.

Und dann müssen wir uns beeilen. Das Schiff kommt. So schnell, das hätten wir nicht für möglich gehalten. Es ist der Raddampfer Dresden auf der Heimfahrt aus der Sächsischen Schweiz zum Terrassenufer. Das flußabwärts dampfende Frühschiff. Hugo hat Betty huckepack genommen. So ein großes Mädel läßt sich tragen. Niklas, der Pilzkopf, sprintet am Ufer entlang. Und da hat er auch schon das wedelnde Tuch im Fenster am Schiffsrumpf gesehen.

Oma winkt aus dem Bullauge der Mitropaküche. Sie weiß, daß wir hier auf sie warten. So hatten wir es ausgemacht. Treffpunkt Anlegestelle Pillnitzer Schloß.

Niklas steigt zu und soll die letzte Strecke mitfahren mit dem Schiff, auf dem seine Oma viermal in der Woche als Kaltmamsell arbeitet. Eine Probefahrt für Niklas. Wenn die Sache ohne Ärger läuft, darf er immer mitfahren. Das hat der Kapitän schon so gut wie versprochen.

Also, Niklas, du weißt, nicht überall rumkriechen, und machen, was die großen Leute sagen. Auf Oma hören. Danke und bitte und so weiter. Handvorhalten beim Niesen. Und keine bösen Wörter. Mach was her, Junge. Jetzt kommt's drauf an. Und wenn wieder einer was sagt wegen Betty, knallst du ihm eine. Doch dieses Gebötchen in Bettys Namen sparen wir uns auf für später.

Wir holen euch nachher im Pieschener Hafen ab.

Niklas saust über den Steg.

Dann steckt er schon neben Omas wedelndem Küchentuch den Kopf aus dem Bullauge.

Betty, Betty. Bis nachher.

Der Raddampfer schaufelt los. Er wird noch ein paarmal die Flußmitte kreuzen, um hüben und drüben anzulegen. Sieben Stationen bis zum Ende und dann noch zum Hafen, um Kohle zu bunkern.

Wir fahren unterdes auf den Heidefriedhof. Hugo bleibt mit Betty im Auto vor dem Tor. Ich gehe nicht bis zum Gedenkstein am Massengrab. Meine drei roten Nelken stecke ich in eine Vase mit drei anderen roten Nelken gleich vorn auf einem kleinen Urnenhügel. Ich hocke mich in ein Heidelbeerfeld. Zehn Minuten gebe ich mir Zeit zum Beerenessen. Es ist ein Beerenjahr. Manche Jahre sind keine Beerenjahre gewesen. Einmal gab es ein Bucheckernjahr. Bucheckern schmecken wie Nuß. – Pilze schmeckten wie Kalbsbraten oder so fein wie Speck. Pilzjahre hat es gegeben. Der Krempling ist unser bester Pilz gewesen. Die Pappkartons in unseren Rucksäcken waren voll. Abends, der Tisch in der Laube oder später die Badewanne, die Schlafstube, überall Pilze. Kremplinge. Heute gilt der Krempling als Giftpilz. Zu den Heidelbeeren aßen wir Brot, Karo einfach. Schmeckt wie derheeme. Denk dir uffgerißne Kliesla, Putter derzu. Wir waren wieder früh losgegangen. Die anderen Kinder meinten, in der Baumwiese gibt es noch die meisten. Aber da sollst du nicht hingehen. Wegen Blindgängern, die aussehen wie Buntstifte, oder sie sind aus Glas wie Kompottschüsseln. Manche Kinder haben einen verbotenen Heidelbeerkamm, der hängt an einer Schnur unterm Rock. Der Förster darf uns nicht erwischen. Der Förster hat einen geschulten Blick. Aber wir sind auch nicht dumm. Wer kämmt, muß die Blättchen wegblasen. Sauberes Blau, das ist dem Förster Zeugnis genug. In den Baumwiesen sind unsere Eimerchen in ein paar Stunden bis obenhin voll.

Wo bin ich gewesen, nun rat einmal schön?
Im Wald bist gewesen, das kann man ja sehn.
Was tat ich im Walde, sprich, weißt du das auch?
Hast Beerlein gepflückt vom Heidelbeerstrauch.

Das Lehrstück einer Preisgabe und Überführung, wie sie sich auf die Schliche kommen:

O sieh nur, wie blau um das Mündchen du bist,
das bekommt man ja nur, wenn man Heidelbeeren ißt.

Betty ist hinten im Auto eingeschlafen. Es ist schön, wie sie atmet. Ruhig und tief. Es ist Glück.

Hugo pickt Beeren aus meiner Hand. Er hört zu, was ich ihm von Papa erzähle. Hugo hört immer zu. Immer wie beim ersten Mal. Er hat nicht vergessen, wie Papa aus dem Luftschutzkeller geflohen ist, raus raus, hatte er gerufen. Im Wald in den Baumwiesen hatte ihn meine Mutter fünf Tage nach dem Angriff gefunden mit einem Splitter von einer Sprengbombe im Kopf. Papa ist nicht zu halten gewesen, raus raus. Vielleicht, wenn einer die Kellertür vor ihm zugesperrt hätte. Er hatte Angst vorm Verbrennen oder Ersticken, er war ja schon einmal verschüttet, in Kiel im Werftbunker, deswegen wollte er raus, von den Häusern weg in den Wald. Hugo hört wieder hin. Manchmal denke ich, das ist wahrscheinlich unsere Liebe. Die unverwüstliche Anteilnahme.

Hugo wedelt eine Fliege aus dem Auto. Betty läßt sich nicht stören, nicht durch unsere Stimmen, nicht durch den Brummer. Sie schläft mit winzig flatternden Nasenflügeln einen tiefen Sommernachmittagsschlaf.

Die Nelkenverkäuferin ist mit ihrem *Centraflor*-Auto davongefahren. Die Gießkannen stehen mit ausgerichteten Rüsseln am Steintrog.

Es liegt in der Luft. Gelber Staub von den Kiefern. Kien- und Modergeruch. Silvestris, der Wald. Hugo wie Faunus, der triebhafte Waldgeist. Ich schnuppere seinen Schweiß. Wir verschwinden mit unserer Decke hinter den Thujabüschen. Links hinter dem Tor, ein Quartier von rotem Waldgras und Heide und noch ein einzelnes Holzkreuz von der alten Belegung, das hat überdauert. Wir wissen, was gut ist. Wir stöhnen vor Neugier und vor Verlangen nach gestriger Lust. Noch einmal so. Damit beginnt es. Einer allein ist ein Narr, zwei Narren, das ist die Quelle der Weisheit. Zum Schluß wieder Ameisen, Leutestimmen, Hosen suchen und tauschen, deine Jeans und meine. Ich bin die frechste Kumpanin der Welt, die Chansonette Helen Vita ist eine Klosterfrau dagegen. So sagst du. Ich glaube dir mindestens eine Stunde, vielleicht sogar einen ganzen Tag.

Es kommt ganz auf mich an.

Niklas hat für Betty den Nachttopf aus dem Auto reingeholt, dann ist er wieder rausgerannt. Er sucht jemanden, dem er seine Schiffsreise noch einmal erzählen kann. Er hat ja selber das Steuerrad gehalten und zum Schluß Stühle gerückt und

Biergläser abgeräumt. Der Kapitän hat gesagt, es wird schon gutgehen mit ihm. Morgen früh kommste mit deiner Omi, und dann geht's ran ans Tauwerk. Bad Schandau und zurück.

Oder kommst du wieder mit uns nach Hause? hatte Hugo mit schlecht versteckter Sorge gefragt. Das Rumpeln der Kohle, der Dreck. Die Geländer, die steilen Treppen in den Maschinenraum. Lauter Gefahr. Niklas hatte einen Augenblick gezögert, aber nur, weil er sich vorstellte, wie er zu Hause Freund Kuddi, Hansi und allen, vom Steuerrad und dem großen Salondampfer Dresden erzählt, wo seine Großmutter jeden Tag arbeitet und er nun auch, jeden Tag.

Nein, hatte Niklas darauf sehr entschieden gesagt. Ich bleibe hier.

Ich hatte am Kapitän ein kleines überlegenes Lächeln gesehen. Macht's halblang. Meint ihr, ihr könnt mit eurer plötzlich aufbrechenden Elternbesorgnis etwas ausrichten gegen mein stolzes Schiff, betrieben von einer liegenden 2-Zylinder-Verbundmaschine, 300 PS, 14 atü, Schaufelräder drei Meter, neun Schaufeln. Steuerung nach Kluge-Marschall.

Wir haben unseren kleinen Großen an einen Kinderfänger verloren. An einen dampfbetriebenen Schaufelrad-Dampfer. Haben wir das gewollt? Uns war von Anfang an zum Heulen. Schon beim Losfahren und jetzt erst recht.

Betty sitzt wie eine Eins, kerzengerade, und dreht sich und rutscht auf dem Nachttopf durch die Küche.

Wenn du mich das nächste Mal besuchen kommst, fährst du auch mal mit dem Schiff mit. Willst du?

Ich will, sagt Betty. Ich bin stolz, daß Betty so schön antworten kann.

Mutter fragt nicht mehr, was nun genau mit Bettys Atmung los ist und mit den Hormonen, wozu sie die vielen Tabletten nehmen muß und wann sie denn endlich anfangen wird mit dem Laufen.

Mutter zeigt mir ihre geschwollenen Beine. Sie hat die Einlagen aus den Schuhen rausgenommen. Die haben's nur noch schlimmer gemacht. Ob ich mal mit Zinkleim wickel, vielleicht hilft das?

Sie steckt vorsichtig die Füße in die Fußbadeschüssel. Das Wasser steht seit heute früh und ist nun grade richtig, nicht mehr wie aus der Leitung. Ein Genuß nach sieben Stunden auf den Beinen in der bullenheißen Mitropaküche neben dem Maschinenraum.

Mach das nicht, geh zum Doktor.

Hat der neue Füße für mich? Der kann mir auch nicht helfen.

Aber durchleuchten, sage ich und schimpfe, weil sie sich den Boiler nicht anstellt. Dann hättest du jetzt Warmwasser. Fürchterlich, wie der Komposteimer im Korridor stinkt. Schaff doch das Zeug in die Asche.

Sie hört einfach nicht zu, wenn ich so was sage. Verschiedene Sachen habe ich ihr früher schon vorgerechnet, was sie alles einsetzt an Zeit und Kraft und was sie gewinnt. So ein stinkender Eimer bringt nicht mal das Schwarze unterm kleinen Fingernagel, und dafür rennst du früh um sechs durch die Kolonie in den Garten, und abends nach der Arbeit mußt du noch den leeren Eimer abholen, und der Boiler kostet pro Tag vielleicht sieben Pfennige, dafür kannst du jederzeit eine Strumpfwäsche machen oder warm abwaschen oder eine schnelle Tasse Kaffee aufbrühen.

Sie hört nicht zu. Betty hat inzwischen Omas Schuhe erwischt und die ausgefädelten Schuhbändl in die Schüssel zu Omas Füßen gesteckt.

Hugo ist vom Tanken zurück. Damit es uns nicht wieder so geht wie bei der vorigen Heimfahrt. Tankstelle geschlossen. Kanister leer. Nur durch Gebete und angelegte Ohren hatten wir nach dem letzten Besuch die Autobahnabfahrt erreicht. Hugo verstaut die Gläser mit Erdbeeren hinten im Auto und dann als deutliches Aufbruchszeichen Bettys Sachen. Oma hat Betty eine neue bunte Kindersteppdecke gekauft.

Wie ist es mit Essen? Wir nehmen uns was vom Kuchen mit. Für unterwegs. Für jeden ein Stück. Hugo hat Hummeln im Hintern. Schön ist das nicht. Die Kritik gilt nicht Hugo als vielmehr mir, weil ich ihm das Leben in schlesisch-sächsischer Gelassenheit noch nicht beigebracht habe. Hin und Her, kein

Bleiben. Ich lege schnell einen Hunderter in den Brotkorb. Das ist ein sicherer Platz, ein bewährter Fundort.

Niklas hat sich versteckt, weil er uns nicht auf Wiedersehen sagen will. Er hockt hinter der Bleichplanhecke und sieht zu, wie wir Betty ins Auto setzen. Wie Oma uns hinkend die Kohlrabi nachträgt. Sie hat sich mit dem Hornhautschaber blutig gescheuert.

Das beruhigt sich bis morgen, sagt sie, noch bevor ich anfangen kann zu schimpfen.

Mach's gut, Niklas. Wir rufen in die Richtung, wo sich der Buchsbaum bewegt. Niklas. Niklas. Addios, piccolo mio.

Hundeelend ist uns zumute. Wir haben einen Fehler gemacht.

Niki weint, sagt die schluchzende Betty. Und ich finde hundert Mark in meiner Jackentasche. Zwei Fünfzigmarkscheine. So ist es immer und so muß es sein. Wir stecken uns gegenseitig heimlich was zu. Das ist nicht nur anderes, sondern auch Extrageld für Extrasachen.

Nach einer Woche kommt von Niklas eine Ansichtskarte. Ich war bei der großen Kanone. Auf der Festung Königstein gibt es viele Kanonen. Wie geht es Betty? Mir geht es auch sehr gut. Oma auch.

Es spielt keine Rolle, daß wir Kanonen nicht leiden können, große und kleine, wir sind erleichtert und weitherzig, weil es Niklas gut geht und weil wir andere Sorgen haben. Die Kümmernisse drehen sich von einem Tag zum anderen. Ich warte so sehr auf Post aus Berlin. Der Arzt hatte uns noch vor der Dresdenreise geraten, Bettys Tablettendosis auf eine pro Tag zu erhöhen. Er hatte recht. Es war gut so. Unser geselliges Kind erzählt vom Besuch bei der Oma. Mit ruhiger Hand baut sie Klotz auf Klotz einen Turm.

Endlich, am Tage, als wir nur noch eine einzige Tablette haben, bringt uns die Briefträgerin gleich zwei dicke Kuverts. Sie ruft und winkt über den Gartenzaun. Post aus Berlin.

Auf meine Katzenschmugglerin und auf die Brecht-Schauspielerin ist Verlaß. Der Club-of-Rome-Mann macht sich dreifache Wege, weil er immer vergißt, was er in der Hosentasche hat und weil ich ihn wieder nicht erinnern wollte, als er mir die Protokolle der hiesig engagierten Ökologen brachte. Irgendwann liegt ein kleines Päckchen auf dem Küchentisch. Wie hingezaubert. Er hat es in einem gewagten Wurf durchs Fenster geschleudert. Tabletten für Betty.

Tausenddank. Ich bin froh.

Es ist dafür gesorgt, liebe Betty, daß die Bäume in den Himmel wachsen. Unsere Bäume. Die drei übriggebliebenen Birken.

Mein lieber Niki, wir haben uns sehr über deine Ansichtskarte von der Festung Königstein gefreut. Sei nur weiter schön brav und gib auf dich acht auf dem Schiff. Lieber Niki, laß dir bitte von Omi die Haare kurz schneiden. Betty hat nun auch ihren Sommerschnitt. Ich habe gestern wieder mit viel Kopfzerbrechen einen Decoder in einen Apparat gelötet und dabei Fox auf der Koppel vergessen. Es war schon finster, als ich den Angsthasen in den Stall geschafft habe. Morgen kommt Frau Wollin zu uns. Sie bleibt bei Betty, solange ich unterwegs bin. Ich habe den Trabbi und Klaufix! von nebenan geborgt. Will Hafer holen. Was wünschst du dir denn zum Geburtstag? Wenn ich das wüßte, könnte ich morgen schon mal gucken. Ist es immer noch die Rolly-Rex für die Angel? Die Monate sind schnell um, soll ich bestellen? Wir umarmen dich. Papa, Betty und ich, und die Tiere sagen wie im Märchen der gebrüderten Grimm zum Gruße: Dux.

Der Busfahrer nimmt den Brief mit in den Stadtbriefkasten. Das macht er gerne, so sagt er. Er kennt einen Kasten, wo die Firma nicht hinlangt. Und einen Telefonapparat, der kein Geld nimmt. Die Zelle am neuen Bahnhof. Da stehen sie Schlange. Lauter schwarze Buben, die von dem Apparat aus einmal pro Woche mit ihrer Mutti in Moçambique telefonieren.

Frau Wollin ist als Mädel in Diensten gewesen. Die Herrschaften, bei denen sie in Stellung war, konnten nicht einmal selber einen Liegestuhl aufstellen. Die wußten nicht, wann das Wasser kocht. Einmal hat die Frau Oberpostrat alleine Kaffee gemacht. Mit lauwarmem Wasser. Natürlich ist die Bohne am laschen Geschmack schuld gewesen. Sie hat es einfach nicht kapiert. Ob es mit dem Aufkommen des Pfeifkessels besser wurde, vielleicht. Frau Wollin weiß es nicht. Sie ist ja dann in andere Haushalte gekommen, wo es wieder anders war, aber immer zum Wundern. Frau Wollin bringt Brombeeren mit. Sie war in der Frühe mit den Nachbarsfrauen auf Pflücke. Die Ernte ist gut dieses Jahr. Den Topf mit dem Milchreis habe ich in eine Decke gepackt. Er steckt unter Kissen im Sessel. Bis Mittag bin ich wieder da. Ich kann mich auf Frau Wollin verlassen. Sie redet mit Betty. Sie holt ihr die Blauklötzer unter dem Sofa hervor. Mit dem Besenstiel bringt sie noch andere Sachen ans Licht. Sieh mal die Puppi. Strumpfhosen und Slip von mir stopfe ich schnell in die Tasche. Frau Wollin soll nicht erst grübeln, wie so was bei uns unter das Sofa gerät.

Betty baut eine feine Mauer. So wie draußen vor dem Fenster. Die macht sie ganz lang, bis ich wiederkomme. Foxis Versorgungsschein habe ich in der Tasche. Es ist gut, daß der Nachbar sich einen Hänger für den Trabbi zugelegt hat und eine Originalhängerkupplung. Nun kann er selber *Sero*-Fuhren machen, und mit Hamsterkralle und Klaufix bin auch ich perfekt. Franz hat ein paar leere Säcke bereitgelegt. Er meint, ich soll den Hafer in der Mühle gleich quetschen lassen. Quetschhafer bleibt länger im Magen. Fox bleibt heute auf der Koppel hinter der Scheune. Aber nicht zufüttern, sage ich streng. Bis Mittag bin ich sicherlich wieder zu Hause.

Ich fahr in die Welt. Ich gönne mir was. Einen Badeanzug und Kniestrümpfe. Die *Wochenpost*. In einer Stunde kann ich wer weiß wieviel unternehmen. Ich laufe den Broadway hinunter bis zu Peter und Paul. Ich lasse mir auf dem Markt vom Pilzberater der Urania die Merkmale des Brotpilzes erklären. Wächst meist im Moos. Braun bis schwarzbraun und wie lackiert. Wächst in den Ravensbergen, man kann sagen, eigentlich überall in den hiesigen sandig feuchten Kiefernwäldern. Die Blumenfrau gießt Wasser aus den Blumeneimern. Es ist Frau Kutscher aus unserem Ort, vom Jägersteig. Sie hat schon sämtliche Rosen verkauft. Wir reden über Geburtstage. Sie weiß, Betty ist unsere nächste. Sieben Jahre. Wo ist die Zeit hingegangen. Rosen für Betty, sie will bestimmt daran denken. Ob die Großeltern aus dem Erzgebirge kommen, das weiß ich noch nicht. Antrag für die Einreise haben wir jedenfalls wieder gestellt. Ich erzähle Frau Kutscher, daß Niklas bei der Oma in Dresden auf Ferien ist. Als wäre ich damit ein heiterer Mensch.

Ich habe mich ja tatsächlich ein bißchen an ein Bummelleben gewöhnt. Niklas schickt jeden zweiten Tag eine Ansichtskarte. Man merkt den Zeilen an, wie er seinen Stand genießt, wo jeder seine Launen akzeptiert und niemand was einzuwenden hat gegen Kanonen und Plastikpanzer und Spielzeugpistolen. Der Kapitän hat mir eine Schießscheibe und Pfeile und auch einen Bogen geschenkt.

Niklas, mein Häuptling der Elbepiraten. Der Verteidiger der Gartenkolonie Paradies: Omas Komposthaufen, der Bohnenlaube. Der Beschützer meines Kindheitsterrains. Betty jeden Tag mit rosigen Lippen und, dank der Tabletten, nicht mehr durch Absencen verstört. Hugo von der Arbeit am Operntext ganz eingenommen. Der Librettist schickt eine neue Version. Die Heldin Katrin spendet Blut für den Kampf des vietnamesischen Volkes. Hugo schlägt ein knisterndes, mit Urwaldvögeln unterlegtes Halleluja vor.

Darauf erfindet der Librettist eine uneheliche Tochter, die mit ihren achtzehn Jahren solche Weltverbesserungsgesänge für bekloppt hält.

Im zweiten Akt soll der abwesende Vater, ein Marineoffizier, von der Tochter angestiftet, unverhofft in eine Geburtstagsfeier hineinschneien. Konfusion. Streitende Paare. Versöhnung.

Hugo und ich denken uns dazu beim Holzsägen ein paar komische Sachen aus: Selbstgemachten Eierlikör, den die internationalen Freunde der Heldin bei der Geburtstagsfeier nicht aus der Flasche kriegen. Was noch? Als Gast eine dunkelhäutige Schöne, einer Sängerin als Sängerin. Gelegenheit für Musikzitate. Die Habanera aus Carmen zum Beispiel und vielleicht sogar für eine Reise nach Kuba oder Algerien, je nachdem, wo die diplomatischen Beziehungen günstig sind und wo sich vielleicht sogar eine ausländische Besetzung findet, die mit Rubelverrechnung oder mit Meißner Porzellan oder mit schönen Büchern als Gage zufrieden ist. Hugo sagt, meine Ideen taugen nichts, aber aus dem Nichts wächst die Gestalt. Man muß es probieren. Hugo will sich an einer komischen Oper versuchen. Obwohl die bunten Bilder von Vietnam in unserem *Raduga* nicht zum Lachen sind. Vietnam sitzt uns wie ein Stachel im Fleische. Lähmend und aufrührerisch zugleich. Hugo rudert mit kräftigen Zügen voran. Schluß mit dem Krieg in Vietnam. Ich blättere in meiner roten Minibibel. Mao erzählt die Geschichte von Yü Gung, der zwei Berge versetzen wollte, den Taihang und den Wangwu. Die Nachbarn haben gesagt, bist du blöd, die sind doch viel zu hoch. Aber Yü hat einfach angefangen. Das sah Gott, und es rührte ihn. Er schickte zwei Boten auf die Erde. Die nahmen die Berge auf den Rücken und trugen sie davon.

Amen.

Der Müller von Güterfelde stempelt Foxis Versorgungsschein. Er hievt die Zentnersäcke mit Schwung in den Hänger und wünscht gute Fahrt. Plötzlich bin ich doch wieder sehr in Eile. Weil es möglich ist, daß Frau Wollin den in Decken gepackten Milchreis nicht findet, weil die Katze sich wundert, weil Betty mich ruft, deswegen muß ich auf schnellstem Wege nach Hause.

Vielleicht habe ich die Kurve Richtung Potsdam zu schnell genommen, vielleicht hat der Müller die Kupplung falsch eingeklinkt, vielleicht wollte das Schicksal mir im Rückspiegel ein Zeichen geben. Mit dem Bild eines auf der Hauptkreuzung von Güterfelde davonfliegenden Hängers. Ich merke es in Bruchteilen einer Sekunde. Der Klaufix und ich, wir gehören nicht mehr zusammen. Er saust seiner eigenen Wege. Er zieht ab. Er flieht. Als wollte er für sich alleine die Erde umrollen. Ich bremse, weil ich am Leben bleiben muß. Betty. Niklas. Hugo. Die Katze, die vor dem Tor sitzt. Einäugig blinzelnd. Mit herzbrechender Geduld.

Ich verweile am Straßenrain und tue so, als ginge mich das

alles nichts an. Der Hafer, die Fliehkraft, die Physik. Hinter meinem Rücken sämtliche Opfer. Darf man denn einem Spiegel traun? Handtellergroß. Mein Klaufix, eine friedliche Masse, freundlich parkend, drüben über der Kreuzung vor dem Güterfelder Friseurgeschäft. Warum? Das Trabant-Spieglein spricht: Weil es glückliche Umstände gibt. Weil niemand in diesem Augenblick von Teltow nach Großbeeren wollte und niemand von Großbeeren nach Teltow und keiner von Potsdam nach Mahlow oder Schönefeld oder umgekehrt. Es gibt nur Leute, Verkehrsteilnehmer, die vorher oder nachher vertrauensselig über die Kreuzung rollten, verkehrswidrig schnell oder auch wie es die Ordnung verlangte, mit Tempo fünfzig. Lauter ahnungslose Glückspilze.

Ich kurve mit schlotternden Knien zu meinen Hafersäcken hinüber, stoße rückwärts und versuche die Sache nun selbst. Rüttle und schlage mit der blanken Faust. Bolzen und Führung. Ein Friseurkunde, der aus dem Laden tritt, begutachtet mein Kupplungswerk. Wackelt und hat Luft, sagt er.

Ich entgegne etwas, daß er kopfschüttelnd in seiner Haarlackwolke verschwindet.

Ich denke, ich müßte jenen glücklichen Umständen danken. Das Gute bekommt schnell seinen Platz. Es ist schön, so denke ich, als ich hinter Krampnitz an den Kasernen und am Schießplatz vorbei zügig bergan fahre, daß dem Futter für Fox nichts geschehen ist. Sieben Säcke Hafer, wohlbehalten. Dem Schicksal sei Dank.

Das Kupplungsmalheur war noch nicht Zeichen genug.

Vor unserem Haus steht das Krankenauto und das Auto des Arztes aus dem Nachbardorf.

Nicht mit mir.

Ein Sprung bringt mich aus dem Auto ins Haus. Mein Schreckensschrei bleibt in den Bäumen. Mit mir nicht. Es ist die Frau des Doktors aus dem Nachbardorf, die mich zurückhält.

Alles ist gut, sagt sie. Dann läßt sie mich in die Stube. Sie schafft mir den Augenblick, den ich brauche, um mich wiederzufinden. Mein Sorgerecht. Das Absauggerät. Die blaue

Sauerstoff-Flasche. Betty. Sie haben Betty auf das Sofa gelegt. Der Krankenpfleger hält die Atemmaske. Der Apparat. Das hilfreiche Ticken. Liebliches Rauschen. Wälder. Wasser. Säuselnder Wind. Der Doktor und der Arzt vom Krankenwagen besprechen, ob es besser wäre, das Kind mitzunehmen. Eigentlich besteht kein Grund. Sagt der Fachmann. Sachlich, mit jener Kompetenz und Beschwichtigungsgeste gegen den Angststau, der gleich aus der Mutter hervorbrechen könnte.

Der Krankenpfleger gibt mir das kleine gelbe Gerät. Ich streichle Bettys Stirn, die Schläfen und die Stelle am Kopf, wo die Fontanelle war. So atmet Betty tief aus dem Trichter. Auch wenn ich ihr Ohr berühre, atmet sie besser. Das weiß ich. Das weiß nur ich. Ganz leise das Bimbam aus Bettys Lied.

Die Frau des Doktors vom Nachbardorf kniet sich zu mir neben das Sofa.

Sie fühlt Bettys Puls. Sie zählt, sie nickt, sie lächelt. Hinter mir verweilen die beiden Ärzte und der Krankenpfleger.

Jetzt lacht unser kleines Sorgenkindchen ja wieder. Na also. Ich glaube, das war's. Gleich wird sie schlafen.

Danke. Ich schließe den Arzt und den Krankenpfleger in meine Arme.

Soll ich Ihnen bißchen was spritzen? fragt mich der Arzt. Der Krankenpfleger räumt die Geräte aus dem Haus.

Das, haben Sie ja, wie ich sehe, alles parat. Oder sollen wir was dalassen? Zellstoff? Gummihandschuhe? Einen Ersatzschlauch.

Frau Wollin schleicht sich herein. Sie war in die Küche gerannt. Sie trocknet sich die Augen. Ich wußte nicht, was ich machen sollte. Die Kleine hat plötzlich angefangen zu husten, dann sind ihre Lippen ganz blau geworden.

Sie haben alles ganz richtig gemacht, sagt der Arzt vom Krankenwagen. Dafür sind wir da.

Es ist gut gemeint. Der Zuspruch, das Händeschütteln, als der Doktor vom Nachbardorf und seine Frau sich zurückziehen. Auch das Verpflegungspäckchen, das Frau Wollin für den Fall gerichtet hat, daß ich mit Betty im Krankenauto mitfahren muß. Wohin? Auf Station. Thermosflasche. Ein Apfel. Beschmierte Semmeln. Eine Überlebensration. Ich wußte mir nicht zu helfen, erklärt sie mir immer wieder. Das arme Kind. Und der Nachbar, wer weiß.

Der ist doch bei seiner Mutter.

Ach ja. Ich bin ganz verdreht. Frau Wollin hustet nun selber. Alle Notnummern, die auf dem Apparat stehen, habe sie angerufen, bloß die Feuerwehr nicht. Erst wars ja noch gar nicht so schlimm. Aber dann ist die Kleine noch blasser geworden. Sie hat mich überhaupt nicht mehr erkannt.

Sie haben alles richtig gemacht. Jetzt umarme ich Frau Wollin.

Der Schreck sitzt mir immer noch in den Knochen, sagt sie.

Schnaps oder Kaffee, ich weiß nicht, was jetzt richtig wäre und wie ich meinen Dank und aller Leuts Gutherzigkeit loswerden könnte.

Hoffentlich erholen Sie sich, so spreche ich ihr zu.

Ich will ja noch in die Drogerie, sagt Frau Wollin.

Ich werfe einen Blick auf die Uhr und sage: Wenn Sie gleich losradeln, schaffen Sie es noch.

Ich knie neben dem Sofa. Ich streichle Bettys Stirn. Es trösten mich ruhige Atemzüge. Stille Wimpern. Weiche Haut. Kleine atmende Fäuste. Der rechte Daumen zuckt. Ein Zeichen, daß wir gewonnen haben. Das Ohr atmet auch. Es duftet und atmet. Das Strickkleid. Die Ärmelbündchen riechen nach Milchreis und Brombeeren. Ich flenne vor Dankbarkeit. Auf Zehenspitzen schleiche ich mich zum Fenster.

Mama, ruft eine helle Stimme.

Ich denke, du schläfst, du Schläfer, du. Du schläfst ja gar nicht, du bist ja wach.

Dann höre ich Stimmen und Hundegebell. Das Haus ist umstellt. Jemand im Turm hat eine Meldung gemacht. Unberechtigte Personen im Grenzgebiet. Darauf wurde ein Befehl ausgegeben. Objekt umstellen.

Ich sitze am Fenster. Betty auf dem Schoß. Wie lange werden die Grenzsoldaten hierbleiben müssen? Einer vertreibt sich die Zeit bei den Enten. Hockt sich hin und schnattert der kleinen Ente was vor. Sein Blick wandert mit dem verhuschten

Schein einer Taschenlampe herüber zum Haus. Ich lasse ihn noch eine Weile in Ruhe, dann rufe ich hinunter: Es ist keiner mehr da. Und erkläre ihm, daß die Ärzte, die bei meinem Kind waren, mit den Autos weggefahren sind. Alle. Er dreht dem Haus und der Einwohnerin den Rücken zu. Ich spiele keine Rolle. Der Befehl lautet anders. Klassenfeind, wo bist du? Im Keller? Unterm Dach? Bewaffnet mit einem Stab für den Sechsmetersprung. Ausgestattet mit künstlichen Flügeln. Selbstgenähten Seidenballons. Die Tücke ist unendlich und meistens da, wo der Kommandeur nicht hindenkt. Der Junge bleibt auf dem Posten. Schnattert nicht mehr. Wartet. Vom Wachturm kein Abmarsch-Befehl.

Vor dem Finsterwerden rufe ich: Kannst den Enten aus dem Eimer eine Handvoll Körner hinstreuen. Der Grenzsoldat tut, als höre er mich nicht. Hat sich aber dann doch nicht lumpen lassen. Bevor ich mich neben Betty aufs Sofa lege, sehe ich, wie die drei Enten schnabulieren. Munter vergnügt. Es liegt reichlich was im Gras.

Mama, sagt Betty. Sie hat mindestens zwei Stunden geschlafen. Die Lippen, die Wimpern reglos, alle Nerven still.

Der Vollmond steht im Fenster genau zwischen den beiden Kiefern. Der hat uns aufgeguckt. Erst mich, dann Betty.

Herr Karl oder einfach Karle. Schickt sein mildes Licht wie einer, der nichts bringen oder gar ändern will. Täler und Berge. Springende Tiere. Vogelschatten. In Gesellschaft die Sterne in vollzähliger Pracht.

Horch! sagt Betty.

Hugo ist mit dem Linienbus heimgekommen, er holt sich den Autoschlüssel aus der Schlüsselkiste. Die Hintertür klappt. Er hat die Katze ins Haus gelassen. Er fährt den Hafer zum Stall, der immer noch im Hänger vor unserem Tor steht.

Das Pferd muß raus auf die Koppel. Das ist der Satz, der bringt mich zum Platzen. Ich weiß ja selber, daß das Tier jeden Tag seinen Auslauf braucht. Worte fliegen mir zu. Ich schimpfe königlich. Der letzte Friedrich-August von Sachsen hat sich so empört, als er den revoltierenden Arbeiter- und Soldatenräten die Regierungsgeschäfte hinwarf. In Dresdner Härte: Macht doch euren Dreck alleene.

Daß du so häßlich sein kannst. Hugo redet nicht mehr mit mir. Er kommt am Abend sehr spät nach Hause. Er rafft sein Bettzeug von meiner Seite. Im Finsteren tappt er aus der Tür. Ich lausche. Geht er die Treppe hinunter? Er schleicht, damit ich die Geräusche nicht deuten kann.

Armer Hugo, denke ich nach reuevoll im Halbschlaf verbrachten Stunden. Ich werde ihn bitten, mir zu verzeihen. Ich habe den Vollmond gemeint. Der. Ein Schwindler. Ein Dichter. Sein Licht ein einziger Betrug. So rede ich mir zu. So bringe ich mich im Morgengrau auf die Beine. Hugo hat sich, Gesicht zur Wand, in das Bett von Niklas verkrochen. Auf Zehenspitzen schaue ich ihm eine Weile zu, wie er noch kein Zeichen gibt. Der Mond ist ein Schwindler. Ich schwöre. Ich flüstere. Vielleicht wartet er auf eine Berührung, die er zurückweisen könnte. Ich hebe die Socken auf und das Hemd, in dem, wie es hingeworfen vor dem Bett liegt, noch der gestrige Zorn steckt. Ich wage mich nicht hinunter zu seinem Ohr. So schließe ich leise die Tür. Ich stelle alle Geräte an, die selbständig arbeiten können. Die halbautomatische Waschmaschine, den Sprenger im Garten, die kleine Höhensonne in Bettys Zimmer, ich füttere die Tiere. Ich bin auch schon im Stall gewesen, um die Hafermenge in der Krippe von Fox zu kontrollieren. Franz ist inzwischen auf unser Maß gekommen. Nicht aus Einsicht als vielmehr vor lauter Sorge, weil der Winter kommt. Die Halerernte war schlecht. Noch schlechter.

Das Decodereinbauen habe ich aufgegeben. Die Götter mögen wissen, wie so ein Ding funktioniert. Ich konnte mich nicht mehr auf den Schaltplan, nur noch auf mein Glück verlassen. Die Sache mit den Konvertern, die den Empfang des zweiten Westfernsehprogramms möglich machten, ging mir viel besser von der Hand. Dafür habe ich damals nur ein paar kleine Teile aus dem *RFT*-Laden, dazu metallene Kugelschreiberminen aus dem Papiergeschäft und eine ruhige Hand gebraucht. Fertig.

Der Decoder zeigt unsere Grenzen.

Hugo scheucht die Kinder fort. Hansi mit dem Ballnetz.

Kommt Niki raus?

Niki ist in Dresden.

So lange!

Betty beißt sich in die Hand. Heimlich, niemand soll sehen, daß ihr was weh tut. Was ist es denn diesmal? Bis wir endlich dahinterkommen: nicht die neuen Tabletten sind schuld, nicht das Wetter. Betty so müde, so blaß, weil uns Niklas fehlt.

Die Dresdner Nachrichten passen dazu. Niklas will nicht mehr parieren. Kriecht auf die Brücke. Steigt alleine in den Kesselraum. Klebt Schmierfett in die Ventile. So schnell kannste gar nicht gucken.

Da mußt du halt heim!

Das sollte eine Drohung sein. Niklas hatte sich weggedreht und angefangen zu schluchzen. Willst du parieren? Da hatte er stumm den Kopf geschüttelt. Willst du nach Hause? Da hatte er stumm genickt.

Oma hat Niklas eine Woche vor dem Ende der Ferien in den Zug gesetzt. Wir fahren zum Bahnhof, um unseren Großen abzuholen.

Niklas kommt uns entgegen, zögernd, hin und her gerissen zwischen Abschiedsschmerz und Wiedersehensfreude. Heimweh hat gesiegt gegen den Lockruf der Abenteuer im wilden Dresden. Pfeile spießen aus dem Rucksack. Der geschulterte Flitzebogen spricht von erbitterten Kämpfen in Omas Gartenkolonie. Immer schon mußten die Kolonien verteidigt werden, seit Kindergedenken, Gartenkolonie Paradies gegen Heimatland. Mich aus der Paradiespartei hatten die vom Heimatland mit einer Wäscheleine an der Eiche vor dem Vereinslokal festgebunden. An der Hitlereiche, bis Bibas, der Wirt, gekommen war: Heu, wer fänst denn? Er hatte mein Geheul erhört.

Mit den Pfeilen, das muß ich schlau anfangen. Ich werde sie bei Gelegenheit verschwinden lassen. Verstecken. Eine rigorose Abrüstung werde ich nicht wagen, seit ich unter der Kinderbettwäsche im Schrank ein Panzerchen gefunden habe.

Streichholzschachtelgroß und aus Holz. Das hatte Niklas für seinen *Hirsch Heinrich* erhandelt und vor unseren Augen in Sicherheit gebracht.

Betty sitzt in ihrem Wagen und streckt dem großen Bruder die Arme entgegen.

Na du, sagt Niklas.

Steif wie ein Stock läßt er sich von Hugo und dann von mir umarmen.

Was hast du denn da an der Hand?

Ach nischt, bloß ä Ratsch.

Drei Wochen, sagt Hugo, und aus einem Menschen ist ein Sachse geworden und ein schießwütiger Christ dazu.

Hast du wieder Kosmonauten gesehen?

Nu freilich, sagt Niklas, um Hugo zu ärgern. Im Schiff glei hundert.

Die Geschichte der Kosmonauten gehört zu den außerordentlichen Geschichten vom ersten Schulausflug. Wie Niklas im Tierpark nicht nur Tieren, sondern im Freigehege sogar einigen Himmelspionieren begegnet war. Monate später hatte er mir welche zeigen können. An einem Pfingstsonntag in Dresden. Auf dem Karl-Marx-Platz am Brunnen.

Guck, Mutter, da sind sie!

Wer?

Na, die Kosmonauten.

Es sah aus, als warteten die drei von Niklas Erkannten auf ein Taxi. Doch im Augenblick kurvte ein hellblauer Trabant vor den Brunnen, den ein vierter chauffierte. An der Frontscheibe steckte ein Schild, eine Sondergenehmigung zum Überallparken. Die Wartenden krochen hinein. Vor der Hofkirche neben Schubkarren und Mörtelmischern begegneten wir dem Auto gleich noch einmal. Wir erkannten das Schild vorn an der Scheibe und die Bautzener Nummer. Auch die Besatzung haben wir noch einmal getroffen. Sie machten sich nützlich, wischten im Kirchenschiff Kalkstaub von den Bänken und erklärten interessierten Besuchern die Geschichte der Hofkirche und wie man sich das vorstellen muß mit der Himmelfahrt Christi und der Ausgießung des Heiligen Geistes. Katholische Nonnen aus dem Katherinenstift.

Niklas mit spitzen Ohren.

Meine Version in der Kosmonauten-Nonnen-Frage hatte er nicht glauben wollen. Er sah in mir eine uneingeweihte Dilettantin. Er traute lieber den Fachleuten mit den schwarzweißen Helmen. Den Anwärtern auf die Himmelfahrt.

Während wir am Terrassenufer auf Betty und Hugo und alle zusammen auf Omas Salondampfer warteten, hatte er uns beiläufig einen Einblick in sein neues Weltbild gewährt. Nicht Gagarin war der erste im All, der erste hieß Jesus. Und der sei bis jetzt nicht wieder runtergekommen, aber bald würde er landen und vielleicht sogar auf dem Theaterplatz in Dresden oder eventuell auf unserem Fußballfeld.

Niklas weiß unterdes, die wichtigsten Landeplätze heißen Kap Canaveral oder Baikonur.

Er hat für Betty was mitgebracht. Von Oma einen neuen *Hirsch Heinrich.* Besagtes Bilderbuch.

Seine Pfeile versteckt er schlau unter Bettys Wintersachen.

Hansi war auch verreist. Eine Woche ist er an der Ostsee im Norbert-Heim gewesen. Jetzt ist er wieder da. Er wird nie mehr verreisen. Warum?

Wegen der Bälle.

Die läßt er sich von unserem Nachbarn aufpumpen. Ungefähr zwanzig Stück. Er schleppt sie in einem Fischernetz durch das Dorf. Manchmal rennt der Hund mit den Stacheldrahtgehängen in den Ohren den Bällen hinterher, oder der Hund folgt der Luft, die der Nachbar spendiert hat. Oder er freut sich schon auf nachher. Hansi ist der König der Bälle. Er achtet, daß ihm keiner verlorengeht. Herrenlose nimmt er auf in sein Netz. Vergessenen gibt er so lange Heimat, bis sich der Besitzer meldet. Er hütet die kleinen wie die großen. Die teuren wie die kaputten.

Hansi, hast du meinen Ball gefunden?

Wie sah er denn aus?

Rund, braun, wie ein Fußball. Und fast noch wie neu.

Das wäre doch gelacht, wenn der nicht bei mir wäre. Alles, was an Bällen nicht himmelhoch über die Mauer fliegt, ist nicht verloren. Das landet bei mir.

Es ist die Wahrheit, auch der Ball von Niklas hatte sich eines Tages wunderbar zu Hansi gesellt.

Was wünschst du dir denn vom Weihnachtsmann? Hansi tut verlegen, denn er weiß, daß wir schon ahnen, was kommt: Einen Ball. Zum Geburtstag, den er im St. Norbert-Haus an der Ostsee gefeiert hat, hat er sogar zwei Bälle bekommen. Einen im Paket von seinem Vater aus dem Westen.

Wie alt bist du denn geworden, Hansi? Dreiundzwanzig, sagt er.

Auf der Brache am Thälmann-Platz hat Niklas mit den anderen ein Tor aufgebaut. Dort ist Hansis Stammsitz. Dort wartet er, bis sich eine spielwillige Mannschaft formiert hat. Er rückt nicht jeden Ball heraus. Aber er läßt mit sich handeln. Zwei oder drei Bälle schickt er aufs Feld. Mehr nicht. Und er behält sie im Auge.

Pfui, ruft er, wenn der Hund mit den Stacheldrahtgehängen in den Ohren dazwischenspringt, weil er mitspielen will. Wenn die Jungen das Tor treffen, sagt Hansi: Helmutschön gemacht. Flanke.

Hansi ruft: Helmutschön. Er freut sich. Die Bälle können sich auf Hansi verlassen, aber seine Mutter, die in der Verwaltung vom Josephskrankenhaus arbeitet und siebzehnuhrdreiundreißig mit dem Bus nach Hause kommt, auch. Hansi besitzt eine Armbanduhr. Er guckt auf die Uhr.

Jetzt ist Schluß, sagt er zu dem Jungen mit der am Hals baumelnden Trillerpfeife. Der sagt: Noch drei Minuten. Hansi sagt: Na gut. Hansis Uhr hat einen Sekundenzeiger. Den behält er ab jetzt drei Umdrehungen im Auge.

Stop. Schluß. Hansi fordert die Bälle ein. Eins zwei drei. Alle rein ins Netz. Das Netz schwingt er sich auf den Rücken. Eine Riesentraube. So zieht der König der Bälle langsam, mit komischen Schlenkerschritten durch das Dorf.

Die Kinder, die längst zu Hause sind, wissen Bescheid, Hansi darf nicht rennen, der hat was Kaputtes am Bein.

Der hat was an der Birne. So sagt die andere Stimme.

Seit sein Vater nach dem Westen abgehauen ist, wohnt Hansi mit seiner Mutter im Gemeindeneubau an der Bergstraße. Wenn er die Bälle in der Ecke zwischen Fenster und Bett versorgt und die Butter aus dem Kühlschrank auf den Küchentisch gestellt hat, geht er noch einmal runter. Auf seiner Uhr ist es sieben Minuten vor sechs. Auf der Kirchturmuhr strecken sich die Zeiger zwischen Himmel und Erde. Auch der Herrgott kann sich auf Hansi verlassen. Punkt sechs läutet die Glocke. Das werden sie sogar drüben im Westen hören. Grundton fis', Schlagton a', Terz c'', Quinte e'', Oktave a'. Vox clamantis deserto. Wir haben uns daran gewöhnt und vergessen es jeden Tag: Läuten ist nicht läuten. Es kommt darauf an, wie sich die Klänge je nach Temperatur und Windbewegung in die Luft hineinlegen und je nachdem, was Hansi uns sagen will.

Bimbam, sagt Betty. Damit wir es endlich hören.

Das war wieder ein Sommer.

Der Herbst hat diesmal nur ein paar Birkenpilze hergegeben und zum Schluß, es hatte schon Reif auf den Wiesen gelegen, noch säckevoll Äpfel. Weil die alten Dominiumbäume in Carolinenhöhe niemandem gehörten, haben die Glauberin und ich tagelang Obst aufgelesen. Wir sind richtig ein bißchen in einen Rausch getaumelt. Unterm nächsten Baum lagen noch schönere und noch mehr. Boskop, Schafsnasen, Hasenköppe. Das wenigste war Lagerobst, und so hat mir der Nachbar mit Flaschen ausgeholfen, und ich habe mir einen Mansfelder Obst- und Gemüseentsafter gekauft. In der Waschmaschine konnte ich die Flaschen sterilisieren. Immer zwölf auf einmal. Fünf Minuten kochen, dann auskühlen lassen, dann die nächsten zwölf.

So machst du dir in der Maschine die Simmerringe kaputt, sagt Hugo.

Das weiß ich selber, aber wer das nicht beiseite schiebt, und zwar mit links, der steht schließlich als Physiker in der Welt und darf dann viel weniger oder gar nichts mehr hoffen. Siehe, das sind lauter kleine Beweise, wie lieb mich das Schicksal hat und wie ich dir gehöre.

Die Schwarzenberg-Wellradwaschmaschine tut ihre Dienste. Nach den Äpfeln geht es los mit den Kartoffeln und danach gleich mit dem Kraut. Das Hobeln, das Einstampfen. Es müssen nur genug Steintöpfe da sein und Salz. Teller und schöne schwere Steine. Für Pilze war der Sommer zu trocken, und die ersten Herbstvollmondnächte sind zu kalt.

Eine schlechte Nachricht ist wie ein Schild gegen andere Kümmernisse. Die Nachricht kommt aus dem kaiserlichen Pferdestall: Pedro ist tot!

Am dritten Advent hat er, wie der Sektionsvorstand uns erklärt, leblos in der Box gelegen.

Leblos, was soll denn das heißen? Nach und nach erfahren wir, daß noch zwei andere Pferde in derselben Nacht gestorben sind. Drei Pferde in einer Nacht, das kann doch nicht sein. Pedro, so jung, so gesund, inzwischen ein Pferd, das an L-Springen teilnehmen durfte. Er stellte inzwischen was vor. Es gab Reiter, die ihn wunderbar zu nehmen wußten. Er war meist der schnellste, hatte nie einen Sprung verweigert. Er war, wie die Pferdeexperten auf dem Markt prophezeit hatten, tatsächlich ins Geld gewachsen. Der Ausbilder hatte ihn hoch versichern lassen. Pedros Tod ist nicht zu fassen. Niklas glaubt uns nicht. Wer weiß, wo wir Pedro neuerdings hinverfrachtet haben. Er ist uns böse, weil wir so schlecht sind und ihm weismachen wollen: Pedro ist tot. Ich hadere mit Hugo.

Hugo sagt: Es hat einer vom Stall telefoniert. Ich soll kommen. Sie brauchen von mir noch im alten Jahr eine Unterschrift.

Warum, frage ich und will es ganz genau wissen.

Auf einem Papier, sagt Hugo.

Wieso?

Weil Pedro tot ist, sagt Hugo.

Er knallt die Tür. Es ist echter Verdruß. Ich weiß nur nicht, was die Ursache ist. Das tote Pferd oder meine diffusen Fragen und die Tränen. Pedro-Tränen oder was?

So ermüdet die Perspektive. Die Zeit versteckt sich hinter der Zeit.

Im vergangenen Sommer war Hugo ein paarmal zu Turnieren gefahren. Es gehörte sich, auch wenn Pedro offiziell nicht mehr in Hugos Namen, sondern für eine Sektion an den Start ging. Schließlich hatten wir ihn seinerzeit aus Klötze-Salzwedel hierhergeholt, entwurzelt, um ihm eine neue Heimat zu geben. Hugo hatte immer darauf geachtet, wie Pedro gehalten und geritten wurde. Wie er die Hindernisse nahm. Ob freudig und von allein oder aus Angst und mit Schmerzen. Pedro war nicht mehr unser Pferd gewesen. Hugo hatte stets noch Futtergeld gezahlt. Aus Gewohnheit, aber auch aus Anhänglichkeit und Verantwortung. Es gibt Sporen, die nicht so gemein sind, es gibt zierliche, beinahe sanfte Kandaren. Es gibt Reiter mit weicher Hand und stählerne Fäuste. Es war gut gewesen, daß Hugo ein Auge darauf hatte. Das hatte sich auch mein Gewissen und meine Tierliebe gesagt. Aber meine Liebe zu Hugo ließ mich gestern wie heute zweifeln. Fährt er wirklich zum Kaiserstall, war er tatsächlich den ganzen Sonntag auf dem Turnierplatz in Seddin gewesen?

Wenn Hugo spät nach Hause gekommen war, hatte ich die Schuhsohlen- und Nasenprobe gemacht. Pferdegeruch stimmte mich froh. Ich küßte, ich pfiff, ich holte die Enten in die Stube. Mußte Niklas an Schularbeiten knobeln, tröstete ich ihn: Das haben wir gleich. Ich schrieb ihm die Formel und dazu das Ergebnis der Textaufgabe ins Rechenbuch. Ich übersetzte sein Russisch. Freude. Hochgefühl. Ich lebte in Düften, die aus Hugos Sachen über mich kamen. Pferdeschweiß. Pferdemist.

Wenn ich allerdings nichts gerochen und keine Pferdemistspuren an Hugos Schuhsohlen gefunden hatte, mußte der Staubsauger her. Stimmung für mein verwundetes Herz. Der Teppich. Der Treppenläufer. Die Spinnweben in den Ecken. Ein Ritt zur Hölle. Im Surren des Gebläses meine schwarzen Gedanken. Doch am Ende der Treppen, bestimmt aber wenn ich den alten Chinesen zweimal gründlich die Kreuz und die Quer gebürstet hatte, stellte ich das negative Testergebnis meiner Nase in Frage. Ich kämmte die Fransen und dachte: Wahrscheinlich habe ich mich verrochen. Gewiß ist alles nicht wahr. Es gibt kein anderes Weib neben mir.

So, mit niedergeschlagenen Verdächtigungen, hatte ich den Staubsauger ausgeknipst. Ich hatte mich aufgerichtet. Das Haar aus dem Gesicht gestrichen. Ich bin, die ich bin. Von Kopf bis Fuß. Die Zeustöchter sollten schnellstens ihre Himmel bedecken. Sie würden sowieso nicht ankommen gegen mich und was in mir steckt. Ich bin zum Lieben. Ich lebe für Hugo. Ich bin Betty und Niklas. Ich bin Asche und Bier. Ich bin Morgenluft. Hafer zum Fressen für Mensch und Tier und Holz zum Feueranzünden. Ich bin Apfelsaft. Ich bin Öl. Ich bin Wasser. Ich bin steinhartes Brot. Ich bin ewig.

Unterdessen ist es soweit gekommen. Pferdegeruch macht mich unwillkürlich froh.

Pedro ist tot.

Hugo soll eine Unterschrift leisten. Ich frage mich, warum. Ich frage mich, ob Pedros Tod etwas mit Geldgeschäften zu tun hat. Geht denn das mit rechten Dingen zu? Wer weiß, vielleicht ist Hugo in dunkle Machenschaften hineingeraten. Ich spüre eine kleine Erleichterung bei dem Gedanken. In dem Falle könnte ich eine Mittäterschaft vertuschen. Hugo ist immer zu Hause gewesen, würde ich aus Liebe schwören. Damit würde ich Hugo gewinnen.

Pedro ist tot.

Ich zweifle, daß Hugo wegen einer lumpigen Unterschrift wegfährt.

Soweit ist es gekommen. Mein Herz schlägt. Nicht nur Hugo, auch der Schlüssel ist fort. Hugo hat den Schlüssel mitgenommen. Ich glaube nicht mehr, daß dieser Schlüssel zum Schloß einer Sattelkammer gehört.

Bei soviel krummen Gedanken und Seelenaufruhr kann der Staubsauger nicht mehr helfen. Ich versuche es gar nicht erst.

Wir backen.

Niklas, Betty, wir backen.

Ich habe es Niklas und Betty versprochen.

Schnell noch was zu Weihnachten, aber kein Stollen, erkläre ich den Kindern.

Den Kindern ist das egal. Hauptsache Weihnachten, und

Teigrühren gehört dazu, aber für mich ist das eine Revolte. Kein erzgebirgisches Gebäck in diesem Jahr.

Wir backen Lebzelten.

Was ist denn das? Ein Rezept aus dem ungarischen Kochbuch. Honigküchlein. Wir brauchen dazu die große Steingutschüssel. Eigelb kleckert vom Tisch. Die Katze läßt sich nicht zweimal bitten. Sie leckt und schleckt. Betty kostet mit beiden Händen – erst den weichen, dann den festen Teig. Wir experimentieren. Wir stechen Sternchen und Herzen und Halbmonde aus. Wir belegen das Blech, schieben die erste Serie in den Ofen und staunen. In fünf Minuten ist aus einem kleinen Herzchen eins für Elefanten geworden. Die Monde haben sich aufgebläht, die Sterne kommen als tellergroße Apparate aus dem Ofen. Wir müssen uns beeilen, denn schnell sind die Lebzelten dunkelbraun und riesengroß. Blech für Blech. Wir haben immer noch Teig. Wir schwitzen. Der Ofen spuckt Hitze. Ausrollen. Betty streut Mehl auf unsere Ausstechbretter. Und niest. Niklas dreht kleine Brezeln. Wir wissen, wie sich die Brezeln beim Abbacken in Jahrmarktsbrezeln verwandeln. Christliche Englein zerfließen zu fernöstlichen Buddhafiguren. Der Zauber der Triebkraft. Alles alles voll Lebzelten. Die Schüsseln. Die Weihnachtsschachteln. Die Stiefelkartons. Ein österreich-ungarisches Weihnachtsgebäck. Die Kinder sind unschuldig. Ich und das Hirschhornsalz, wir putschen gegen die einheimischen Stollenesser. Gegen Versicherungsbetrügereien und mannstolle Weiber.

Pedro ist tot. Ich schluchze. Rotz und Wasser. Niklas fällt mir um den Hals. Betty ringt erschrocken die klebrigen Hände. Wir heulen zu dritt. Ich und die Kinder. Haltlos wie im Morgenland. Die Katze buckelt verstört. Mit einem Satz springt sie auf den Küchentisch. Soweit ist es mit uns gekommen.

Ich weiß, ich weiß, was mich retten kann.

Weihnachten muß vorübergehen. Das frißt sich in meine revoltierende Seele. Wie, wenn auch ich nächstens einen Schlüssel besäße?

In der Annonce der *Wochenpost* heißt es, separate Unterkunft im Grünen, fließend Wasser, heizbar. Mitte Februar ist eine Antwort auf meine Chiffrenanfrage da.

Werter Reflektant, Unterzeichneter freut sich über das Interesse an der separaten Unterkunft im Grünen, fließend Wasser, heizbar, und bietet am ersten, zweiten oder dritten März eine Ortsbesichtigung. Bei noch bestehendem Bedarf erwartet die Bestätigung eines der genannten Termine höflich und mit sozialistischem Gruß Matthias Mehlhorn.

Beiliegend Lageplan.

Ich verstecke das Schreiben und suche die Lupe und den Wanderatlas. In stillen Stunden bin ich unterwegs. Nattwerder. Ich müßte in Richtung Satzkorn fahren, vor der Windmühle links, dann nach Leest oder Grube oder gleich Richtung Schlänitzsee. Aber wie käme ich dann über den Kanal? Nattwerder, ich messe die Strecke. Ich berechne, wie lange wir unterwegs sein würden. Ich und Betty zu Pferde. Oder in einem goldenen Landaulet. Oder im Nachbar-Trabbi. Der Weg ist das Ziel. Es ist ein langer Weg über lange Wintertage.

Ich schaufle Asche zu Asche, eimervoll, zum Überlaufen. Schlacke. Mit dem Ofenspitz zertrümmere ich die größten Brocken. Bewunderungswürdige Lavatafel aus gestriger Höllenglut. Zeichenbesetzt, beschrieben.

Nattwerder. So ein tröstlicher Name. Es sind Schweizer gewesen, die unter dem großen Kurfürsten samt eigenem Pfarrer und mit schönen Privilegien an diesem Ort im Havelland siedeln durften. Lauter antipapistische Kalvinisten. Lästerer. Ein fruchtbarer Ort, ein sumpfiges Gelände. Die Chronisten widersprechen einander nicht nur in dieser Sache. Ich mache mir einen Reim. Holzschuhwetter und pechschwarze Pflaumenbäume. Wissen macht schuldig. Ich erfreue mich meiner Schuld. Heimlich Nattwerder. Das Mehlhorngelände. Eine Burg. Ein Tor. Ein Schlüssel. Der Name glänzt. Kein geringerer als Theodor Fontane ist dort gewesen. Ich habe im Radio seine *Wanderungen durch die Mark Brandenburg* gehört. Jetzt läuft nach dem Essen eine Sendereihe über Menschen, die mit den Füßen nicht gern über Grenzen gehen. Pascal war so einer und Imanuel Kant.

Ich stricke für Betty einen Handschuh. Das ist aber der letzte in diesem Jahr. Immer verliert sie die rechten, weil sie den rechten Arm, die ganze rechte Schulter über die Wagenlehne hängt. Damit entlastet sie die linke Seite, die Seite, wo ihr das Herz wehtut.

Ach je, sagen die Leute. Wie geht's denn? Ich gebe Betty einen Schubs und stopfe die Decke unter die rechte Achsel. Es geht schon, sage ich. Manchmal hängt ein Handschuh am Gartenzaun oder am Strauch. Oder Niklas hat einen auf dem Schulweg gefunden.

So ein Schaf, so eine Schwester. Seit der Haferaktion lasse ich Betty keinen Augenblick mehr allein.

Es ist das Wetter, sagen die Leute. Es wird Zeit, daß das Frühjahr kommt. Betty sitzt schon wieder ganz schief. Sie bestimmt die Richtung, wo ich langfahren soll. Erst zu Fox. Sie wartet geduldig, bis ich dem Pferd das Futter zugeteilt habe, nicht zuviel und nicht zuwenig. Ein konsequentes Maß. Aber dann zeigt sie rechts und wieder rechts.

Wohin? frage ich.

In den Himmel, sagt Betty. Rechts. Da wo die Eichkater spielen. Wir hören, wie es in der Rinde raschelt. Ganz oben im Baum, die weißen Kehlen.

Als Raben verkleidete Engel.

Wir nehmen den Frieden mit heim.

Im Frühling verlieren die beiden Mandarinerpel ihre stolzen Sichelfedern. Niklas füttert schnell. Er kneift sogar manchmal die Augen zu. Denn wir wollen uns überraschen lassen. Wir hoffen, daß die Ente Marie in diesem Jahr endlich einmal heimlich brütet. Zwei Erpel und noch kein Nest. Der eine ist ein angeboren wasserscheuer, dafür aber flugtüchtiger Vogel. Er hat es uns durch einen Ausflug in den Westen bewiesen und noch mehr durch sein Wiederkommen. Manche sagen, das zeigt doch schon, daß er höchstens ein frommer Träumer ist. Schön hat er über Winter in bunten Federn auf seinem Stein posiert. Der andere, der Luftikus, hat derweil im eisblauen

Wasser zusammen mit der Ente Marie in einer Mutter-Sohn-Beziehung gelebt. Sie in ihrem erdfarbenen Kittel. Er wie was Besseres. Der Stolz aller Mütter. Das Bild der Gattung.

Die Ente trägt einen Strohhalm im Schnabel. Wir bilden uns ein, daß sie damit baut.

Mit der Glyzinie ist es dasselbe. Ich habe sie gepflanzt, da stand nicht einmal die zweite Mauer und Niklas ging noch in die alte Schule im Grenzgebiet. Sie ist unterdes hoch bis zum Küchenfenster gewachsen. Es wäre Zeit, daß sie blüht.

Das ist unsere Neugier im Frühling, und die Leute haben recht, wenn sie meinen, mit der Märzsonne verlieren sich manche Sorgen. Man fängt sich ein paar Hoffnungen ein, die Pandora aus ihrer Büchse hat wegfliegen lassen. Ich mache beide Fensterflügel auf. Vor den Betonplatten stehen Birken und Erlen. Auch Kiefern haben sich angesiedelt. Die Stare sind da. Die Spechte lachen. Es ist Frieden in Vietnam.

Und trotzdem habe ich Augen für den Schlüssel in Hugos Hemdtasche. Direkt über dem Herzen, kein Bleistift, kein Klappmesser, es ist jener Schlüssel, der meine Tage und Nächte betrübt.

Nattwerder. Ich krame die Adresse hervor. Unterkunft im Grünen. Fließend Wasser, heizbar. Sehr geehrter Herr Mehlhorn. Sollte die Unterkunft noch oder wieder frei sein, bitte ich baldmöglichst um einen Termin.

Die Briefträgerin übergibt mir die Antwortkarte.

Seit wir hier leben, nehme ich die Post entgegen. Ich bin die Herrscherin über unseren Schriftverkehr. Ich nutze den Weg vom Tor zurück zum Haus, um den ersten Schreck zu verwinden. Rechnungen. Einmal ein Brief vom Gerichtsvollzieher. Ich hatte vergessen, die Rate fürs Klavier zu bezahlen. Ein Brief aus der Schule. Sollte Niklas unter die Rüpel geraten sein? Hat er geklaut oder Körper verletzt? Oder wieder das sozialistische Zusammenleben gestört? Sind seine Haare zu lang oder zu kurz, sind neuerdings blaue Hemden gegen die Disziplin oder hat er die Gitarre mit in die Schule genommen oder eine andere Schweinerei begangen. Ein Brief von den

Schwestern der Hl. Ursula. Sie wollen für Betty beten. Ich schreibe den Ursulinerinnen meinen Dank, bekenne, ich bete wahrscheinlich schon selber mehr als man darf. An einem Brief aus dem Krankenhaus habe ich bis zum Umfallen zu tragen. Ich muß mich auf die Treppe setzen. Den Umschlag öffnen. Ein Befund über Bettys Knochendichte. Auch das noch. Ich brauche einen längeren Weg. Den Keller. Die Bäume. Den Himmel.

Warum, du dummes Schicksal, warum. Bettys stiller Atem. Ihre Umarmung. Einen Löffel braucht mein Kind, denn sie will mit dem Mond telefonieren. Aber der ist besetzt, der redet grade mit dem See. Was denn? Lauter freche Sachen. Erst jetzt gebe ich Hugo den Brief zu lesen. Was wissen denn die. Labore haben schon oft geirrt, wenigstens manchmal.

Ich halte die Mahnungen in der Hand. Ich wiege die Schreiben an Hugo. Ich lese die Ansichtskarten. Unsere Katzenfreundin ist auf Reisen. Sie schickt einen Gruß aus Leningrad. Herzlich Eure Klara. Erleichtert erreiche ich das Haus. Meist ist ja nichts. Herr Mehlhorn erwartet mich. Er sei fast immer nachmittags draußen.

Wir fahren zu einer Klangtherapie. Der Nachbar hat mir den Trabbi vor das Gartentor gestellt. Zur Nutzung, sagt er, die Papiere und ein Keilriemen liegen unter dem Sitz. Frau Ulrich praktiziert in ihrem eigenen Haus. Es ist innen und außen aus Holz. Naturfarben, knarrend und knarzend. Winteräpfel. Zum Mitnehmen, dafür stehen die Eimer im Flur. Der Porzellanhase auf der Konsole sammelt Brot für die Welt.

Frau Ulrich legt nahe, daß wir nicht auf einen schnellen Erfolg hoffen dürfen. Wir kaufen ein Heft für Termine und Eintragungen und ein Tamburin, einen Klöppel und Klanghölzer, drei Töne, mehr brauchen wir nicht. Übung ist wichtig, auch daheim. Das macht den Meister. Geduld ist eine Tugend. Nicht Muskeln sind die Hauptsache, sondern Charakter und Müffchen für die Gelenke. Silvi, die Haustochter, ein Mädchen mit dünnen blonden Zöpfen und Mausäuglein, trägt unser Zeug vom Auto ins Haus. Sie gibt mir mit einem Knicks die Tasche. Auch die mindestens siebzigjährige Frau Ulrich macht einen sportlich höfischen Knicks. Ein Überbleibsel aus dem Cecilienhof, wo sie bis zur überstürzten Flucht der Kaiserfamilie nach Holland mit den Kaiserkindern gespielt hat.

Im parkettierten Anbau steht ein Klavier. Für Wilhelm Kempff, wenn der als alter Freund zu Besuch kommt, und für den gruppentänzerischen Teil der Therapie. Wir bleiben im Massageraum. Vorläufig noch, sagt Frau Ulrich. Betty reicht ihre Hand. Wir müssen die Nerven ansprechen, hat mir Frau Ulrich erklärt. Sie fängt mit dem kleinen Finger an und hört mit der großen Zehe auf.

Ich fasse Mut und frage, ob sie heute die Nerven etwas schneller ansprechen könnte.

Sie, Ihr Apfel! Silvi erwischt mich, da habe ich zum Starten schon den Schock gezogen. Sie winkt mit beiden Händen hinter uns her. Betty sitzt neben mir, festgeschnallt. Wir sind unterwegs in ein Abenteuer. Über Bornstedt, zweimal rechts nach Nattwerder.

Ich habe Glück, der Rosenweg liegt an der Peripherie der Gartenkolonie. Man kann auf dem Schotterplatz vor dem Drahtzaun parken. Die Laube in der Tiefe des hüftbreiten Gartenwegs ist genau der Typ, den ich kenne, ein Vereinstyp der dreißiger Jahre. In so einem Schuppen, dem Eigentum von anderen Leuten, haben meine Mutter und ich nach dem Bombenangriff zwei Jahre zwangsweise wohnen dürfen. Obwohl sonst alles drunter und drüber ging nach dem Angriff und Zusammenbruch, in der Kolonie galten strenge Gebote. Es gab Anbaupläne und Starkastenpflicht. Und alle paar Tage Nachtpatrouille. Ich sollte in die Schreberjugend eintreten. Biebas, der Wirt vom Vereinshaus, meinte, das hätte der Papa so gewollt und so würde uns vielleicht eines Tages die Parzelle zugesprochen. Es ist später alles anders gekommen. Der Sportplatz neben der Kolonie wurde urbar gemacht. Dort bekamen wir einen eigenen Garten. Ein Erntewunder, weil wir die Ecke, wo die Plumsklos gestanden haben, erwischt hatten. Unsere Pfirsiche waren was für die Jahresgartenschau und erst die Tomaten. Mutter meint, das ist manches Jahr immer noch so.

Die Schattenmorellen, da bleiben die Leute stehen. So voll hängt der Baum.

Ich wundere mich, wie es hier riecht. Sumpfland. Nattwerder.

Erst mal rankommen lassen. Liebe Betty, in drei Minuten wissen wir mehr.

Ein Mann in Bundjacke und manierlichen Kordhosen beeilt sich, mir das Gatter zu öffnen. Jemand, dem ich Wucher nicht zutrauen würde. So meines Alters, so werktätig, mobil und aufgeschlossen, wie er mir die Hand entgegenstreckt. Dichtes eitelgekämmtes Blondhaar und Brille, auch das macht mir erst einmal Mut. Augen zu und durch.

Bin ich hier richtig bei Mehlhorn?

Schön, daß Sie pünktlich sind, sagt er und stutzt, als würde er irgend etwas an mir erkennen.

Hugos Frau?

Ich will mir die Überraschung nicht anmerken lassen. Der Verkaufsstellenleiter aus dem Musikladen *Melodie*, wo wir die Klanghölzer gekauft haben, wo Hugo seine Platten und die Noten holt. Ich sage gleich und spitz genug, daß ich es eilig habe. Er verbeißt sich unsachbezogene Fragen. Warum ich komme. Wer da im Auto sitzt und auf dem Tamburin trommelt. Hinter verschlossenen Scheiben zwar, aber nicht zu überhören. Er führt mich an der Regentonne vorbei, um als Vermieter der mietinteressierten Partei das Innere der Laube vorzuführen. Er sagt Bungalow. Es ist alles dicht, sagt er. Voriges Jahr ist Dachpappe draufgekommen. Und er habe zwei Rollen übrig gehabt. Er erwartet, daß ich mich umschaue. Tatsächlich alles mit Dachpappe eingewickelt. Er sagt: Verkleidet.

Dachpappe an den Außenwänden. Das hätte man in Dresden nicht gedurft. Nicht einmal nach dem Kriege. Eine Uhr tickt uns entgegen. Eine elfenbeinfarbene Küchenuhr. Wochenwerk, sagt er. Frisch aufgezogen. Der große Zeiger ruckt zum Beweis.

Ein Kanonenofen. Eine Chaiselongue, zwei Sessel, bulgarische Tassen. Ein gebohnerter Tisch. Ein Spirituskocher. Er zückt die Streichhölzer. Ich glaub's auch so, ich verstehe mich darauf, sage ich, weil ich nicht will, daß er mir alles im einzelnen vorführt. Das Radio kann er nicht finden. Das andere ist außerhalb der Dachpappe. Hinter Vorhängeschlössern. Das Klo und das Fließendwasser. Der Haupthahn steckt unter einer verschließbaren, mit Zinkblech abgedeckten Kiste. Sechs Monate im voraus. Eintausendzweihundert.

Ich habe das Geld parat. Er hat eine Quittung vorbereitet. Eintausendzweihundert erhalten, Mehlhorn. Er überreicht mir den Schlüssel. Ich nehme ihn in Empfang. Ein Kastenschloßschlüssel. Wenigstens der ist, wie ich ihn mir vorgestellt habe. Gehärteter Stahl. Mittlere Größe mit geschwungenem Bart und Zwiebel. Mehlhorn zeigt mir noch schnell, wo die kleinen Schlüssel für die Vorhängeschlösser hinkommen. Unter einen Fetzen Fahrradmantel, neben den Türrahmen. Da sind sie sicher. Betty trommelt.

Augenblick, sage ich. Ich renne zum Auto. Ich komme gleich, liebe Betty. Hinten im Kombi unter der Decke steckt meine Schreibmaschine. Ich bin gleich wieder da. Ich trage die Schreibmaschine in die Laube. Ich setze sie vorsichtig, aber mit Akzent, auf den gebohnerten Tisch. Dies sei der geheime Sinn und eine stumme vielsagende Erklärung für Mehlhorn. Siehst du wohl, deshalb ist das verdrehte Weib mit dem trommelnden Kind hergekommen. Von wer weiß woher in einem lichtblauen Trabantkombi. Mehlhorn nickt mir aufmunternd zu. Er läßt mich selber die Laubentür abschließen. Der schließt wie Butter, sagt er. Er hebt das Fahrrad aus dem Haken unter dem Überdach und geht mit mir durch das Gatter. An dem gibt es nur einen einfachen Riegel mit einem besonderen Trick. Er zeigt mir die Kerbe. Ich probiere, und es funktioniert. Das Gatter geht auf und zu.

Ihr Reich, sagt er. Es wird Sie hier niemand stören. Wieder sein aufmunternder Blick, fast als wollte er mich trösten. Hat er meine Schreibmaschine nicht für voll genommen? Ich muß mich beeilen. Betty trommelt gegen die Scheibe. Mit dem Fahrrad zeigt er deutlich, daß er ein freier Mann ist. Ungebunden. Wenn Sie Hilfe brauchen. Er redet von rechten und linken Nachbarn. Ich klinke schnell noch einmal das Gatter auf und zu. Übungshalber. Mitleid bringt mich um. Obwohl, die Hälfte von dem Geld für die Laubenmiete würde ich von einer mitleidigen Hand ohne Widerrede zurücknehmen. Mehlhorn ist ein krummer Hund. Ein Halsabschneider. Einer, der mit nachtwandlerischem Gespür die Schwäche eines in Schwindelei strudelnden Weibes erkennt. Einer aus einem Balzac-Roman. Einer der berühmten Wucherer. Wie, wenn ich ihm die Scheine entreißen würde. Mit einem Tritt in sein Hinterteil oder wenigstens in sein Fahrrad. Zorn hat mich schon manchmal vor tiefer Einsicht gerettet. Mein schönes gehütetes Lederwestengeld, das ich für harte Zeiten aufgespart habe. Es ist futsch. Herr Mehlhorn packt mich verständnisinnig am Ärmel. Er umfängt meine Schultern, denn er will mir noch etwas zeigen. Ein Amselnest in den Hecken am Weg. Allein, wie die Amsel jeden Abend singt. Sie sind hier im Paradies. Seine warme Hand. Er riecht nach Zitronenseife und ein kleines bißchen nach Pfeifentabak. Ein verteufeltes Gemisch.

Ich starte. Ich nehme reißaus. Flucht von der grünen Insel Nattwerder. Vom sumpfigen oder fruchtbaren Kalvinistenterrain. Fort von den Laubenpiepern, den Komposthaufen, dem verschnittenen Spalierobst und den primelbepflanzten Autoreifen. Ihrem kindlichen Gehabe, den grünen Grenzen, den Brombeerhecken. In einer Laube mit Chaiselongue und Sesseln und bulgarischen Tassen habe ich eine Schreibmaschine zurückgelassen. Meine Schreibmaschine. Betty trommelt, und ich flitze wie ein Sünder, von zwickenden Schuld- und Freisinnsgedanken getrieben, an den Kasernen vorbei, den Krampnitzer Berg hoch. Gewiß ist Niklas schon zu Hause und womöglich auch Hugo. Ich fingere während der Fahrt nach dem Schlüssel in meiner Jackentasche. Eintausendzweihundert Mark. Mietgeld. Schweigegeld. Der Kerl weiß besser als ich, wozu ich einen Schlüssel brauche. Mein Grimm sagt mir, daß ich noch halb bei Verstand bin.

Ich lege den Schlüssel auf den Küchentisch. Da liegt er mehr als drei Tage, und keiner guckt hin. Betty schmeißt ihn beim Spielen herunter. Meine anklagende Selbstbezichtigung ist mißlungen. Ich bin eher froh, als daß ich mich gräme. Hinter den Gläsern mit Spreewaldgurken wird Hugo den Schlüssel gewiß nicht finden. Ein sicheres Versteck.

Manchmal denke ich an die Schreibmaschine. Wie sie zugedeckt auf dem gebohnerten Tisch steht. In einer ungelüfteten kalten Laube, aber doch wenigstens in Gesellschaft einer tickenden Uhr. Manchmal denke ich, daß auch sie mich brauchen könnte.

Wie Hugo, Niklas und Betty. Betty vor allem.

Hugo hat keinen Gedanken mehr frei für Schlüssel, weder für seinen und noch viel weniger für meinen, wenn er denn überhaupt eine Ahnung hätte von meiner Leichtlebigkeit. Wie ich das Geld herausschmeiße für eine muffige Laube. Wie sollte er in seiner Liebe für uns ahnen, daß der Teufel mich stachelt und zwickt. Eifersucht. Eigensinn. Stolz. Überheblichkeit. Das traut er mir alles nicht zu. Er glaubt, ich wäre gut und von Natur aus zufrieden. Wir lieben uns. Niemand könnte sich ein anderes Leben denken.

Die Sorgen um Betty gehören dazu wie der Beton, der Machtbeweis, im Gehege. Bis hierher und nicht weiter. Unsere Hoffnungen haben im Irdischen Grenzen, aber nicht in der Luft. Bettys rosiger Mund läßt uns jubeln. Wir setzen Betty aufs Pferd und spazieren durch den Königswald bis zur Römerschanze. Betty hält sich fest, und Fox geht ruhig seinen Schritt. Hugo grübelt. Und auch ich versuche einen Weg zu finden. Langsam, das Pferd in unserer Mitte. Betty stolz im Sattel, die Hände am Knauf. Schön grade sitzen, Betty, und festhalten.

Der Krieg ist aus. Unser schöner Krieg in Vietnam. Für dessen Ende die Heldin in Hugos Oper sich zur Närrin machen sollte. Sie sollte eine Rebellin sein und zwar in Berlin oder in Dresden. Ihre kleine Person im Bunde mit dem Volk von Vietnam gegen die Weltmacht Amerika.

Hugo braucht Argumente für die Sitzung im Intendantenbüro. Wie wäre es, wenn er Vietnam durch Kambodscha ersetzen würde. Da fließt immer noch Blut. Aber da fehlt Goliath Amerika. Und überhaupt. Vietnam ist nicht Vietnam ist Vietnam. Hugo scheucht Fliegen. Das Pferd pupst, und Betty muß lachen.

Wir wandern nun jeden Tag durch den Königswald. Fox, Betty, Hugo und ich. Die Sitzung im Intendantenbüro ist verschoben worden. Hugo bastelt jeden Tag an einer neuen Konzeption. Autoanmeldung opfern, Blutspenden, wofür? Hugo sucht keine Antwort, er sucht die Existenz und das Wesen von Fragezeichen. Im klirrenden Glas.

Ich höre Nachrichten. Meist BBC. Verschiedene Kommentare über Nixons Chinabesuch und wie das Ereignis die Lage in der Welt verändert hat. Kissinger ist in Hanoi gewesen und anschließend nochmals nach China gereist. Er hat auch diesmal stundenlang mit Mao gesprochen.

Der Kommentar sagt, chinesischer Tee und russischer Wodka, das mixt sich nicht mehr.

Die Katze putzt sich. Immer über die Ohren drüberweg. Bis wir es alle gesehen haben. Dann macht sie noch den Stecken. Es kommt Besuch, hieß das in Schlesien und auch im Erzgebirge. Die Katze macht den Stecken. Das ist nicht nur eine kleine private Meinung, das ist ein Gesetz und muß deswegen auf Hochdeutsch gesagt werden. Wir bekommen Besuch.

Mietz, bei uns hat dein Geputze keinen Zweck, das solltest du nach sieben Jahren im Grenzgebiet wissen. Grenzgebiet, Betreten verboten. Wir wohnen in einer Festung.

Die Katze putzt und putzt.

Bettys rosige Lippen. Fox genießt den erholsamen Zuckelschritt in unserer Gesellschaft. Ich gehe an Hugos Seite.

Der Krieg ist zu Ende, aber noch nicht zu Ende genug. Wäre das nicht ein Argument, das weiterhin für die Oper spricht. Und außerdem geht es ja überhaupt nicht um Vietnam.

Sondern? fragt Hugo.

Sondern um jedesmal ein anderes Glasklirren und eine andere Ohnmacht und die selbe unmögliche Liebe.

Fox bleibt stehen. Hugo hält mich fest.

Ich wollte das nur mal gesagt haben.

Ungefähr einen Monat sind wir bei herrlicher Frühlingssonne jeden Tag durch den Königswald gegangen. Birkengrün. Anemonen. Sogar schon Schmetterlinge. Wenn wir die Moorlake querten, stiebte ein goldener Komet aus dem Weidenholz. Jungfernkinder aus der Familie der Geometriden. Schönwetterzeichen. Die Chinesen hatten den amerikanischen Spion John Downey, der seit über zwanzig Jahren im Knast saß, entlassen. BBC hatte einen Mitschnitt aus der Großen Halle des Volkes am Tien-An-Men-Platz übertragen. Der Chor der Peking-Oper singt Beethoven. Schillers Worte. Groll und Rache sei vergessen, unserm Todfeind sei verziehn. Keine Träne soll ihn pressen, keine Reue nage ihn.

Stell dir das vor. Mao lernt Englisch.

Das hatte Mao dem amerikanischen Außenminister in einem Vieraugengespräch geflüstert und hinzugefügt, China müsse in Amerika in die Schule gehen. Und dann hatte der große Vorsitzende durch die Blume einen Witz über seine Frau gerissen. Ob Kissinger die haben wolle? Aber Kissinger hatte den Witz nicht verstanden.

Schatz, mein Schatz, hatte Hugo gesagt.

Wir sangen.

Mir lachte das Herz, obwohl die Opernchefs sich nicht für Hugos Entwurf entscheiden konnten. Obwohl uns bei Sacrow ein Jeep den Weg verstellte.

Halt, stehenbleiben.

Die Grenzer hatten uns wohl singen hören. Wir sangen gern alle sieben Verse. Rettung von Tyrannenketten, Großmut auch dem Bösewicht ... Auch die Toten sollen leben! Brüder, trinkt und stimmet ein, allen Sündern soll vergeben und die Hölle nicht mehr sein.

Sie hatten unsere Ausweise sehen wollen. Doch die hatten wir nicht am Mann. Die lagen zu Hause. Also mußte Betty vom Pferd. Du stellst dich dorthin und wartest hier. Der Offizier wollte nicht einsehen, daß er Betty nirgendwo hinstellen konnte. Hugo hatte unser großes Kind auf den Arm genommen. Wir sagten kein Wort mehr. Schweigen ist Gold. Ich dachte, wenn sie uns jetzt einsperren, muß Niklas mit der Katze und den Enten und Fox allein fertig werden. Ich dachte, hoffentlich findet er die restlichern Dollarscheine von der Amerika-Tante im *Grünen Heinrich*.

Wir wurden in den Jeep verfrachtet. Ein zierlicher Soldat, einer, der Pferde für Fleischfresser hielt, wurde bestimmt, das Tier zu bewachen.

Wie lange, wieviel Stunden er hier mit dem Pferd abwarten solle?

Das konnte niemand wissen. Der Vorgesetzte schwang sich mit dem Befehl zur Abfahrt zu uns in den offenen Jeep. Der chauffierende Soldat ließ den Motor heulen. Hugo kommandierte in einem Anfall von Übermut: Lassen Sie das Pferd keinen Beifuß fressen.

Der Junge wechselte das Halfter in die linke Hand und salutierte erschrocken, seit er das Pferd hielt, war sein Arm ziemlich lang geworden.

Es hatte Stunden gedauert. Man fuhr uns, statt zur Wohnung, wo wir die Ausweise in Minuten hätten herausholen können, zum Stützpunkt der Grenzstreitkräfte. Dort wurde auf einen Vorgesetzten des Vorgesetzten gewartet und von dem schließlich über unser Auffinden und die Verletzung des grenznahen Raums ein Protokoll aufgenommen. In einer Spalte mit der Überschrift *Sachverhalte* stand: Brüllen von Kneipenliedern. Das gaben wir zu. Man mußte sogar staunen, wie recht sie hatten. Schillers Ode war genau besehen ein Trinklied. Darüber hinaus rechneten wir nicht mehr mit Vernunft. Wahrscheinlich schlug Fernost auf Moskau, und es gab strenge Tagesbefehle für die Berliner Grenze. Vielleicht sollten wir ein Exempel sein. Trotzdem hatte Hugo gebeten, bevor wir in den Wald zurück oder sonstwohin gebracht würden, am Stall vorbeizufahren. Er murmelte etwas wie Schweißdecke, Gelenkschoner, die würde er für das Pferd im Wald brauchen. Listiger Hugo. Wir wußten nicht, ob wir an den Platz im Wald zurück gebracht würden, zu Fox. Oder nach Hause? Nichts war gewiß. Aber der Mensch soll hoffen. Und das taten wir. Doppelt listiger Hugo. Seine Gedanken aus meiner Seele. Deswegen die vielen Übungen in den Nächten der Lust, damit man sich am Tage stumm verständigen konnte.

Der Offizier hatte die Protokolle mit einem Klammeraffen geheftet. Er führte uns auf den Kasernen-Parkplatz zum Jeep.

Dort sollten wir warten. Er rannte mit den Papieren in ein andres Gebäude. Hugo trug Betty die ganze Zeit auf dem Rücken. Huckepack. Der Offizier kam zurückgerannt, er rief den Fahrer und gab Befehle.

Wir saßen wieder hinten im Jeep.

Und wohin jetzt? fragte Betty.

Der Offizier drehte sich zu uns.

Schicken Sie das Kind nach Hause. Es klang zwar wie ein Befehl, aber man konnte eine Bitte heraushören. Wir gefielen ihm und seiner Sache nicht mehr.

Betty bleibt immer und überall bei uns. Hugos Stimme. Darauf ein knirschendes Schweigen.

Fahren wir jetzt zu Foxi? flüsterte Betty.

Jetzt geht's zum Stall, sagte der Offizier, er wandte sich an Hugo. Geben Sie Orientierung.

Hugo lotste. Er hatte das Kommando übernommen. Ich dachte an Niklas, wie ich fortwährend an ihn gedacht hatte, doch nun dachte ich: wir sind in deiner Nähe. Du bist nicht allein. Pflaumenallee. Panzergräben. Chaussee. Der Vater leitet uns. Er trägt uns in seiner Güte.

Langsam, rechts bitte, hier können Sie parken. So höre ich Hugo bestimmen.

Der Offizier versteckte seine Verwunderung. Wir wunderten uns nicht. Genau so hatten wir es uns insgeheim vorgestellt. Mein Hugo und ich. In unverbrüchlichem Vertrauen auf die Hinterlist unseres Pferdes.

Fox stand vor der Krippe. Als er uns kommen hörte, pustete er erleichtert in den Hafer. Jedenfalls deuteten wir es so. Erleichterung, daß auch wir heimgefunden hatten. Was im Wald geschehen war, erfuhren wir nicht. Franz hatte uns nur erzählt, wie Fox das Tor bearbeitet habe. Mit der Vorderhand gegen den Riegel. Wie ein Meistereinbrecher. Fox, das kluge, nette, gut gefütterte Tier. Sein Sinn für Stall und Familie.

Der Jeep war stillschweigend davongefahren.

Hugo hatte Betty auf seine Schultern genommen. Wir lachten. Mir lachte das Herz.

Faß es, was sich dir enthüllt!

Ahne dich hinan zur Sonne!

Betty zerrt sich die Socken von den Füßen. Ich helfe ihr in das nesselfarbene Kleid.

Frau Ulrich möchte mit Betty allein sein, wenn sie Bettys Nerven anspricht. Die Therapie dauert nun nur noch wöchentlich genau eine Dreiviertelstunde. Wir sind im Heilprogramm bei Teil zwei angekommen. Ich spüre die Schwingungen des Messingtellers durch die Wand. Ein tibetisches oder afrikanisches Tamtam. Wellen. Sie durchdringen. Sie pflanzen sich fort. Es ist keine Einbildung. Frau Ulrich hält mir am Ende der Dreiviertelstunde den Messingteller vor den Bauch. Sie klopft mit dem Knöchel ganz sachte auf das Metall. Na?

Allerhand, sage ich. Das muß ja irgendwie irgend was bewirken, das geht ja durch Mark und Pfennige. Und damit gewiß auch in Bettys Beine. Es befreit die Lungen und stärkt das Herz. Es beflügelt die Sinne.

Betty hält mir ihre Pulswärmer und die Socken hin. Anziehn! Anziehn, ausziehn, anziehn. Ausziehn. Von Kopf bis Fuß. Das gehört nach der Köngener-Ulrich-Schule, einer freien Variante der Methode des Ehepaars Bobath in London, mit zum Programm. Gestrickte Pulswärmer, warme Socken und das Kleid aus ungebleichtem Nessel. Die Erzgebirgler konnten mit Grubentuch helfen. In der Plauener Gegend gab es noch Webereien. Der Schnitt war einfach. Zwei Teile mit Flügelärmeln und eigentlich nur vier Nähte. Knöpfe durften keine dran sein und am besten auch keine Bänder.

So durch Schwingungen aufgemuntert, fahre ich mit Betty nach Nattwerder. Ich öffne das Gatter. Ich lüfte die Bude. Die Schreibmaschine hockt auf dem gebohnerten Tisch, sphinxhaft verschwiegen. Verschworen. Ich schleppe Betty auf das Sofa.

Ist es nicht fein hier? Ich ziehe die Küchenuhr auf. Horch! Wir lauschen eine Weile auf das gemütliche Ticken. Ein Ziegelstein klemmt zwischen Tür und Angel. Herein weht frische Luft und der Schnee von den Apfelbäumen. Die Sonne steht auf dem Fenster. Ein Zitronenfalter flattert auf Bettys

Hand. Ich habe im Schrank einen *Rema-Trabant* entdeckt und auch das Netzteil. Wir brauchen mit Musik nicht sparen.

Kalißer-Schreibmaschinenpapier. Ich denke mir Briefe aus. An Uschi. An Hanna. An meine hilfsbereite Katzenfreundin. Ich tue so, als säße ich an einem Lieblingsplatz am Fenster und als hätte ich viel zu erzählen. Vergleiche: Regenbogen und Mensch. Oder wie ehrlich unsere Katze ist. Guckt in den Spiegel und faucht.

Zwei Stunden, länger bleiben wir nicht.

Länger bleiben wir nie in dem Terrain, wo man die Grenze nicht sieht.

Das Pferd steht auf der Koppel. Niklas kommt aus der Schule. Die Katze wartet vor dem Tor.

Das ist wieder so ein Milchreistag. Milch steht eigentlich gegen die Köngener-Ulrich-Empfehlung. Ich rede nicht darüber. Milchreis ist wieder so etwas, das ich stillschweigend auf mein Gewissen türme. Ich habe Schultern wie ein Holzfäller. Das Kind trage ich auf dem Rücken von Stube zu Stube. Den neuen Wagen mit den etwas größeren Rädern und einer nach vorn und hinten verstellbaren Deichsel nennen wir Landaulet. Niklas hat ein Schaf in Walt-Disney-Manier auf die Lehne gemalt. Ein Schaf, das in der Vorderpfote eine Fahne mit einem Kreuz trägt.

Ich träume von Betty. Ich träume, sie läuft. Sie geht in die Schule. Meist hüpft sie, um eine leichte x-Stellung ihres linken Beins auszugleichen. Sie will mitspielen auf der Brache am Thälmann-Platz, wo die Kinder ein Tor aufgebaut haben. Ich sehe, wie Hansi ihr einen Ball aus seinem Fischernetz zuspielt. Hoffentlich gibt es nicht wieder Zank mit den Großen. Ich träume viele Sorgen. Wunderbare Sorgen. Meine Sorgen. Die möchte ich haben. Es können gar nicht genug sein. Zerrissene Kleider. Hugos Handwerkszeug, das wir überall suchen müssen. Betty weinend. Einen Wespenstich an der Lippe und kein Salmiak. Im ganzen Haus keine Zwiebel. Manches ist uns zur Gewohnheit geworden. Darüber reden wir nicht. Betty braucht unsere Hilfe, ein Gerät, um jeden Morgen auf die Beine zu kommen. Sie rollt sich auf ein gegurtetes Brett. Ich kurble das Brett samt Betty in die Vertikale. Es geht ganz leicht, die Katze sitzt schon an der Tür. Ich löse die Gurte. Ich bin jeden Tag die Tochter Gottes. Ich sage: Na, nun mal los, Betty. Betty wippt auf den eigenen Füßen, sie schüttelt das Röckchen, wirft die goldenen Locken. Dann stakst sie zur Tür. Wie ein neugeborenes Fohlen, so sind jeden Tag ihre ersten Schritte. Aber kurz darauf auf der Straße, da rennt sie wie die anderen Kinder. Niemand dächte, daß es jeden Morgen einer Maschine und meiner Einflüsterungen bedarf.

Frau Ulrich verlängert die Schwingungstherapie mit dem Messingteller. Wenn das nicht hilft, haben wir immer noch den Magnetismus. Übungen im Magnetfeld. Aber was heißt denn Fortschritt. Wir stellen das Wort Fortschritt und das, was dahintersteckt, in Frage. Wir reden nicht mehr davon, was eigentlich einmal der Sinn aller Übungen gewesen war. Frau Ulrich redet nicht mehr über ihr Heilprogramm. Wir kommen und gehen. Silvi läßt uns herein. Betty erinnert mich. Eine Mark für den Porzellanhasen. Betty steckt das Geld in den Sparschlitz. Brot für die Welt. Damit holt sich Betty noch ein Lob. Es hat klick gemacht, und wir sagen: fein. Wenn die Mark unter die Kommode rollert, läuft Silvi und holt einen Besen. Betty probiert, Silvi postiert sich mit dem Besen, so lange, bis es klappt. Die Mark steckt im Hasen. Fein.

Äpfel oder Walnüsse, der Korb steht im Flur an der Tür. Silvi freut sich über unsere Vergeßlichkeit. Immer trägt sie uns irgend etwas nach. Die Pulswärmer. Das Tamburin. Den Winterapfel. Einmal ist sie unserem Auto hinterhergerannt, und ich habe sie nicht gesehen. Wir waren tausendmal schneller, längst übern Weinberg, aber Silvi ist mit gerannt, in Hauslatschen, mit vorgebundener Achselträgerschürze, bis zur Kreuzung am Nauener Tor, zwei Walnüsse in der Faust. Nüsse aus dem Korb, die ich wieder nicht genommen habe. Am Nauener Tor ist Silvi von einer Serviererin aus dem Café Heider heimgeschickt worden.

Oft bin ich mit den Gedanken woanders.

Auf das Klavierspiel muß mich Silvi erst aufmerksam machen. Onkel Wilhelm! Sie öffnet die Tür einen Spalt. Da sehe ich den tief über die Tasten gebeugten Rücken einer Mannsgestalt. Schwarz wie das Klavier. Graues Haupt, wie es sich für einen Pianisten gehört. Onkel Wilhelm probiert für heute abend. Deswegen hat Silvi die Ärmel ihrer Strickjacke aufgekrempelt, weil sie Kartoffeln schält, es gibt heute abend Konzert und Salat und Würstchen.

Auch Frau Ulrichs Lockenwickel unter dem Frottéturban bekommen damit einen Sinn. Heute keine Trommeln, kein Gong, nur leise Fußsohlenmassage. Betty verbeißt sich das Lachen. Wilhelm Kempff spielt immer wieder die eine Stelle. Ein selbstkomponiertes Largo. Es fällt ihm grade noch etwas ein. Eine Pause vor dem letzten Akkord. Einfach nichts und nach dem Akkord die unendliche Stille. Denn am Anfang war die Stille.

Ich möchte wissen, ob Mehlhorn manchmal mit einem Zweitschlüssel in der Laube herumgeistert.

Das Gießen und Ernten hat er zwar den Nachbarn aufgetragen, aber es könnte ja sein, daß er trotzdem kommt.

Ich bin mir fast sicher.Um ganz sicher zu sein, lege ich ein Haar über das Papier in der Schreibmaschine.Ich denke mir seine neugierigen Augen über dem Blatt. Ich denke an das Haar. Aber jedesmal, wenn ich mit Betty ankomme, wenn ich das Kind auf das Sofa oder in den Sessel setze, wenn ich die Uhr aufziehe, vergesse ich das Haar.

Im Deckel der Maschine klemmt die Bereitschaftstasche mit Knete und Drahtbürste, Garantieheft, Gebrauchsanleitung, die Rechnung vom Industriewarenladen in Dresden-Mitte. 1 Stück Rheinmetallschreibmaschine 300 Mark. Dokumente aus der Zeit meiner großen Anschaffungen und Selbstversuche. Das Zeugnis von der Volkshochschule. Die Zehnfingerübung mit Musik.

Betty, nun hör dir das an. 3. März 1955. Eine Seite DIN A4. Freier Text. Zeit offen. Überschrift. Großbuchstaben auf Mitte:

Das Schaff ist leer. Die Großmutter geht mit beiden Eimern zum Brunnen. Tragbalken. Hüfthoch das Gras. Der Hahnentritt blüht. Sommer. Es muß ja Sommer sein, wenn unser Schaff leer ist, denn im Winter steht der Mühlgraben eisesstill, sogar die Katzbach ist zugefroren. Schneewehen reichen hoch bis zum Kuhstallfenster. Der Brunnen liegt in einer spurlosen weißen Kälte. Wir sind wie die Haselbüsche und Murmeltiere, wir schauen zu, wie die Zudecke langsam wächst. Wir warten, bis sie am höchsten ist. Wir brechen Eiszapfen von der Traufe. In der Oberstube hängen die Spitzen über dem Fenster. Wie Zuckerlecken ohne Zucker ist das. Oder wir schieben das Eis ins Ofenröhr. Winterwasser.

Der Großvater schnitzt aus Pappelholz für jeden ein paar neue Latschensohlen. Wir können froh sein, denn das Deckleder von den alten ist noch gut genug. Bevor der Großvater die Nägel einschlägt, genehmigt er sich ein Becherchen aus der Flasche. Das hilft auf, sagt er.

Und wirklich, eines Tages sehen wir das Gesicht unserer Kuh hinter den Fensterscheiben. Der Schnee ist zu einer Kruste zusammengesunken. Wir warten noch mit dem großen Durst bis das Eis auf dem Mühlgraben mit Krachen und Fiedeln zerbricht. Am Morgen ist es soweit. Das Wasser platscht, überschlägt sich beinahe, strudelt am Schweifstein, saust, zaust Erdbatzen aus den Wurzeln der Erlen. Nachbars Schiebermütze kommt angeschwommen. Zum Fürchten und zum Lachen. Die Maistöcke drängeln mit Ellenbogengewalt in die Sonne. Der erste Sommergast sitzt pfeifend auf der Spitze des Pflaumenbaums. Es macht nichts, daß weit oben im Berg noch ein weißes Kältetuch liegt. Die Großmutter spaziert in den neuen Latschen. Sie hat das Tragholz geschultert. Die beiden Eimer. Wenn das Schaff leer ist, dann heißt es auch gleich: der Sommer ist da.

Komm, Betty, huckepack. Ich setze mich zu ihr auf das Laubensofa oder auf das Bett oder auf den Rand vom Lutherstuhl. Ich soll den Zettel noch einmal lesen. Aber ich habe einen Fidibus daraus gedreht. Ich erzähle eine andere Brunnengeschichte, wie ich einmal über den Schöpfstein ins Wasser gestürzt bin. Sie schlingt die Arme um meinen Hals. Mit Schwung bin ich auf den Beinen. So mit dem Kind auf dem Rücken trete ich durch Türen und durch die Jahreszeiten. Vom Sommer in den Winter. Bergauf, bergab. Wir wandern. Bäume sind immer da, Pflaumenbäume und Hitlereichen, abrasierte Kiefern, verbrannte Magnolien, wie vor der Abendschule für Steno und Schreibmaschine, auch Buchführung hätte ich dort lernen können. Aber ich schlief ja viel zu oft ein. Bäume. Eine Kamelie, groß wie eine Buche.

Betty zupft mich an der Nase.

Die ist rot, rosa vom Frost, wie eine Kamelienblüte.

Ich habe für Betty ein schönes sauber verglühtes Stück Schlacke aus dem Keller mit in die Stube gebracht. Es ist egal, ob wir die eine oder die andere Seite ansehen. Das Bild starrt vor Kälte. Lila schimmernde Wege. Trümmergesäumte Straßen. Ein freigeräumter Platz mit kleinen Buden und geputzten Fichtenbäumchen aus dem Gebirge. Wie eine Oase der Striezelmarkt. Die Frauen- und die Sophienkirche ein Haufen Stein, die Akademie, die Häuser, die Oper ein Meer von Ruinen.

Die Kreuzkirche ist ausgebrannt. Wieder einmal, sagen uns die Lehrer und schreiben die früheren Jahreszahlen an die Tafel. Der Rathausturm ein schwarzer Felsen, die Gemäuer ringsherum sind einsturzgefährdet. Vernagelt die Fensterhöhlen, zugemauert die drei Portale. Aber wir haben durch ein Kellerfenster einen Einstieg gefunden. Paulchen hat mich an der Hand genommen. Eine Feuersäule war genau vor sieben Jahren durch den Turm gezogen. Stufen und Wände schwarz. Das Holzgeländer zu Asche verbrannt. Regenschlamm. Paulchen sagt, er sei schon einmal fast oben gewesen, und nun steigen wir beide hinauf bis zum goldenen Mann. Von einem Plateau zum nächsten. Wenn wir das Loch zur Treppe gefunden haben, ist es nicht schwer. Aber kalt. Paulchen wärmt meine Hände unter seinen Achseln. Er pustet auf meine Nase. Die ist schon wieder rot. Verfroren. Die Kälte sticht unter den Wintermantel. Es ist immer noch mein schöner blauer von der

Schwedenhilfe. Die Eisenleiter steigt Paulchen voran. Ich will nicht, daß er mir unter den Rock guckt. Sicherlich sind die Nähte schief an meinen Strümpfen. Auf den Plateaus müssen wir erst suchen, wo es weitergeht. Das Eisen hat sich in der Feuersbrunst krumm gebogen. Paulchen rüttelt. Wir müssen durch Gitter kriechen. Wir müssen uns festhalten und hinaufziehen. Wir sind ja bald oben. Ein Höhenwind fällt von den Hügeln herab in die Stadt, fegt durch das Elbtal, dreht um den Turm. Er reißt mir das Tuch vom Kopf, Chiffon, mein einziges und so auch mein liebstes. Fort, irgendwohin. Ich will es unten auf dem Striezelmarkt wiederfinden, doch ich vergesse es gleich. Paulchen macht die Knöpfe auf und nimmt mich in seinen Mantel hinein. Außen Zeltbahn, innen ein lockiges Fell. Ein gewendeter Persianer. Der ist aber schön warm, wollte ich sagen. Es verschlägt mir die Worte. Der Wind verstopft mir den Mund. Paulchens stachlige Oberlippe. Sein Himmbeergeruch. Das Heißgetränkaroma. Unten auf dem Striezelmarkt hat er sich davon vollgetankt. Ich niese und niese. Ich niese bis ich die Besinnung verliere.

Vielleicht habe ich mir auf dem Dresdner Rathausturm zum dritten Mal die Nase und zum zweiten Mal die Füße erfroren. Das Wetter und die Zeit spielten keine Rolle mehr. Ein Herz und das Datum 13. 2. 52 ganz oben in einem Stein.

Paulchen war ein Frevler in diesem Tun. Daten des Jahres 1952 in den Felsen der Sächsischen Schweiz, an einer Steinwand im Lilienstein und an der Bastei, ein Tag im September wächst an einer Buche im Tharandter Wald. Wir mußten uns immer weniger Mut anklettern. Die Buche stand uns einfach am Weg. Der Pfeiler von der Marienbrücke. Der Kahn am Steg des Carolasees. – Die Banklehne in Dittersbach markierte ein Ende. Ich wurde als beste junge Agronomin von Dresden nach Meißen geschickt. Paulchen reiste weit in den Norden. Nach Beelitz. In die Heilstätte. TBC. Er starb mit siebzehn, in einem Alter wie Gerd, mein Onkelbruder. Von dem hieß es im *Schlesischen Boten*: Sein Körper ruht im Niemandsland. Großvater sagte. Nicht unser Gerd. Doch nicht Gerd. Der steht eines Tages, wo du nicht daran denkst, in der Tür. Aber sie haben immer an ihn gedacht. Darum war er nicht wiedergekommen.

Bergsteiger hatten vom Rathausturm herab eine Serie Fotos aufgenommen. Blick vom schwer beschädigten Rathausturm. Das ganze Ausmaß der Zerstörung. So lauteten fortan in Illustrierten und Büchern die Bildunterschriften. In diesen Fotos geistert mein Tuch. Ich lasse es über die Stadtbrache fliegen, in Richtung Kreuzkirche, Altmarkt. Dazu Paulchens kränklicher Himbeerodem, der meine Nase vor dem dritten Grad der Erfrierung bewahrt.

Erzählt habe ich den Kindern nur, daß ich mal ziemlich unvorsichtig auf den Dresdner Rathausturm gestiegen war, und zwar bei ziemlicher Kälte, und daß ich dort oben mein Chiffontuch verloren habe.

Hast du das Tuch wiedergefunden? fragt Niklas.

Ach wo, sage ich. Das war futsch.

Niklas stochert weiter. Er hat grade *Emil und die Detektive* gelesen. Nun fühlt er sich schlau wie die Jungs im Roman. Eine Lücke in meinen Frostgeschichten ist ihm aufgefallen. Ein Fuß-Kapitel fehlt. Er will wissen, wann und auch wo ich mir die Füße zum ersten Mal erfroren habe.

In Ellrich, sage ich. 1947. Beim Marsch über die Grenze. Tante hat mich mitgenommen aus der kalten Dresdner Laube in den Harz, wo die anderen nach der Flucht unter Dach gekommen waren. Dort hatten sie eine Scheune voll Stroh. Du konntest die Bettsäcke wer weiß wie dick stopfen. Sie hatten dort außerdem Körnerkisten, Hafer, Gerste für Mehl für dicke Suppe. Und gesündere Luft für meine Augenbindehaut-Entzündung, die ich nicht mehr los wurde seit der Bombennacht und den Tagen danach. Es war gut gemeint, aber böse für meine Füße. Am letzten Zonenbahnhof haben wir uns bis zum Postenwechsel nach Mitternacht hinter den abgestellten Waggons verstecken müssen. Die Russen sollten uns nicht erwischen. Sie sollten den Schnaps in meinem Muff nicht kriegen. Hundert Leute, die dasselbe wollen, schwarz über die Grenze, heimlich den Bahndamm runter und dann durch den

Ellricher Wald über den Berg. Schleichen soll das sein. Aber der Schnee knirscht und quietscht unter unseren hundert Paar Sohlen. Der Frost schlägt seine klirrenden Instrumente. Wie er uns nur verraten kann. Die Posten lauern hinter den Bäumen. Stoj. Stoj. Für die ist es keine Kunst. Sie hören uns schon lange kommen. Tante versteckt mich im Busch. Sie nestelt die Schnapsflasche aus meinem Muff und läßt die Flasche auf vereist glattem Schnee zu Tale sausen, sie sagt: dernunder koscheln. Und: Nernt sufft niemand, o drr Russe hott nischte nie.

Großmutter Berta und Großvater Heinrich in ihren Strohnestern haben uns die Stiege raufsteigen hören. Sie flennen und flennen, weil wir angekommen sind oder weil ich sie trotzdem gleich wiedererkannt habe oder nun doch, weil der Schlamassel vorbei ist. Es hätte ja auch das Gerdla aus dem russischen Niemandsland unverhofft in der Türe stehen können. Tante feuert die Hexe mit den Spänen, die morgen den Brei abkochen sollten, und dann stecken sie meine Füße in heißes Wasser. Es war gut gemeint, aber falsch.

Und der Schnaps? fragt Niklas.

Wenn er nicht gesoffen wurde, so liegt er noch heute.

Kann man mit so einer Auskunft zufrieden sein? Nein. Auch in der Gegend von Ellrich steht ja nun unsere Doppelmauer. Die Flasche liegt wahrscheinlich unter Betonplatten, die Rollbahn geht drüberhin. Berta und Heinrich sind gestorben und begraben. Tante schickt manchmal aus dem Westen des Südharzes ein Paket. Und einmal haben wir uns in Berlin auf dem Alexanderplatz getroffen. Auch Mutter aus Dresden war angereist. Wir haben ein Farbfoto, wo wir mit zugekniffenen Augen vor dem Neptunbrunnen in einer Reihe stehen. Nur Hugo und Betty blicken geradezu in die Sonne. Hugo trägt Betty auf dem Arm. Wie ein Kind, das sich hochgeschmeichelt hat zum Vater. Wie ein Vater, den ich mir wünsche für jeden Tag. Niklas als Pilzkopf in nagelneuen wunderbar reichlichen Hosen. Mutter und Tante als die zwei Schwestern. Die aus dem Osten wie auf dem Schulanfangsfoto von

Niklas im Feinstrickzweiteiler, damals schwarzweiß, hier nun in hellblau, die aus dem Westen so gut wie in Leder. Alcantara, ein waschbares Material. Ich selbst liege wie aufs Pflaster geklatscht quer über dem Bild. Ein abgestürztes Flügeltier. Mein grauer Schatten. Ich als Fotograf hätte es sehen müssen, hatte mich Mutter gerügt, wie sie alle, außer Hugo und Betty, die Augen zukneifen, wie sie zinnen, und ich hätte sehen müssen, daß ihr Kinn am Hals einen Schatten wirft. Als hätte sie einen Kropf. So was muß der Fotograf sehen. Ich konnte nur schmunzeln und sagen, daß ich noch keine Erfahrung habe mit Farbe, und weil ich von Natur feige und faul bin, habe ich die Sonne nicht woandershin geschoben. Von wegen des grellen Lichtes.

Pilze, das ist so ein Thema. Geregnet muß es haben, und warm muß es sein. Und als Drittes braucht es für unser Pilzglück den Vollmond. So war es früher. Betty klein im kleinen Wagen mit den Rädern zum Aufpumpen. Birkenpilze am Fahrplatz. Steinpilze und Maronen hinter der Försterei. Man mußte an einem Freitag auf Vollmond gehen, und bevor Meister Seewald von der Schicht kam, denn das war auch so einer, der an den Vollmond glaubte. Der hatte seine Spankörbe schon bereitgestellt. Das Klappmesser sowieso in der Hosentasche. Der schnappte sich sein Fahrrad und schon ging's am Konsum vorbei ins Holz. Manchmal, wenn wir aus wer weiß welchen Gründen später loskamen, vielleicht weil Hugo sich über den Notenblättern plötzlich entschlossen hatte, uns zu begleiten, wenn wir also spät im Wald waren, lehnte Seewalds Rad an einem Baum. Er schlich, er wollte nicht, daß wir ihn und sein Revier entdeckten. Die Heimlichkeit gehörte zu seinem Feierabendvergnügen, nicht nur die vollen Körbe. Auch wir wollten nicht erkannt werden. Unser besonderes Geheimnis war der Eichenwald. Die Rotkappenpirsch. Zur Täuschung wurde Bettys Wagen an der Schonung aufgebaut. Gut sichtbar, als wären wir dort in den niedrigen Kiefern auf der mühsamen Suche nach dem Butterpilz, indessen wir heimlich die kräftigen festen zinnoberfarbenen Rotkappen zusammentrugen. Niklas kannte die Stellen genau, und Betty im Tragetuch auf meinem Rücken rief mir ins Ohr, leise sollte es sein, damit der Fuchs und die Hexe und vor allem Seewald uns nicht hörten: Da wartet schon wieder einer. Und daneben noch einer. Und manchmal ein dritter. Die warteten alle auf uns. Mindestens taten sie so.

Guten Tag, schöne Rotkappe. Husch ins Körbchen. Sie taten so, als wollten sie von uns gefunden werden.

So vor unserer Nase standen sie allerdings selten. Niklas grub im Laub. Er schnupperte. Er wollte mir weismachen, er rieche den Pilz. Wenn Hugo uns zur Freude mitkam, war Seewald meist schon auf dem Heimweg. Körbe auf dem Gepäckträger. Die großen Steinpilze obendrauf, denn bewundert wollte er werden. Niklas' Beifall war angebracht. Mensch, hat der viel. Hugo glaubte unterdes auch ein wenig an den Vollmond. Der Pilz kommt zu Vollmond. Wenn Hugo uns begleitete, hieß unser Unternehmen Schwammefange. Hugo hatte ja sogar eine neue Melodie gemacht für das Schwammelied im Erzgebirgsliederbuch. Schwamme, Schwamme, die sei gut, die Schwamme, Schwamme sporn is teure Brut.

Das war früher, als ich Betty noch im Tuch tragen konnte und Hugo noch Zeit übrig hatte für so was.

Einmal hatten wir Hugos Librettisten zu Besuch. Er kam extra wegen der Pilze. Wir trafen uns nicht bei uns, weil ja bei uns Besuche verboten waren und er sich an Verbote halten wollte. Hugo hatte ihm den Abzweig von der Hauptstraße beschrieben und ausgemacht Einfahrt Stoßdämpferwerk. Da konnte er am besten parken, und man war mit ein paar Schritten im Wald. Der Besuch wartete schon auf uns vier. Auf Hugo, Niklas, Betty im verstärkten grauen Wagen und auf mich. Er war nicht zu verkennen. Bis zu dem Augenblick hätte ich nicht eigentlich gewußt, wie ein Pilzsucher aussehen muß. Moosgrüne Stiefel, moosgrüner Filzhut. Manchesterhose in einem gedeckten Grün. Kariertes Hemd. Wanderjacke in erdiger Farbe. Ein mit Wachstuch ausgekleideter wannenförmiger Henkelkorb.

Wie sieht der denn aus? Hugo staunte. Als Librettist hat er

nie einen Hut auf. Ich kenne ihn nur in einem schwarzen Pullover mit Löchern in den Ellenbogen. Betty rief ihm entgegen. Wir haben schon einen. Niklas hatte einen Startpilz, einen Mutmacher gefunden. Eine schöne Marone.

Wo?

Unser Gast hielt sich an Niklas. Er drängelte sich sofort und unerschrocken in die als Fundort bezeichnete Schonung. Es war zu merken, sein Hut war im Wege. Und der große Korb machte sich in den niedrigen Kiefern nicht gut. Ich schob Betty im Wagen voran. Wir suchten am Rain. Hugo und Niklas brachten trockene angefressene Übrigbleibsel. Der Mutmacherpilz hatte viel zuviel versprochen.

Der Besuch war verschwunden. Man sah weder Hut noch Korb. Man hörte keine Äste mehr knacken. Keine Häher schimpfen. Wir fingen an, uns Sorgen zu machen. Die Grenzer. Die Russen. Die Bunkerreste. Hugo beruhigte uns. Er glaubte an den Librettisten. Wie der sämtliche Klangaspekte in beinahe klassischer Manier in den Alltag rückgebunden hatte. Damit sei wahrhaftig ein tiefer moralischer Sinn in die Oper geraten. Allein die Verse für den Schlußchor, Hugo meinte, die könnten fast alleine stehen.

Aber ob ihm das jetzt hilft?

Den Parkplatz hat er ja auch gefunden.

Das war ein Argument. Und auch daß er eine Chorsängerin als Freundin und keine Kinder hatte, konnte beruhigen. Er mache keine Experimente außerhalb seines Berufes. Wir hatten unseren bescheidenen Fang in einen Beutel zusammengetan. Warme Nächte und Vollmond, aber die Feuchtigkeit fehlte. Wir könnten ein schönes Gewitter gebrauchen, begleitet von einem warmen kräftigen Schauer. Aber erst wenn wir zu Hause wären und nur soviel, daß unsere Dachrinne und die Jauchegrube vom Nachbarn nicht überliefen. Wir horchten. Soll ich ihn suchen? Niklas wollte losgehen, aber Hugo hatte volles Vertrauen zu unserem Gast. Ich habe ihm erklärt, daß er sich rechts halten muß, rechts geht's zur Straße, links ins Sperrgebiet.

Er wußte Bescheid. Keine Sorge. Er kam ja schon. Von der anderen Seite des Weges.

Er winkte von weit. Er sprang in großen Sätzen durch das blaue Lupinenfeld. Hut und Korb, die offene erdfarbene Jacke, das karierte Hemd. So stiefelte er uns entgegen.

Seine Miene zeigte Zufriedenheit, sie zeigte eigentlich sogar Stolz. Und so, gespielt beiläufig, gewährte er uns einen Blick. Der Korb war nicht gerade voll, auch nicht halbvoll, aber immerhin einen Fang konnte man das Dutzend kräftiger Pilze schon nennen. Wir schauten hinein und schwiegen. In vermeintlichem Neid.

Weder Hugo noch ich noch Niklas, der uns mit erschrockenen Augen ansah, fanden den Mut, und doch, es mußte dem Librettisten, der wie wir an den Vollmond glaubte und der in weiter Reise aus Berlin zu uns gekommen war, um mit uns gemeinsam in der Vollmondzeit Pilze zu suchen, es mußte ihm gesagt werden.

Die Pilze in seinem Korb sahen zwar nicht schlecht aus. Beinahe wie Steinpilze. Aber wenn du genau hinschaust, hatte das Röhrenfutter einen rosafarbenen Schimmer, und wenn du kostest, schmeckten sie wie Galle.

Hugo zeigte es seinem Gast an einem Exemplar. Das Rosa. Er ließ ihn kosten. Der Librettist spuckte. Hugo warf den Bitterpilz in hohem Bogen in den Wald.

Wir hatten die Tragödie im Korb mit einem Blick erkannt, wir hatten aber auch das Finderglück ganz nachfühlen können. Ein böses Erwachen stand bevor. Tönern war die Hoffnung, der Rest möge gut sein. Es half nichts, Hugo ließ den Kollegen von einem zweiten und dritten Pilz kosten. Diskret beobachteten wir das Mienenspiel. Wieder bitter, sagte er. Seine so grob belehrte Zunge brachte keinen Protest mehr fertig. Resignation. Dann ein tapferes Lächeln. Hugo kippte die ganze wunderbare Ernte an den Wegrand. Der wannenförmige Korb war leer. Man kann das Glück nicht zwingen. Es ist immer das selbe. Wie in der Oper.

Es war klar, daß der Gast unsere zusammengetragenen Einzelstücke nicht annehmen wollte. Wir boten sie an, aber wir drängelten nicht. Hugo wechselte schnell das Thema. Der neue Vorstand beim Komponistenverband. Vietnam oder die

Liebeskunst. Hugos Hoffnungen und Leiden. Oper in diesen Zeiten, das ist mehr als ein Abenteuer. Das können nur Heilige in aller Stille. Wie wäre es statt Abenteuer mit Weihnachtsliedern? Witterungsbezogene Lieder zum Advent. *Der Frost stapft durch den Winterwald* oder *Leise Flocken fallen nieder*. Von was mußte man ja leben. Wir und der Librettist in Berlin.

Wir blieben noch eine Weile auf dem Parkplatz. Der Gast tauschte die Waldschuhe gegen Autofahrerschuhe. Er säuberte sein Messer im Moos. Ein Originalpilzmesser. Niklas durfte es bewundern. Am Schaft befand sich ein Borstenpinsel. Damit konnte man gleich an der Fundstelle putzen. Ein Geschenk meiner Mutter, erklärte der Librettist. Bücher darf sie mir aus Heidelberg nicht schicken, also sollte es wenigstens etwas Nützliches sein. Niklas durfte mit dem Originalpilzmesser den Nußkuchen schneiden, den wir mitgebracht hatten. Niklas hockte vor dem Kuchenbrett auf dem Baumstumpf. Er pinselte Krümel und Kiefernnadeln. Ich stellte die Thermoskanne und die Töpfe daneben. Hugo und der Librettist hatten sich mitten im Wald bei Kaffee und Nußkuchen festgeredet. Grundsatzfragen. Text und Musik.

Ich hatte mich schon verabschiedet, weil ich mich mit Betty auf den Weg machen wollte. Während ich Luft aufpumpte, hörte ich Hugos Offenbarung. Es gäbe kein größeres Tauziehen, als wenn Musik sich über Worte hermacht, um sie zu zerschmelzen. Ob bewußt oder nicht, der Komponist werde darauf zielen, dem Text den wortwörtlichen Sinn zu entziehen, um die Seele des Gesagten spürbar zu machen. Musik schaffe damit die Lüge ab.

Der Librettist warf ein: Aber auch die Wahrheit. Und er fügte hinzu: So sind die Mächte der Musik nicht menschlich. Er fragte in den Wald hinein: Was heißt denn Seele?

Musik. Sagte Hugo.

Ich schob den Wagen durch den pulvertrockenen Sand.

Ich hörte noch, wie der Librettist versöhnlich wurde. Früher, im vorklassischen Griechenland, da hätten die Philosophen ihre Weisheiten gesungen.

Bettys Kopf fiel zur Seite, die Schulter rutschte, der Arm schleifte über der Lehne. Sie war eingeschlafen. Ich wollte ihr den Startpilz abnehmen, aber den hielt sie fest.

Das war früher.

Auf so langen Touren kann Betty nicht mehr im kleinen Wagen sitzen. Wenn sie zur Seite fällt, könnte sie kippen. Wir brauchen den großen oder das Pferd für weite Strecken, wir brauchen unsere Kräfte. In der Stube und von einer Stube zur anderen trage ich Betty auf dem Rücken.

Niklas behauptet, auch er könne seine Schwester schon huckepack schleppen. Sie haben es mir vorgeführt. Bis zum Ententeich und wieder zurück. Die letzten Meter hing Betty in seinen Knien, und er schwankte wie ein betrunkener Matrose. Ein Schiff in hartem Wind. Er keuchte.

Los, Training, höre ich Niklas rufen. Hoch und runter die Treppe. Galopp. Du sollst dich nicht an meinen Ohren festhalten und auch nicht an meinen Haaren. Das ziept doch, du Schaf. Halt dich an meiner Jacke. Ich höre seine Kommandos. Festhalten. Füße ruhig. Kopf grade. Und leicht machen soll sie sich auch. Ich höre, wie Betty lacht. Sie kräht vor lauter Vergnügen.

Sie denkt, das ist Spaß, sagt Niklas.

Na, wenn du hopst wie ein Osterhase. So versuche ich Niklas aufzufangen. Seinen freien Fall ins Zeitalter der Resignation.

Wir kennen die Bedingungen, wir kennen den Ort. Die Stellen unter der Buche, an der Wegegabel oder am Rain. In Konkurrenz mit dem fixen Seewald. Nun wird er sich freuen. Wir überlassen ihm unser Revier. Es ist uns zu weit.

Wir haben ein eigenes Revier. Wir brauchen weder Wagen noch Pferd, um hinzukommen. Es liegt gleich neben dem Entengehege. Vorläufig besteht es aus lauter Zuversicht und aus Stroh. Gerstenstroh, genauer gesagt, und einer Erdschicht und aus kastaniengroßen Bröckchen. Der sogenannten Brut. Ich habe mir das Zeug aus Erfurt schicken lassen, zusammen mit Radieschen- und Gurkensamen.

Aus Brettern habe ich ein beetgroßes Geviert gebaut. Das Gerstenstroh mußte täglich mit Wasser begossen werden. Es sollte schwärzeln, aber es durfte nicht faulen. Eine Geduldssache, aber auch eine Sache des Mutes, denn die Kulturanleitung besaß Lücken. Es gab niemanden, den ich hätte fragen können. Nach dem richtigen Zeitpunkt. Der richtigen Schwärze. Es war eine Neuheit. In einem einsamen Entschluß schichtete ich das Stroh in den Kasten und stopfte auch gleich jene kastaniengroßen Brocken handtief und in handbreitem Abstand in das Strohbett hinein. Wie geschrieben stand, bedeckte ich mit wenig, aber guter und fein gesiebter Erde. Das Fertige sollte mit Gießkannenbrause zart begossen werden. Es sollte immer feucht, aber keinesfalls naß sein. Dieses Nichtzuviel und Nichtzuwenig sollte ungefähr vierzehn Tage anhalten und dann, so hieß es, könne die reiche Ernte des schmackhaften Träuschlings beginnen.

Das walte Gott. Gewagte Kuchen durfte man niemals ohne Andacht in den Ofen schieben. Auch die Stoffschere beim Kleidernähen sollte man immer mit einem Gebet ansetzen. Andernfalls würden womöglich zwei linke Ärmel herauskommen. Das hatte ich von der Großmutter gelernt. Diese mahnende Bitte an den Walter und Schalter dort droben im Himmel hatte ich während der Arbeit nicht vergessen.

An fehlendem Glauben kann es nicht liegen, daß das Beet nach vierzehn Tagen noch so bloßliegt wie am ersten Tag.

Trotz strenger Kultur, trotz Gebet – schwarze Vergeblichkeit. Hugo und Niklas begegnen mir diesmal voll Anteilnahme. Dauernd rennen sie hin.

Bahnhof, sagen sie bloß, wenn sie mir den Stand der Dinge melden. Niklas liest die Kulturanleitung noch einmal. Laut und deutlich. Erste reichliche Ernte nach vierzehn Tagen. Hier steht's. Die Katze sitzt da und tut bekümmert. Schließlich schreitet sie einfach quer drüberhin. Pfotenspuren auf meinem feinen Plan. Das Kapitel Anbau des Träuschlings in unserem Garten sei abgetan. Die kühne Übertretung der Katze sollte mich endlich überzeugen. Sense. Rausgeschmissenes Geld. Vertane Zeit.

Das dachtet ihr euch so. Aber das lasse ich mir nicht gefallen.

Schluß, sage ich, ab heute geht keiner mehr dorthin. Ich baue aus einem Stück Maschendraht eine Katzensperre. Hugo und Niklas sage ich deutlich, daß sie den Kasten mit ihren neugierigen Blicken verschonen sollen. Ich selber verbiete mir hinzugehen. Nächtlicher Sprühregen entbindet mich von der Sorge um Feuchtigkeit. Altweibersommer. Frühherbst. Netze der Erdspinnen halten den Tau.

Es ist, wie ich vermutet habe. Der Träuschling hatte unsere Neugier nicht vertragen und außerdem wollte er auf den Vollmond warten. Die Kulturanleitung sagt davon nichts. Die rechnet bloß mit Zahlen.

Am Morgen des zweiten Tages nach dem vollen Mond im Kalender muß ich nur noch alles tun wie immer, die Enten füttern zum Beispiel, das Pferd auf die Koppel führen, ein kleines Feuerchen richten, damit Betty sich nicht erkältet. Niklas aufrütteln. Er hat seit der siebenten Klasse in einer nullten Stunde freiwillig Latein. Da muß früh alles wie am Schnürchen gehen. Beim dritten Mal pfeife ich ihm das Walküremotiv ins Ohr. Hugo hat die Nacht über am stummen Klavier gesessen. Als er ins Bett kam, kaltfüßig, aber froh und listig, da hat unser Freundchen vom grauen Himmel herunter gelächelt. Ein unverschämter Lümmel. Ein Lustmolch. Komisch. Komisch ist das schon. Das Leben. Sinnlos, aber schön. Was gibt es Schöneres als einen Vollmond, der glaubt, er könnte sich hinter einer Kiefer verstecken. Eine schlummernde Betty. Die Enten vollzählig im Gehege. Da ist jedes andere Geschenk fast zuviel. Eine Zugabe. Der Träuschling ist uns erschienen. Stattlich und zahlreich, gleich für den größeren Korb. Kein Suchen, nur ernten. So lange, bis wir genug haben. Der Nachbar dankt. Frau Wollin dankt, und Franz macht sich von Anfang an nichts aus Pilzen. Der Träuschling ist eine Geschmackssache.

Ich habe es nicht anders gewollt. Ich wollte uns den Waldgang ersparen, und nun heißt es: Steinpilz bleibt Steinpilz, und der Pfifferling läßt sich sowieso nicht übertreffen.

Die Mauer wirft lange Schatten. Schnecken überfallen das Pilzbeet.

Herr Mehlhorn hat einen Brief in die Laube gelegt.

Ich gehe davon aus, daß Sie die Miete des Bungalows Nattwerder elf wiederum verlängern möchten. Er kündigt seinen Besuch an.

Ich stecke den Schlüssel und zweihundert Mark in einen Briefumschlag. Schweigegeld oder statt Blumen oder statt Flasche. Sehr geehrter Herr Mehlhorn, da mein Weg künftighin anderweitig ausgerichtet ist, nehme ich mit bestem Dank von einer Verlängerung der Nutzung der Unterkunft in Nattwerder Abstand. Erlauben Sie, daß ich zu gegebener Zeit die zusammen mit einigen Sachen und Papieren noch bei Ihnen unter Dach stehende Reiseschreibmaschine Typ Rheinmetall abhole. Anbei 1 Schlüssel.

Drei Tage hatte ich mit diesem Schlüssel auftrumpfen wollen. Ich wollte Hugo tüchtig erschrecken. Er sollte erkennen, daß auch ich eine jenseitige Fluchtburg besaß. Einen Ort außerhalb seines Bezirkes. Ein Land ohne tödliche Grenzen.

Mit beladener Arche würde ich fliehen. Nicht in einen Traum, sondern in die rauhe Wirklichkeit von Nattwerder. Ich hatte für Katze und Enten, für Niklas und Betty und die Schreibmaschine das Gelände geprüft. Es sollte taugen. Die Laube als Rückfall in mich selbst.

Acht Jahre Dorfkind

Acht Jahre Träume in Trümmern. Seit zwölf Jahren Bewohnerin des Grenzgebietes, abzüglich drei Tage Flucht. Drei Tage hatte der Laubenschlüssel auf dem Küchentisch gelegen. Augenschmerz. Seelengift. In Bitternis ertränkte Zeit. Am dritten Tag hatte Betty, die an ihrem Stuhl festgebunden am Tisch saß, den Schlüssel mit einem müden Ärmelwisch hinuntergeworfen. Ich hörte das Klirren, ich schob Betty das Tunzikissen unter den Kopf. So war es gut. Sie atmete. Sie hatte gegessen. Schlaf, Kindchen, schlaf. Ich versteckte den Schlüssel. An den Klangtherapie-Tagen tat ich ihn zu Bettys Nesselhemd, später hängte ich ihn mir schlüsselkindartig um den Hals. Die heimlichen Fahrten in die Laube galten nur noch dem Gedenken. Es war einmal ein Fluchtplan. Süßer Schmerz. Wie das Lesen eines einst verfaßten Briefes. Lieber Liebster. Ein abgelebter Seufzer. Kaum entzifferbar. Spuren von Blut. Dornenblut. Von den Brombeerhecken. Den kindlichen Grenzen der Gärten.

Ausgefallene Buchstaben. Wie das Q auf der Schreibmaschine. Komische Verstiegenheiten. Nattwerder wurde einfach nur ein Ort.

Nach solchen Heimkünften konnte das Leben schön sein. Alles hatte auf uns gewartet. Auf Betty und auf mich. Betty nimmt den roten Ball aus der Kiste. Sie gibt ihn nicht wieder her. Sie braucht niemanden zum Mitspielen. Sie hält ihn bloß fest und ist zufrieden. Die Tiere warten, die tropfende Dachrinne, das naßglänzende Laub vor der Tür, das lasse ich erst einmal liegen, auch das niedergebrochene Beifußgestrüpp. Es ist schön. Die Grenzmauer ist da wie der Novemberhimmel. Das Bellen der angeseilten Hunde tönt in den Mittag.

Wie die Birkenzweige unter den fetten schwarzen Vögeln, die sich über Tag vollgefressen haben, herunterbrechen! Die sollten sich andere Sammelbäume suchen. Ich könnte mir aus einer Astgabel und einem Gummiring vom Einkochglas ein neues Katapult bauen. Erbsen wären zu leicht. Man brauchte schwere Geschosse. Die Katze, der Hund am Fuße der Birke mit himmelnden Blicken, Fauchen und Bellen, das macht denen da oben überhaupt nichts aus. Die krächzen und bleiben. Wenn ein Ast bricht, setzen sie sich auf den nächsten. Vögel sind beinahe so dumm wie wir Menschen. Niklas will sich von einem Freund einen Knicker besorgen. Ich stelle mir darunter eine Rassel vor, ein Ding aus Holz, für Jahrmarktsscherze oder für den Kasper im Kaspertheater. Ein Instrument, das Krach macht.

Ein Knicker ist ein Gewehr. Es liegt auf unserem Sofa. Das habe ich nicht gewollt. Ich werfe eine Decke darüber. Keiner berührt mir das Ding. Am wenigsten Niklas. Wenn dich die Grenzer damit erwischen, kannst du die Oberschule in den Schornstein schreiben.

Na und? Na und, sagt der Lümmel. Anstatt die Lage zu erkennen, anstatt sich vorzustellen, was das wieder für neue Sorgen bescheren würde. Die würden uns womöglich nachträglich für Regines Unfall hinter der Schule verantwortlich machen. Ein Schießgewehr in einem Haus im Grenzgebiet. Wenn du nicht an dein Abitur denkst, so denke bitte an Betty. Bettys Westtabletten und die aus der Sonderapotheke. Und an Papas Oper. Das Dessauer Stadttheater fängt an, sich dafür zu interessieren.

Na und, sagt Niklas.

Schweig, sage ich und bin heilfroh, daß ich den Nattwerderschlüssel nicht mehr im Haus habe. Ich brauche einen festen Stand.

Anderntags wuchte ich Bettys Wagen in die Stube. Ich werfe die Kissen heraus. Der Knicker paßt in der Länge hinein. Nun wieder Kissen und Decken. Dann die Dämmerung und dann Betty mit neuer Mütze und Handschuhen und meinen munteren Worten. Fein spazieren. Eine Runde. Gucken, ob Uschi vielleicht wieder da ist. Oder kennst du Uschi gar nicht mehr? Ich rede Blech, mein Gefasel soll einfach nur Laune machen. Der angesäuselte Nachbar hilft mir, die Fuhre aus dem Haus zu bugsieren.

Sitzt ja wie aufm Thron, sagt er zu Betty. Wenn dem das schon auffällt. Schön grade bleiben. Ich rücke das Kind zurecht. *Waldfrieden* heißt die Straße. Das Tor ist offen. Ein Fahrrad klappert vorbei. Es fährt schon mit Licht. Ein dunkler Ort, aber der Himmel ist noch hell genug, daß ich den Weg hinter das Haus und zwischen den Schuppen finde. Ich schiebe Bettys Wagen vor den Kaninchenstall. Die dummen Kinder, Niklas und sein Freund, mit dem er sich hier manchmal trifft, werden um diese Zeit noch im Schulchor singen. Die leichtlebigen Erwachsenen sind gewiß noch auf Arbeit. Betty ist mit meinen Ausreden zufrieden. Keine Uschi, dafür schöne weiße Osterhasen. Die langen Ohren. Ich zerre den Knicker unter Decken und Kissen hervor. Ich verstecke ihn unterm Stall. Es ist gut, daß dort viel Stroh liegt. Viel Stroh für den Winter.

Niklas ist es egal, aber wir wollen, daß er weiter in die

Schule geht. Er hat gute Zensuren, sehr gute Leistungen, wie es heißt, und wir sind Arbeiter von Geblüt. Eltern mit Berufsausbildung. Achtstundentag. Sechstagewoche. Lohntüte. Bezugsberechtigung für Gummistiefel und Wattejacke. Niklas soll seine Chance nutzen. Für uns damals hieß es, wenn du dreizehn Jahre alt bist, mußt du auf eigenen Füßen stehen. Wehe, du schaffst es nicht beizeiten. Aus Angst vor Versagen, vor Hohn, Spott und Wasser und Brot, legten die Alten unsere Latten tief. Sitzenbleiber Schweinetreiber, das wäre unter der Latte und gleichermaßen eine Schande. Nur eins war richtig: Schuster bleib bei deinem Leisten. Man will nicht glauben, daß solche Sprüche für weise galten.

Niklas ist das egal. Aber er steht mit auf der Liste. Wenn alles gut läuft, wird er im Internat wohnen müssen. Wir trainieren frühmorgens das Selberaufwachen. Erst einmal sonntags. In aller Frühe zieht er mit meinem alten Soldatenrucksack seiner Wege. Er fährt mit der Arbeitsgemeinschaft Geo in den Fläming oder in den Harz oder in die Sächsische Schweiz. Spät kommt er heim. Ich lausche. Hugo tut gelassen, aber er horcht auch und ist froh, wenn es poltert und unten in der Bubenkammer für einen Moment das Licht brennt.

Der Knicker war ein eigentlich harmloser Zwischenfall. Viel schlimmer endete eine Wochenendfahrt nach Dresden und weiter in die Sächsische Schweiz. Die ganze Horde um Niklas hatte heimlich in Omas Laube geschlafen, dann hatten sie sich an der sächsisch-böhmischen Grenze mit jungen Leuten aus Nürnberg getroffen. Im Wolfskammerfelsen in der Nähe vom Trebischtor.

Am Trebischtor! Da hättet ihr euch gleich bei der Grenzpolizei in die Wachstube verabreden können. Über den Westosttreffpunkt Trebischtor gab es ja sogar schon etliche Berichte im Fernsehen. Niklas wollte schwören, so hoch steigt der Grenzer nicht. Die sind doch nicht bescheuert, da steigt keiner rauf. Nicht in den Wolfskammerfelsen. Der ist steil genug. Da sind wir sicher. Und er hatte recht. Erst auf der Rückfahrt im brechendvollen Zug Prag–Berlin, gab es verschärfte Kontrollen. Das Weiße Beatles Album. Fast schien es, als wären die Kontrolleure nur deshalb in den Zug gestiegen. Suchen mußten sie nicht. Sie mußten nur die Zeitung und die Keksschachtel vom Klapptisch unterm D-Zugfenster hochheben.

Schlaumeier, hatte ein Uniformierter gesagt.

Die Ohren sollen dir abfallen, hatte Niklas gekontert. Ein Protokoll war per Kurierpost in Kreisschulratshände gelangt. Das war aber erst ein Bruchteil meines Kummers.

Ich hatte inzwischen entdeckt, daß Dollarscheine aus dem *Grünen Heinrich* fehlten.

Geklaut.

Das Geld gehört mir. Niklas funkelt mich an.

Denkst du denn überhaupt nicht ein bißchen an Betty.

Da feuert die Wut aus ihm heraus wie aus einem Pulverfaß. Federn stieben. Pferdemist. Vogelscheiße auf all unseren Wegen. Der Linienbus ist über Hansis Ballnetz gefahren. Betty stinkt, weil ihre Hosen voll sind. Das ganze verrottete Haus stinkt nach übergekochter Milch, verbrannten Kartoffeln. Katzendreck. Er wird fortgehen. Rüber. Nach Amerika. Ich höre heraus, daß er uns nicht für seine Familie hält. Er ist falsch hier. Aus Versehen in diese blöde Familie geraten. Eines Tages wird er seinen richtigen Platz finden. Drüben. In Amerika. Wir sind blöd und raffiniert. Wir haben ihn, wie den armen Hund mit dem Stacheldraht in den Ohren, damals, als die Mauer noch nicht betonfest gebaut war, am Ufer gefunden und einfach behalten. Ein kleines Boot steckte im Schilf. Eine Stacheldrahtschlinge hatte es festgehalten. Erst haben wir gedacht, es sei ein junger Schwan mit grauen Federn, weil sich das Schiffchen bewegte. Doch dann haben Hugo und ich ein schlafendes, in Decken gebundenes Kind entdeckt. Während wir es hinauf ins Haus verschleppt haben, wurde unten am Wasser die Grenze gebaut. Wir haben dem Kind schnell einen Namen gegeben. Weil wir es am Nikolaustag fanden und weil es ein Knabe war, haben wir es Niklas genannt. Wir kauften Milch und Reisschleim, Windeln und ein Bett. Seine goldenen Schuhe und die Sternendecke mußten wir schleunigst verstecken. Die Sachen liegen wer weiß wo. Vergraben. Niklas beobachtet uns. Er horcht. Er grollt. Wir haben das kleine wehrlose Kind einfach behalten. Wie der Nachbar den Hund. Die Stacheldrahtsperre, die Mauer kam uns gerade recht. Eigentlich, so gibt uns Niklas zu verstehen, eigentlich ist er ein Amerikaner. James sein Name. Wie James Dean oder Mick wie Jagger.

Daß das Boot, in dem James oder Mick mit dem Wind von drüben herübergetrieben wurde, nirgends mehr zu finden ist, das wundert ihn nicht.

Das ist zerhackt. Der Wolfersdorfer Opa, unser großer Geschichtenerzähler und Spänespalter, hat das schöne Schiffchen in Stücke gehauen wie auch den gedrechselten Stuhl aus dem Fischbach im Park, wie die Gewürzkästen aus dem Gewölbe der Kirchhofskapelle. Die Sachen hatte Niklas, Mick, James, unser Mosesknabe, herbeigeschleppt. Reste aus dem jenseitigen Gutshaus und aus dem Kaufmannsladen, in dem heute die Poststelle ist. Krempel, hatte der Wolfersdorfer Opa gesagt. Er ließ sich von unseren entsetzten Protesten nicht ankränkeln. Es war ja nun sowieso zu spät. Alles, was aus Holz und nicht direkt in Gebrauch war, machte er klein. Er freute sich an Spänevorräten und wußte, daß auch ich froh war, weil ich nicht wieder selber zur Axt greifen mußte. Aber doch nicht massiv Kirschbaum, nicht zweihundert Jahre alte holzverdübelte und verzinkte Sachen! Das wäre es ja gerade. Nicht ein einziger Nagel ginge mit dem alten Krempel verlustig. Der Wolfersdorfer hegte eine Geringschätzung, beinahe Verachtung für Holz. Morscher Krempel. Wurmfraß. Schrauben und die Schilder von den Gewürzkästen, die hatte er aufgehoben. Alte Nägel. Draht. Radkappen stapelten sich in der Garage. Es gibt eine Stelle an der Kreuzung Thälmannstraße, da liegt oft eine Radkappe rum. Der Wolfersdorfer machte gerne mal die Runde dorthin. Zur Kappenfalle. Aber das ist ein anderes Kapitel, die Wolfersdorfer, ob sie in diesem Jahr zu Weihnachten kommen und was ich dann verstecken muß vor der Axt.

Der Wolferdorfer hat die Spuren, die wahre Herkunft von Niklas zerhackt. Ich habe sie verfeuert. Rauch und Asche.

Ich kann nichts zurücknehmen. Ich schone euch nicht.

Denkst du nicht ein bißchen an Betty!

Auch Hugo soll an Betty denken. Und dann drehe ich den Spieß um: Ich weiß, daß du mich nicht verläßt, weil du Betty nicht im Stich lassen willst. Du kannst Betty nicht verlassen. Du kannst leider Betty nicht verlassen. Du denkst an Betty. Wir sind dein Schicksal.

Hugo schlägt mit der Stirn gegen die Wand, dann mit der Faust. Ich schiebe mich zwischen Wand und Faust. Seine Hand soll mich treffen. Es ist Kunst, an mir vorbeizukommen. Millimetersache. Er schafft es. Er will und will mich nicht verletzen. Auch wenn ich dann noch sage, daß er wahrscheinlich bestimmt ganz zufrieden ist mit dem Leben im Grenzgebiet. Niemand darf zu mir kommen, und ich kann nicht fliehen.

In sein entsetztes Schweigen fällt meine kleine leise Ergänzung wie ein Keulenhieb. Höchstens unter sehr erschwerten Bedingungen, murmle ich mit Blick aus dem Fenster.

Soviel er auch fragt, in seiner Verzweiflung schreit und mich rüttelt und schüttelt, was das heiße, erschwerte Bedingungen: Mein Schlüssel bleibt Geheimnis. Auch unter der vom Oberteufel angezettelten Umarmung und den anschließenden Grundsatzgesprächen über Politik und Religion und die modernen Naturwissenschaften und unser Ich, das nicht frei sein kann, solange noch eine Seele im Gefängnis schmachtet, ich gestehe meinen Schlüssel nicht und frage nicht nach seinem. Ruckzuck haben Engel dem Oberteufel die Regie abgenommen. Ein zünftiges Besengeschwader schrubbt und scheuert an unseren Herzen. Bis wir glänzen, leuchten wie Herrgottsschäfle im Mai. Es ist eine Lust, wie wir zusammengehören.

... lieblich.

Am stechenden Bart rauschen.

Die Küsse.

Die Engel lauschen unter ihrem Arbeitstamtam, was wir Gottloses zu flüstern haben. Was wir am Ende alles reden. Das Leben ist nicht zum Lachen. Ich liebe Hugos Stimme. Wie er die Menschenerfindungen verdammt. Alles Mist. Ausgenommen das Rad. Das Rad lassen wir gelten und das Auto.

Ein trauriges Kapitel der Volkswirtschaft ist die Spraydose. Es ist typisch. Ein Kampf der Systeme. Vielleicht sogar Klassenkampf. Solange du denken kannst, gab es *Odol*, *Fliegenfeind*, *Möbelglanz*, solche Sachen in Normalflaschen, höchstens mit einem Stöpsel oder einem Gummiball, einem sogenannten Zerstäuber. In Weihnachtspaketen von drüben steckten zwar längst, illegal, Blechbüchsen, die einen Drücker hatten, aus dem duftender Nebel hervorschoß. After Shave Spray zum Beispiel. Man brauchte nicht dreimal, man mußte nur einmal drücken, auch weil Hugo mit seinem Spray sparen wollte, ein Stipp genügte. Ein feines Wölkchen, und Hugo war dank des Tantengeschenks für den Tag gerüstet. Dann aber geschah es, die Volkswirtschaft meldete einen ihrer großen Erfolge. Unsere Drogerie konnte die Errungenschaft sogar im Schaufenster ausstellen. Spraydosen. *Backofenrein. Wäschefein*, was nicht alles. Als wir gerade angefangen hatten, uns mit dem Spray wie im Westen zu fühlen, kam die Sache mit dem Ozonloch zur Sprache. Spray macht Schaden. Echt fortschrittlich waren die früheren treibgasfreien Flaschen, die Gummizersträuber. Wer hätte das gedacht.

Im Wort Sehnsucht steckt alles drin. Wunsch und Schuld. Lüge und Selbstmitleid.

Eine Schwangerschaft. Unter diesem zerrupften Himmel ein drittes Kind? Daß Hugo sich nur freuen kann, ist mir ein Rätsel. Und Betty? sage ich böse.

Der Arzt verschreibt mir Kalk und Vitamine. Ich soll in vier Wochen auf fünfzig Kilo zunehmen, den Kreislauf stabilisieren und das Rückgrat schonen. Kalk und Vitamine haben nicht geholfen. Mein Körper enttäuscht. Es ist gewesen. Ich weiß noch, wie erschossen ich war. Der Mond, eine verklappte Sichel. Abnehmend das Licht, abwärts die Zeit.

Als ich in der Frühe in den Keller hinuntersteige, finde ich Niklas vor dem Ofenloch. Die Asche schon raus. Er wollte mich überaschen. Er muß extra geschlichen sein. Eigentlich hört man das Feuerlegen. Ich weiß es, weil vor Zeiten zu Weihnachten unser großer Holzhacker auch gleich das Verheizen übernommen hatte. Er war ja zudem ein Frühaufsteher. Der einzige von Charakter in der Verwandtschaft. Wir anderen räkelten uns gern in den Betten. Abends nicht rein, früh nicht raus, meinte der Alte und wunderte sich immer noch. Ich hatte mir das zeitige Aufstehen unterdes angewöhnt. Ich wollte keinen Ärger mehr mit mir selber haben. Also sprang ich beim ersten Mucks des Weckers auf. Das meiste im Leben ist Übung. Hugo dachte von mir, ich wäre so ein Tier, das mit der Sonne hervorkriecht. Oder er gab vor, es zu denken. Er sagte ja auch immer: Du Anmut, wenn ich vom Nachlegen aus dem Keller heraufkam. Ich hatte ein anderes Bild von mir. Asche ist Asche.

Ein zartes Knistern, ein rötlicher Hauch zuckt auf der Kinderstirn. Die Flamme im Ofen springt von den Spänen auf die Scheite. Trockene Buchenscheite. Feiertagsholz. Kalte Luft saugt die Flamme. Das Lodern beginnt. Niklas nimmt die Kohlengabel. Er stößt die stumpfen Zinken in den Haufen. Er rüttelt ein Maß zurecht und wartet, die Scheite sinken. Das Gerüst im Ofenloch gerät in Bewegung. Während ich die Kannen mit Koks auffülle, wirft er im richtigen Moment die Briketts auf die Glut. Erst einmal Schwärze. Er weiß, daß es so sein muß. Ich weiß von alters her, wie man im Ofen Feuer anzündet. Die Flammen müssen jetzt kämpfen. Das Feuer muß vom Holz auf die Kohle überspringen. Kundige Ohren können das Feuer hören, Nasen können es riechen.

Niklas stellt die vollen Kokskannen in eine Reihe. Er schließt die Feuerlochtür. Die untere Klappe hängt er an die Kette. Luft zieht durch die Glut in die schwarzen Rippen. Feuer anzünden. Ein Erbe, das sich zeigt mit dem Erwachsenwerden. Wie einst die spontane Atmung. Das Greifen. Das Lächeln.

Ich sitze auf einer Stapelkiste und massiere die Narbe an meinem Knie. Am Schlossermantel fehlen zwei Knöpfe. Niklas hockt sich auf den Scheitekorb. Vor dem Aschenloch liegt eine wunderbar silberfarbene Schlacketafel. Höhen und Tiefen. Glitzernde Adern.

Das sind schon die Ravensberge, nicht mehr die Loschwitzhöhen und schon gar nicht die Hügel vom Bober-Katzbachgebirge. Es ist ein Frostwinter mit sehr viel Schnee.

Ich hatte mich um gar nichts zu kümmern, weder um die Temperatur im Palmenhaus noch um die Räum- und Streupflicht im verschneiten Parkgelände. Es ging ohne mich. Die Hilfsbrigade rückte allein aus, denn ich hatte mein Kind. Einen Knaben. Zwei Wochen alt. Im Ratgeberheft vom Gesundheitsamt war aufgelistet, was ein Kind brauchte und was ich tun mußte. Er schlief in einem blauen Kinderwagen. Den hatte ich von dem Geld gekauft, das mir auf Schwangerenausweis zustand. Eine Matratze gehörte dazu. Als Zudecke paßte mein Kopfkissen mit den schlesischen Gänsefedern. Geschlissene Halbdaunen. Das kleine Sofakissen hatte ich auf dem Dachboden des Wohnheims entdeckt. Bis Fünfundvierzig war das Wohnheim eine Fabrikanten-Villa, und es lag noch etliches von den früheren Einwohnern herum. Bilder. Gardinenstangen. Im Herrenzimmer der Teppich. In einer Truhe mit alten Papieren und Stoffresten hatte ich feinen rosageblümten Batist gefunden. Ein Stück, groß genug für das kleine Kissen. Ich arbeitete per Hand eine saubere grade Nähmaschinennaht. Einen Stich vor, eine Kettel zurück. Nabelbinden, Jüpchen, Hemdchen, Wickeltücher sechsmal, und zwölf Windeln hatte ich von der ersten Schwangerenrate gekauft.

Als ich dachte, das könnten die Wehen sein, war ich mit den nötigen Papieren und Sachen und gleich auch mit dem prächtig blauen Kinderwagen losgegangen. Weil Neuschnee gefallen war, hatte ich einen beschwerlichen, trotzdem aber schönen Marsch vom Wohnheim bis zu St. Joseph.

Im Treppenhaus hing ein Adventskranz. Die Behindertenwerkstatt hatte einen Stall von Bethlehem aufgebaut. Dahinter konnte ich den Kinderwagen sehr gut verstecken.

Einweisung. Vorbereitung. Baden. Einlauf usw. Ich tat so, als schreckte mich nichts. Ich folgte dem Ratgeberheft. Wenn du die richtige Atemtechnik beherrschst, und vorher gewissenhaft geübt hast, wirst du keine Schmerzen verspüren. Ich zwickte mir blaue Flecke. Ich biß mir ins Fleisch. Die Nacht verging mit vielen langen Minuten, und die Minuten des folgenden Tages wurden noch länger. Es dauerte eine Ewigkeit.

Hier herrscht ja noch Ruhe. Alles noch in weitem Felde, hörte ich eine Arztvisite vor meinem Lager. Da wurde ich schlau und beinahe anmaßend schnell. Ich stöhnte nun nicht nur vor Schmerz, sondern auch vor Angst. Fruchtwasser lief, und es konnte losgehen. Jemand stemmte sich mit Bärenkräften auf meinen Bauch. Instrumente klirrten. Ein Facharzt wurde von zu Hause herbeitelefoniert. Gut, daß Sie kommen, rief eine Schwester. Der alte Doktor krempelte die Ärmel hoch, er sagte nur: Getrödelt darf hier jetzt nicht mehr werden. Mit versammelten Kräften fuhren sie fort mit Schieben, Zerren und Kommandieren. Hauruck. Pressen. Druck. Als wollten sie Erz aus dem Berge schlagen. Blau und klein war das Wesen, aber ich liebte es gleich sehr. Zu meiner Linken war im Augenblick, als ich meine Folterknechte vor Glück umhalste, eine Mutter zur Geburt ihres fünften Kindes eingewiesen worden. Als sie sich einmal stöhnend über die Stirn fuhr, übernahm ich sofort das Besserwissen und Trösten. Alles halb so wild. Eins zwei drei vorbei.

Die Tage darauf im Krankensaal schwieg ich. Ich konnte nicht reden, denn mein Inneres sang immerzu, und es sprach Verse. Lauter wunderbare Reime. Kindlein mein. Wenn die Nachtschwester in der Frühe die Fenster aufmachte, sah ich die Sterne. Jupiter und Saturn, so helle wie damals, und ich hatte nun eine Erklärung für das Geschehen in alter Zeit. Ich dachte, sie haben einfach unverschämtes Glück gehabt, die Könige und die Hirten. Gerade in einer Nacht, da sie recht viel Hoffnung im Herzen trugen, führte sie das Licht der Sterne zum Stall, dort fanden sie weder Gold noch andere Schätze, dort fanden sie in einer Krippe ein kleines im Schlafe lächelndes Menschenwesen und darüber gebeugt seine Mutter, die es vor wenigen Stunden geboren hatte. Die Kömmlinge schlugen vor soviel Seligkeit, die sie ungefähr wie Licht und Wärme empfanden, die Augen nieder. Liebe. Sie konnten die Liebe wunderbar nachfühlen. Heilige Nacht. Gottessohn. Die Hirten, die Könige wollten – es war ihnen nicht zu verdenken – die Stimmung, die ihre Herzen so wärmte, nicht mehr nur für sich allein behalten. Ein Stern hatte sie zur Heimstatt der Liebe geleitet. Das erzählten sie nun überall.

Die Nachtschwester schloß die Fenster. Ich schlich zum Waschbecken und dann über den Flur. Ich horchte an der Tür. Wiemeln. Greineln. Quieken.

Es war gut, daß Hugo erst am dritten Tag zu uns kommen konnte. An dem Tage fand meine Zunge wieder Worte. Wir flüsterten glückseliges Zeug. Auch Hugo hatte etwas Schönes zu erzählen. Er durfte mit seinem guten Abschluß in der Komischen Oper hospitieren. Bei Felsenstein, was sagst du nun?

Mensch Hugo! Ich schluchzte vor Freude.

Das Gemurmel im Krankensaal verstummte. Sie guckten auf meinen Nachttisch. Kein Apfelsaft, keine Alpenveilchen. Heiliger Schreck. Lieber, du mußt mir schnell Apfelsaft und Alpenveilchen besorgen. Hugo drehte sich auf dem Absatz. Er rannte los. Ich fiel wieder in mein seliges Schweigen und nahm das Buch, das ich mir unter das Kopfkissen gelegt hatte. Es war dick und alt. Aus dem städtischen Bibliotheksregal. Geschichten. Gedichte für Kinder. Leihfrist sechs Wochen. Die Seiten knisterten. *Es war ein Vogel federlos, der saß auf einem Baum blattlos, da kam die Frau mundlos und fraß den Vogel federlos.*

Hugo präsentierte mir die Alpenveilchen fürsorglich in einer Rauchglasvase, und für den Apfelsaft holte er mir aus der Stationsküche einen Becher. Selige Zeit.

Die Kinderschwester formte aus meinem Kopfkissen ein Schiffchen. Sie trug das Kind bis zum Wagen hinter der Adventkrippe. Sie wünschte mir fernerhin Glück.

Die Pförtnerschwester wollte ein Taxi bestellen. Ich sagte: Ach nein, das dauert uns zu lange.

Unterwegs hatte ich das Gefühl, es wollte noch etwas aus meinem Leib. Ein Zwilling? Vielleicht steckte noch ein Zwilling in mir. Sollte ich umkehren? Ich schob meinen Kinderwagen durch das Grüne Gitter an der Parkverwaltung vorbei. Zwei Zeilen blieben im Neuschnee, dazwischen die Spur meiner Schritte. Stumm, glücklich und schmerzensreich, lauter Noten. Hier bin ich. Und noch wer. Das will ich euch sagen.

Doch niemand meiner Gärtnerkumpel war im Gelände, um meine Aufwartung entgegenzunehmen. Man hörte weder Säge, noch Axt, noch Stimmen. Wahrscheinlich hatten sie sich vor der Kälte in die Orangerie verkrochen. Zu den südlichen Palmen und den Zitronen, den Myrten und Apfelsinen, zum Sommerduft der Mimosen. Oder sie hockten im Pferdestall oder sie hatten im Depothof ein Feuer gemacht. Baumschnittverbrennen. Ich hob meine Nase. Wacholder. Wacholderbüsche am Weg. Wacholder im Schnee.

Das Gärtnerwohnheim, mein Zuhause seit einem Jahr, war verschlossen und wochentagsstill.

Ich wohnte hier in einem bunten Glaspavillon, von dem aus eine Treppe in den Garten führte. Mein Kind in seinem Wagen würde ein schönes Nest bekommen. Das beste der Welt. Wo es beim Augenaufschlag in der Tür und in den Fenstern Papageien und weiße Lilien sehen konnte und über dem Glasdach den Himmel mit Wolkentieren oder mit den guten, herrlich geprägten Sternen, schöner noch als in der Verdunkelung, die ich, mein liebes Kind, als ich ein Kind war, verdorben hatte. Ich hatte ins schwarze Papier am Fenster mit Großmutters Haarnadel Löcher gestoßen und so die Nacht mit Sternen bestückt. Ich wollte meinem Engel gefallen, aber ich hatte damit nur dem Feind in der Luft ein Zeichen gegeben. Den Bomberverbänden aus Engelland. So daß die Sirenen heulten. Nun siehst du, was du gemacht hast, so hieß es.

Ich lächelte, weil ich dermaßen voller Schulden war. So viel Niedrigkeiten in mir. Auf einmal so viel Vergebung.

Zum Einzug meines Knaben war das Glasdach mit Schnee bedeckt. Wir steckten in sauberen weißen Kissen. Es war warm im Gehäuse. Unter den kniehohen Fensterbänken überall frischverlegte Heizungsrohre, hanfumwickelte Knoten und Brücken, heiße gußeiserne Rippen. Ein Schrank, ein Tisch, ein Bett mit gehäckelter Sofadecke. Ein Wäschetopf und eine Kinderbadewanne. In der Frühe wollte ich Windeln waschen. Bis dahin konnte das Kind an meinem Busen gedeihen. Oder schlafen. Der Zwilling hatte sich als Schmerz und Gedanke etwas verloren.

Im Treppenhaus beschwipstes Poltern. Stimmen. Weihnachtsfeier. Weihnachtsgeld. Kaffeeundkuchen. *Goldi.* Für die Mädels Wein. Die Parkgärtner stampften den Schnee von den Sohlen.

Rascheln. Flüstern. Stille. Entschlossenes Pochen. Ich legte das Pflegeheft vom Gesundheitsamt beiseite.

Die Filzstiefel unter dem Arm, in Socken, aufgeknöpft schon die Wattejacken, Ohrenschützer im Nacken, Meister, Gesell und Lehrling.

Herein, ihr Hirten.

Schnapsfähnlein wehten. Jakob der Stotterer legte einen Myrtenzweig auf das gewölbte Kissen. Er faltete die Hände. Und hielt unter dem verschneiten Glasdach seine Rede.

Wir warteten geduldig, bis er in verwegen stolpernden Kurven seine Meinung ausgespuckt hatte. Das Kerlchen hat's gut, wollte er sagen. Dann machte ein Goldifläschchen die Runde. Jakob behielt das Wort. Zappzerappzappzapp. Und weil ihm das wie Butter von der Zunge gerutscht war, versuchte er seinen Gedankenflug noch einmal, laut: Mein lieber Scholli, der hat es gut.

Grüße von den anderen, der Lateinlehrerin, die wegen eines Verhältnisses mit einem Sitzenbleiber im Schuldienst nicht mehr tragbar war, und nun bei uns kochte, Grüße vom Brotfresserchen, einem Genetiker von der Humboldt-Universität, den ich von der Agronomenschulung kannte. Kennen ist zuviel gesagt. Ich hatte seine Vorträge im Jagdzimmer gehört. Vielleicht hatte eine wichtige Botschaft dringesteckt. Vielleicht suchte er unseren Verstand und unseren Mut. Aber wir, Hanna und ich, hatten gläubigen Auges zu seinem Pult geguckt, so klug wie die Hirsche und Rehe an den Wänden. Nach den Säuberungen in der Vererbungsbiologie war er im Gartenbau untergekommen, als Betreuer der beiden Kaltblüter. Er machte Fuhren, oder er half beim Holzeinschlag.

Die Makarenko-Brigade ließ Grüße ausrichten, einen ausdrücklichen Glückwunsch vom Einsatzleiter, der den Trupp jeden Tag mit dem Bus von der Anstalt zum Depot brachte. Mein lieber Scholli. Jakob druckste. Das Wort Pfefferkuchen wollte nicht heraus. Die Lateinlehrerin schickte aus der Betriebsküche eine Kilotüte, lauter schwarze Herzen, Sterne, Mondsichelchen. Die Brigade hatte für mich ein Bild gemalt. Ein Baum, ein Ast und ein Männlein am Strick. Das baumelnde Männlein sollte ich sein. Drunter stand in dicken unschuldigen Buchstaben: Antreiberin. Hängt sie.

Da solltest du lachen. Dann hieß es wieder, weißt du schon, wer rüber ist? Der und der und die Freundliche aus der Werkstatt. Klara.

Die? Ach, schade.

Der Hausmeister hatte, bevor er es noch vergessen würde, auf etwas hinzuweisen. Die Heizung läuft, wie im vorigen Jahr, bis zweiundzwanzigsten, dann wird aus Weihnachtsgründen abgesenkt und das Wohnheim geschlossen.

Wir applaudierten.

Mutter rechnete nicht mit mir. Im vorigen Jahr war ich Weihnachten mit einem Mann ins Erzgebirge gefahren. Trotzdem briet sie einen Tag vor Heiligabend ein ganzes Kaninchen. Als hätte sie was geahnt. Aber doch nicht das.

Sie sieht vom Küchenfenster aus, wer in die Straße einbiegt und an den vorderen Blöcken vorbeigeht, wer hinten im Block zu Besuch kommt und wann der Besuch wieder verschwindet. Ehepaar Haschke fliegt aus, eingehenkelt, guck an, sie haben sich wieder vertragen und beide mit neuen Hüten. Extra für die Leute, die aus dem Fenster gucken. Als wenn einen das schert. Wer eingehenkelt geht und wer einen neuen Hut hat. Und jemand kommt, in meiner Strickmütze, in meinem Mantel, mit meinem Gesicht, aber mit einem unerhörten Drumrum. Mutter rückt in heiligem Schreck die Bratpfanne vom Feuer. Ich schiebe einen blauen vollbepackten Kinderwagen, zualleroberst ein Zinkbadewännchen. Auf dem freigeschaufelten Weg zwischen den Schneehaufen, an Häuserblöcken, an den Klopfstangen vorbei, unter den Fenstern lang. Bei hellichtem Tag. Mutter faßt beides auf einmal, was passiert ist und daß jeder mich sehen kann, wie ich so daherkomme, wie eine Bescherung. Schande und Unglück ist es nicht mehr, wenn eins was Kleines gekriegt hat. Aber was soll es sonst sein? Ein Geschick. Das bewältigt werden muß. Das Zinkwännchen, das Gepäck wird auf die Kiste in die Kammer gestellt. Der Wagen in die Küche. Dort ist es warm. Das Kaninchen schmort auf dem Herd. Die Pfanne kann etwas an den Rand. Ein Wassertopf auf die Ringe. Ach herrje. Ich grabe das Kind aus den Kissen. Jessesmaria. Weil es gar so klein ist.

Drei Wochen, sage ich. Er hat sich aber schon rausgemacht.

Nu tu och sei Keppla nie asu derricke.

Mutter hat die goldne Kaffeetüte aufgeschnitten und angefangen schlesisch zu reden. Die Tippla, die Tallerla. Die geblumte Zieche. Mein Bett muß sie beziehen. In einer Dachkammer hot's a Kinderbettlgestelle, da will sie fragen, ob sie sich das mal pumpen kann. Es ist gut, daß sie zwei große chinesische Handtücher gekauft hat. Ich soll auf das Karnickel aufpassen, während sie losrennt, erst das Bettla, dann a Christbäuml. A Christbäuml mußte nu azu. Auch weil ich Hugo angekündig habe. Am zweiten Feiertag wird er kommen.

Hugo? hatte Mutter gefragt.

Unser Papa, habe ich gesagt und gleich noch erklärt, der muß nämlich arbeiten. Ich konnte ihr deutlich eine Erleichterung ansehen.

Papa, das war gut. Na wenigstens das. Und auch, daß er schon ausgelernt und ein Einkommen hatte, das lichtete unser umwölktes Geschick einigermaßen. Aber hatte ich mir wirklich alles gut überlegt?

Mutter gießt Kaffee ein. Sie legt mir ein ordentliches Stück Stollen auf den Teller. Schmeckste? Echt Bittermandel! Bei Gocht abgebacken. Sie hatte sich alles noch mal durch den Kopf gehen lassen. Was das bedeutete. Die Kriegszeit. Onkel Gerds Körper im Niemandsland. Vermißt. Aber die Hoffnung kann uns keiner nehmen. Vertreibung. Das Elternhaus, samt Feldern und Vieh, das hat nun der Pole, und die eigene Wohnung, bis auf den Luftschutztornister und zwei schlesische Kopfkissen, ausgebombt. Den Mann durch drei Splitter von einer englischen RDX-Minenbombe verloren. Die Tochter alleine großgezogen, erst in einer Laube in der Gartenkolonie, Parzelle Paradies zwei, und dann in Stubekammerküche, fließend Wasser und Badeofen. Einen Beruf hat sie die Tochter lernen lassen, weil sie einmal nicht in Stellung gehen müssen sollte wie früher, wenn eins als Mädel vierzehn war, und nun sitzt sie da. Weihnachten mit einem Kind in der Küche. Das hatte nun grade noch gefehlt.

Ja, sage ich böse. Ich habe mir alles genau ausgerechnet. Es soll genau so sein, wie es ist. Ich hebe mein Kind aus dem Wagen in meine Arme und vergieße ein paar trotzigbittere und gleich wieder auftrumpfend glückliche Tränen. Ich lache, weil Niklas aus dem Schlaf heraus gähnt. Mein allerschönstes Kind macht ein Gesicht wie sein Wolfersdorfer Opa.

Mutter hatte den Christbaum in der Wohnstube versteckt. Sie hatte schon einen Klappkasten mit sieben ganzen Briketts vor den Kachelofen gestellt. Morgen früh würde sie die Wohnstube beheizen und das mit dem Bettgestelle fürs Jungla war mit Grille Max bereits geklärt.

Kennst du Onkel Max noch? Zum Braten dazu will Mutter schlesische Kliesla kochen. Ich soll aussuchen, was ich für Kompott essen möchte aus dem Kellerregal. Nimm was von hinten. Erst muß das hinten weg, die Birnen zuerst.

Das war dann auch gleich Hugos erste Bewährung. Das Rillenglasöffnen. Die Gummischnuppe reißt ab. Die Messerspitze vom Schnitzer bricht. Mit dem Schraubenzieher splittert Glas vom Deckel. Zum Schluß versuchen wir es wieder mit Umdrehen. Wir stellen das Glas verkehrt herum in eine Schüssel mit heißem Wasser. Sitzen geduldig vor den abgegessenen Tellern. Ob wir mit Rumdrehen und heißem Wasser schon mal Glück gehabt haben, daran erinnerte ich mich nicht. Das Gute-Luise-Kompott, in den Jahrzehnten rosakandiert und in dickem Sirup schwimmend, bleibt fürs nächste Jahrzehnt im Rillenglas fest verschlossen.

Ich trabe in den Keller, um ein anderes Glas auszusuchen, egal was, Hauptsache mit flachem Deckel. Bei einem flachen Deckel ist das Öffnen ein Kinderspiel. Ein kurzer Ruck an der Gummischnuppe genügt.

Wir sind eine glückliche Familie. Wir feiern den dritten Feiertag. Das Niklasbündel liegt mit friedlich geballten Fäusten auf dem Sofa. Die Stube ist warm. Das Röhr im Kachelofen steht offen. Am Türchen hängt das Badetuch. Im Röhr stecken die Bettwärmer. Wir haben die Schachfiguren aufgebaut. Spiel und Revanche. Revanche und Spiel. Am Nachmittag singt die Callas im Radio. Mutter verschwindet. Sie sitzt am Küchentisch. Den Kaninchenkopf hat sie sich zum Knaupeln aus dem Restetopf geangelt. Sie hatte eine Weile zugehört, was Hugo von seiner Arbeit erzählt. Gesprächig über das Opernschaffen in Berlin. Bei Oper im Volksempfänger hatte unser schlesischer Großvater immer ein saures Gesicht aufgesetzt. Wir sollten uns von dem Geflenne endlich erweichen lassen: daß Ruhe wird, gabt damm awos zum Assa! Und dann hatte er sich mit dem Rädl den anderen Sender gesucht und alle aus der Stube gescheucht. Tamtamtamtam. Wird's bald. Weil ein Heinrich sich nischt nicht vormachen läßt. Feindsenderhörer. Bis er deswegen abgeholt worden ist. Aber da stand Breslau schon unter Beschuß. Gott sei Dank, muß man sagen.

Mutter wartet in der Küche, sie horcht, ob wir endlich ins Bett gehen.

Als erstes frisch getischlertes Nachkriegsmöbel hatte Mutter eine Schlafstube angeschafft. Geflammte Birke. Kleiderwäscheschrank mit drei Türen. Spiegelkommode und Ehebett. Mutter schläft links. Auf der rechten Seite hatte ich noch eine Woche gelegen, bevor ich ausgeflogen war zur Fortbildung, erst zu *Stauden-Förster*, später in die Landschaftsgestaltung, um die Gartenkunst des 18. Jahrhunderts zu lernen. Zu einer Schlafstube gehörte so sehr ein Ehebett, daß Mutter kein bißchen ins Grübeln gekommen war. Ich hatte mich nur um so entschlossener aus dem Staube gemacht. Hochglänzender Betrug. Verdrängung. Lüge. Ein Zeichen für die schräge Existenz in diesen Wänden, im Haus, in der Stadt. Ich war geflohen. Wecker. Bademantel. Taftkleid und neue Schuhe. Wem Gott will rechte Gunst erweisen. Die Sortenvielfalt von Delphinum und Phlox im berühmten Förstergarten wollte ich studieren. Ich glaubte ja selber an meine Wißbegierde, aus dunkelem Grunde aber folgte ich meinem Herzen. Bei einem Wettsingen der Chöre hatte ich Hugo kennengelernt, den Leiter des Ensembles der Eisenbahner. Es war in einer Umbaupause im Zwingerhof. Auf den Stufen des Wallpavillons. Er war direkt auf mich zu gekommen. Ich sehe dich schon lange, hatte er gesagt. Seit gestern! Und am Riemchen meiner Römerlatschen gespielt, so raffiniert bis er mir einen vom Fuß klauen konnte. Um sieben unterm Kronentor, rief er. Er winkte mit meinem Latsch. *Es rollen die Räder in ratterndem Takt, und rastlos ertönt die Maschine*, für das Lied hatte sein Chor stürmischen Beifall geerntet. Die Floristen, bei denen ich sang, waren beim ersten Durchgang mit Fug und Recht ausgeschieden. Ich war also bloß noch als Zuhörerin in den Zwinger gekommen.

Hugo erzählte, daß er fernstudiere, aber vielleicht direkt nach Berlin gehen werde. Ich zeigte ihm den Großen Garten, die Linden in der Herkulesallee, die ich gepflanzt hatte, und den Sportplatz, an dem die Junggärtner von Dresden seit Wochen bauten. Wir hielten uns an den Händen, weil wir die im Bau befindlichen Traversen erklimmen wollten, und ließen uns lange nicht mehr los. Am anderen Tag war Siegerehrung. Sein Chor hatte in der Sparte der gemischten den ersten Preis gewonnen. Deswegen mußte Hugo, leider, obzwar ich mich für ihn freute, zur Abschlußfeier. Wir trafen uns noch einmal kurz vor Abfahrt des Eisenbahnerbusses an der Brühlschen Terrasse. Als er fort war, platzte ich beinahe vor Sehnsucht. Mit großem Spürsinn fand ich heraus, wo die Eisenbahner als nächstes und übernächstes auftreten würden. Ich verfolgte den Chor. Ein Jahr in Gedanken, dann hielt ich es nicht mehr aus. Mein Herz flog, während ich noch im Bummelzug saß. Von Dresden-Neustadt nach Weimar.

Als Hugo im zweiten Jahr in Berlin studierte, fand ich in der *Gärtnerpost* eine Annonce: Bieten Gärtnergehilfen einjährige Ausbildung in Staudengärtnerei, Erfahrung in Landschaftsgestaltung erwünscht. Ich fühlte mich vielstimmig vom Schicksal gerufen. Ich war die richtige. Die einzige. War ich nicht schon jetzt eine Stauden-Spezialistin? Wie sollte ich fernerhin existieren, ohne weitere und tiefere Vervollkommnung meines Wissens und meiner Fähigkeiten. Ich schrieb einen glühenden Bewerbungsbrief, in dem ich meine Verbundenheit mit den fortschrittlichen gesellschaftlichen Kräften und überhaupt mit dem Fortschritt nicht zu erwähnen vergaß. Ich war schlau, ich war stark. Ich war ein Schiff mit sieben Segeln. Ich war der gehörige Wind.

Es galt, dem anrüchigen und dazu noch unnützen Ehebettmöbel zu entkommen!

Mutter dachte sich ihr Teil.

Sie hatte im Grammophonschrank hinter den Platten Briefe von Hugo gefunden. Komisch bemalt. Wir hatten uns eine neue Schrift ausgedacht. Geheime Buchstaben.

Das geliehene Kinderbett hatten wir in der Schlafstube neben der Spiegelkommode aufgebaut.

Niklas schlief in Mütze und Handschuhen. Er steckte außerdem in Hugos Pullover. Nur die kleine Nase guckte aus seinem Nest. Hugo und ich krochen mit den Kupferbettwärmern aus dem Ofenröhr unter die Federbetten. Mutter lag auf dem Stubensofa. Dreimal kam sie geschlichen, um auf den Atem von Niklas zu horchen und um nachzugucken, ob er noch zugedeckt liegt.

Anderntags zogen wir los. Wir versuchten, es zu kaschieren, aber Mutter merkte, daß wir flohen. Fortan schob sie es Hugo zu.

Hummeln im Hintern, da muß du sehen, wo ihr eueren Frieden hernehmen werdet.

Ich hatte erwartet, daß sie die Rede aufs Heiraten bringen würde. Aber sie ahnte wohl, daß die Sache einen Haken hatte, und sie kannte mich. Besser, nicht daran zu rühren. Neugierigen hat sie später mannhaft erklärt: Das müssen die Kinder selber wissen, das geht mich nichts an.

Für zwölf Mark blieben wir eine Nacht im Gasthaus *Schwarzer Adler* in der Nähe vom Neustädter Bahnhof. Den anderen Tag saßen wir in der Bahn. Wir fuhren mit dem Personenzug nach Potsdam. Hugo mußte gleich weiter nach Berlin. Er hatte Abenddienst in der Komischen Oper. Er durfte im

Wohnzimmer eines Orchestermitglieds auf dem Sofa schlafen. Vorübergehend, bis er ein Zimmer oder vielleicht sogar eine Wohnung gefunden hatte. Aus dem Studentenheim mußte er raus. Die Neuen brauchten den Platz. Ich übernachtete mit Niklas von Sonnabend auf Sonntag im mollig warmen Verbinder des Tropenhauses. Die Gärtner hatten unter der Stellage Decken und eine Luftmatratze versteckt. Wenn sie im Sommer in den Orchideen Spätdienste schoben, hauten sie sich manchmal aufs Ohr.

Ein herrlich stiller Ort für müde Knochen.

Ein Gefilde. Ich habe für Niklas zwischen Seidenpflanzen und Maranten ein Lager gebaut. Er streckt sich. Er schläft. Honig tröpfelt aus den Cattleyen. Ich halte den Finger hin. Ich küsse den süßen Saft vom Ohr meines Kindchens. Nach Mitternacht riecht unsere Schlafstatt wie das Schlaraffenland. Vanillepudding. Die Victoria regia blüht. In der Frühe rascheln, klappern, wispern die Amazonasbohnen. Immer noch steigt Vanilleduft aus dem großen Nympheabassin. Wie lauter seegrüne vom Kunstschmied gehämmerte Monde, so liegen die Riesenblätter der Regia auf dem Wasser. Gezirkelte Scheiben mit sauber gebörtelten Rändern. Knospen groß wie Gänseeier. Morgensonne durchleuchtet die Bananenstauden, das bunte Krotongesträuch, die Sagopalme. Das Wasser ist warm. Warm genug. Für mich und auch für Niklas. Die welke Blüte der Regia taugt als Seife. Die Luffagurke gilt schon lange als guter Schwamm. Nach dem Bade bette ich das Kind auf einen grünen Mond. So kann die Reise beginnen. Siehst du die Pfeffergesichter im Busch? Es strampelt und greift in die herunterhängenden Saxifraga-Bärte. Die Fingerlein suchen.

Draußen im mitteldeutschen Kältehoch sind die Windeln zu Brettern gefroren. Ich hole sie eilends unter Glas. Während mir Niklas am Busen liegt, wird die Wäsche trocknen.

So waren die Festtage.

Niklas war auf die Welt gekommen.

Die Zukunft war da.

Niklas bringt es fertig. Er steht noch früher auf, in der halben Nacht, bis ich es gelernt habe. Ich muß liegenbleiben. Erst wenn das Feuer brennt, darf ich erscheinen. Er hat das Heizen übernommen. Am liebsten hockt er allein vor dem Kessel. Man wartet auf die Flammen, man horcht auf die Glut. Man zerstampft die Schlacke. Man verbrennt die Reste noch einmal. Und am nächsten Tag noch mal. Bis das letzte zu Staub geworden ist. Wann wird das sein?

Auch um das Pferd kümmert sich Niklas. Er nimmt Fox an die Longe. Füttert oder rafft Körner aus der Krippe. Er führt Fox auf die Koppel. Nur reiten will er nicht. Es gibt Reiter und Nichtreiter. Die Grenze geht durch unser Haus.

Es ist entschieden. Niklas wird weiter zur Schule gehen. In eine Schule mit erweitertem Mathematikunterricht. Er wird in einem Internat wohnen müssen.

Wir reden über allerhand Vorteile. Man spart Zeit und Fahrgeld. Ich kaufe ihm einen neuen Bademantel. Besteck. Schuhbürsten. Alles liegt auf dem Klavier in der Bubenkammer. Niklas ist mit den Sachen einverstanden. In dem Bademantel sieht er aus wie ein junger Boxeleve. Federgewicht. Er händelt mit Betty. Die versteckt ihre Nase im Pullover. Auf deine Nase bist du wohl stolz?

Fehlt noch was?

Nö.

Ich habe mit Pfarrer Kunze gesprochen. Unverbindlich unter vier Augen. Mir wäre wohler, wenn Niklas getauft wäre. Aufgehoben in Gott.

Das Licht der Gestirne braucht Zeit, Thaten brauchen Zeit, auch nachdem sie gethan sind, um gesehen und gehört zu werden.

Für die Periode dazwischen hat sich uns Gott zur Verfügung gestellt. Der Glaube an seinen Ordnungssinn, seine Gesetze und seine Fürsorge könnte doch wenigstens noch in unseren Tagen ein Trost sein.

Taufe als Verzögerungswunder. Bis wir sehen und hören, was geschehen ist.

Nö, sagt Niklas, Taufe brauche er nicht.

Aber die Taschenlampe, die kann er gebrauchen. Betty darf damit funzeln. Wir knipsen das große Licht aus, damit Betty erkennen kann, wie lang ihr Arm ist mit dem gebündelten Strahl. Betty reicht bis hinauf an die Decke, sie spaziert mit dem Licht durchs Fenster, hinauf in die Birke, zuckelt als Fleck die Mauer entlang, zappelt über das Betonrohr, rutscht hinauf in den Himmel. Da geistert das Licht zwischen den Sternen.

Bettys Licht. Siehst du, sagt Niklas, das Licht ist nun unterwegs. Es wird lange dauern, ehe es da oben ist, wo das andere herkommt.

Wie lange? fragt Betty.

Verschieden, sagt Niklas. Auf dem Mars kommt es schnell an, aber auf dem Stern daneben, der noch heller scheint als der Mars und noch blauer, da dauert es seine Zeit.

Niklas hat Bettys Räderstuhl ans Fenster geschoben. Er dreht ihren Kopf zurecht. Oben in der Birke, in der letzten Astgabel über dem Taubennest, das ist die Jungfrau und da ist der Mars und daneben die Spika. Siehst du die?

Wie lange?

Länger als es uns Katzen und Menschen und Pferde und Enten auf der Erde gibt. 220 Lichtjahre. Und von den meisten Lichtern, die du dort am Himmel siehst, da sind die Lampen längst ausgeknipst. Es ist, weil der Himmel so groß ist. Das Licht ist zwar schnell, aber nicht schnell genug in soviel Raum.

Niklas der Weise. Wenn der Sandmann Sand streut, mußt du die Augen zukneifen. Dann bleibst du wach, bis *Alle meine Tiere* mit Grzimek kommt.

Ob Seehunde fliegen können? Sieh doch hin, hatte Niklas seiner Schwester im Dresdner Zoo erklärt. Haben die ein Drahtnetz über ihrem Himmel? Nein. Na also, dann können sie nicht fliegen.

Der Uhu, der saß unter Draht, der gehörte nach den Beobachtungen von Niklas zu den Fliegern. Betty will das mit der Taschenlampe probieren. Das Anknipsen und die Ankunft des Lichtes.

Jetzt. Jetzt. Noch mal. Niklas steht am Wandschrank. Betty knipst. Jetzt, sagt Betty. Jetzt, sagt Niklas. Na, glaubst du mir nun?

Betty nickt. In diesem Augenblick sind wir bei ihr, Niklas und ich, wir kennen die Stille. Die Taschenlampe rutscht ihr vom Schoß. Es sind Sekunden. Lebenslücken, hatte der Arzt uns gesagt. Wenn die Sekunden vorbei sind, lächelt uns Betty zu, sie zwinkert, weil sie den Faden wiederfindet, weil sie sagen will, ich bin wieder da.

Kaputt, sagt Betty.

Die Taschenlampe made in VR China ist aufgesprungen. Der Deckel, die Feder, die Batterie, der Reflektor, das Glas, die Birne samt Fassung.

Die Katze wirbelt die Blechröhre unter dem Bett hervor. Das klappernde Zeug. Es ist ihre Pflicht, verschwundene Sachen an den Tag zu kullern.

Da bist du ja endlich. Hast du die ganze Zeit unter dem Bett gesessen?

Unserer Katze ist das eine Auge in den Jahren zur Mitte gewandert.

Das Auge blickt von der Stirn.

Man merkt es der Katze an, daß der Tierarzt ihr eine Spritze verpaßt hat. So wie sie sitzt. Keine Lust mehr zum Spielen. Sie guckt zu uns herauf, als hätten wir uns betrüblich verändert.

Sie müssen zum Tierarzt gehen, hatte Frau Gieram, unsere neue Krankengymnastin, gesagt und die folgende Woche dienstags nachgefragt und vorgeschlagen: Am besten Sie fahren gleich, während ich Betty behandle. Frau Gieram machte Hausbesuche. Sogar im Grenzgebiet. Sie hatte sich couragiert zum Wohle ihrer Patienten einen Dauerpassierschein erstritten. Halbjährlich bei der Meldestelle zu verlängern.

Was sollte ich tun? Frau Gieram meinte es gut. Ich hatte die Katze in der Reißverschlußtasche auf den Gepäckträger gesetzt und war losgeradelt zum Tierarzt nach Falkensee.

In der Anmeldung hatte ich zugeben müssen: Wir kommen zum ersten Mal.

Die Tierschwester hatte eine gelbe Karte aus dem Karteikasten genommen. Und um meinen Personalausweis gebeten. Während sie die Daten in die Spalten übertrug, fragte sie nach dem Geschlecht. Ich sagte: Weiblich. Darauf fragte sie nach dem Namen. Ich buchstabierte. Sie hielt die Feder auf der Kopfzeile der Karteikarte, wohin sie ein Symbol für weiblich gemalt hatte. Ihren brauche ich nicht, sagte sie, ich brauche den Name des Tieres. Ich konnte nur sagen: Mieze Katze, Rufname Mieze.

Die Tierschwester schrieb, aber sie war doch im Innersten der Meinung: Mieze, ein Name ist das nicht, und Katze, das bezeichnete nichts weiter als die Gattung des Patienten.

Alter? Hundert Jahre, hätte ich sagen mögen, doch ich wollte unsere Auffälligkeit, einäugig, namenlos, unangemeldet, nicht noch steigern, ich sagte: zehn und fügte hinzu: in etwa. Sie setzte also hinter die Zahl ein Fragezeichen. Mit tadelndem Blick. Sie schob mir die gelbe Karte zu.

Ich leistete als Tierhalter eine Unterschrift.

Die Katze besaß nun nicht nur eine Karteikarte, sondern auch eine Krankheit. Sogar zwei. Erstens die Verwundung, Auge ex., und zweitens eine erhöhte Temperatur. Deswegen war ihr eine Penizillinspritze verabreicht worden.

Daß sie Frau Gieram am Dienstag deutlich aus dem Weg gegangen war, paßte zu unserer Katze. Das war bei ihrem sicheren Instinkt kein Wunder. Ich hatte sie kurz einmal hinter dem Ententeich gesehen, mit langen Beinen. Sie stiefelte. Sie hinkte ein bißchen. Das Futter stand unberührt am Platze, neben der Bank in der Küche.

Erst am Abend war sie unter Niklas' Bett hervorgekommen.

Sie hatte die Teile der kaputten Lampe vor unsere Füße gewirbelt. Dann hatte sie einfach nur dagesessen und verlorene Gedanken gesucht. Hätte ich ihr erklären sollen, daß so ein Penizillin nur gut sein kann und daß wir das beste für sie wollen, der Tierarzt, Frau Gieram und ich.

Die Katze ist verschwunden. Seit gestern. Im Haus ist sie nicht. Wir rufen. Wir suchen sie überall. Im Busch, wo sie eigentlich nie hingegangen ist. Die Häuser der Umgebung. Die Höfe. Straßenweit. Auf dem Fußballplatz. Hansi, hast du unsere Katze gesehen? Der beschwipste Nachbar hält vom Schuppen her Ausschau. Der Hund spitzt vorsichtig die Ohren, soweit ihm die Gehänge das Spitzen erlauben.

Ignorantes Volk, schimpft Hugo. Weil sich Nachbar und Hund nicht in unsere Stimmung bringen lassen. Abwarten, sagt der Nachbar. Betty hat angefangen zu weinen. Angst. Angst. Angst. Sie sagt uns deutlich, wie ihr zumute ist. Niklas sucht im Gestrüpp an der Mauer. Er ist einfach nicht in die Schule gegangen. Die Hunde hinter dem Beton fangen wüst an zu bellen. Ein Jeep rast herbei.

Niklas, komm rauf, rufen wir.

Angst! ruft Betty. Wir suchen tagelang. Zettel hängen an Bäumen und an den Bushaltestellen. Einäugige schwarze Katze entlaufen. Wie vor Jahren stelle ich Reste von unserem Essen vor die Hintertür. Der Napf ist anderntags leer. Aber dürfen wir deswegen hoffen?

Nach einer Woche sagt Frau Gieram: Wenigstens müssen sie sich keine Vorwürfe machen.

Sie meint es wieder eigentlich gut. Der Sommer ist kühl in diesen Tagen. Nun ist er noch naßkalt geworden. Die Obstgärtner klagen. Das Getreide bleibt grün und verfault auf dem Halm.

Niklas kümmert sich um das Pferd und sonst um nichts. Ich denke: der kümmert sich um rein gar nichts weiter. Er redet nicht. Er läßt mich die Enten füttern, läßt mich stehen, als ich ihn rufe, weil mir die Futterschüssel ins Wasser gefallen ist. Samt der Haferflocken. Er geht an mir vorbei. Ohne Hemd, bei dem Wetter.

Zieh dir was an. Er antwortet nicht. Er kommt vom Haus her mit einem Spaten. Niklas, rufe ich, aber er dreht sich nicht einmal um.

Ich sehe ihn graben. Zwischen den mannshohen Büschen, die vor der Mauer aufgeschossen sind in den Jahren. Dort hat er Beifuß und Goldrute ausgerissen, dort gräbt er mit dem Spaten ein Loch. Er dreht mir den Rücken. Ich sehe sein

Hemd. Ein Bündel im Gras. Er legt das Hemdbündel in die Grube, kniet und schiebt Erde hinein.

Wo denn? frage ich ihn.

Er zeigt mir die Stelle. Am Mauerfuß. Im Abstand die Fallen, die jeden fangen, der hierher seinen Fuß oder seine Pfote setzt.

Ich sage: Was hat sie denn da gewollt! Und warum hat sie uns nicht gerufen und warum haben wir sie nicht gehört?

Niklas setzt einen Weidenschößling in den Sand. Ich klaube mit allerhand Ordnungssinn das ausgerissene Kraut auf. Niklas wartet nicht. Er nimmt den Spaten und geht.

Ich merke, daß er Hugo die Wahrheit gesagt hat. Auch Betty weiß, wo unsere Katze ist. Die bleibt jetzt unten an der Mauer in der Erde.

Die Katze ist tot.

Und Großvaters Weisheit ist aufgebraucht. Mir hilft das schlesische Kopfstück nicht mehr, die Ohrfeige, die er mir beim Füllselkneten verabreicht hatte. Mit blutiger oder wenigstens noch mit fettiger, nach Majoran riechender Hand direkt hinters rechte Ohr. Großvater, der Handlanger. Er hatte dem Fleischer Pospich das Messer gereicht und dem Schwein gut zugeredet. Is glei vorrüber. Seine Stimme, sein Zuspruch, den er auch der Sau beim Ferkeln leise raunend zukommen ließ. Is glei vorüber. Was sollte denn da mein Geflenne. Das Kopfstück genügte als Lehre. Es sagte deutlich, wohin ich gehöre. Ich bin nur ein Mensch. Ich bin kein Engelskind in der Höhe ganz nahe bei Gott. Ich wohne auf der Erde. An meinen Füßen klebt Dreck. Und wie. Zwischen den Zehen der eisenhaltige Lehm des Gebirges und Gänsescheiße.

Kein Halt mehr. Trauer irrt umher. Mit der Penizillinspritze haben wir die Instinkte der Katze gestört. Wir haben ihr die Ruhe genommen und auch die Furcht. So ist sie in die Falle gegangen. Es ist meine Schuld. Ich mache mir Vorwürfe. Nie mehr wird sie auf mich warten. Gähnend. Geduldig. In stiller Sorge. So hockt sie, bis ich komme, mit ihrem warmen schwarzen Fell auf Bettys Füßen, damit das Kind nicht friert.

Zwölf Hektar schwarze Johannisbeeren. Die Jugend wird zur Havelländischen Weichobsternte bestellt. Niklas hat ein Schreiben von der Oberschule bekommen. Er packt sein Zeug zusammen. Er hat den beiden Erpeln noch schnell Namen gegeben. Sterz und Gorki. So soll es sein. Niklas geht aus dem Haus. Mitkommen soll niemand. Nicht mal bis zur Bushaltestelle. In vierzehn Tagen hätte die Schule sowieso angefangen. Das soll ein Trost sein. Betty sitzt in ihrem Wagen. Ich kippe die Regenwanne unter der Dachrinne aus. Hugo ist heute früh in die Bubenkammer zu Niklas gegangen. Ich habe extra laut mit Betty geredet, damit ich nichts verstehe. Vielleicht wollten sie sich was versprechen. Etwas, das ich nicht hören soll. Und dazu noch etwas, das ich leider ahne. Hugo gegen jede Vernunft und Pädagogik. Das Moped. Ich verwünsche die gefährlichen Öfen. Hugo argumentiert wie die meisten Väter. Besser er fährt selbst, als daß er bei einem Haudegen hintendrauf hängt. Ich schiebe Betty ans Tor. Der Bus, in dem Niklas fortreist, zieht an uns vorbei.

Er hat am Fenster gesessen. Er hat die Hand gehoben. Es sollte kein richtiges Winken sein. Der Nachbarhund trottelt um uns herum. Als wollte er uns zusammenschnüren, und dann fängt er auch noch an zu winseln. Ach Mensch, was verstehst denn du.

Am Abend nimmt mich Hugo in die Arme: Wie oft ist Niklas zu seiner Oma gefahren.

Aber doch nicht mit Besteck und Wecker und eigener Schuhbürste.

Ich rede mit dem Pferd, daß es sich nicht wundern soll. Ich schiebe Betty zum Platz, wo Hansi mit den Bällen wartet. Dort, am Torpfosten, entdeckt Betty unseren Fuchsschwanz. Wochenlang haben wir den gesucht, heimlich, damit Hugo sich nicht ärgern muß. Dann haben wir nur noch gehofft, daß es Finde-Engel gibt oder daß Hugo nichts merkt. Wie hätte sich Niklas jetzt über den Fund gefreut.

Hansi fragt: Wo ist denn der Niki? Ob er es im Augenblick versteht oder nicht, fünf Minuten später fragt er wieder, wie aufgezogen bleibt er dabei: Wo ist denn der Niklas? Jedesmal.

So wie er die Bälle hütet, so hängt er neuerdings an seiner Frage. Wo der Niki ist.

Betty wird massiert.

Aber nicht zwicken, sagt Betty. Betty darf sich wünschen, ob sie mit den Füßen oder mit den Fingern anfangen. Ich bin zufrieden, weil ich sehe, daß Frau Gieram sich Zeit nimmt.

Wir haben das neue Massagebett in die Bubenkammer gestellt. Dort ist ja jetzt Platz. Frau Gieram kann von allen Seiten gut heran, und sie kann schnell durch die Küchentür huschen, um zwischendurch draußen eine Zigarette zu rauchen. Weil Frau Gieram eine sehr starke Raucherin ist, riecht Betty nach der Massage wie Kneipe.

Halb so wild, sage ich.

Hugo besorgt eine Sprossenwand. Der Nachbar hilft. Sie dübeln das Gerät zwischen Massagebett und Tür. Hugo gefällt das Rauchen nicht und auch nicht Bettys Passivität. Ich soll mit Frau Gieram reden, doch ich weigere mich. Da redet Hugo selber. Er macht es auf freundliche Art. Daß wir Betty fördern und fordern müssen. Vom Rauch erst einmal nichts. Er hilft Frau Gieram in die Strickjacke und hält ihr die Tür auf. Ein höflicher Gruß. Auf Wiedersehen bis nächste Woche. Bleiben Sie uns gewogen. Damit hat er sie sehr überrascht und sogar ein bißchen überzeugt.

Wir hängen Betty an eine hohe Sprosse. Frau Gieram klammert mit ganzer Kraft Bettys Hände. Ich presse die Knie des Kindes gegen die Wand und drücke mit meinen Knien seine Füße fest auf den Boden. Betty reißt die Augen auf. Sie ringt nach Luft, aber sie bringt nicht einmal einen Schmerzenslaut fertig.

Loslassen. Ich schreie, ich schluchze. Betty fällt mir in die Arme. Mein gepeinigtes Kind. Gut sein. Gut sein, wimmert sie mir ins Ohr.

Frau Gieram hustet. Nie mehr, niemals mehr. Sagt sie mit ihrer rauhen Stimme.

Nie mehr mit Gewalt.

Frau Gieram ist kräftig gebaut. Mit trutzigen Beinen. Sie kommt im weißen Kittel auf dem Fahrrad, Mantel drüber oder in Strickjacke. Die Stiefeletten strampelt sie in der Küche mit meinem praktischen Stiefelknecht von den Füßen.

Daß sie eine Seele ist, das würde sie von sich nicht glauben. Sie hält sich selber für hauptsächlich katzenlieb. Und gesteht, daß es mal eine Marotte werden könnte. Sieben Stück hält sie in ihrer Parterrewohnung, in dem Haus, das zum Gesundheitswesen gehört. Da, wo früher auch Uschi gewohnt hat. Sie versucht nicht, uns eine neue Katze einzureden. Nicht mal mit einer kleinen Anfrage. Ich bin ihr für die Zurückhaltung dankbar und bin froh, daß sie zuverlässig jeden Dienstag kommt und Betty tragen hilft und mit Bettys Fingern Spaß macht. Das ist der Daumen, der schüttelt, der sammelt, der trägt, und der, der ißt die Pflaumen alle alle alle auf.

Wenn sie kommt, pünktlich hinten durch die Küchentür, dann ist es, als würde ein Kapitän unseren alten Kahn betreten. Endlich einer, der eine Mütze aufhat. Ich setze mich hin und warte. Ich denke an Niklas, wenn der jetzt plötzlich hereingeschneit käme.

Ich reiße mich hoch und erzähle Hugo schöne Sachen. Von Betty und daß der Junge angerufen hat. Mit Angeln ist nix. Es pfeife aus einem anderen Ton, besonders in Mathematik. Unsere Lehrer hier haben ihre Hühner im Sinn, das Hühnerfutter. Sie peilen, wo im Schulhof altes Brot herumliegt. Mit Maisstöcken für die Deutschlehrerhasen konnte Niklas seine guten Tage machen. Jetzt dagegen geht's hoppla. Ich erzähle Sachen von Foxi. Er muß sich ohne Niklas wieder an mich gewöhnen. An meinen Jagdgalopp rüber zur Glaubersippe. Da kann ich das Angenehme, das Notwendige und das Nützliche verbinden. Ich reite mit Rucksack. Die Glauberin schließt sich mir an. Wir reiten zur Kaserne im ehemaligen olympischen Dorf zum allerbesten Russenmagazin. Cordsamt vom Meter. Notenpapier. Was die eingepackte Rolle bedeutet, weiß ich noch nicht genau. Wahrscheinlich ungarische Salami. Eine Zuwendung von der Verkäuferin. Salami, die hängt wieder bis übers Jahr am Fensterriegel. Wir wissen immer noch nicht, was gut schmeckt. Kaviar pfui Teufel. Die Verkäuferin tütet als Krönung zwei Büchsen gekochten Lachs ein. Sie küßt voll Überzeugung die Fingerkuppen.

Probowatie.

Das verspreche ich ihr. Ich habe ja zur Not den Nachbarn, der schmiert Marmelade auf Käse. Wie die Schweden, die machen das auch. Noch ein Brot vom Bäcker-Bäcker, und der Rucksack ist voll.

Ein andermal reiten wir zum Schmied. Ich erzähle Hugo, daß ich mit Foxi beim Schmied war. Foxi ist ein Goldstück. Er hebt die Hufe wie ein Bilderbuchpferd, und der Schmied, wenn der mal nicht mehr ist. Bei Foxi muß er ja bloß den Huf beschneiden, das Horn beraspeln, des Schmiedemeisters richtige Kunst kommt erst bei Pferden mit Problemhand zur Geltung, dann setzt er orthopädische Eisen, wie sonst heute niemand mehr. Und morgen schon gar nicht. Der Dallgower Schmied ist eine Perle.

Hugo braucht meine Nachrichten. Perlen. Goldstücke. Er ist auf mein schönes Wetter angewiesen. Er würde sonst in seinen Ärgernissen verkommen.

Wieder wurde eine andere Oper vorgezogen. *Die Liebe zu den drei Orangen*. Vom Theater in Dessau hat sich niemand mehr gemeldet.

Oder, sage ich, oder du schreibst mal wieder ein schönes Frühlingslied? Als wäre Schnee auf heißes Eisen gefallen. Ich bin froh, daß Hugo trotzdem weiter mit mir redet. Daß er mich umarmt und ein paar Tage später mit mir lacht.

Wird eigentlich in Luzern deutsch gesprochen?

Von dort hat es eine Anfrage bei der Intendanz gegeben. Es herrsche hohes Interesse an neuer Musik, insbesondere am Opernschaffen. Hugos Vorhaben ordne sich in einen Zyklus ein. Musik und Macht, so ähnlich. Anfragen von Haus zu Haus. Von hoher Etage zu hoher Etage.

Ich sage: Finde doch mal die Adresse raus.

Und dann?

Kaufe ich eine Brieftaube. Und schicke die bei unserem

stolzen Mandarinerpel mit Namen Sterz in die Schule. Der lehrt sie das Wiederkommen.

Nicht Luzern, sondern Locarno heißt die Stadt. Musik und Macht. Man muß die Anfrage streng handlungsbezogen sehen. Und historisch. Den Klassenkampf betreffend. USA-Bomber in Vietnam.

In Hugos Papierdurcheinander finde ich *Corso Italia*. Italienisch in hundert faßlichen Kapiteln für den Selbstunterricht. Ein altes graues Buch aus dem Antiquariat.

Locarno liegt in der italienischsprachigen Schweiz. Hugo hat die Adresse in Erfahrung gebracht.

Es ist nun an mir. Mit der Brieftaube hatte ich nur einen Spaß machen wollen. Aber ich dachte dann doch, daß es keine dumme Idee wäre, eine kluge Brieftaube loszuschicken, oder man startet bei günstigem Wind einen kleinen Ballon aus der Dachluke.

Ich erwog, ich testete still und hellhörig Möglichkeiten.

Dadurch weiß ich nun: Im hiesigen Terrain ist die Segelfliegerei schon lange verboten. Brieftaubenvereine stehen unter besonderer Aufsicht. Luftballons wurden von der Sortimentsliste gestrichen. Ich warte, seit wir die Adresse kennen, auf eine Fügung.

Meine Westfreundin, die unerschrockene, die sich durch Katzenschmuggel, Betty-Tabletten und sonst allerlei bewährt hat, soll als Expertin für Preußischen Kulturbesitz einen Politiker aus Bonn durch den Park und das Schloß Sanssouci begleiten.

Brauchst du was? hatte sie vorher per Telefon gefragt. Kann ja sein, du brauchst Zahnpasta. Ich brauche Zahnpasta, das hieß, wir haben keine Tabletten mehr für Betty. Hast du Siegfried gesehen? das hieß, können wir uns treffen. Ich habe Siegfried im Klosterkeller gesehen gab an, wo wir uns treffen sollten, und ich habe Siegfried gestern gesehen hieß Treff morgen. Vor drei Tagen hieß in drei Tagen. Ich habe Siegfried vor vier Tagen um drei gesehn, klang für einen, der das abhören und glauben mußte, komisch, und es wurde recht schwierig, wenn wir die Zeit verändern mußten. Ich habe

Siegfried nicht vor drei, sondern vor zwei Tagen und nicht um fünf, sondern um drei gesehen. Heute ist Freitag, der fünfundzwanzigste, sagte sie drüben. Das stimmt, gab ich ihr hüben recht. Dann ist in zwei Tagen Sonntag. Richtig. Wieder stimmten wir überein. Damit war das Datum bestätigt. Wo hatte ich Siegfried vor zwei Tagen um drei gesehen? Im Klosterkeller! beeilte ich mich der pfiffigen Freundin jenseits zu erklären. Den Nebengeräuschen im Apparat gab ich noch zu verstehen, daß wir nicht die Oper meinen, sondern einen sehr netten Herrn. Den immer bereiten Siegfried.

Zweimal haben wir uns so schlau und top secret verabredet. Beide Male ging es um Zahnpasta.

Heute geht es nicht um Zahnpasta, weil wir noch genug Tabletten von einem leichtfertigen Postwurf des Club-of-Rome-Mannes haben.

Wir sitzen um drei im Klosterkeller. Meine Expertin für Preußischen Kulturbesitz hat im Musikladen *Melodie* – bei Mehlhorn! – Noten gekauft. Eigentlich ein sehr sympathischer Kerl! sagt sie.

Stimmt, sage ich, verwegen und beklommen zugleich. Und kann mich nur wundern über die Welt, aus der sie kommt. Frei, frivol, hilfsbereit.

Sie zeigt mir die Hefte. *Die Schule der Geläufigkeit* von Czerny und *Mozart eingerichtet für Kinder*. Sie trinkt einen Cognac zum Kaffee. Ich trinke lieber keinen. Ich schiebe Hugos Noten zwischen das Papier. Sie wird die Mappe huschhusch im großen Kofferraum des großen silbernen Autos aus Bonn unterbringen. Sie hat nach dem Besuchsprogramm noch Zeit, ihren früheren Lehrmeister zu treffen, mal hören, wer alles noch da ist von den Alten, außerdem hat sie Genehmigung, ihren Vater zu besuchen. Zurück will sie mit dem Bus über Schönefeld fahren und dann mit der S-Bahn über Friedrichstraße oder mit dem Rentnerbus über Kontrollpunkt Drewitz.

Sie weiß noch nicht, ob so oder so. Bis Mitternacht muß sie laut Vorschrift über die Grenze sein. Dann wird sie versuchen zu telefonieren. Und in den Apparat hinein auf dem Klavier spielen. Damit wüßte ich, Hugos Sachen liegen wohlbehalten bei ihr zu Hause.

Die Adresse notiert sie sich im Taschenkalender zu den Namen unter L. Herr Locarno.

Gewiß gibt es so einen Namen. Ich bitte sie, Herrn Locarno ein paar erklärende Sätze zu schreiben. Schlicht und einfach zur Kenntnisnahme. Antwortpost möge persönlich an Hugo gerichtet werden, über die Opernadresse oder den Komponistenverband oder direkt nach Hause. Ich will keine krummen Wege gehen. Ich will nur sicher sein. In Fragen der Zahnpasta, und auch daß die Noten von Hugo auf gute Reise gehen. Ich möchte, daß Herr Locarno von Hugos Oper Kenntnis erhält. Hugos Musik gehört unter Menschen!

Vom Klosterkeller aus fahre ich meine Freundin in ihr früheres Terrain nach Sanssouci. Der Politiker erwartet uns auf dem Parkplatz. Neben seinem Silberschiff.

Er beobachtet mit freundlicher Sympathie den hellblauen Trabbikombi. Das sprunghafte Benehmen beim Seitkantenparken. Es ist meine Blödheit, entschuldige ich das Auto unseres Nachbarn, ich bin einfach zu dumm. Er tippt mit dem Finger aufs Dach. So was möchte er gerne mal chauffieren. Ich gebe ihm den Schlüssel. Schock ist nicht nötig. Der Motor des Fahrzeuges ist warm. Ich zeige ihm den Trick vom ersten in den zweiten. Wenn man es weiß, geht's wie Butter. Er gibt meiner Freundin, seiner tüchtigen Begleiterin, die Tasche und das Schlüsseletui. Ich wende das Auge, meine Freundin kreuzt meinen Blick.

Eine kleine Runde, sagt er.

Ich sage: Warum nicht einmal rings um Sanssouci, wennschon – dennschon. Die Fahrzeugpapiere liegen hinten unter der Fußmatte.

Ich halte die Tür, während er einen schwungvollen Einstieg vollführt. Er hat die Gegebenheiten nicht kalkuliert. Seine Fülle, das Gehäuse, den Sitz. Die Knie unterm Kinn. Ich schiebe sanft seinen linken Ellenbogen, kurble aber doch lieber noch das Seitenfenster herunter. So hat er Platz. Er schöpft Luft und auch Mut. Startet und dampft Richtung Orangerie.

Sein nobles Interesse ist unsere Zeit. Ich lächle ihm nach, dann wird mir schon wieder flau.

Ach Klara. Alles, um dem Kerl zu Haus zu gefallen, alles aus Liebe.

Wem sagst du das, sagt sie. Soviel Intimes bricht auf einmal aus uns heraus.

Tabletten haben wir noch, sage ich schnell. Am Abend richte ich Hugo und Betty einen Gruß von meiner Freundin aus und erzähle, daß der Gast aus Bonn gesagt hat, so ein Trabbi sei eigentlich prima. Zwei Stunden nach Mitternacht wissen wir Bescheid. Das angekündigte Klavierspiel. Hugo horcht auch. Gerührt, erleichtert, in andere Ängste gebracht.

Hugo lernt Italienisch. Das graue Lehrbuch liegt deutlich obendrauf, aber wir reden nicht darüber. Ein bißchen konnte Hugo ja schon. Molto vivace, so was. Musikitalienisch. Er vervollkommnet seine Kenntnisse. So könnte ich seine Umtriebe verstehen.

Und wenn er neuerdings noch vor mir zum Briefkasten rennt, frage ich ihn, ob Post von Niklas gekommen ist.

Niklaspost hatte mir die Furcht vor dem Briefkasten halb genommen. Nun fürchte ich mich wieder. Warum nur? Vielleicht vor der eigenen Courage.

Wo ist denn der Niki? tönt Hansi.

Also Hansi, nun mach aber mal einen Punkt.

Ich war sowieso, seit ich die Lehre abgeschlossen hatte und im Landschaftsbau arbeitete, viel unterwegs. Meist über das Wochenende im Elbsandsteingebirge. Ich wanderte, stieg auf die Berge und guckte über Hügel und Täler hinweg, bestaunte die Bergsteiger, wie sie in den Felsen hingen, weil ich mir das nie zutrauen würde, aber nachts machte ich es wie sie, wir schliefen unter einem Überhang, meist im Großen Winterberg in der Nähe vom Zeughaus, so hatten es die Bergsteiger in den frühen Kletterjahren angefangen. Es war eine Tradition. Die Alten gaben den Ton an. Gesungen durfte nicht werden, aber gekocht. Wir Jungen zündeten unter ihrer Aufsicht ein Feuer, dann ließen wir unsere schwarzen Töpfe an Astgabeln baumeln. Blubbernder Grützbrei, Gerstenschrot, den wir gleich nach der Ankunft in Bachwasser eingeweicht hatten.

Es brauchte mithin für Mutter keiner Erklärung, daß ich meine Sachen packte. Rucksack. Trainingsanzug. Decke. Tage zum Abfeiern hatte ich auch.

Ich mache mir keine Sorgen um die Nacht. Irgendwo werde ich eine trockene Kuhle finden. Aber sonst ist mir angst und bange, ich fürchte mich, ungefähr als hätten mich Bergsteiger vor die Barbarine gelotst. Ich schaue hinauf. Drei Überhänge, mehrere glatte Wände, Kamine. Heute bist du dran. Los, vorwärts.

Ich lasse mich treiben, und schon sitze ich in der Eisenbahn. Zurück, das gibt es nicht. Ein mächtiger Übermut. Ich hänge im hohen Fels. Wohin? Sehnsucht, wohin. Hugo. Seine Stimme. Seine Gestalt, der Chorleiterrücken, die flatternden Hemdsärmel, wie sein Zeichen den Anfang und das Ende vom Lied bestimmt. Ich kannte übers Jahr die Auftrittstermine des Eisenbahnerchores. Wie, wenn ich eines Tages am nämlichen Ort weilen würde?

Ein dritter Juli versteckt im Kalender. Ein Schönwettertag. Weimar, ein Ort, der sich sonstwo verkrümelt hinter Weißenfels, Naumburg, Apolda. Ich, ein Sperling unter den Rädern des Dschagannath. So bin ich ihm auf den Fersen.

Das Nationaltheater wird bewacht, weil der Staatsrat die Feierlichkeiten beehrt. Ich darf das Ende nicht verpassen. Ich verstecke mich hinter dem Goethe-Schiller-Denkmal, aber immer nur sieben Minuten, dann drehe ich eine Runde. Die Posten gucken. Auch mir entgeht nichts. Ich komme im richtigen Augenblick. Hinten und vorne strömen die Gäste aus dem Theater. Leider niemand in Eisenbahneruniform.

Ich frage hinten am Bühnenhaus. Der Pförtner sagt, die Eisenbahner, die üben noch mit Orchester.

Ich sage: Üben, wieso?

Die spielen morgen außer Haus in der Weimarhalle.

Wird der Chor ebenfalls dabeisein?

Freilich, verheißt der Pförtner. Mit dem Telefon in der Hand sieht er aus wie der allwissende Petrus vor dem Himmelstor.

Ich spaziere nun nicht mehr unter Dschagannaths Rädern, sondern im Sonnenschein, und dann finde ich auch noch den Sonderbus, den die Stadt Weimar den Kulturschaffenden zur Verfügung gestellt hat. Ich verstecke mich im Blumenladen. Er ist es. Hugo. Mein Hugo, wie er einsteigt, ziemlich zum Schluß im Gespräch mit einem Mann ohne Eisenbahner-Uniform. Ich habe ihn gesehen. Meinen Göttersohn, der noch herumschusselt wie ein Mensch. Keine Ahnung von dem, was des Himmels ist.

Wenn der wüßte, denke ich mir. Ich hucke den Rucksack und schlage den Weg zum Schillerhaus ein, zum Frauenplan, zum Hotel *Elephant*.

Liebe macht hellsichtig. Das ist ein Spruch, und ich erkenne durch das sehr beschäftigte Mädchen an der Rezeption, daß so ein Spruch wahr ist, und auch gleich, wie groß meine Liebe sein muß. Ich sehe durch Wände. Mauern und Entfernungen machen mir nichts.

Sie wollten wissen, ob ä Chor bei uns wohnt? Das Eisenbahner-Ensemble aus Zwickau.

Augenblick, ich gucke noch mal. Das Mädchen blättert und sagt: Genau, die sind hier.

In einem Anfall von noch größerem Übermut frage ich nach einem freien Zimmer.

Aber da muß das Mädchen bedauern. Da braucht sie gar nich gucken.

Bedaure. Wir sind belegt.

Das macht mir nichts aus. Ich gehe auf Wolken. Alles ist weich. Auch meine Knie. Ich bin ja nun in einer Stadt mit ihm, und wenn ich wollte, könnte ich sogar unter das Hoteldach huschen. Ich weiß, wo er schläft. Ich könnte im Restaurant vom *Elephanten* eine Suppe löffeln oder einfach mal die teppichbelegten Gänge entlangspazieren. Zum Klo. Ich könnte in den Saal hineinspähen, ob er da inmitten des Chores der Eisenbahner von Zwickau am langen Tisch sitzt, ein Prager

Schnitzel gabelnd. Mit solchen heiteren Gedanken besuche ich kurz vor Einlaßschluß das Goethehaus. Ich klaue im Junozimmer ein Kindl von der Goethepflanze. Ich blicke aus dem Fenster auf den Frauenplan. Hugo, wo bist du? Und schon hab ich's mit Würzelchen ausgerissen. Ich setze mich im Park schön an die Ilm. Ich lümmle am Ufer. Der Rucksack neben mir. Die winzige Goethepflanze im feuchten Taschentuch. Eine Ergänzung für die Sammlung im Warmhaus. Bryophyllum, Familie der Crassulaceae.

Es hat nun doch aus milchgrau bezogenem Himmel ein wenig geregnet. Ich habe Kleingeld in der Tasche, lauter Zwanziger. Ich habe schon zweimal telefoniert. Die Nummer vom *Elephanten* weiß ich aus dem Buch in der Zelle, die ich als Regenunterstand nehmen konnte. Allerdings war dort der Apparat kaputt. Das erste Mal funktionierte es am Café *Resie* und das zweite Mal am Bahnhof. Zweimal: Moment, ich gehe mal gucken. Zweimal die ewige Spanne zwischen Leben und Absturz, unten die Schlucht, oben der glatte steile Fels. Endlich die Stimme: Ich habe an die Tür von Zimmer achtzehn geklopft, es meldet sich niemand, scheints is keiner da, scheint's essen, oder der Gast schläft.

Aus Erlösung und Enttäuschung zeugt sich im Augenblick neuer Mut.

Übermut, eine fromme Lust und der Glaube, daß ich dem Kerl wenigstens eine Ahnung geben sollte, zu wem das Schicksal ihn geleitet hat und immer noch leitet.

Ich bin zuversichtlich wie ein Hafen im Abendlicht.

Auf dem menschenleeren Schloßplatz steuert schon wieder eine Telefonzelle direkt auf mich zu. Sie geht mich an. Mich, in Erwartung seiner Heimkehr. Ich probiere, ob der Apparat funktioniert. Und das Tuten macht mich schon froh genug. Ich könnte die Hebel in Bewegung setzen. Doch ich leiste Verzicht. Ich suche mir im Park einen guten Platz zum Schlafen. Unter der Ilmbrücke breite ich das Igelit aus, darauf dann die Decke. Ich krieche in den warmen Trainingsanzug. Zimmer achtzehn, so singt mein Herz.

Im Morgendämmer denke ich an die Schachtel mit dem

Brot und an meinen Thüringer Haustee. Ich trinke die Aluminiumflasche leer bis zum letzten Tropfen. Süße kühle Labe. Ich warte, bis sich die Nebel über den Flußwiesen ein wenig gelichtet haben. Hinauf, hinab, die Frühsonne stochert im Dampf. Dann verstecke ich den Rucksack, wo ihn gewißlich niemand finden kann, und spaziere als ein Frühaufsteher zu Goethes Gartenhaus. Ich schlage die große Runde. Die Landschaftsgärtner haben hier eine andere Methode für die Wegekanten. Sie lassen die Naht kurz überwachsen. Bis Viertel vor zehn gebe ich mir solche berufliche Interessen auf. Heckenschnitt. Ginkgobaum. Wissen eigentlich die Poeten, daß die Früchte des Ginkgo grauenhaft stinken? Andere seltene Gehölze. Den Zwanziger für das Telefon in der Faust. Ich erlaube meinen Schritten ein ziemliches Tempo. Ich renne beinahe. Ein Glück, daß ich warten muß. Jemand hat die gute funktionstüchtige Telefonzelle auf dem Schloßplatz vor mir belegt. Ein Mann spricht in den Apparat. Einen langen ernsten Text. Wahrscheinlich geht es um eine Autoanmeldung im Autohaus, und er muß kämpfen, muß einen Sachverhalt klären. Daß er den Schein von einer verstorbenen Großmutter geerbt hat, nun möchte er den Listenplatz jener toten Oma einnehmen. Ich bin längst zu Atem gekommen, doch er muß alles noch einmal erklären. Die Verwandtschaft zweiten Grades. Das Übernahmerecht. Die Antragsnummer. Kurz vor elf gibt er auf. Er resigniert, oder er hält meinem flehenden Blick nicht mehr stand.

Guten Morgen. Rezeption *Elephant*.

Guten Morgen, ich würde gern bitte mit dem Herrn aus Zwickau, dem Gast aus Zimmer achtzehn sprechen.

Jetzt könnte es klappen. Es ist das gestrige Mädchen, das mir so zuversichtlich entgegnet, der Chor habe den Moment abgefrühstückt.

Den Hörer wieder hinhängen oder warten? Das erste braucht einen Entschluß, das zweite geht nun von allein. Zimmer achtzehn. Ich bin bereit für ein kleines seliges Sterben.

Er ist es. Er ruft mir entgegen.

Drei-, viermal sein herzbrechendes Hallo.

Die Dame hat mehrfach angerufen. Das erlauscht mein rechtes an den Apparat gepreßtes Ohr. Das Atmen, ein Husten und ein Fluch, den ich wiedererkenne. Er galt damals einer Schaffnerin, die uns nicht aufspringen ließ auf die Straßenbahn. Damisch-Trude. In jener Glückszeit. In damaliger Eile: ein Chor wartete auf seinen Dirigenten.

Ich hätte wenigstens ein einziges Wort rufen können. Wenigstens seinen Namen. Hugo. Hallo. Hugo.

Sein Schlußwort hieß: Die dumme Ziege hat aufgelegt. Aufgelegt, ich?

Ich halte verzaubert den Hörer in der Hand. Bis mich einer weckt. Willst du Wurzeln schlagen?

Station Tabakladen, mit guter Einsicht zum Eingangsbereich vom *Elephanten*. Die dumme Ziege hat still vergnügt auf einem kundenfreundlichen Bänkchen Platz genommen. Sie läßt sich von der Ladeninhaberin was erzählen. Familiengeschichte. Inflation. Andere Hürden. Und was man wissen muß: Unsere *Cabinet* ist weiter nichts als die gute *Lux*-Zigarette in anderer Schachtel. Die Tür im Auge. Das Schaufensterchen. Leider keine Bewegung draußen. Jedenfalls nichts von Interesse.

Ich hocke zwei Stunden.

Die Ladeninhaberin erklärt mir, wie ich auf den Ettersberg komme.

Mit dem Autobus ab Bahnhof.

Oben in Buchenwald besuche ich zuerst das Lager. Zusammen mit Kindern, die in zwei Sonderbussen von den Ferienspielen aus Schloß Kochberg angereist sind, laufe ich durch das Gelände. Wir sehen die Grundmauern der Baracken, die Gaskammern und die Verbrennungsöfen. Wir hören im Eingangsbereich einen Vortrag und sehen einen Film. Ich kenne den Film schon. Vor acht Jahren ungefähr muß es gewesen sein. Da sind wir in Zweierreihen, geführt von den Klassenlehrern, vom Schulhof zum Faunpalast marschiert. Ich hatte bis dahin noch keinen Menschen ohne Kleider gesehen. Ich kannte die Leute in Wochentags- oder in Sonntagssachen oder Vater, Mutter, die anderen im Haus, ausgezogen im Schlafhemd. Nackt kannte ich nur mich selbst, wie ich grade als Kind war, wie ich sonnabends im Scheffel saß oder wie ich früher in der Katzbach ein Fisch werden wollte, am liebsten eine Forelle. Da war ich noch wahrlich ein Kind. Doch mit meinem ersten Kinogang sollte es damit ein Ende haben.

Weil ich eine Kinoregel mißachtet hatte. Augen zu. Ich war mir dessen gewiß. Es war eine ungehörige Übertretung. Ich habe die Augen nicht zugemacht, obwohl im Saal als Zeichen zum Augenverschließen das Licht gelöscht worden war. Ich war dem roten Scheinwerfer, dem Samt und der rauschenden Seide verfallen, den drei Glockentönen aus der Wand, ich wollte nicht schlafen. Ich habe mit angesehen, was hinter dem Vorhang geschah.

Aus quellendem Rauch formte sich ein schwarzer Titel. Auschwitz. Kinder streiften die Ärmel auf, um eine Nummer vorzuzeigen. Berge von abgeschnittenen Haaren. Koffer. Schuhe. Ich sah Schuhe. Und ich sah zum ersten Mal nackte Menschen. Frauen, die ihre Blöße verstecken wollten. Geduckt mit gekreuzten Armen. Hände über der Brust. Ellenbogen reichten nicht vor die Scham. Männer aus Haut und Knochen. Eine Rutschbahn ins Grab. Aufgestapelte Körper. Nackte Füße. Nackte Hinterteile. Geschorene Köpfe. Dunkle Stellen zwischen den Beinen. Und ich spürte, daß es kein Ende nahm, daß die Schuld im Augenblick noch größer wurde, weil die Frauen, denen die Kleider abhanden gekommen waren, nun an mir vorbeigehen mußten. Ich stand als kleiner Gaffer am Wege.

Es ist eine Schande, daß ich Deutsche bin. Es gibt nichts Schlimmeres als das und diese Schuld. Alles andere ist weniger schlimm, und ich werde das andere durch meine Schuld entschuldigen. Vaters Tod, die Vertreibung aus dem Dorf und die Flammenhölle in Dresden, das habe ich mir selbst zuzuschreiben, meinem unauslöschlichen Schuldkonto, auch das Plündern der Russen, daß ein Fremder in Uniform meine Korallenohrringe haben wollten, geht mit meiner Schuld ins Nichts.

Weißt du noch, wie dein erster Film war. Ich hatte Hanna gefragt, auf dem Weg vom Schloß hinunter zum Marktkino, wo wir uns *Das Fräulein von Scuderi* mit Henny Porten ansehen wollten.

Ich erinnere mich, wie Hanna behauptete: Das habe ich vergessen.

Ich drehe mich nicht um. Ich höre die flüsternden Kinder, ich höre, hinter mir sammeln sich Leute. Ankömmlinge. Die Eisenbahner sollen sich einer nächsten Führung anschließen. Ich habe gewußt, daß sie kommen werden. Keiner besucht Goethe oder Schiller, kein Chor singt in Weimar, ohne hier heraufzukommen. Ich verstecke mich zwischen den Kindern vom Ferienlager. Mein weibliches Fleisch, meine Brüste. Die Bluse zugeknöpft bis unter das Kinn. Es ist genug, daß ich mich darauf verlassen konnte. Es ist schrecklich genug. Ich lasse ihn gehen. Die Kinder sammeln sich, von tüchtigen Lehrern betreut, vor dem Tor. Finger auf den Lippen, wenn jemand laut redet oder rennt.

Neben dem Denkmal von Fritz Cremer, den überlebensgroßen Helden des Widerstandes, wird für die Lagerbesucher ein zweiter Parkplatz gebaut. Die Kinder rennen nun wie losgelasssen den Hang hinunter. Der Lärm ist mir gerade recht. Ich wühle mich ins warme Kraut, als wollte ich schlafen. Meine Kräfte sind schwach geworden und in einen Strudel geraten. Gleißende Sonne schließt die kahlgeschlagene Berglehne gegen das Tal. Stille. Traum. Hugo winkt mir mit meinem Schuh. Hanna auf dem Fensterbrett des Turmzimmers im Schloß Siebeneichen. Die Bilder hinter den Vorhängen. Sie durften sich nicht mit Hanna verbinden. Hanna hatte es selbst nicht erlaubt. Weil wir sein wollten, wie wir waren. Drei Wochen außer der Zeit, zu Gast in der Kindheit.

Ich gehe quer durch den Wald und dann die gewundene Straße durch das Villenviertel bis hinunter zur Ilm.

Im D-Zugabteil auf der Rückfahrt nach Dresden, einer Bahn, die laut Fahrplan weiter nach Zwickau fährt, findet mich Hugo. Ich lasse mich finden. Listig, eine Nadel im Heu. Wie ich am Fenster sitze. Den Rucksack zu Füßen. Die Aluminiumschachtel auf den Knien, Brot, Salz und Tomaten. Ich habe es genau so kommen sehen. Das gütige Geschick. Der Chor reist in meinem D-Zug nach Hause. Der Chorleiter sucht unterwegs seine Schäfchen zusammen. Er drängelt im Gang an den Rauchern vorbei. Ich entdecke ihn durch das Glas in der Tür. Hugo. Jetzt mußt du mich sehen. Vom Gang aus schräg von oben herab. Ich kneife die Augen zu. Du mußt freudig erschrecken, wie der Caballero vor der schlummernden Pumpelrose. Es ist das Mädchen aus dem Chor der Floristen. Die Besucherin deiner Konzerte. Die Anhängerin deiner Kunst. Schlafend, in ein Reisenickerchen versunken. Die Aluminiumschachtel, die Tomaten, geschickt auf dem Knie.

Du steigst über die ausgestreckten Beine der Coupébesatzung, du küßt meine unschuldig ruhende Hand. Jetzt mache ich die Augen auf. Du hast mich geweckt. Du mit deinem knospensprengenden Blick.

Du hier! sage ich.

Ich packe die Sachen zusammen. Ich schleife den Rucksack auf den Perron. Noch eine Stunde bis Dresden. Es sind wieder seine Finger. Er pfeift mir ins Ohr. Ein Liebesmotiv aus Tristan oder einer anderen Oper. Dann essen wir meinen Frühapfel, den ich gestern an der Ilm angebissen und für sauer befunden habe. Hugo sagt, so muß er sein. Schaumig. Er stopft mir die Kehle fein zart.

Bevor ich auf dem Neustädter Bahnhof aussteigen muß, hilft er mir den Rucksack aufhucken.

Wo hast'n den her?

Soldat Engel steht mit Tintenstift auf dem Schultergurt.

Und so heiße ich manchmal in Hugos Briefen: Mein lieber Soldat, lieber Engel, Soldine, Engelchen. Bloß weil er den Namen auf dem Rucksack gelesen hatte, während er mich fest fürs Nievergessen umarmte. Oft schickt er mir ein Faß Tinte. Blau, lauter schlummernde Liebe.

Einmal fahre ich mit Betty zum Heilpraktiker. Es ist, weil ich von etlichen in unserer Nachbarschaft beraten und durch wunderbare Gesundungsberichte ermuntert werde. Nichts mehr habe geholfen, aber die Sachen, die der Heilpraktiker verschrieben hatte, die haben schließlich angeschlagen. Manch einer möchte schwören, mit genau den Tropfen sei er ein neuer Mensch geworden. Ein Glück, sonst stünde ich jetzt nicht mehr hier, sondern da. Manche zeigen nach oben.

Ich tue den Leuten und mir den Gefallen. Hugo will ich gar nicht erst viel erzählen. So voll Klangideen, wie er den Tag beginnt. Er ist zur Zeit mit neuen, noch nicht spruchreifen Sachen befaßt. Oft fährt er in die Gegend von Berlin Alexanderplatz. Dort wohnt der Librettist, jener, den ich als Pilzfreund kenne. Abends kommt Hugo mit guter Laune und einem Gruß nach Hause. Schöngruß und mein Nußkuchen sei unvergessen. Hugo fährt bald nach dem Frühstück mit Retourgrüßen los.

Was du tun mußt, mache bald. Ich nehme mich in die Pflicht.

Anmeldung muß nicht sein. Man darf während der Sprechstunden jederzeit kommen. Es kann ja nicht schaden, denke ich mir. Der Nachbar hilft. Er verstaut Bettys Wagen im Kombi. Er sorgt für Decken und Kissen. Er weiß Bescheid. Dann schwinge ich Betty huckepack auf den Beifahrersitz. Ich habe den Bogen raus. Betty zieht den Kopf ein.

Vielleicht besuchen wir auf dem Rückweg in Nattwerder die Schreibmaschine, erkläre ich Betty. Weißt du noch, unsere schönen Ausflüge, wie wir über die Brücke hinüber in die Fremde gefahren sind.

Uhr? sagt Betty.

Genau, die Uhr und die Schreibmaschine, die haben immer auf uns gewartet. War das schön?

Ich frage mich, ob es nicht besser wäre, den Heilpraktiker zu vergessen. Ich zweifle noch auf der Treppe, Betty auf dem Rücken. Wir sollten heimgehen. Umweg Nattwerder. Unterwegs hole ich aus dem Konsum ein Eis für Betty. Doch mein Finger hat schon den Knopf gedrückt. Die Klingel schellt.

Ein kleiner untersetzter Siebziger öffnet die Tür. Sind wir bei einem Herrenschneider? Schwarze Hornbrille, ein dunkler werkstattverstaubter Anzug. Ein gelbes Bandmaß hängt ihm am Hals. Was wir bei ihm wollen, will er nicht wissen. Später, später, sagt er.

Betty wird sorgfältig ausgemessen und dann auf einer Sitzwaage abgewogen. Er schiebt das Gewicht, tippt auf die Skala. Hilft den wippenden Zungen bis sie endlich Gleichstand haben. Geduld wie ein Gelbmützenlama. Glasschrank. Graue Wachstuchliege. Wartebank mit Ziermuster, lauter Löcher in Sitz und Lehne. Meine Fingerkuppen beim trockenen Flötenspiel. Ich bin schon wieder bei einer Art Vater unser, der du bist im Himmel. Wir schätzen das Gewicht der Kleider, die Betty mit auf die Waage gebracht hat. Ein Kilo, das könnte sein. Er fragt nicht viel und erklärt überhaupt nichts. Er mißt die gebeugten Knie, den Hals, den Kopfumfang, die Ohren. Legt sein Metermaß an, hängt es sich um den Hals, notiert, studiert die Zahlen. Hat nun gar keine Fragen mehr. Er kümmert sich nicht um mich. Dem Putzle, wie er seine kleine Patientin murmelnd nennt, hat er ein Stück Würfelzucker zukommen lassen. Schnäuzle auf. Die Blechbüchse mit dem Süßzeug steht auf dem Bord.

Betty spielt Artigsein. Kauen, schweigen, die Welt bestaunen. Sie äugt auf seine Hände, die nun eine ziemlich verknotete Senkschnur von einer Rolle wickeln. Helfen läßt er sich nicht. Er schiebt mich energisch beiseite, um mit der Schnur auf vielerlei Arten an Bettys Armen, Beinen, vom Scheitel bis zum Steiß, das Lot zu nehmen.

Während er mißt, wandelt sich mein Zweifel in Zuversicht. Ich fange an, dem Maßband und den Zahlen zu trauen. Ich glaube an den Sinn der Tabelle. An sein wortloses Hantieren. Und wenn er mal was sagt, klingt es Wienerisch, wie in alten Filmen, in denen schlaue kleine Männer gegen Krankheiten siegen.

Ein stiftförmiges Gerät funktioniert als Augenlampe. Betty sitzt als ein heiliges Englein auf der Waage. Ich blinzle ihr aufmunternd zu. Er reißt einen Zettel von einem Block. Das ist das Rezept, sagt er. Acht Tropfen dreimal täglich nach den Mahlzeiten in Wasser.

Wir sparen uns den Umweg nach Nattwerder. Die Schreibmaschine kann warten.

Ich glaube an die Tropfen. Frau Gieram findet, daß Betty

einen fröhlichen Eindruck macht. Sie sagt, das Schätzchen hat mich schon liebgewonnen. Sie weiß ja von nichts. Hugo, meinem Glücksgefährten, zeige ich das Fläschchen. Er sagt, es sind Jahrtausenderfahrungen, die in so einer Heilschule schlummern. Er ist noch zuversichtlicher als ich.

Locarno hat sich gemeldet. Die *Gesellschaft für Moderne Musik* hat eine Einladung geschickt. An Hugo persönlich. Weil aber so ein Einzelgängertum dem Musikschaffen im großen nichts bringt, wurde die Einladung nach einem offiziellen Briefwechsel in eine Einladung an den Verband umgewandelt. Hugo gehört jetzt zu einer Delegation, die im nächsten Herbst an Festtagen mit Workshop teilnehmen wird.

Mi piace la frutta. Mir gefällt, mir schmeckt, ich esse gern Obst.

Ma mama e mobile. Auch Betty hat einen Brocken aufgefangen. Locarno. Es ist noch nicht Italien, aber immerhin ein Ort hinter den Alpen. Tessin. Ich habe gelesen, dort wachsen Kamelien am Straßenrand. Stell dir das vor, meine Topfkamelie mit ihren drei Knospen ein Straßenbaum! Das Dresdner Wunder als alltägliche Erscheinung. Die Urform von unserer Cyclame, das Veilchen der Alpen, Alpenveilchen, wie wir ganz richtig sagen, blüht frei in den Wäldern.

Niklas kommt über das Wochenende nach Hause.

Junge, du hast ja ein graues Haar!

Ich freue mich auf Weihnachten, sagt er zum Abschied.

Wo ist denn der Niki? Hansi brüllt von der Straße herüber.

Hast du ihn nicht gesehen? Gestern, mit dem Pferd. Er ist wieder mal zu Hause gewesen.

Die Glauberin schickt eine Postkarte aus dem Erzgebirge. Ein Foto. Vier Pferdeköpfe. Haflinger. Goldi, Moni, Matz und Fratz. Das ist unser Anfang hier, schreibt sie. Näheres später im Brief.

Glaubers sind fort. Es hatte ja schon lange Zwistigkeiten mit dem Chef gegeben. Nun sind sie in Lauenstein in der alten Schäferei untergekommen. Vier Kinder, auch das letzte ist wieder ein Junge. Olaf, der vorletzte, geht schon in die Schule. Glauber versucht, in der Genossenschaft eine Haflingerzucht aufzuziehen. Die Glauberin hat dazu noch eine Heimarbeit angenommen. Sie tut Nähzeug in Schachteln. Reisenähzeug. Die drei Großen helfen tüchtig mit. Die Wochennorm ist durch die vielen Hände leicht zu schaffen.

Unten aus dem Ort werden Urlauber heraufgebracht. Für Kutsch- oder Schlittenfahrten. Je nach Wetter. Wald und schöne Natur gibt es genug.

Aber ob wir selber einmal Gebirgsmenschen werden? Wer weiß.

Ärger ist auch einiger. Die Maschinen sollen aus den Ställen in die Scheunen. Und wohin mit dem Winterfutter? Schlitten und Wagen müssen auch untergebracht werden.

Das Leben ist ein Kampf, dies wünscht mit einem Gruß die Familie Glauber aus Lauenstein/Erzgebirge.

Glaubers sind fort. Auch die Pferde sind nicht mehr da. Keine Begrüßung aus dem Stall, das hatte uns schon gewundert. Mich und Fox.

Eine befremdliche Stille. Nicht einmal Spatzen. Nicht einmal Strohhalme, die über den Vorplatz treiben.

Die Verkäuferin in der Kantine sagt: Verstreut, in alle Winde, die Pferde.

Sie bringt zwei Kaffee und die Schachtel Kekse, die ich dazu gekauft habe. Fox steht mit gelockertem Sattelgurt am Stand vor dem Stall. Ich kann sehen, wie er noch in alle Richtungen hofft. Er wiehert und dreht die Ohren. Wir ziehen gleich wieder los, so rede ich mir selber zu. Was stochern wir in dem, was vergangen ist, sind wir noch nicht trübe genug?

Ein Bierkäufer erzählt, die Kutschen haben die aus Neustadt geholt, und die beiden Schimmel sind in der Gegend von Kyritz untergekommen.

Meine Grete! Ich erzähle, ich schwärme, was für ein schlaues Pferd das war, wie es mir einen vernünftigen Sitz beim Galopp beigebracht hatte. Immer wieder hatte Grete sich wie ein Schaukelpferd gestellt, bis ich endlich vorschriftsmäßig fest am Sattel klebte. Ihre Schnaufer unterwegs sollten mir sagen: Nun hast sogar du es kapiert. Und die Glauberin auf Charly neben mir hatte meiner Grete oder manchmal ersatzweise der Dorfschönen zugestimmt. So geht man einen versammelten Galopp. Jagdritte sind zwar schön, aber keine Kunst. Wenn das Reiten mal nur eine Lust sein sollte, sind wir über die Stoppelfelder gefegt wie die Don-Kosaken. Und Grete vorn. Die Glauberin brauchte es gar nicht erst zu versuchen, sie holte uns nicht ein.

Solche Geschichten. Der Bierkäufer rafft die Flaschen. Das wird es ja nun gewesen sein.

Die Verkäuferin sagt mit bitterem Trotz in der Stimme: Die Regale bleiben jetzt leer. Wer will, kann die Bretter haben. Ausverkauf.

Sie setzt sich zu ihrer Kaffeetasse. Sie nimmt noch eine Zigarette.

Der Chef hat sich verdünnisiert. Wenn man das hätte ahnen können. Das schickt sie über die Schulter dem Rauch hinterher.

Sie läßt mir Zeit, innerlich in Glaubers Namen über allerlei Schicksalspossen zu räsonieren. Das hättet ihr euch sparen können. Die Ungeduld. Die Flucht. Verfrühte Revolutionen sind wie Disteln im Barthaar. Doch nach der nächsten Zigarette der Verkäuferin, ihren Seufzern und Flüchen, kann ich Glaubers nur gratulieren, gut, daß ihr euch beizeiten auf die Socken gemacht habt. So bleibt euch etliches erspart.

Der Abriß der Pferdeställe. Das Plattwalzen der Koppeln, der Scheunen und des alten Gutshauses samt Verwaltung, Kulturraum und Kantine. Sogar die Neubauhäuser werden entwohnt.

Die Felder bleiben brach. Das Landgut wird dichtgemacht. Zu nahe an der Grenze. Moderne Leuchten und zwei Wachtürme sollen hingesetzt werden. Mit einem kurzen Einstich von der Landstraße ins Feld ist mit dem Bau einer Hühnerfarm begonnen worden. Einer Broilermastanlage, wie es heißt.

Haben Sie nicht die Stromleitung auf dem Feld gesehen? Das gehört alles schon dazu. Drei Leute aus der Stadt sollen das ganze Theater betreiben. Aufzucht. Schlachtung. Verladen.

So geht das manchmal. Das ist der Schluß, den ich unter den Brief an die Glauberin setze, in dem ich von meinem Ritt berichtet habe. Und auch erwähne, daß Foxi sie deutlich vermißt. Den bequemen Platz im Stall und ihr Streicheln, die Mohrrüben und die Zuckerwürfel aus ihrer Jackentasche.

Es ist recht leer hinter Seeburg, so beginne ich das nächste Schreiben. Wenn wir nun unsere Einkaufstour machen, nimmt Fox den kurzen Weg über den Schießplatz. Es knallt zwar manchmal, aber doch ferne hinterm Wall, und wir schaffen es, in einer Stunde mit vollem Rucksack wieder zu Hause zu sein. Es ist die Zeit, in der Frau Gieram bei uns ist. Sie macht Atemübungen mit Betty. Die Atmung ist wieder das Wichtigste geworden. Wie jedes Jahr Ende November. Wir müssen den Dezember, Januar überstehen.

Anbei etwas für die Kinder. Erraten! Die böhmischen Buntstifte, sieben Schachteln, also auf Zuwachs!, habe ich von Lena aus dem Russenmagazin, von der ich schönstens grüße, wie auch von Hugo und Betty. Niklas kommt erst Weihnachten. Ob es richtig war, ihn auf Schule zu schicken? Das müssen wir uns fragen. Ich habe an seinem Wirbel schon ein paar graue Haare entdeckt. Vor Betty spinnt er, daß er ein Baumhausbauer werden will. Wer weiß, was er damit meint.

Nun also allen Glaubers, die Haflinger inbegriffen, das Beste.

Die Postfrau, neuestens mit Sonderrecht für das Grenzgebiet, muß nicht mehr hinter dem Zaun rufen, bis ich sie höre. Sie klopft an die Vordertür. Groß wie eine Karnickelbuchte ist die Kiste, die sie mir vor die Füße setzt.

Is was Leichtes drin, sagt sie.

Sie reicht mir den Stift. Ich quittiere. Was das Leichte sein könnte, weiß ich nicht. Ich kann der Neugier nicht mal mit einer Vermutung helfen. Aber ich bin auf der Suche nach einem Trinkgeld.

Mit normalem Fahrrad kannst du so was nicht transportieren. Das erklärt mir die Tüchtige, während ich meinen Mantel und die Regenjacke durchwühle. Endlich habe ich was. Ich lasse es in ihre Tasche klimpern.

So ein besonders guter Wille verdient einen Dank.

Das Paket kommt aus Lauenstein/Erzgebirge. Absender Glauber. Ich knüpfe die Schur auf. Betty zerreißt das Papier. Schafwolle. Vom schwarzen und vom weißen Schaf zu zwei Fäden ausgesponnen und miteinander verdreht, also meliert. Alles eine Sorte. Lauter fertige Lagen.

Ich stricke für jeden etwas. Für Hugo Skistrümpfe, für Niklas einen Pullover, für Betty Weste, Mütze und Handschuhe, für mich dasselbe, nur etwas größer. Dann stricke ich Socken, dazu schneide ich aus Lederresten rechte und linke Sohlen. Zwanzig Paar habe ich vor Weihnachten fertig. Hüttenschuhe. Der Leiter von der Heimkunst sagt, die gehen wie warme Semmeln. Auch nach dem Fest. Die Glauberin schickt noch so eine große leichte Kiste.

Die Heizung tickt in der Wand. Ich stopfe die Ritzen unter der Tür. Wir lagern auf der Kindersteppdecke, ich mit meinem Strumpfnadelspiel, wenn die Länge fertig ist, stecke ich mir die übrigen Nadeln ins Haar, mit drei Nadeln geht's an die Ferse. Betty hält das Knäuel. Sie soll liegen, mal auf dem Bauch, mal auf dem Rücken, damit sie das Zwerchfell schont und die Lunge, aber doch nicht den ganzen Tag. Ich baue einen Sitz auf der Decke, mit Rückenlehne und Halt für die Arme. Husten ist gut, das hilft der Atmung. Arme hoch, Betty. Auch trinken hilft. Apfelsaft. Und die Wolken im Fenster helfen uns auch. In meine Arme gekuschelt, so sitzt Betty mit mir in der Eisenbahn. Wir fahren direkt durchs Gebirge. Ein Schneegebirge. So was haben wir noch nie in unserem Leben gesehen. Ich wußte nur, daß es so was gibt, soviel Gebirge mit soviel Schnee. Der Fichtelberg ist dagegen ein Hügel. Leute, die unsere Hüttenschuhe kaufen, steigen hier aus. Es ist die Tatra oder das Riesengebirge mit der Schneekoppe und der Reifträgerbaude. Wir wären vielleicht auch ausgestiegen, aber unser Zug hält nicht unterwegs. Er fährt durch. Durchläufer müssen nirgendwo halten. Es gibt einen Trick. Den haben wir uns ausgedacht. Betty kneift die Augen zu. Ich zerre die Steppdecke samt Betty, Strickzeug und Trinkbecher bis zur Stubentür. Wenn du jetzt die Augen aufmachst, siehst du draußen vor dem Fenster zuerst den Grenzturm und dann den Himmel. Damit sind wir selber angekommen, nun sind die anderen unterwegs. Kamele wandern. Scharen von grauen Vögeln. Jemand versteckt sich hinter einem wirbelnden Kissen. Ein fliehender Koch. Hast du die zerknitterte weiße Mütze gesehen? Der hat bestimmt etwas ausgefressen. Einzelne Kochmützen fliegen. Handtücher werden geworfen. Teller und Schüsseln. Scherben sausen hinterher. Lauter Geschichten, die in dem Land hinter der Mauer passieren. Tüllgardinen. Schleier. Schneewittchen, die Elfenkönigin, Zirkus, tanzende Lipizzaner, alles spielt drüben. Manches sogar hinter den Alpen. Im Azur des Südens, wo Hugo in einem weißen Hut in einem weißgetünchten Städtchen spazierengeht.

Ich erzähle. Die Nadeln klimpern. Und weiter, fragt Betty. Ich sehe, wie ihr vor lauter Eifer die Augen zufallen. Ich sehe an den zuckenden Wimpern, wie sie ruhig atmet und anfängt zu träumen. Ich sehe, wie ihr der Traum gefällt. Mehr Himmel kann es gewiß nicht geben. Oder Frieden oder Glück.

Ich sitze wie das Schneiderlein. Die Maschen laufen aus den Händen in die Strümpfe.

Das sind sieben totgeklatschte Fliegen.

Das ist ein simpler Romadur von der Käserei in Caputh.

Das ist ein verfressener Sperling, passer domesticus nennen ihn die Ornithologen.

Ich gebe es ja zu, daß ich keinen Heldenstreich fertigbringe. Wasser aus einem Stein quetschen, es ist mir nicht gelungen. Auch die Schwerkraft habe ich bis heute nicht übertrumpfen können. Der Sperling fliegt nicht fort, wie einst zur Ehrenrettung des kleinen Schneiders. Der Sperling kratzt zutraulich auf dem Fensterbrett. Wenn ich aufmachte, käme er gar in die Stube, würde rings um die schlafende Betty die Kekskrümel picken, frech genug, damit ich mich einst an die Augenblicke erinnere. Als fehlte mir nichts. Höchstens Niklas, der könnte mal telefonieren. Oder Hugo, der könnte mir, bevor ich ihm den Koffer einpacke, erklären, wie sehr er sich auf das Heimkommen freut.

Kalte Tage. Kein Schnee. Das sind unsere Winter. Das Entenbecken ist zugefroren, gewiß auch die Panzerlöcher, der See liegt starr. Der Wind raspelt und schabt, treibt Grieß über das Eis und Papier von Nachbars Sammelstelle die frosttrockene Straße hinunter. In der Birke hoch oben hängt eine Zeitungsseite. Die Rhododendren tun so, als wären sie am Ende.

Die überstehen das, erkläre ich Frau Gieram. Die schützen sich nur vor Verdunstung, indem sie die Blätter zu Zigarren zusammenrollen. Frau Gieram stellt das Fahrrad unter das Dach. In der Küche tritt sie sich die Fellstiefel von den Füßen.

Sie lobt die Wärme. Wie in einer Neubauwohnung, so mollig. Das haben wir den Russen zu danken. Ich habe mir die Kellerbuchte voll Anthrazit karren lassen. Steinkohle, klein wie Kiesel, mit bestem Heizwert. Ich muß dem Feuer frühzeitig ein Bett bereiten, erst wenn es tüchtig lodert, schaufle ich das schwere, glänzende Zeug ins Ofenloch. Ich muß die Luftklappe regulieren. Zuviel bringt den Kessel zum Glühen, zuwenig stoppt die Verbrennung. Schwarzes im Ascheeimer sagt mir, daß wir den Heizwert nicht nutzen. Man braucht Erfahrungen. Die genaue Mitte und manchmal etwas mehr. Ich renne in den Keller. Betty und Frau Gieram sollen nicht frieren.

Frau Gieram zieht den Pullover aus. Der Kittel genügt. Betty in Turnhose. Wir haben es gut.

Die Entennäpfe habe ich gestern abend in die Küche geholt. Sterz frißt am liebsten gekochte Nudeln, Marie und Gorki fressen gequetschten Hafer, Abgezweigtes aus der Futterkiste von Foxi. Einen kleinen Trinkwassereimer nehme ich mit.

Der Morgenstern blinkert. Dienstag, ich weiß, ich bin euch zu spät, aber beleidigt müßt ihr deswegen nicht sein. Das Schwiemeln über dem Schornstein müßte euch eigentlich sagen, Frau Gieram kommt, das weiße Fähnchen müßte euch mindestens signalisieren, daß eure Futtermeisterin im Keller steckt und daß es noch dauern wird, ehe der Schornstein richtig raucht. Ihr seid doch sonst so schlau. Als hättet ihr all die neuen Bücher über die Graugans gelesen und die alten über die Pawlowschen Hunde. Geschichten über Prägungen und Bedingte Reflexe. Dienstags stinkt es erst nach Qualm, und dann gibt es Futter. Alle anderen Tage ist es umgekehrt, und sonntags wird es insgesamt mit allem etwas später.

Beleidigte, ich rufe euch mit Namen. Sterz. Marie. Gorki. Nichts. Ich stelle das Futter hin, klaube dürres Holz zusammen. Rufe noch mal. Horche auf ein Rascheln. Nichts. Nicht im Entenhaus, nicht unter den Fliederbüschen. Gorki, rufe ich, weil der sonst immer zuerst zum Futter gestürzt kommt. Sonst überschlägt er sich fast, während Marie und Sterz gern abwarten, bis ihnen keiner mehr die Körner in den Schnabel zählt.

So wie ich bin, in Latschen, so suche ich und rufe bis hinunter zur Mauer. Unten locke ich leise, denn ich will den Grenzhund nicht wecken. Wer weiß, was wir jetzt für einen Kläffer am Seil hängen haben. Wenn einer erst anfängt, bellt es bald rings um den Westen. Wir stellen uns manchmal vor, wie ungefähr an der Bornholmer Straße das Gejaule des Nord- und des Südrings aufeinandertreffen.

Kigorkigorkigor, leise, daß die Meute nichts hört.

Ich nehme es als ein gutes Zeichen, daß ich nicht eine einzige Feder finde. Frau Gieram sagt: Wenn erst richtig Tag ist, sieht alles ganz anders aus.

Der Tag wird hell, sonnig sogar. Hugo fährt in Paßangelegenheiten nach Berlin. Die Enten sind fort. Alle drei. Spurlos verschwunden. Das ist in unserem Falle mal keine Redensart. Auch um Mittag bei genauer Suche habe ich kein Federchen von ihnen entdeckt.

Hugo hat aus dem Auto heraus gesagt: Geh mal eine Stunde nicht hin, noch besser, du denkst mal eine Stunde nicht an die verschwundenen Enten. Plötzlich, ehe du dich versehen hast, sind sie wieder im Gehege. Das haben wir doch alles schon erlebt.

Aber nicht mit drei Enten auf einmal.

Es geschieht nichts im Versehen und nichts bis Mittag.

Sollten alle drei über die Mauer geflogen sein? Mit kurzen Flügeln hinüber aufs Eis? Vielleicht hatte ihnen der Wind geholfen. Vielleicht hatten sie sich gegenseitig unterstützt. Vielleicht planen sie gerade das Wiederkommen. Gekochte Nudeln. Quetschhafer, Kigorkigor, es steht alles bereit. Ich wechsele die Eimer, weil das Wasser binnen einer Stunde gefriert. Das Eis taut in der Küche.

Am Nachmittag mutmaßen die Leute im Ort bis hinunter zu Franz und hinüber zum Waldfrieden und zum Jägersteig. Füchse und Hunde scheiden aus. Die hätten Spuren hinterlassen. Federn, Blut. Kampfzeichen.

Iltis. Marder. Habicht. Sperber. Ein Fischadler sei am Krampnitzsee gesichtet worden. Was schlägt so ein hungriger Vogel bei zugefrorenen Seen? Franz zeigt mir im Bilderalbum über mongolische Steppenvölker die Abbildung eines goldsilbernen Medaillons aus dem 12. Jahrhundert. Da sieht man es. Ein Greifvogel hält zwei Enten in seinen Fängen.

Ich muß zu bedenken geben, daß drei Enten auf einmal verschwunden sind.

Geklaut, sagt einer.

Im Grenzgebiet? Unter einem Wachturm?

Jemand will es nicht in letzter Deutlichkeit sagen. Ein anderer pflichtet vorsichtig bei. Man verdächtigt meinen Nachbarn. Unseren hilfsbereiten Trunkenbold.

Klar, er hat wieder etliche Neigen zusammengetrunken und das Altpapier nicht anständig in die Schuppen verstaut. Das Dorf sieht aus wie nach einem Wirbelsturm. Überall fleddert Gedrucktes herum, fährt sich fest, tritt sich fest. Oder hängt in den Sträuchern. Man weiß doch, was ein Mandarinerpel wert ist. Rein in den Sack und ruckzuck ins Zoogeschäft. Vier Blaue bringt das allemal.

Im Jägersteig, so erzählt mir Karli, ein früherer Schulfreund von Niklas, hat ein Habicht drei Hühner geholt. Beim vierten haben seine Eltern Gegacker und Gekreische gehört. Da haben sie ihn gesehen und Bescheid gewußt. Vorher haben sie nur gemerkt, daß drei Hühner fehlen und Diebstahl nicht ausgeschlossen. Der Habicht, heißt es, hinterläßt keine Spuren. Karli kann das bestätigen.

Ich glaube an die Flucht und hoffe auf Rückkehr. Mir will aber auch die andere Möglichkeit nicht mehr aus dem Sinn. Diebstahl. Ohne konkrete Verdächtigungen. Es gibt ja eine Reihe von Leuten, die einen Passierschein für das Grenzgebiet haben. Der Arzt, die Gemeindeschwester, die Physiotherapeutin, die Briefträgerin, die Jauchefahrer, der Schornsteinfeger und die jungen patrouillierenden Grenzsoldaten, die wechselnden Mannschaften auf dem Turm. Die Russen machen in ihrer Not alles zu Geld. Wer weiß, wo sie meinen Anthrazit hergeholt haben oder das billige Benzin.

Unser Pilzkonkurrent Seewald will den Spekulationen ein Ende machen. Die sind längst in der Pfanne, sagt er, und die Federn stecken auf einem Hut.

Daran glaube ich nicht. Davor schützt meine Mandarinenten der Preis. Wissen Sie, was die gekostet haben? Ich verteidige meine Hoffnungen auf jedem Niveau.

Ich suche Nummern von Zoo- und Kleintierhandlungen aus dem Telefonbuch heraus. Dann fange ich an zu telefonieren. Ich frage scheinheilig nach Vogelfutter und als zweites nach Zierenten für ein fließendes Parkgewässer.

Vogelfutter gibt es nirgends. Aber mit Mandarinenten habe ich endlich Glück. Zwei Erpel sowie ein weiblicher Vogel sind vorrätig. Das sagt eine Männerstimme zum Hören und Staunen. Und zwar im Zweiggeschäft, nahe am Nauener Tor.

Niklas, mein Junge, gut, daß du kommst.

Er wußte von Hugo, was bei uns passiert war. Hugo hatte telefoniert. Schlechte Kunde. Niklas hatte umgehend beim Schuldirektor einen freien Freitag erbeten. Sein schiefer Weisheitszahn, den er leider von mir geerbt hatte, der sollte längst mal gezogen werden.

Nun ist er raus. Nun ist Niklas zu Hause. Nun ist einer da, der auf Betty achtgeben wird. Betty liegt auf dem Sofa.

Wenn Betty aufwacht, nehmt euch zusammen ein *Moskauer Eis* aus dem Kühlfach. Eis hilft heilen. Niklas streichelt seine Backe, rechts und links. Überall tut es weh.

Graupelschauer, überfrierender Regen, auch das noch. Ich fahre nicht mit dem Auto, ich nehme lieber den Bus. Ich habe einen Klappkarton im Rucksack. Ich wandere bis zum Zooladen am Nauener Tor. Im Schaufenster wimmelt es von bunten Fischen. Hinten sehe ich eine Hamsterkiste und Mäuse. Im großen Gehege Harzer Roller, Wellensittiche. Auf einer Schaukel sitzt ein grauen Papagei. Enten sehe ich nicht. Ich frage nicht erst nach Vogelfutter, ich sage gleich, daß ich es war, die wegen der Enten telefoniert hat.

Nicht mit mir, sagt der Mann. Schade, sage ich und staune selber, wie anzüglich das schon klingen könnte, wenn er wollte, aber der Mann im grauen Kittel will nicht.

Er sucht unter dem Ladentisch das Papageienglöckchen. Müde. Sachdienlich: Mit wem haben Sie denn gesprochen?

Mit dem Chef, taktiere ich nun und fahre gleich fort: Die Mandarinenten sollen auf fließendem Parkgewässer ausgevölkert werden.

Ich argumentiere wie ein Experte. Wenn nicht wie ein Enten-, so doch wie ein Bienenhalter. Blende ihn mit Großvaters Bienenlatein. Ausgevölkert sollen die Enten werden, ich füge hinzu: Auf freier Weide mit Zufutter.

War das eine Bestellung?

Jawohl. Ich nicke.

Argwöhnische Augen. Auch der Papagei guckt schief und läutet wie das Hohe Gericht. Die beiden haben wahrscheinlich gemerkt, daß ich ein schräger Kunde bin.

Es war eine fernmündliche Zusage, sage ich frech.

Ausverkauft, sagt er.

Ausverkauft, ruft der Papagei und wirft die Glocke. Das macht man nicht. Er droht und läßt die Glocke erzieherisch unten liegen. Mir erklärt er, daß das Entenpaar schon abgeholt worden und der einzelne Erpel schon bezahlt sei.

Schade. Ich gucke ihn jetzt an, ich blinzle direkt in seine Augen hinein. Ob ich den einzelnen Erpel, der auf seine Abholung warte, mal sehen dürfe. Bloß kurz. Ich tätschle über den Ladentisch hinweg seine Hand und zwinkere dem Papagei einvernehmlich zu.

Schade. Ausverkauft. Der Vogel peilt schräg auf meine Hand. Schade. Ausverkauft. Mit scharfem Schnabel.

Das tut doch keinem wehe. Sage ich, wie ich einst meine schlesische Großmutter vor dem Inspektor hab betteln hören, als der Inspektor die Pacht stunden sollte. Jesses, amol.

Eher genervt als gerührt trägt der Mann aus einem hinteren Raum einen Korb herbei und erweist sich nun nicht nur als graue Hilfskraft, sondern als Kenner.

Ein schöner schöner Vogel, sagt er.

Kigor, kigorki, Gorki. Sage ich. Das Entchen läßt sich zutraulich den Schnabel streicheln. Liebster. Gorki. Ein Sichelfederchen flattert in meine Hand. Kleines Tier. Ich würge. Großvaterworte bleiben im Hals. Die Gelenke versagen mir Großmutters Kniefall. Der Zoohändler schafft den Korb wieder fort. Schöner Vogel. Der Papagei zetert hinter ihm her. Ich hebe das Glöckchen auf. Hier hast du dein Spielzeug. Und schon spritzt Blut. Ich wickle mein Taschentuch um den Daumen.

Du Mistvieh. Ich verschwinde.

Ich bin überzeugt, daß unsere Enten leben.

Damit tröste ich mich erst einmal. Anderntags setze ich mich auf den Hosenboden. Ich erstatte Anzeige gegen Unbekannt. Ich protokolliere den Sachverhalt. Die Einzelheiten an jenem Dienstag. Am Ende beschreibe ich meine Begegnung mit Gorki in der Zoohandlung am Nauener Tor.

Wie willst du denn das jetzt noch beweisen? Hugo klebt ein Pflaster auf meinen Daumen und nimmt mich in seine Arme.

Ich bin beleidigt. Beweisen? Ich kenne Gorki. Ich bilde mir doch nichts ein. Leider fühle ich, daß Hugo recht hat. Ich hätte den beiden Graupapageien in der Zoohandlung die Adresse der Käufer eines Mandarinentenpaares entlocken müssen. Ich war dumm, ich war ja schon auf bestem Weg, die Affäre aufzuklären. Wenn nicht allein durch Weibertrick siebzehn, so hätte ich mit einer zusätzlichen Objektprämie, früher sagte man Trinkgeld, mein Ziel vielleicht doch erreichen können. Am besten wäre es gewesen, ich hätte gleich ein bißchen gedroht. Ich hätte einen Herkunftsnachweis einfordern können. Forsch wie ich beim Auftritt im Laden war. Enten ausvölkern in einem fließenden Parkgewässer. Herkunftsnachweis, das ist das Wort.

Hugo streichelt mir anzüglich über das Hinterteil.

Du glaubst mir nicht. Du, du, du. Ich zerknülle meine Klage. Wütend, klein, aber nicht ganz geschlagen. Während Hugo mich zum Sofa trägt, beschließe ich, bei nächster Gelegenheit trotzdem noch einmal in der Zoohandlung vorzusprechen. Ich will einfach die Tatsachen auspacken und dann nach der Adresse fragen. Sterz und Marie. Ich will Beweise sammeln. Ich habe ja sogar Fotos von meinen drei Lieben. Der stolze Erpel auf seinem Stein, die Ente und der Kleine anmutig verspielt auf dem Wasser. Ich kann Zeugen beibringen. Leider habe ich keine Rechnungen aus der Zoohandlung in Schönwalde, aber vielleicht erinnert sich die Verkäuferin an den Zwischenfall, jenen Ausflug nach dem Westen. Allerdings habe ich ihr nicht mitgeteilt, daß der geflohene Erpel wiedergekommen war. Das hätte ich tun müssen. Ein zweiter Erpel war ja damit zusätzlich in meinem Besitz gekommen. Sie hatte ihn mir geschenkt. Als Ersatz, denn sie hatte die Verantwortung für das Abhauen tragen wollen. Für die kräftigen Flügel des Erpels, der damals noch namenlos war. Ich war froh, daß Niklas, bevor er ins Internat mußte, mit der Erpeltaufe Ordnung in unser Haus gebracht hatte. Wie dumm hatte ich in der Tierambulanz vor der Aufnahmeschwester gestanden, als ich bekennen mußte, die Katze heißt Katze.

Sterz, das ist der Name des Eitlen gewesen, und der kleine Freche hieß Gorki. Nicht direkt nach dem weltbekannten Dichter, sondern nach dem kessen Traktoristen Maxim, den alle im Ort wegen seines Vornamens Gorki nannten. Gorki. Kigorkigorki. Zutrauliches Wesen. Das Futter hatte er mir aus meiner Hand geschnäbelt. Er hatte mich am Schuh gezupft, wenn er was sagen wollte. Ich verstehe nicht, wie Hugo jetzt so zärtlich sein kann und so munter und gar nicht bei der Sache. Die Hauptsache, daß sie leben, murmelt er mir ins Ohr. Ach, Hugo. Er hatte ja wieder einmal recht.

Hugo geht mit Fox ins Gelände. Ich fotografiere. Eine Motivserie, sage ich. Wie er das Pferd sattelt und aufsitzt und auf dem Fußballplatz ein paar Volten dreht, um das Pferd an die Hand zu bekommen. Vor allem die Zunge muß rein. Das Pferd muß anfangen zu kauen, aber es darf nicht knirschen. Es ist eine Nervensache. Ich lege noch einen Film ein. Wie Hugo fortreitet. Alles habe ich aufgenommen. Besessen, verrückt. Das Fortgehen. Hugo bleibt, bis die Sonne untergegangen ist. Er erzählt, wo er überall mit Foxi war. Man kann sich verirren. Auch Foxi steht dann dumm da. Instinktlos. Wo lang geht's heimwärts? Das Tier weiß es nicht. Plötzlich stehst du vor der Försterei oder vor einem Sperrschild. Grenzgebiet. Schießplatz. Immer in Sichtweite der Verbote gelangst du nach Hause.

Betty schläft. Wir denken, es ist gut, wenn sie schläft. Sie träumt uns das Frühjahr herbei. Frau Gieram sagt: Das Kind schläft zuviel. Eine Kerze ausblasen und schon fallen ihr wieder die Augen zu. Betty lächelt, wenn sie aufwacht. Soll ich denn schon wieder zum Arzt gehen mit ihr? Ich fürchte mich. Jedesmal dauert es seine Zeit, bis wir nach einer Fahrt in die Charité zu Hause wieder Tritt gefaßt haben. Hugo steht mir bei. Er lobt über die Maßen mein Schafwollstrickzeug, er kümmert sich um das Fahrrad und endlich auch um den verstärkten Bettywagen, unser Landaulet. Er unterzieht den Wagen einer Generalreparatur, schraubt, quetscht rötliches Fett in sämtliche Lager. Liebe. Väterliche Fürsorge, was sollte es sonst sein? Wenn Hugo nicht muß, setzt er keinen Fuß vor die Tür. Foxi, der Stall, die Scheune und die Koppel gehören zu unserer Häuslichkeit dazu. Wie froh er ist, wenn er Betty ein Lied singen hört. Wenn ich ihm die Tür aufmache. Er will keinen Schlüssel mitnehmen. Er braucht keinen Schlüssel, wir sind ja da. Betty und ich. Er mag seit erdenklichen Zeiten keine Schlüssel mehr. Er packt sie nicht an. Und ich meide sogar das Wort. Unser Schlüsselkapitel liegt ferne. Sein vermeintliches Geheimnis und meine wirklich geheime Laube in Nattwerder. Einzig an die Schreibmaschine denke ich manchmal. In Sorge, wie es ihr wohl ergehen mag. Möglicherweise unter Mehlhorns Händen oder unter denen eines neuen Bewohners. Ich denke, was auch sein mag, es ist meine Maschine. Eines Tages fahre ich hin und sage:

Ich würde gern meine Schreibmaschine abholen, oder: Geben Sie meine Maschine raus, andernfalls ziehe ich Ihnen das Rückgrat aus dem Hintern. Ich bin nämlich gar nicht so fromm, wie manche denken. Ich hab's hinter den Ohren.

Wie Hugo keinen Schlüssel nimmt, so schleppt er auch keine Uhr mit aus dem Haus. Nicht in der Tasche und nicht am Handgelenk. Die Taschenuhr und die Uhr mit dem Gliederarmband liegen im Schreibtischkasten. In der Nische unserer Schlafstube hängen die Innereien eines Regulators. Ein Perpendikel mit dem goldenen Profil der Kaiserin Augusta. Festina lente. Ein römisches Zifferblatt. Zuverlässige Zeiger. Dorthin guckt Hugo, bevor er losfährt und manchmal, wenn er wiederkommt. Ach je, schon soweit.

Das alte Stück stammt, wie auch der Engel-Rucksack und noch anderer Kram, aus der ersten Laube in Dresden. Das Uhrgehäuse hatte sich Niklas genommen. Für Muscheln, Schneckenhäuser und für seine Blechpanzer, die er immer wieder woanders vor uns verstecken mußte. Er als ein Fremdling in diesem verschrobenen Haus, das von Kettenfahrzeugen nichts verstand, überhaupt nichts von Kampftechnik. Nichts von Flugzeugen und Wolkenkratzern und echt wilden Tieren. Wölfen oder Hyänen. Windeln hingen auf der Leine. Da mußte sich einer, der so was von der Straße aus sah, doch fragen, wieso. Es war oftmals besser für den kleinen Niklas, an unserer Gartentür vorbeizugehen, um in Baumnestern zu leben oder in den Stelzwurzeln von Merauke, wo Pater Grand und die Eingeborenen vom Botem-Stamm auf ihn warteten. Ein Kampf gegen die Paradiesvogeljäger Jackson und Roß stand bevor. Man mußte sich bewaffnen, denn diese englischen Lumpen schossen auf Vögel, rupften die Federn. Hutfedern, damit machten sie sich reich.

Oder Niklas verkroch sich in Nachbars Papierburg. Der Nachbar hatte eine Lesekammer eingerichtet. Eine Bibliothek. Aber ohne Ausleihe, denn mit Ausleihe würde er sich strafbar machen. Sumpfmenschen und Kopfjäger. Merauke und die Eingeborenen. Die Leute karrten die alten Bücher her, denn sie brauchten Platz in der Schrankwand für den *Ziphona* und das neue Radio.

Weißt du, was die Leute in Merauke essen? Mit so einer Frage kam der kleine Niklas am Abend, wenn er Hunger hatte, nach Hause.

Darauf zeigte ich bloß auf die pendelnde Kaiserin Augusta. Weißt du, wie spät es ist?

Der große Niklas kommt einmal im Monat heim. An seiner Jacke am linken Ärmel ein grüner Fleck. Es ist Tinte. Der Abdruck eines Kartoffelstempels. Man erkennt ein zerbrochenes Gewehr.

Wie Hugo wirft er einen Blick auf die Uhr in der Nische. Es ist eine Uhr, die einem die schmerzliche Fremdheit beim Heimkommen gleich etwas vertreibt. Auf einem Moped, S 50, wäre er bestimmt mindestens zwei Stunden früher zu Hause. Das läßt er mich wissen. Dreimal Umsteigen muß er und an den Haltestellen sonstwie lange warten. Ich bin taub für seine Klagen. Ziemlich schwer von Begriff.

Und schleicht dann zu Betty. Du bist mir vielleicht eine Schlafmütze. Wenn der Bruder kommt, hat man auf zu sein. Er bläst ihr mit vollen Backen Wind ins Gesicht.

Wir setzen uns auf die Bettkante, so wie früher. Früher hat die Katze zu unseren Füßen gesessen. Oft hat sie in der Mulde des Deckbetts gelegen und unsere Tage in Geschichten verwandelt. Lauter verrücktes Zeug. Die Stube, ein Licht, das ist der Punkt, von dem aus du dich deiner Heimat erinnerst. Ein Archimedischer Punkt. Es war einmal eine schwarze Katze, die hatte nur ein Auge mitten auf der Stirn.

Niklas erzählt allerhand Zeug. Sie haben eine Musikgruppe gegründet. Ach Gott, ach Gott. Ich denke, du interessierst dich für Mathematik. Auch, sagt Niklas.

Hugo hat ganz schön Ärger gehabt. Wieder wegen der Elefantentrompeten und der Fahrradklingeln in der Ouvertüre, und aus Ärger über den offiziell geänderten Titel der Oper in der Anmeldung zum Symposium hat unser Papa mehrere Nächte nicht geschlafen. *Vietnam oder die Liebeskunst* heißt nun einfach *Vietnam.* Niklas soll gleich erfahren, worauf er sich einläßt. Wisse: Hugos Fußstapfen führen durch sumpfiges Gelände. Die Flüsse brennen. Die Dschungelbäume verlieren das Laub. Niklas weiß, was ich meine.

Wir spielen doch ganz andere Sachen. The Whole World Is Watching. So was. Er versucht, Betty und mir den großen Unterschied, das Unvergleichliche, zu erklären. Ich höre jetzt unter den ganzen Instrumenten- und Probenschwierigkeiten vor allem ein Wort heraus, einen Namen. Knisternd wie Blumenseide. Zärtlich. Roberta. Ich frage nicht, wer das ist. Ich höre ihm jetzt nur zu. Unter allerhand Namen einen. Ich lausche in des Knaben Herzenskammer hinein. Feine feine Töne.

In der Charité sind wir nur drei Tage geblieben. Professor Wilmson hatte sich einen Eindruck über Bettys Befinden verschafft. Neues mußte er nicht in Erwägung ziehen. Nur die Tablettendosierung sollte verändert werden. Betty brauche gewiß weniger Chemie. Lauter gute Nachrichten. Und so ging das weiter. Wilmson meinte, die Medikamenten-Einstellung, das kann unsere Frau Doktor in St. Joseph auch. Seine frühere Stationsärztin hatte in St. Joseph die Kinder übernommen. Um Betty anzukündigen, griff er zum Telefon. Frau Kollegin, unsere Betty könnte runtergesetzt werden. Eventuell auf eine halbe Tablette am Abend. Er sagte, er sähe Bettys Entwicklung positiv.

Wo ich dermaleinst den Kinderwagen von Niklas hinter der Adventdekoration versteckt hatte, steht eine gewaltige, mit kahlen Zweigen geschmückte Bodenvase. Drunter liegt, wie vom Herbstwind hingeweht, gebasteltes buntes Laub. Blätter aus Papier. Der Gekreuzigte trägt statt Dornenkrone einen Reif aus Stacheldraht. Die Schwester in der Aufnahme erinnert sich an mich, an Niklas und auch an Betty.

St. Joseph ist umgebaut worden. Es gibt keine Geburtenstation mehr. Weil mit der Pille weniger Kinder geboren werden.

Dafür hat man eine Fachstation für Kinder eingerichtet. Ich bin froh. Die Ärzte sind freundlich. Sie sind zugänglich für besondere Wünsche. Bettys Zimmer ist schön. Wir können das Fenster auflassen. Der Parkplatz mit den vielen Zweitakttrabbis liegt auf der anderen Seite. Vorläufig hat Betty ein Zimmer für sich allein. Ich kann den ganzen Tag bei ihr bleiben. Die Ärztin kennt mich und Bettys Geschichte noch ganz genau. Ich hatte in der Charité auf ihrem grünen Sofa im Stationsarztzimmer übernachtet. Prof. Wilmson hat mir der Ordnung halber einen Brief mitgegeben.

Das unbefugte Öffnen des Briefes ist wieder eine kleine Hölle gewesen. Ein zugeklebter Arztbrief heißt ja immer, da steht etwas anderes drin. Nie Hoffnung. Die gibt es höchstens mündlich als Schnörkel zur Wahrheit und daran hält es sich so wunderbar fest. Liebe gnädige Frau, kein Fall ist wie der andere. Die Natur hilft sich auf sehr überraschende Weise. In Maschinenschrift gibt es keine Schnörkel. Nichts zum Festklammern. Die Hände zittern. Hoffentlich reißt der Klebrand nicht ein. Am besten löst sich noch die seitliche Spitze, eine von beiden. Von Wasserdampf halte ich nichts. Man muß die Hände erst einmal beruhigen, nicht zittern, und dann vorsichtig, nicht mit Rasierklinge, besser mit einer feinen Nähnadel operieren, man muß durch Rollen der Nadel die Klebeleiste Millimeter für Millimeter lösen und dann das Schreiben seitlich herausziehen. Wie schön ist die Welt. Ich glaube an den Professor, der seiner Sekretärin in die Maschine diktiert hat: Verehrte Frau Kollegin, man sollte die Tablettendosis auf eine halbe am Abend reduzieren.

Wer kennt einen besseren Arzt, einen edleren Mann? Der Mensch ist gut. Das ist nicht nur eine Pastorenmeinung.

Über Tag bin ich mit Betty zusammen. Spätabends fahre ich nach Hause. Früh wieder hin. Betty muß still liegen, wegen der Drähte, die ihre Herztöne und den Blutdruck und ihre Nervenleistung durch die Wand zu den Meßgeräten hinleiten. Es klappt nicht immer gleich alles. Das kenne ich ja schon. Wir haben Geduld. Ich erzähle Betty Geschichten von einem Schmetterling, der ist hundert Jahre alt geworden und das an einem Tag. Wenn Betty schläft, mache ich gar nichts. Manchmal denke ich nach. Zum Beispiel darüber, ob ich auch einige Eigenschaften habe oder wenigstens Gewohnheiten wie andere Leute. Ich könnte wohl ein Langschläfer sein. Oder sogar ein Vielfraß. Wenn ich ehrlich wäre. Manchmal rede ich mit der Aufnahmeschwester. Sie hat einen Ausreiseantrag gestellt. Familienzusammenführung. Sie hat zu Ostern im Klosterkeller einen älteren Herrn aus Saarbrücken kennengelernt. Den will sie heiraten.

Die Tage werden nach hinten und vorn mählich kürzer. Die Behindertenwerkstatt baut an einem neuen Bethlehemstall. Tonfiguren. Naturmaterial. Holz. Strohdach. Echtes Heu in der Krippe. Der Werkstattleiter mißt unten im Flur, wo jetzt noch das Herbstlaub liegt, die Nische aus. Er dübelt dem Gekreuzigten einen Haken in die Wand. Hansis Mutter von der Verwaltung des Hauses bestimmt ein bißchen mit. Die Höhe, damit unser Herr Jesus zur Geltung kommt. Sein verschmitztes Lächeln, trotz der Nägel in Händen und Füßen. Trotz der Krone aus Stacheldraht.

Auch zu Hause wird viel geschmunzelt und geflüstert. Hinter meinem Rücken geht etwas vor. Hugo und Niklas sind nach Jüterbog gefahren. Und von da gleich zurück zum Schulinternat.

Ich packe Handtücher und Bettysachen zusammen. Auf dem Küchentisch liegen Bananen. Dazu ein Zettel. Für Betty, wie geht es ihr? Die Tür war offen und keiner da. Vertrauen ist gut, zuschließen ist besser. Ihre Gieram.

Ich lege die Bananen in die Krankenhaustasche. Ich will morgen früh schon da sein, wenn Betty aufwacht. Ich stelle den Wecker auf halb fünf. Hugo, heimkommend, grüßt von Niklas und vom Sportlehrer des Internats. Kenne ich den? Mir entgeht nicht, wie Hugo unterderhand das Sparbuch ins Sparbuchfach schiebt. Ob in St. Joseph übertag was rausgekommen ist, will er wissen.

Sie sind sich noch nicht einig, sage ich etwas zerstreut. Seit gestern nichts Neues. Ich grüble dem Sparbuch und dem

Sportlehrer hinterher und denke an einen Blumentopf, in dem wir künftighin den Hintertürschlüssel verstecken sollten. Vielleicht gibt es eine ganz einfache Erklärung. Pferdehafer. Niklas und Hugo haben Pferdehafer gekauft. Und gleich soviel, daß ich nie mehr von einer leeren Haferkiste träumen muß.

Auf Anordnung der neuen Fachärztin aus Berlin bleiben in St. Joseph Labor und Technik ab sofort zum Wohle der Patienten nachmittags geschlossen. Das Personal streitet deswegen. Mich geht internes Für und Wider nichts an. Ich bin einverstanden.

Betty schläft ohne Sonden und Drähte, und das ist gut. Man darf nichts übers Knie brechen. Ich habe Geduld. Ich schließe leise die Tür.

Mein nächster Weg ist jedesmal Sanssouci. Ein Gang durch den Marlygarten oder einfach geradeaus, am Graben die Enten, der japanische Ahorn. Feuerrote Blätter, von denen ich die schönsten für Betty zusammensuche. Die Gärtner müssen eine Thuja aus König Friedrichs Zeiten umlegen. Es hilft nichts. Die Thuja-Motte, die Argyrestha thujella, sitzt in den Zweigen, vom Boden bis in die Spitze hinauf. Bandsägen will gelernt sein, überhaupt das Bäumefällen. Bloß nicht gleich loslegen. Erst ringsherum die Lage peilen. Ein Baum will von Natur aus nach Osten fallen. Aber es gibt auch abweichende Tendenzen. Schieflagen oder räumliche Bedingungen, die den natürlichen Sturz verhindern. Dann geht es los. Man muß den Baum dirigieren. Hauptäste müssen ab. Seile müssen gespannt und Keile getrieben werden. Die Gärtner aus meiner Sanssouci-Zeit sind fast alle mittlerweile in Rente. Jakob ist umgezogen. Aber der strafversetzte Genetiker hält durch. Ich mach schon noch bissl mit, sagt er. Ohne Abschluß gilt er als Ungelernter, trotzdem ist er hier der Chef. Der Bescheidwisser. Er bestimmt, wo der Keil hin muß. Der Mensch muß Glück haben, sagt er und meint den Rausschmiß aus dem Institut. Wer weiß, wo ich sonst gelandet wär.

Soll ich damit beruhigt sein? Habe ich ihn umsonst bedauert? Sonntags führe er Dendrologen von der Volkshochschule durch den Park. Sogar im Winter.

Im Winter ist es doch am schönsten. Du kannst ja mal mitkommen, sagt er. Der Lehrling, der den Weg absperrt, behauptet: Dreiunddreißig Salixarten unterscheidet der Alte allein an Triebholz und Stamm.

Ich gebe zu, so gut war nicht mal unser Obergärtner in Dresden. Der Junge steckt in einer taillierten nadelgestreiften Urgroßvaterjacke, drunter allerhand dickes Zeug, eine Bommelmütze über den Ohren. Am Reversknopfloch hängt ein Minimaxthermometer. Es ist also noch Mode: Bommelmützen aus Wollresten und das Berichtsheft mit den täglichen Temperatur- und Wetterangaben. Allerdings die Mühe mit dem Thermometer haben wir uns selten gemacht. Wir haben, am Tag bevor wir dem Obergärtner die Berichtshefte zum Zensieren vorlegen mußten, einen unter uns bestimmt, der die Temperaturen und das Wetter der vergangenen Wochen glaubwürdig erfinden mußte. Wir schrieben die Zahlen ab. Wir wurden gelobt, weil die Übereinstimmung für Genauigkeit genommen wurde.

Nächsten Sonntag fünfzehn Uhr am *Betenden Knaben*. Die Einladung gilt. Ich will es mir merken. Versprechen kann ich nichts.

In Front von St. Joseph knattert ein Moped auf dem Pflasterweg zwischen den Buxushecken direkt auf mich zu. Ein S 50, neu, gelb wie die Post. Ich erkenne den Fahrer erst auf den zweiten Blick. Der Helm, die Jacke, ich hatte ja so gut wie keine Ahnung. Niklas ein Mopedfahrer und gleich mit Beifahrerin. Die Überraschung ist gelungen.

Niklas hat, während ich im Park bei den Gärtnern war, zusammen mit dem Mädchen, das sich hinten an seinem Rücken festhält, seine Schwester Betty besucht.

Braune ernste Augen blicken unter dem Helm hervor. Sogar ein gelber Helm kann traurig aussehen. Das Mädchen hatte sich Betty nicht vorstellen können. Die kleine Schwester, von der Niklas manchmal erzählte. Niklas hat in dem Augenblick, als er mich kommen sah, sein Kummergesicht verschwinden lassen. Strahlt wie der liebe Maien. Manchmal lasse ich mir die Täuschung ganz einfach gefallen. Ich lasse mich anstecken.

Wundere dich nicht, sagt er, Betty hat sich Kakao über das Nachthemd gegossen. Wir haben ihr das Hasenhemd angezogen und die Schafwollsocken. Füße wie ein Frosch, stimmt's, Roberta. Bananen hat sie wieder mal viel zuviel.

Das Mädchen, die Mitfahrerin, hat jetzt einen Namen. Ich kenne den Namen ja schon. Niklas erzählt. Kleine Versäumnisse. Heitere Katastrophen. Kein Grund zur Sorge. So zeigt mir der Junge, wie flott er schon fahren kann. Gasgeben. Kuppeln. Knattern. Flattern. Der Rock fliegt. Türkenbunt, fröhlich. Aber ich habe die Betroffenheit in den Augen des Mädchens gesehen. Betroffenheit im wahrsten Sinne. Und wie Niklas sich ermunterte, als er mich sah. Seit der Zeit, da er im Keller das Ascheräumen und Heizen übernommen hat, zeigt er mir nur noch Mut. Er ist fast erwachsen in seinen Verstellungskünsten, aber noch nicht erwachsen genug.

In einer schwungvollen Kurve, beinahe einem Kreis, überholt mich das Moped vor dem Eingangsportal. Niklas bremst.

Und was sagst du dazu?

Ich gönne mir einen Kennerblick auf das Mädchen und sage einfach nur: Wunderbar, genau wie du dir es gewünscht hast. Schwarz und gelb. Rote Zunge auf dem Tank. Nicht die von den Rolling Stones, sondern die von Albert Einstein. Da kann kaum einer meckern. Gib nur schön acht und fahr nicht zu schnell. Immer hintenbleiben. Und festhalten.

Betty hat auch gestaunt, sagt Niklas, und wie er erzählt, daß er Betty huckepack zum Fenster geschleppt und aufs Fensterbrett neben das Alpenveilchen gesetzt hat, fliegt ein Lächeln über das Mädchengesicht unter dem Helm. Er habe die Maschine gegenüber von Bettys Fenster geparkt. Extra zum Ansehen. Die Maschine, so sagt er. Und erklärt, daß man einen Sitz mit Hochlehne und Fußstützen bauen könnte für Betty.

Und flattern knatternd und qualmend endgültig durch das angelweit offene Tor.

Wie vom Himmel beschenkt, steige ich die Treppe hinan.

Die Ärztin in Eile, Hände voll Papier, grüßt mich und kündigt sich an. Ich bin ganz erfüllt von meinen anderen Kümmernissen, die ich nun habe, schöne andere Sorgen. Gegen Hugo darf ich räsonieren. Warum hat er dem Jungen ein Moped gekauft. Muß das sein. So ein teures Geschenk. Bei der Unsicherheit auf den Straßen. Gegen Mopedfahrer benehmen sich Autos rücksichtslos. Was werden die Eltern des Mädchens denken? Ob sie zu Hause erzählt, mit wem sie unterwegs ist. Mit wem?

Mit Niklas, dem Bruderherz. Der mich, Roberta, mit seiner neuen S 50 in ein Krankenzimmer chauffiert hat. Zu einem schlafenden Wesen. Betty. Und als Betty die Augen aufschlägt, ist das schon alles, was sie kann. Ein verschlafen ängstlicher Blick. Bettys Hand bleibt auf dem Kissen. Das Wort, das sie sagen will, bleibt in der röchelnden Brust. Niklas schiebt den dünnen Schlauch über die Zunge in den Hals, er tritt die Fußpumpe. Schlürfgeräusche. Bettys Husten. Gute Zeichen. Die Rotzlichte wischt sie sich schon selber. Es liegt Zellstoff unterm Kissen. Niklas rollt Decken zusammen. Er stemmt die Kopfstütze hoch und kämmt der Prinzessin das goldene Haar. Das ist Roberta. Betty sagt Roberta. Roberta. Roberta. Weil ihr das Sprechen nun Spaß macht, immer wieder. Roberta.

Hör wieder auf, sagt Niklas. Und dann kommt die Schweinerei mit dem Kakao.

Ein bekleckertes Hemd, was soll denn daran so schlimm sein.

Ich liebe in euch meine Hoffnung.

Die Ärztin sagt: Ich kann Ihnen eine erfreuliche Mitteilung machen, das Enzephalogramm hatte nicht eine Spitze, in all den Tagen nicht. Das heißt, die Tabletten wirken contra, sie sind nur ein Schlafmittel. Sie haben es ja selbst bemerkt. Das müssen wir ändern. Nicht von heute auf morgen. Wir schleichen uns aus.

Ich juble. Ich sehe eine Wende kommen. Wenn Betty das verdammte Zeug nicht mehr nehmen muß, dann wird sie mit wachen Sinnen bei uns sein. Wir werden nachholen, was ihr fehlt. Frau Gieram wird ihr Programm ändern müssen. Gut, daß Hugo die Sprossenwand besorgt hat. Wir werden wieder zu Frau Ulrich fahren. Ich habe ihre Heilverfahren nie in Abrede gestellt. Wenn wir einmal unterwegs sind, werde ich in Nattwerder die Schreibmaschine abholen. Ich werde mir was einfallen lassen, damit das Sparbuch wieder zu Kräften kommt. Nicht heut, nicht morgen, aber ich denke an ein Pony. Das wäre bestimmt das allerbeste für Bettys Seele, und es wäre auch gut für Fox. Er würde einen Kumpanen bekommen. Seit Herta nicht mehr da ist, kennt er nur noch Kaninchen und Hühner. Das wird sich ändern. Übers Jahr beim nächsten Pferdemarkt sind wir wieder dabei. Da fahren wir alle zusammen hin. Gleich früh, noch bevor die anderen auf der Chaussee sind.

Wir schleichen uns aus. Man muß das Kind langsam aus dem Schlaf erlösen. Ich streichle Bettys Stirn, die Fußsohlen. Die Ärztin überwacht die Papierstreifen, die aus den Apparaten fallen. Sie will nicht jede Handbreit kommentieren. Aber sie nickt.

Hugos Freude übersteigt meine Zuversicht. Er lobt die Ärztin. Er redet mit ihr lauter Latein und ein bißchen Italienisch, denn die Ärztin interessiert sich für das Cinquecento und auch für Musik. Polyphone Vespermusik. Hugo versteht die medizinischen Zusammenhänge. Seinerzeit hatte das Medikament Wunder bewirkt. Es hatte Betty gerettet. Die furchtbaren Spitzen und Sprünge auf dem Papier mußten verschwinden. Bettys Lebenslücken. Ihr hilfloses Hinsinken. Mit den Tabletten, die uns mutige Reisekader, Freunde oder Kollegen von Hugo, mitgebracht hatten, war Betty von Tag zu Tag aufgeblüht. Sie hat gespielt, geplappert und aufrecht gesessen. Ich habe all die schönen Augenblicke aufgeschrieben. Betty setzt Mütze auf. Macht Worte selber. Staubsauber. Hundspecht. Nennt die Schleife, die sie bindet, eine Brezel. Macht eigene Lieder.

Nur auf den eigenen Beinen stehen wollte sie nicht. Das konnte ja noch kommen.

Daran haben wir noch geglaubt, während Betty an unserem Tisch einschlief. Ich weckte Betty nicht mehr, wenn Frau Gieram kam, ich hütete ihren Schlaf.

Bitte nicht klingeln, Betty schläft. So ein Schild hing an unserem Tor.

Betty ist nicht so wie die anderen Kinder. Sie wird sich in einer Gruppe nicht behaupten können. Die Masse der anderen Menschen wird sie nicht halten. Sie wird fallen. Aber sie hat ja uns. Ich muß leben. Ich muß achtsam über die Straße gehen. Ich darf höchstens bis zur Boje schwimmen, dann muß ich wieder zurück. Ich muß unsere Kräfte sammeln und Krankheiten von uns fernehalten. Ich darf nicht verweilen.

Meine gestrige Religion.

Nun aber sind wir glücklich. Die Ärztin sagt, Hugo könne beruhigt reisen. Bettys Atmung wird besser werden, wenn sie nicht mehr so lange schläft. Wenn sie wach ist, wird sie zu Kräften kommen. Atmung, Appetit, Bewegungslust. Wir werden den Kreislauf anregen. Betty wird nicht mehr zufrieden sein in der Stube. Sie wird wieder hinaus wollen. Mehr noch als früher.

Ich danke allen, die uns geholfen haben. Meiner Preußen- und Katzenfreundin schreibe ich eine Sanssouci-Karte. Ohne Umschweife für aller Welts Augen. Wir brauchen keine Tabletten mehr. Und auch der Glauberin berichte ich das Neueste. Erfreuliche Kunde. Meine heimlichen Pläne mit dem Pony deute ich an. Die Glauberin schickt ein selber aufgenommenes Foto. Neugierig in die Linse blinzelnde Pferde. Zwölf zottelmähnige Haflinger hinterm Koppelgestänge. Auch wir können, wie du siehst, nicht klagen. Kommt uns besuchen. Hier wartet schon einer auf Betty. Der, wo das Kreuz ist. Augi, ein frommes Kerlchen.

Eure Fam. Glauber.

Ein Haflinger für Betty. Ich zeige Franz das Foto und hoffe auf den Narren in ihm und seine Verschwiegenheit. Es soll eine Überaschung werden. Nicht heute, nicht morgen, aber in Bälde.

Vorne König, hinten Bauer, so kommentiert er die Tiere. Hannoveraner sind es halt nicht.

Hugo packt seine Sachen zusammen. Hugo braucht nicht viel. Immer den einen Pullover. Die Mao-Jacke und schwarze

Jeans. Vielleicht noch was Warmes zum Drunterziehn. Man weiß ja nicht, wie sich hinter den Alpen der Herbst zeigt. Wir hatten ja noch ein paar warme Tage, wo plötzlich wieder Musik in der Luft war. Die Vögel eiferten zu Hause und auch vor St. Joseph. Es ist noch einmal wärmer geworden, aber die Dunkelheit in der Frühe nimmt zu.

Bloß daß Sie nicht erschrecken, sagt die Nachtschwester. Betty hat einen Novemberschnupfen erwischt. Ich habe ihr heute Nacht ein bißchen geholfen. Das Absauggerät steht noch im Zimmer. Ich räume es morgen weg.

Betty schaut mir hellwach entgegen. Das Tablett mit dem Frühstück steht auf dem Nachttisch. Die Schwester serviert mir ein Kännchen Kaffee. Wie im Grand Hotel, muß ich nun sagen. Betty wartet darauf. Betty pellt mit eifernder Geduld die gekochten Eier. Eins für Betty und eins für mich. Ob wir Milchsuppe haben wollen? Die kleine Lernschwester rumpelt mit einem Wagen von Tür zu Tür.

Äcks, sagt Betty. Danke, Mademoiselle. Dann muß Betty niesen. Sie prustet in eine Zellstoffahne hinein und wartet, daß ich es sage: Gesundheit, sage ich. Sie schüttelt den Kopf. Das soll ich ihr nicht wünschen, das hat sie schon.

Schönheit, sage ich. Davon kann man nie genug bekommen. Ich stopfe Zellstoff unter ihr Kopfkissen. Viel, damit sie nicht sparen muß. Betty weiß, daß der Papa heute noch kommen wird, weil er morgen fortfliegt. Ins Kapitalistische Ausland. Nach Zürich. Über Amsterdam. Das Flugzeug muß einen Umweg nehmen, dafür gibt es ein wichtiges Wort: Lufthoheit. Von Zürich reist Hugo mit der Eisenbahn durch die Alpen hindurch über Bellinzona bis nach Locarno am Lago Maggiore. Gewiß wird Hugo zur *Insel der Seligen* nach Ascona fahren und auch auf den *Monte Verità* steigen. Wir haben uns Bücher aus der Bibliothek ausgeliehen. Die Frühgeschichte und die Capitanei von Locarno. Das wechselvolle Schicksal Asconas. Handels- und Wanderstraßen. Vegetabilismus. Lenin am Lago. Die Aphrodite von Locarno. Göttin der Liebe und des Gartenbaus! Ich lege das Buch auf dem Stapel zuoberst. Ich treibe Politik mit dem Buch. Hugo wird ins

Krankenhaus kommen. Vielleicht hat er dann die Reisedokumente schon in der Tasche. Betty schnieft vor Aufregung, und weil sie einen Novemberschnupfen erwischt hat. Niklas wollte Hugo die Dollars aus dem *Grünen Heinrich* mitgeben, aber Hugo hat gesagt, das würde als Devisenschmuggel ausgelegt werden, wenn man ihn mit den Dollars erwischte, wäre er dran. Das Risiko sei zu groß. Ich habe Kekse und eine kleine Salami im Koffer versteckt. Einen Ohnmachtshappen, falls die Organisatoren des Symposiums nicht gleich oder gar überhaupt nicht daran denken, daß sie mit Hugo eine Delegation ohne harte Währung eingeladen haben. Ich male mir mit Betty aus, wie Hugo sich von Blättern und Wurzeln ernährt, in Art der früheren Sezessionisten oder heimlich vom Tisch der Reichen, die jetzt hauptsächlich dort wohnen. Angebissene Semmeln. Kaviarreste. Äcks, sagt Betty. Unser armer Papa. In einem kleinen Locarno-Bildband, den uns meine anteilnehmende Katzenfreundin, schlau versteckt in einem Arielkarton, geschickt hat, lese ich über Grundstücks- und Bodenspekulationen nach dem Tode des Barons von der Heydt. Jachten zwischen den Fischerbooten. Fette Möwen. Sektkübel blinken auf den Terrassen in der schrägen Abendsonne. Ich begutachte Bilder und Geschichten, kritisch sehnsüchtig. Sätze kleistern im Gemüt. *Während sie in den Von-der-Heydt-Klausen noch in Kleidern hausen, zogen sie im Emden-Haus noch die letzten Hemden aus*. Fotos von tanzenden nackten Mädchen. Gespielinnen von Max von Emden. Ein Herr, der wußte, was zum schönen Leben gehört.

Hugo reist in ein Abenteuer. Niklas soll in der Schule nicht darüber reden. Auch ich spreche nicht darüber. Es ist schon genug, daß Hugo es der Ärztin erzählt hat. Nun debattiert sie hauptsächlich über transalpine Vesperchoräle mit ihm. Ich fühle, wie ich gegen ihr Musikinteresse etwas einzuwenden habe. Als Ärztin gehört sich das nicht. Wir sollten über das Ausschleichen reden. Betty möchte endlich wieder nach Hause. Wenn Hugo fort ist, werde ich mal ein bißchen Dampf machen. Vielleicht Wilmson in Rede bringen. So als würde er ziemlich oft mit mir telefonieren, nach Betty fragen. Im Sinne von: Weil mir am Herzen liegt, daß es Betty und auch Ihnen, liebe gnädige Frau, an nichts fehlt.

Hugo rennt runter in den Keller. Er wirft noch ein paar Schaufeln Koks auf die Glut. Der Ostwind stemmt sich gegen die Fensterscheiben. Das Wollknäuel rollt vom Tisch, die Zeitung knistert. Der November geistert in unserer großen Stube. Er kriecht durch die Ritzen. Es ist überall hundsgemein kalt. Der Tisch ist kalt. Die Tasse ist kalt. Nur die Heizung glüht, aber sie richtet nichts aus in den dünnen Sommerhauswänden. Wir wollen im Fernsehen die Übertragung aus Köln ansehen. Jemand hatte uns *Biermann* auf Band überspielt. Dadurch kenne ich ein paar seiner Lieder. Wie er die Kirschendiebe verteidigt und die Politik madig macht. Das gefällt mir. Ich liege auf dem Sofa. Hugo deckt mich zu. Er weckt mich, weil ich mich ärgere, wenn ich wieder das Schönste im Fernsehen verpasse. Aber dann läßt er mich schlafen. Erst weit nach Mitternacht nimmt er mich vom Sofa und schleppt mich ins Bett.

Heute hast du was verpaßt, sagt er, ich erzähl's dir zum Frühstück. In dieser Sekunde bin ich hellwach. Ich ärgere mich. Ich wische Hugo ein Kopfstück.

Lump. Warum hast du mich nicht gerufen!

Ich hab's versucht. Du hast zu mir gesagt, ich soll dich in Ruhe lassen.

Du weißt doch, daß du darauf nicht hören darfst. Niemals. Du sollst mich wecken. Schwöre.

Ich habe es versucht. Tentare. Tentativo. Esperimento.

Schwöre jetzt.

Am frühen Morgen fahren wir mit dem Polski Fiat nach Schönefeld. Hugo chauffiert. Es ist noch dunkel und sehr still auf den Straßen. Der Himmel hängt tief. Ich gestehe Hugo, was ich ihm alles in den Koffer geschmuggelt habe. Damit er nicht dumm dasteht, wenn er den Koffer zur Kontrolle aufmachen muß. Also Salami. Sportkeks. Hüttenschuhe. Die Taschenuhr und ein Foto, wo wir alle drauf sind.

Ist ja gut, sagt Hugo. Wir fahren durch Güterfelde. Die Kreuzung. Hier ist mir der Hänger von der Hamsterkralle gesprungen. Samt Quetschhafer ist er bis rüber zum Friseur geschlenkert, dort habe ich ihn eingefangen und angehängt. Ich mache eine komische Geschichte daraus.

Hugo schweigt. Ich erzähle ihm, was ich geträumt habe. Bettys Ärztin hat mir eröffnet, daß ich schwanger bin. Sie hat gesagt, das Kind würde Ostern geboren werden und William heißen. Ich habe mich den Traum lang gewundert, wie sie darauf kommt. Ich dachte mir im Traum, vielleicht hast du es gewußt, vielleicht hast du ihr erzählt, daß ich ein Kind erwarte. Dann habe ich gefragt: Wann ist denn Ostern im nächsten Jahr? Wir haben in ihrem *Hermes*-Kalender hinten im Anhang nachgesehen. Zeitig, Mitte März schon. Dann müßte man aber längst etwas sehen. Und außer dir und ihr müßte ich etwas wissen, ich müßte an mir etwas merken. Ich habe im Traum gedacht, da sieht man mal wieder meine Schußligkeit und wie mir die Zeit wegrennt.

Hugo beugt sich vor. Er fummelt an der Armatur. Das Fernlicht.

Scheißauto, sagt er. Ich denke, was hat er denn jetzt gegen den Polski Fiat zu meckern. Die Scheinwerfer stochern weit ins Dunkel hinein. Die Scheibenwischer marschieren im Takt. Was hat er denn jetzt?

Das hat unser Auto nicht verdient.

Ich fühle mich mit getroffen. Ich schweige und sehe, wie wir uns dem Flugplatz nähern. Riesenvögel im Dämmerlicht. Aber ich hüte meine Zunge. So ungefähr ist das Grab.

Sag noch was.

Gleich.

Die anderen Mitglieder der Delegation sind schon hinter vollkommen blickdichten Wänden verschwunden. Sie sind fort. Unerreichbar.

Sag noch was. Tränen laufen in mein Ohr. Ich nicke und versuche den Mund zu öffnen. Wenigstens einen Laut will ich aus mir herausholen. Wenigstens eine Silbe. Ach. Ach. Ich höre meine Stimme in meinem Kopf, aber nicht in den Ohren. Ich bin stumm und taub. Taubstumm. Von innen her ertrunken. Mit Tränen verfüllt. Mit Hugos Tränen und meinem Blut.

Transitraum. Das ist ein Raum, da geht man hinein und kommt nicht wieder. Es müßte schon ein Wunder geschehen. Eine kleine nervöse Frau, die den Librettisten hergebracht hat, wollte eine Telefonnummer durch einen Zollmitarbeiter nachreichen lassen. Einen Zettel, den sie in der Aufregung vergessen hatten. Da führt kein Weg hin. So die Rede. Unterlassen Sie das, weil sie mutig Ludger, Ludger die Wand hinauf schrie und die Zahlen.

Ich fahre mit dem gescholtenen Auto zu St. Joseph.

Liebeliebe Mama, sagt Betty. Sie pellt mir ein Ei. Suppe? fragt die Lernschwester. Ich trinke Kaffee. Dann erzähle ich Betty von dem Haflinger Augi bei den Glaubers in Lauenstein und daß ich schon mit Franz gesprochen habe. Bloß Geld fehlt uns noch. Vielleicht stricke ich im Winter eine weitere Serie Hüttenschuhe. Am Nachmittag strecke ich mich neben Betty aus. Ich bin hundemüde, aber ich finde keinen Schlaf. Betty niest und fetzt ein Stück Zellstoff und schon atmet sie wieder tief. Die Ärztin sagt, wenn alles so wäre wie ihr Schlaf. Keine Spitzen. Keine Lücken. Nächstens werde ich auf deutlichere Erklärungen dringen. Wir wollen nach Hause. Dort mache ich uns ein Winterlager. Wir gucken den Wolken zu und den Raben.

Auf dem Parkweg zum Sabinerinnenrondell treffe ich die Gärtnerbrigade. Sie karren Bretter für die Winterverschalung der Marmorfiguren herbei. Von allen Jahreszeiten hat der Winter die schnellsten Beine. Und wenn er da ist, will er bleiben. Wie Besuch, der bis Ostern bleibt, wenn er Weihnachten kommt. Der Lehrling tippt freundlich an die Bommelmütze.

Der Chef, Dendrologe, Salixspezialist, Genetiker in früheren Jahren, nimmt mich beiseite. Er will mit mir reden. Er fragt, ob ich mitmachen würde. Er wolle mit ein paar Leuten am Pfingstberg eine Ruine freischlagen, ein Gemäuer, wo es schade wäre, wenn es ganz verkomme. Der Anfang sei schon gemacht, an den drei letzten Wochenenden. Auch am nächsten wollen sie sich wieder treffen. Spaten, Schaufel mitbringen. Auch die Kinder können mitkommen. Wenn du willst? Wenn du kannst? Du hast doch eine Schreibmaschine. Du könntest das Rundschreiben tippen.

Der Chef redet vom Pomonatempelchen auf dem Pfingstberg. Der berühmte Baumeister Karl Friedrich Schinkel war noch nicht mal zwanzig Jahre alt, als er das griechisch inspirierte Gebäude für den hügligen Park in der Nachbarschaft von Sanssouci entwarf. Damit ist es ein besonderes Denkmal in der Geschichte der Gartenarchitektur. Die Arbeitseinsätze seien eine Sache der Lust und Laune. Etwas ohne Geld, ohne Ehre und öffentlichen Segen.

Ich danke dem Chef, daß er an mich gedacht hat. Ich freue mich. Ich erzähle ihm, daß es unserer Betty gut geht. Sie wird mitkommen, das wird ihr gefallen. Sie ist gern unter Kindern.

Spätabends fahre ich am Pfingstberg vorbei. Der Wildwuchs ist ausgeschlagen und ein Weg freigeschaufelt. Ich steige hinauf zur Ruine und denke: der hat Mut, die haben Mut. Wenn alles wieder so werden soll, wie es sich Schinkel seinerzeit gedacht hatte, brauchen wir ein paar Jahre, der Chef, seine Leute und ich. Englischer Rasen, Strauchgruppen. Neue Wege mit ordentlichem Unterbau, das muß sein in dem abschüssigem Gelände. Weiter oben, Gebüsch, hohe Brombeerhecken. Gewaltige Buchen mit aufgeplatzen, hochgewachsenen Initialen, kyrillische Schrift. Verlassenes vergessenes Gelände. Soviel gründliches Vergessen. Ich denke, es ist eben doch möglich. Das Nichtwissen. Die Straße führt vorbei, man fährt vorbei. Und ich frage mich, ob sich nicht hinter dem Pfingstberg noch mehr verbirgt. Ein Bretterzaun. Ein russischer Posten. Einer, der die vergangenen Jahrzehnte, der das lange Ende des letzten Krieges bewacht. So sieht das aus.

Spätabends erzählt mir Franz, daß auf der Chaussee zwei von seinen Italienern überfahren wurden. Zwei Legehennen. Mit Fahrerflucht, sagt er und erzählt, was sie im Fernsehen gemeldet haben. Der Liedersänger, der in Köln eine Nacht lang gesungen hat, den lassen sie nicht wieder über die Grenze.

Wer? frage ich.

Unsere lassen ihn nicht mehr her.

Will er denn?

Wie's scheint. Franz wundert sich. Er fragt sich, ob das eine Strafe oder hintenrum eine Gefälligkeit sein soll. Manch einer will raus und darf nicht, und ein anderer wieder wird rausgehauen. Ich weiß das auch nicht so genau, und ich habe keine Zeit, noch länger zu verweilen. Ich will nach Hause. Unter das Dach. In die Nähe des Telefons.

Ich warte auf Hugos Stimme.

Das Glucksen des Wassers in den kalten Heizungsrohren und das Ticken der Uhr sind die einzigen Geräusche im Haus. Ich habe gar nicht erst gefeuert. Für mich allein und für die paar Stunden bis morgen früh lohnt es sich nicht.

Die Lichtflügel des Wachturms schleifen durch das Haus. Helle Nächte. In alter Beständigkeit. Bleibe munter und warte, und dann kommt schon der Tag. Gegen Morgen nehme ich den Hörer ab, um wenigstens mal ein geselliges Piep zu vernehmen. Ein Zeichen vom Draht, daß ich mich zu vernünftiger Zeit mit jedermann verbinden könnte. Doch der Draht ist stumm. Der Apparat sagt nichts. Ich probiere das andere Ohr. Ein kopfloses Manöver mit dem Stecker. Noch einmal. Oder abwarten? Den Apparat schütteln. Den Hörer irritiert ansehen. Wie sie im Kino zeigen, daß die Verbindung gestört ist. Es ist nicht zum ersten Mal, daß unser Telefon nicht funktioniert, aber da sind alle zu Hause gewesen. Ich habe nicht allein fluchen müssen. Der Nachbar hat die Störungsstelle angerufen und bei mir nachgefragt, ob die Leitung wieder steht.

Ich ziehe den Mantel an. Ich stecke die Füße unter die Pferdedecke, die in der Stube am Fenster liegt. Foxis Wärme, die bilde ich mir ein. Ich beobachte das Suchlicht auf dem Wasser. Der große See mit den weißen Grenzbojen in der Mitte und der kleine Teich, darauf das Entenhaus, das Hugo gebaut hat. Das Licht wischt über die Wände, die Uhr in der Nische. Noch zweieinhalb Stunden bis zum Tag. Ich habe dem Apparat Zeit gegeben, nun hebe ich den Hörer wieder von der Gabel. Wieder und wieder. Es ist, wie es ist.

Ich fahre mit dem Fahrrad zum Telefonhaus vor dem Rat

der Gemeinde. Die Störungsstelle sagt, sie werde die Mitteilung weiterleiten.

Alle Experimente sind umsonst. Das Hörerabnehmen. Stecker raus und rein. Schütteln.

Ich stelle mich wieder auf die Pferdedecke.

Große Vögel, so hoch über dem See, daß sie gewiß schon den Tag sehen können. Schwäne. In der Morgendämmerung klingt ihr Flug wie ein überirdisches Seufzen.

Wenn ich mit dem Scheißauto fahre, ist mir, als wäre Hugo nicht so sehr weit. Ich bin ein schlechter Abschiednehmer. Abschiednehmerin, so hätte mich meine liebe, auf weibliche Formen achtende Katzenfreundin korrigieren müssen. Eine Schusselin geht durch die Welt. In dem bin ich Niklas sehr nahe. Wir können beide nichts dafür, wenn wir unsere Handschuhe verlieren, wenn Niklas das Werkzeug im Wald liegenläßt. Paß doch auf, hilft nichts. Es ist eine Erblast. Genetisch bedingt. Von meiner Großmutter, denke ich mir. Jetzt kommen sie langsam wieder darauf. Es wird sogar viel Gewese gemacht. In der Zeitschrift *Kosmos* stand ein Artikel. Lauter Sachen, die wir im Club junger Agronomen trotz Gegenmeinung einfach für gegeben genommen haben. Niklas sagt, er könne schon gar nichts dafür, er sei ein Fraktal.

In St. Joseph steht oben links das Fenster offen. Angelweit. Bettys Fenster. Ich lasse das Auto vor dem Portal. Ich nehme die Treppe.

Ich renne an der Suppenkarre vorbei.

Das Zimmer ist leer. Ohne das Bett. Wo ist das Kind. Die Lernschwester hat den diensthabenden Arzt gerufen. Ich kenne ihn. Ein handfester junger Bursche. Rudi nennen ihn die Schwestern. Dr. Rudnick. Er kommt mir den Gang entgegen.

Ihre Tochter, sagt er. Und dann denke ich, was faselt denn der. Ich falle ihm in die Arme. Ich streichle sein rauhes, übernächtigtes Gesicht, weil ich ihn umstimmen muß. Ich werfe mich zu Füßen. Sag mir das Liebste. Ich komme von selbst wieder zu mir, weil er mich nicht für verrückt halten soll. Ich falte die Hände, artig stehe ich vor ihm. Nehme eine Haltung an, die er gefaßt nennen muß.

Ich bin ein Felsen. Wie damals während der Geburt. Da wollte ich auch einen guten Eindruck machen. Damit die Leute meinem Kind freundlich gesonnen sind, wenn ich es auf die Welt gebracht habe.

Dr. Rudnick öffnet die Tür. Hier liegt mein Kind in seinem Bett. Das kleine Kissen. Der Knisterbär. Die Strickjacke. Auf die Decke getan. Statt des Zellstoffknäuels hält sie weiße Blüten, weiße Alpenveilchen in den Händen.

Bettys Augen sind geschlossen. Ihr Mund ist geschlossen. Kein röchelnder Atem. Es ist ein Schlaf. Ich werde sie nicht wecken. Ich will ihr ja nur das Strickjäckchen anziehe. Ich mache die Knöpfe auf. Ihre kühlen Hände, die kühle Stirn. Wir kommen aus dem Wald. Wir sind lange unterwegs gewesen. Die große Runde sind wir gefahren. Bis zu den überfrorenen Panzerlöchern. Die Blumenstrickjacke. Die schafwollenen Söckchen ziehe ich ihr an.

Ich rede mit Betty. Leise. In ihren Schlaf hinein. Ich will sie ja nicht wecken. Sie hört mir zu. Wie sie mir zugehört hat, wenn ihr das Atmen einmal leicht war. Gestern zum Beispiel mit einem himmlischen Lächeln, das meinen Schelm in den Schlaf hinübertrug, oder als sie, keine volle Stunde alt, an meinen Herzschlag gebettet lag, die Augen noch wie im Teiche schwimmend, die Fingerlein, zart. Kleine Hugofinger. Ich gebe ihr die weißen Blumen. Alpenveilchen. Schmetterlinge. Zierliche Vögel. Sie fliegen dir nicht davon. Sie bleiben bei dir. Die Schwestern haben dir einen Nachttisch ans Bett geschoben. Da steht die Kerze. Die brennt mit großer ruhiger Flamme. Federleicht, mühelos. Zeigt dir, wie das geht mit dem Sauerstoff. Das schmerzlose Atmen. Nicht einmal ein Hauch beschwert die Lunge. Sauerstoff wandelt das Weh. Deswegen. So wird Licht.

Ich will nicht, daß einer kommt oder klopft oder ruft.

In der Ecke haben die Werkstattleute die fertigen Tonfiguren für die Adventnische abgestellt. Maria und Joseph und die

Hirten auf dem Feld. Balthasar, der Mohrenkönig. Eine Kuh. Ein Esel. Stehende Schafe und ein schlafendes Schaf. Es ist ein ehemaliges Wartezimmer, die Wandplakate und die Kleiderrechen deuten darauf hin.

Meine Lippen berühren Bettys Stirn. So nahe die brennende Kerze. Messer. Schere. Das Licht. Ich vertraue schon dem Engel, der über uns schwebt. Er wird die Flamme behüten. Die Flamme brennt, auch wenn ich hinausgehe, ganz nahe bei meinem toten Kind.

Herzstillstand. Die Ärztin versucht, es mir im einzelnen zu erklären. Niklas ist gekommen. Vielleicht hat er die Zusammenhänge verstanden. Man mußte ja immer damit rechnen, sagt die Ärztin.

Niklas gibt wieder, was er bei mir heraushören konnte. Meine Mutter hat gesagt, am Abend war noch alles gut.

Verhältnismäßig, sagt die Ärztin. Es sei immer recht schwer gewesen, mit mir über die Wahrheit zu reden. Wenn die Ärztin mich fragen würde, könnte ich ihr alles hersagen. Wie es gestern war. Die Abendstunden. Wir suchen die Haarbürste. Wir reden von Papa. Und von Tomatenbäumen und von Augi, dem kleinen Pferd im Erzgebirge. Papa im Süden. Bettys Stimme. Trinktatze. Ich sage: Trinktasse. Betty sagt: Tatze. Tatze. Lauter Dinge des Lebens. Die Ärztin müßte einsehen, daß der Tod bei uns gar nichts zu suchen hatte. Sie fragt mich nicht. Sie gibt Niklas die Papiere mit dem Kreuz in der Rubrik: Natürlicher Tod.

Der Pförtner hat mir den Schlüssel zu 121, dem ehemaligen Wartezimmer, gegeben. Ich gehe mit Niklas zu seiner Schwester. Er nimmt mich bei der Hand.

So sind wir zusammen.

Vom Krankenhaus ist es aussichtslos, eine Verbindung mit der Schweiz zu bekommen. Nicht einmal die Telefonnummer läßt sich erkunden. Der Komponistenverband gibt uns eine Adresse. Die taugt, um telegraphisch per Rückantwort den Aufenthalt der Delegation zu erbitten. In einem zweiten Telegramm schicken wir als private dringende Nachricht für Hugo die Telefonnummer von St. Joseph, da zu Hause wahrscheinlich der Apparat gestört sei, und bitten um baldigen Anruf.

Niklas fährt nach Hause. Ich sitze neben dem Telefonpult in der Pförtnerloge. Jemand hat den Polski Fiat auf den Parkplatz gefahren. Jemand hat meine Tasche und den Schlüssel abgegeben.

Dr. Rudnick, sagt der Pförtner. Dann läßt er mich in Ruhe. Er schickt die beiden Jungen der Behindertenwerkstatt, die einen fertigen Weisen aus dem Morgenland zu den anderen Figuren tragen wollen, mit einem Wink zurück. Ich sage: Jetzt gehe ich noch einmal zur Post. Vielleicht haben sie dort Telefonbücher von Locarno. Vielleicht finde ich darin eine Nummer unter Musik oder Oper. Ich will etwas tun.

Auf der Post haben sie tatsächlich ein Telefonbuch aus der Schweiz. Durch Zufall. Aber es ist von Solothurn und Kanton Aargau. Die Auskunft könnte, wenn überhaupt, nur helfen, wenn ich wenigstens eine Adresse hätte.

Vor dem Portal von St. Joseph wartet der Genetiker, der Chef der Gärtnerbrigade. Nicht in Arbeitsklamotten, sondern in Straßenkleidern. Ich muß dich mal sprechen. Wegen der Pfingstbergsache.

Jetzt nicht, sage ich.

Heute abend?

Heute nicht, sage ich und rufe: Es paßt mir jetzt nicht.

Ich will ihn davonjagen oder vertrösten. Ich beschuldige alle, die Ärztin, ihren Sachverstand, und Franz mit seinem ahnungslosen Gottvertrauen und die Telefonabschalter und mich, ich beklage meinen gestrigen Heimweg. Meine Leichtlebigkeit. Den Gang auf den Pfingstberg. Warum hat mir mein Leib die Todeswehen versagt? Ich streite gegen mein Herz, meine Leber, die Gebärmutter, die Knochen, die Augen brechen, ich werde zu einem weißen Stein. Der Brigadechef und der Pförtner führen mich in die Loge. Zu den Telefonen. Ich falle auf einen Stuhl.

Ihr Töchterchen ist gestorben, höre ich den Pförtner. Ich spüre eine Hand auf meiner Schulter.

Ich versuche, den Leuten aus dem Wege zu gehen.

Der Komponistenverband weiß nur soviel, daß die Delegation nächste Woche Donnerstag, zwanzig Uhr, auf dem Flugplatz Schönefeld zurückerwartet wird. Ob ich etwas mitzuteilen hätte? Nicht über Dritte, so haben Niklas und ich es uns vorgenommen. Hugo soll unsere Stimme hören. Niklas oder mich. Wir wollen ihm selbst sagen, daß unsere Betty gestorben ist.

Niklas ist wegen des Telefons zur Störungsstelle gefahren. Er hat sich nicht abwimmeln lassen. Zwei Techniker haben ihn mitgenommen zum Verteilerkasten am Thälmannplatz. Sie haben lange geschraubt und Niklas mit Kummeraugen zu trösten versucht.

Wir müssen uns selber wundern, warum die Leitung nicht steht, da muß zentral was ab sein.

Was ab sein?

Na ja. Unsere Kunst ist am Ende.

Ich habe zusammen mit dem Pfarrer und mit unserem Nachbarn einen Platz ausgesucht. Schattig, unter einer alten Linde, nahe an der Kirchhofsmauer. Dahinter liegt das Feld. Roggen und Kartoffeln im Wechsel. Franz bestellt es noch jedes Jahr. Seit Herta nicht mehr im Stall steht, borgt er sich einen Trecker.

Der Nachbar hat das Graben übernommen. Er macht das nicht zum ersten Mal. Er sagt, ein Glück, daß wir wenigstens keinen Frost haben. Es ist so schon eine Knochenarbeit. Ausgerechnet über den Kirchhof geht einen halben Meter tief eine schwere Ader. Zeichen der Lobenaht. Lehm. Es hat noch andere Lehmstellen im Ort gegeben. Die sind in früheren Jahren abgebaut worden. Man hat Ziegelsteine gebrannt. Heute heißen die Grabelöcher Karpfenteiche. Heute liegen die Karpfenteiche im Grenzgebiet. Als Niklas noch klein war, hat er, wenn nicht an den Panzerlöchern oder beim Nachbar in der Altpapierburg, dort gespielt. Seine Buden hängen immer noch in den Bäumen. Manche schweben überm Wasser. Nestartige Gebilde. Die Kinder sind groß geworden. Weggezogen. Verschwunden. Die Behörden lassen keine jungen Leute mehr ins Grenzgebiet einziehen. Dafür sind an der Fernstraße die Neubaublöcke da. Die Zeit ist fortgeschritten. Es gibt keine Notlösungen mehr.

Das obere Geviert hat der Nachbar mit Schalbrettern abgestützt. Den Erdhügel mit einer Plane abgedeckt. Leiter, Karre, Blattschaufel, Spaten und Rodehacke lehnen neben der Tür, die unter der Aussegnungshalle ins Gerätegewölbe führt. Eine blaue Schlosserjacke hängt an der Karre.

Frau Gieram hat heute früh die Halle ausgefegt und die Grünpflanzen von der Albrechtgärtnerei übernommen. In der Kirche wird Orgel geübt. Einer der Bürgermeister-Söhne. Ein Kinderfreund von Niklas. Ein tapferer Kerl. Mit wehendem langem Haar und wehendem langem Mantel ist er sonntags genau auf Straßenmitte zur Kirche marschiert. Als er sich hat taufen lassen, ist er zu Hause rausgeflogen. Jetzt hat sich die Familie wieder mit ihm versöhnt.

Ich schiebe die Leiter über das Schalbrett in die Grube hinunter. Rücklings steige ich die Sprossen hinab. Dünner Humus, das zu Erde verwandelte Lindenlaub, maisfarbener Sand, saftiger Lehm, weißer Sand. Das gewesene Meer. Pulvertrocken. Wie die salzverkrusteten Augen. Aber der Novemberregen, der in die offene Erde fällt, ist süß. Sacht und süß auf meinen Lippen. An der Lindenseite sieht man im Erdschnitt die Wurzeln des mächtigen Baumes. Fingerdick vom Spaten gekappt, feines Geäder. Verjüngtes Geflecht. Aus dem gefächerten Fuß sind über das Jahr ein paar saftige Gerten geschossen. Junge Zweige treiben aus den Buckeln oben am Stamm.

Ich habe, als ich ein schlesisches Kind war, gerne in Bäumen gewohnt. Was ich in der Stube nicht bekam, Schlafaugenpuppen, Schneewittchenhaar und Vergebung fürs Falschzeugnisreden, im Birnbaum auf der Wiese zum Müller war alles da. Schwarzes Haar und Erlösung. Niemand störte meine sonnenwarmen Räume. Keiner zerrte mich, niemand zog mich hervor. Keine Schimpfe, kein Gericht, keine mahnende Predigt, höchstens das Wasserrauschen vom Mühlrad. Hinter der

Rinde der Bäume begann erd- und himmelwärts mein Feenhaus. Ich mußte nur mit der Erdgrille unter der Wurzel verschwinden oder ein Stück Rinde abbrechen. Das war die Tür.

Schick mir das Kind. Schick mir das Kind. So flüstert die Linde, der Regen, der Wind.

Der Tröster blickt mit Hundeaugen. Er blickt vom Himmel zu mir in die Grube. Er ruft mich. Er fragt. Er sucht. Die Jacke hängt an der Karre. Aber wo ist der Nachbar? Er wird, wie's anfing mit Regnen, unter Dach sein, wird in der Kirchenbank sitzen, mit seinem Flachmann, versteckt, unter der Orgelempore. Es ist ja soweit alles getan.

Komm, Stacheldrahtohr. Betty ist tot. Der Nachbar schließt die Hallentür auf. Wir stehen an Bettys Sarg. Der Hund, wie ich ihn manchmal auf der Wiese neben dem schlafenden Kind erwischt habe. In Hüterpose. Als sei er verantwortlich für ihren Schlaf. So sitzt er, nahe, aber in artigem Abstand, daß ihm keiner eine Übertretung anhängen kann. Stirnlecken. Die kleinen Hände beschnuppern.

Komm, Stacheldrahtohr. Ich kann dir die Gebärde des Todes nicht erklären. Komm jetzt. Komm, komm.

Die Großeltern aus dem Erzgebirge sind angereist. Oma aus Dresden ist da. Alle drei dürfen sogar zwei Wochen bei uns im Grenzgebiet wohnen. Die Frau in Zimmer 101 in der Keibelstraße am Alex hatte zu mir gesagt: Hoffentlich wissen Sie die Berechtigungsscheine für Ihre Angehörigen zum Betreten des Grenzgebietes zu schätzen. Salzwasser steigt in die Augen. Vor Dankbarkeit? Oder weil mich so vieles verletzte.

Niklas und ich waren Stunden vor der Ankunft der Maschine zum Flugplatz gefahren.

Erst standen wir ganz allein in der Ankunftshalle. Wie auf dem Eisfeld mit hartgefrorenen Tränen. Das Herz schlug im Hals. Während die Maschine aus Warschau landete, gab es ein kurzes Gedränge. Ein paar Wartende blieben übrig. Zwei Männer in unserer Nähe. Sie stellten sich vor. Komponistenverband. Kollegen von Hugo. Ihre Dienstautos würden auf dem Parkplatz warten. Sie seien gekommen, um die Delegation abzuholen. Einer der Männer wollte mit mir in der Moccabar einen Kaffee trinken. Ich bat ihn, mich mit Niklas allein zu lassen. Was sollte ich ihm erklären? Niklas erschrak vor sich selber, als er sich sagen hörte: Wir haben nämlich die Masern.

Mein Junge lachte albern und drehte sich um. Der Mann gab den Kaffee auf, doch er wich nicht von unserer Seite. Als er sah, daß mir Niklas ein Taschentuch in die Hand schob, versuchte er, beim Aufpassen wegzuschauen.

Die elektrische Tafel zeigte die Landung an. Das grüne Blinklicht schaffte Bewegung. Wir standen vor der Wand, durch die Hugo wie vor undenklicher Zeit aus unserer Welt gestürzt war. Jetzt würde er wieder zu uns hereinfallen, zu Niklas und zu mir. Ich wollte Hugo auffangen, bevor die Männer sich zu uns gesellten.

Die ersten Passagiere durchstießen den geschlossenen klinkenlosen Durchgang. Mit Koffern und Erleichterung und suchendem Blick. Nach einer unendlichen Zeit erschien der Librettist. Er sah mich und Niklas. Er machte einen Schritt auf uns zu. Wir spürten, daß er etwas sagen wollte. Aber die Männer stellten sich dazwischen. In einem Schwall Empfangsherzlichkeit wurde der Librettist mit Ankömmlingen und Abholern von uns fortgespült. Man belehrte Niklas, Abstand zu wahren. Die Ankunft nicht zu behindern. Der Librettist machte uns Zeichen. Er schüttelte seinen hochroten Kopf, zuckte die Schultern. Überrascht, bestürzt, erregt.

Was konnte die Welt über Bettys Tod hinaus noch an Schmerz und Kummer für uns bereithalten?

Das Flugzeug hatte alle Passagiere auf die Erde zurückgebracht. Vielleicht wollten die erschrockenen Gesten des Librettisten sagen, daß Hugos Koffer in die Zollkontrolle geraten war. Während der Librettist, der sonst immer so Gesetzestreue, über sich hinausgewachsen, mit einem Buch unter dem Hemd Glück gehabt hatte. Hochrot, schwitzend, Puls auf hundertfünfzig. Vielleicht hatte man Hugo durchleuchtet. Gefilzt. Vielleicht Tabletten gefunden. Ich zwang mich, den Blick von den geölten Scharnieren in der gepanzerten Wand loszureißen. Fest auf der Erde bleiben. Nicht umfallen. Keinesfalls ohnmächtig werden. Im Empfangsbereich wartete unterdes keiner mehr. Nur Niklas und ich. Die Wand blieb eine Wand. Gewittergrau. Niemand, den wir hätten fragen können. Wir waren wieder ganz allein. Auf einmal tauchte der Mann vom Komponistenverband, der mich zu einem Kaffee hatte einladen wollen, wieder auf. Er kam direkt auf uns zu.

Ja, sagte er, das überrascht mich nun auch. Er war ziemlich aus dem Konzept geraten. Er verkündete, damit ich es gleich richtig kapiere: Hugo ist die Einreise nicht gestattet worden.

Niklas packte meine Hand. Ich floh in ein gewinnendes Lächeln. Der Verbands-Mann erklärte, die Neuigkeiten bei sich sortierend: Wie gesagt, ich hatte den Auftrag, die Mitglieder der Delegation abzuholen und ins Ministerium zu bringen. Er redete Sachen, die er vielleicht gar nicht sagen wollte. Er habe den Kontakt zwischen mir und dem ankommenden Hugo verhindern sollen.

Ich wurde nicht klug. Was war geschehen? War die Opernpartitur sonstwo gelandet. Hing es mit dem Genetiker und dem Pomonatempel zusammen. Ich weiß unterdes, daß das streng geheime KGB-Städtchen hinter dem Pfingstberg versteckt liegt. Mit Kommandantur und Knast. Von da aus, heißt es, sind manche nach Sibirien verschwunden. Sollte ich alles abstreiten oder lieber gleich zugeben und das meiste auf mich nehmen. Hugo, lieber Hugo. Es ist meine Schuld. Was? Na alles. Die schwarz auf Westfarbe getrimmten Fernseher. Die Dollars im *Grünen Heinrich*. Die Besuche durch die Hintertür. Die Sammlung für die Kinder der polnischen Werftarbeiter.

Niklas drückte ganz fest meine Hand. Es ist nicht wahr. Der Kerl spinnt. Ich drückte Niklas die Hand. Ich wußte. Es ist wahr.

Der Verbands-Mann redete von einer Unterschriftenaktion, die einige Künstler losgetreten hätten. Eine schöne Bescherung wäre das. Bloß weil einer nicht mehr rein darf in unsere gute Stube. So eine aufweichlerische Sauerei.

Im Ministerium laufe die Gegeninitiative. Und zwar auf Hochtouren. Wie jetzt bekannt wurde, habe sich Hugo aber schon in der Schweiz im Radio zu den Maßnahmen von Staat, Regierung und Partei geäußert. Leider im Sinne des Gegners.

Es sähe so aus, als führe nun wie für den Klampfenspieler von Köln auch für Hugo kein Weg mehr rein. Hugo sei nach Amsterdam ausgeflogen worden. Mit seinem Einverständnis wohlgemerkt.

So liegen die Dinge.

Nun sehen Sie selber, was das bringt. Tränen, was soll's. Es wird ihm ja nicht grade schlecht gehen im Westen. Im Gegenteil. Der Verbands-Mann wurde wieder sehr amtlich. Kann ich noch was für Sie tun? Ein Uniformierter trat zu uns. Verlassen Sie den transitnahen Raum. Heute wird Schönefeld nicht mehr angeflogen.

Während wir Betty begruben, hatte Hansi geläutet und immer noch geläutet, als das Grab schon gehügelt und mit unseren kleinen frierenden Alpenveilchen bedeckt war. Einer mußte ihm auf die Schultern klopfen: Stopp!, Hansi, Bettys Papa hat uns bestimmt gehört.

Aber Hansi wollte die Glocken noch schwingen lassen.

Er läute bis Amsterdam. So sagte er.

Bevor wir gingen, trat Roberta als unsere Jüngste an das Grab.

Andreas Gryphius spricht für seines Bruders Pauli Töchterlein und für Betty:

Ich habe diese Welt beschaut und bald gesegnet,
Weil mir auf einen Tag all Angst der Welt begegnet.
Wo ihr die Tage zählt, so bin ich jung verschwunden,
Sehr alt, wofern ihr schätzt, was ich für Angst empfunden.

Zwei Tage später habe ich drüben am anderen Ufer ein Feuer gesehen.

Hugo?

Das waren Kinder, sagt Mutter. Die zündeln schon die ganzen Tage. Die verbrennen Laub, man riechts doch.

Ich winke vom Dach mit einem weißen Tuch.

Opa hat die Leiter von der Dachluke weggenommen. Damit ich nicht wieder hochsteige. Du brichst dir die Knochen und dann.

Dann? Das hatte ja keine Bedeutung mehr. Heile Knochen. Nicht ertrinken. Da sein.

Ich laufe in einem weißen Kittel herum. Das Weiß ist ein Signal. Man erkennt mich weit, wenn ich im grauen Dezember auf dem Stein im Entengehege stehe. Niklas ruft mich ins Haus. Er hat eine Suppe gekocht. Die Großeltern sitzen schon längst am Küchentisch. Ich sehe, daß sie die Köpfe geschüttelt haben. Ich soll merken, was sie denken. Niklas sagt, Mutter, das hat doch kein Sinn.

Die Großeltern sind nach Dresden und ins Erzgebirge zurückgefahren.

Niklas hatte sich mit Roberta an der Kirche verabredet. Sie darf ja das Grenzgebiet, den Garten, das Haus, nicht betreten. Die beiden räumen die verblühten Blumen vom Grab. Sie decken Fichtenzweige über den Hügel.

Als ich mit Rechen und Laubkorb komme, sind die Kinder nicht mehr da. Es ist ja schon finster. Schon sechs. Niklas muß morgen früh wieder in der Schule sitzen.

Hansis Fahrrad mit dem Ballnetz steht vor der Kirchentür. Gleich werden die Glocken läuten.

Professor Wilmson hat in der Charité einen Brief abgeschickt. Endlich von Hugo ein Zeichen. Professor Wilmson kümmert sich um Hugo. Wilmson als Schwede darf ja hin und her. Er hat sich mit Hugo in Hamburg getroffen und ihn ins Bild gesetzt, er konnte ihm die Ursachen von Bettys Tod erklären. Mir schreibt er, daß auch Ärzte manchmal die Wahrheit vor sich verstecken.

Ich stehe oft am Fenster und bilde mir was ein.

Manchmal schiebt sich ein Schleier vor meine Augen. Kein Wunder, sagen die Leute, das sind die warmen und kalten Luftmassen, die aufeinandertreffen.

Nebel wabert über dem Wasser.

Abends sitzen die Raben auf den völlig erledigten Birken. Sie versammeln sich. Krächzen, lassen sich scheuchen, kommen wieder. Nachts hocken sie im Schlafbaum, unstet, mal hier mal da, neuerdings in der Kirchhoflinde. In der Dämmerfrühe fliegen sie von der Linde weg in die Stadt.

Hugo ist als Nachtpatient in einer Hamburger Herzklinik aufgenommen worden. Es ist zuviel gewesen für ihn. Eine Zeitlang soll er dort bleiben. Es sind Kollegen von Professor Wilmson, die sich um Hugo kümmern. Er muß drüber wegkommen. Das Herz muß ruhiger werden.

Ich renne aus dem Haus, ich bin viel unterwegs, von morgens bis abends, zwischen Stall, Kirchhof und den Stuben. Wenn ich über Seeburg, Carolinenhöhe zu den Russenmagazinen reite, nehme ich keinen Rucksack mehr mit. Soldat Engel hängt unter der Kellertreppe.

Das Pferd braucht Bewegung. Es spürt, daß ich es eilig habe, wir reiten überall vorbei. Wir galoppieren. Es ist gegen die Reiterregel, wenn wir sogar Richtung Stall im Galopp gehen. Gegen jede Vernunft. Ich muß nach Hause. Ich werde nicht nur erwartet. Ich werde dringend gebraucht. Von mir hängt es ab. Was? Das Wohlergehen. Du kannst uns doch nicht verhungern lassen! hatte mir Niklas einmal mit Tränen in den Augen entgegengerufen. Ich verteidigte mich nicht. Er hatte bereits Brot herbeigeschafft und Wasser. Betty in eine Decke gehüllt. Sie hatte sich widersetzt, wollte das kalte Wasser nicht trinken. Den Brotkanten hatte sie einfach unter das Bett geworfen. In der halben Stunde, die es länger dauerte, ehe Dr. Gutheil meinen Weisheitszahn herausgerissen hatte, war Niklas die Zeit zur alpschweren Ewigkeit geworden. Die Dreiviertelstunde, die das Zahnziehen erklärtermaßen beanspruchen sollte, hatte Niklas die Uhrzeiger tapfer im Auge behalten. Soviel ertrug er schon. Fünfundvierzig Minuten Warten. Aber dann, der große Zeiger stieg und fiel in die zweite Runde, dann war er, von Verlassenheit und Verantwortung gescheucht, in den Keller gerannt. Er mußte erkennen, daß der Ofen aus war. Ein schwarzes Loch. Und war nicht eigentlich Essenszeit? Betty hatte ihre Leier in Gang gesetzt. Ein Wort, mit dem sie uns ins Herz treffen und in Trab setzen konnte. Angst. Angst. Angst. Mit einem jämmerlichen Rotzlicht unter der Nase. Die Katze fixierte abwechselnd den Kühlschrank und die leere Katzenschüssel. Ihr dringlich forderndes Auge hing an Niklas wie der Bestand des Friedens und des Heils in der Stube. Ich kam spät. Ich kam immer als letzte Rettung.

Beladen mit Hafersäcken. Den Soldatenrucksack auf den Schultern.

Schwungmasse drehte das Rad.

Foxi im Galopp. Schweißnaß vor der Futterkrippe. Vom Stall bis nach Hause im Dauerlauf. Ich beeile mich. Gäbe es das Fahrrad nicht, ich hätte es erfinden müssen. Wenigstens die Laufmaschine oder die Meilenstiefel.

Etwas Schwarzes hockt hinter dem Gartentor. Das Bild reißt mich aus einem langen bösen Traum. Die Katze, ihr schwarzes Fell, das ist der Beweis, daß ich nun nicht mehr träume. Ich werde erwartet. Meine Augen sind daran gewöhnt. Ich erkenne euch. Ich höre euch. Betty, Hugo, die Enten alle und Niklas. Vornweg die Katze. Es ist gut, daß Fox, wenn er will, ein schnelles Pferd ist, ich bin froh, daß ich gerannt bin. Wie konnte ich mich nur auf den schrecklichsten aller Träume einlassen. Ich, Feder im Wind. Erweckt. Erwacht. Zumirkommend. Ich habe immer von mir gewußt, ich bin ein glücklicher Mensch. Nur geträumt habe ich manchmal Sachen, die ich nicht brauchen konnte. Unglück.

Es ist keine schwarze Katze. Es ist meine Schreibmaschine. So ist das Dasein. Herr Mehlhorn hat sie in einen Dunkelsack gesteckt, in so einen, wie man früher zum Filmwechseln brauchte. Er hat mir die Maschine vorbeigebracht, damit ich in der Wahrheit einen Trost erfahre. Eine Zuwendung. Rührung packt mich. Ich würde ihm gern gute Worte sagen. Vielleicht hat er Bettys Todesanzeige in der Zeitung gelesen. Meinen Dank für die Anteilnahme. Mutter meinte, das mit der Annonce, das Nötigste ist das nicht. Einesteils hatte sie recht. Aber anderenteils, manches gehörte sich. Besonders für Betty. Wie Schuhe zu Bettys Füßchen gehörten. Nichts konnte Betty und mich abbringen vom Schuhekauf. Kleine Sommerschuhe und welche zum Turnen und im Schnee herumlaufen,

Winterstiefel. Da machten die Verkäuferinnen sehr höfliche Gesichter. Betty besaß Schuhe für ihre Füßchen wie andere Kinder, und eine Annonce gehörte ihrer Ehre.

Ich war ein glücklicher Mensch. Ich bin, was ich war. Am schlimmsten sind die heiteren, die Katzenträume.

Herr Mehlhorn, ich danke Ihnen für Ihr Entgegenkommen.

Dann finde ich den Zettel, den er an die Maschine geklemmt hat. Getippte Zeilen. Großbuchstaben.

Solche wie Sie sind schuld, wenn die Bombe hochgeht! Haben Sie denn kein Gewissen.

Ich umklammere die Maschine, den Sekundentraum. Ich schleiche mich in die Stube. Ich schließe die Tür.

Im Bierlokal drüben am anderen Ufer blinkert eine Lichterkette. Adventbeleuchtung soll das schon sein. Der kalte Heizkörper drückt sich in mein Fleisch. Jeden Tag stehe ich am Fenster, bevor ich für ein paar Stunden unter das Federbett krieche.

In der Zeitung hat es Stellungnahmen gegeben. Überschrift: Unter uns einige Wölfe im Schafspelz. Auch vom Leiter der *Melodie, Instrumente und Musikalien*, Matthias Mehlhorn, war eine persönliche Zuschrift erbeten worden. Er hatte gegen Einflüsse in der Musik gewettert. Gegen Geräuschemacher wie Hugo, dem wir einige der schönsten Chorlieder verdanken. Leider habe er sich gegen sein besseres Selbst entschieden und sich auf die Seite des Donnerns und Rülpsens geschlagen und, last but not least, auf die Seite des Geschäfte machenden Gitarrenspielers von Köln.

Die Postfrau steckt die rausgerissenen Zeitungsseiten für mich zum Lesen hinter das Messing-A in der Haustür.

Anderntags bringt sie mir einen Brief von Hugo. Er schreibt, daß er nun eine Zeitlang unter Aufsicht freundlicher Ärzte und Schwestern schlafe. Eine Schlaftherapie. Neben seine Zeilen hatte er ein Tintenfaß gemalt und eine Gänsefeder. Dusüchtig Dein Hugo. Es war gut, daß wir schon in früheren Zeiten Postsignale erfunden hatten, die für andere Augen unleserlich waren. Damals hatte Hugo mit seiner Zeichenfeder Mutters Neugier unterlaufen. Wir hatten mit ihrer Neugier gespielt. Verliebtes schadenfrohes Gewese.

Ein gläserner Würfel, voll mit Tinte. Ying Xiong 202. Chinesische Tinte. Lauter Buchstaben. Flüssige Liebe. Lauter Ich und Du. Tintenfinger. Was ein Klecks erzählt.

Der Brief von Hugo macht mir ein Herz und Beine. Ich denke, ich müßte das Haus etwas wärmen. Und Rauch steigen lassen.

Der Erzgebirgs-Opa hatte das Ofenloch vorbereitet. Die Asche, die Schlacke raus. Papier, Späne, die Scheite. Die Koffer standen schon vor der Tür, da hat er in Hut und Schal noch im Keller gewirtschaftet. Sein Spruch vor der Heimreise, als Oma schon im Taxi saß: Und wenn die ganze Festung brennt, also jedenfalls: das Leben muß weitergehen.

Es braucht kaum noch einen Entschluß, nur ein Streichholz. Ich setze mich eine Weile auf den Scheitekorb und betrachte den Ruß in den Rippen meines lieben alten Gefährten. Kessel vom Kesselbau Brandenburg. Ich muß mit Mehlhorn reden. Ich muß ihm die Fahrradklingeln und den Schlußchor in Hugos Oper erklären. Ich will Matthias Mehlhorn mit Hugo versöhnen. Das ist das erste, und zum zweiten will ich mit ihm darüber reden, wie das ist mit dem Frieden. Lieber einen schmutzigen Frieden als saubere Bomben? Ich werde ihn bekehren. Bis er erkannt hat, daß Hugo ein großer Erneuerer der Musik ist und wie sehr wir zusammengehören: Hugo und ich.

Erst muß ich Bettys Kutsche zurückbringen. Der Mann in der Werkstatt kratzt mit dem Fingernagel an dem Schaf mit dem Fähnchen in der Vorderpfote, das Niklas auf die Lehne gemalt hat. Es geht nicht ab. Ich habe es schon versucht. Niklas hatte sein Werk mit Schlußfirnis fixiert. Es sollte ja wetterfest sein. Sonst aber ist der Wagen sehr gut erhalten. Der Werkstattmann lobt mich. Sonst tipptopp, sagt er. Er karrt den Wagen zu den Lagerregalen. Ich bin froh, wenn einer so ist. Er zieht einen Strich unter Bettys Versicherungsnummer. Manche sagen: Nun haben Sie das Leben auch etwas leichter. Was haben Sie mir leid getan. Einmal mit den Kratzern im Gesicht, das sah aus, als wären Sie in Stacheldraht gestürzt. Bettys Atemnot. Ihre Angst. Ich hoffte, daß sie sich an mir herausreißen würde. Bettys Fingernägel gaben mir das Gefühl, ich könnte ihr helfen. Tragen helfen. Schmerz teilen. Die Leute reden, wie sie es verstehen. Sie verstehen nicht viel. Eigentlich gar nichts. Sie stoßen mich in ein finsteres Loch mit solchen Ermunterungen.

Der Polski Fiat läuft nicht auf Hugos, sondern auf den Namen des früheren Besitzers, und er ist, wie ich brieflich mitgeteilt bekommen habe, erst auf reichlich die Hälfte abgezahlt. Ich gebe dem Nachbarn die Papiere und den Schlüssel. Hugo war ja sowieso nicht immer gut auf das Auto zu sprechen. Fort mit Schaden, sage ich mir. Als ich vom Stall nach Hause komme, ist die Garage leer.

Erledigt, sagt der Nachbar.

Nun setze ich mich an die Schreibmaschine. Ich grabe und grüble nach dem richtigen Dreh, einem überzeugenden Anfang. Reiseanträge. Herein. Heraus.

Die ersten Eingaben kommen zurück, weil ich den Dienstweg nicht eingehalten habe. Meine Angelegenheiten würden im zuständigen Einwohnermeldeamt entschieden.

Der Tisch steht am Fenster, oben in der Schlafstube, da habe ich freien Blick über die Mauer. Hinter dem Beton im seichten Wasser sind Schößlinge aufgewachsen. Weiden, Erlen, Haselgesträuch. Mauerhoch. Ein hellgrüner Saum schaut über das Rohr. Von drüben gesehen, stecke ich in einem grünen Nest. Frühling.

Es ist unsere Nachtigall. Pünktlich am zweiten Mai schlägt sie jedes Jahr zum ersten Mal. Siebenmal sieben Schläge. Man hört sie meilenweit. Das Wasser, die gewittrige Dämmermilch, trägt den Schall. Weißt du noch, lieber Hugo, einmal bist du mitten in der Nacht aus dem Haus gerannt, um mit den Unermüdlichen zu schimpfen: Nun haltet aber mal den Schnabel. Ich habe gesagt: Und das du. Du Mozart.

Das Einwohnermeldeamt schickt ein hektographiertes Blatt. Reisebedingungen. Ich grüble in den Sommer hinein, wie ich die Bedingungen erfüllen könnte. Ich müßte mindestens verwandt sein mit Hugo. Mindestens ersten Grades.

Ich schreibe: Sehr geehrte Genossin Frenkler! Hugo ist mein allerbestes Ich.

Einmal ist ein Angler mit dem Boot bis über die Mitte gerudert, an den Bojen vorbei bis in den Sichtschatten der Mauer, ganz nahe an das Gesträuch, wo sich die Nachtigall über die heißen Tage versteckt hält. Da bin ich den Hang hinuntergerannt und habe an den Beton geklopft. Es war ja erst die Vormauer, noch nicht die richtige. Aber der Hund hat mich gehört, und der Angler im Ruderboot hat den Hund gehört. Es war leichtsinnig von ihm und Glück, daß ich ihn erkannt habe, die Haltung des Ruderers, das konnte nur Hugo sein. Die Schultern. Der Kopf. Der Chordirigent der Eisenbahner, auf den mich das Schicksal geprägt hat.

Man kann auch von Täuschungen leben. Aber sie dürfen nicht wehe tun und nichts kosten, sagt der Nachbar. Er hatte mich vom Beton weggelotst und in der Küche einen Selbstaufgesetzten aus dem Ballon abgezogen. Schnaps oder Wein, jedenfalls ein Getränk und zwar aus Schwarzen Johannisbeeren. Der Nachbar bleibt dabei. Beim Alkohol und bei seiner Meinung, daß Täuschungen umsonst sein müssen.

Deswegen kippst du die Umsonst-Neigen aus den *Sekundärrohstoff*-Flaschen. Ganz hat er mich allerdings noch nicht überzeugt: Und was ist mit dem Unterhalt für den blauen Kombi. Du zahlst, aber fährst nicht.

Man kann auch von Umsonst-Illusionen reden, sagt er.

Es kommt heraus, daß er nicht von Geld spricht, wenn er von Kosten redet. Er meint die Substanz allgemein. Die flüchtige Substanz.

Ich bin bald beschwipst genug, um Opas Hauklotz aus der Garage zu hieven.

Jetzt knallt's, rede ich mir zu. Jetzt macht Mutter ein Loch. Ich denke an Mehlhorn, dem ich die Meinung geigen will, und an die Vorladung vom Meldeamt, wo mir die Möglichkeit eingeräumt werden soll, meine konfusen Eingaben zurückzuziehen.

Ich bringe den Klotz zwischen den beiden Rosenbüschen in Stellung. Ein liegender Abschnitt eines Eichstamms, ein kerngesundes Stück, auf der Kuppe einer scharf abfallenden Uferböschung, wo am Fuß eine himmelhohe Mauer steht. Sieht sie nicht aus wie Pfefferkuchen vor meinem zweihundertjährigen Holz? Ich bin wie eine Bärin. Ich stoße zu.

Ich habe in meinem Dusel etwas grob gerechnet.

Es gibt einen gewaltigen Rums, aber kein Loch im fetten, stahlvernetzten Beton. Ich bin neugierig hinterhergerannt, verrückt wie ein entlaufenes Kalb. Den Rums haben die Grenzer im Turm nicht überschlafen können.

Der Junge, der gesaust kommt, ist erleichtert, als er mich im Holunderbusch neben der Bescherung entdeckt: Wie ist Ihnen denn das passiert?

Ich zucke die Schultern. Ich murmele, daß ich bereit bin.

Wofür?

Ich bin bereit, alles zurückzuziehen. Meine schlechte Meinung über Mehlhorn und die Anträge. Was-du-willst.

Der Junge tritt einen Schritt auf mich zu, schnüffelt, schnuppert, weiß nun Bescheid.

Er macht wegen des Klotzes an der Mauer eine Meldung ins Feldtelefon.

Kein Anschlag. Eine besoffene Alte und ein Hauklotz, mehr nicht.

Asozial, nicht nur wegen *Trunkenheit im Grenzgebiet*, sondern auch weil unverheiratet und seit über zehn Jahren ohne geregelte Arbeit. Das bin ich.

Wovon ich und meine Kinder denn gelebt hätten, will der Leiter des Meldeamtes wissen.

Von Hugos Liedern. So erkläre ich wahrheitsgemäß. Weil er das mal genauer wissen will, sage ich ihm, daß das mit Prozenten zusammenhängt. Nicht mit Schnaps. Rein rechnerisch. Wenn sie im Radio ein Lied spielen oder wenn irgendwo was von Hugo gesungen wird, dann gibt es Prozente. Allerdings in den letzten Monaten weniger. Es wird nicht mehr viel gesungen. Von Hugo gar nichts mehr. Das Schwamme-Lied würde doch eigentlich jetzt in der Pfifferlingszeit gut passen. Und den Choral von der Nachtigall hat der Rundfunkchor Pfingsten immer gesungen. Die beiden Lieder haben sonst jedes Jahr für die Miete gereicht, die wir immer pünktlich am Dritten auf das Konto Winterfeld gezahlt haben.

Bloß weil der Mann sich selbst etwas mitschuldig fühlt an meiner Bummelei in all den Jahren, beschließt er von einem Verfahren wegen Schmarotzertums abzusehen. Es hätte früher zu einer Meldung kommen müssen. Die gesellschaftlichen Kräfte meines Aufenthaltsortes haben leider versagt.

Ob ich was gelernt habe?

Ich weise mein Zeugnis als Gehilfin für Landschaftsgestaltung und Gartenbau vor.

Wetter- und Gegenwartskunde, Schädlingsbekämpfung, alles Sehr Gut. In Düngerlehre leider nur eine Drei. Er will nicht begreifen, wie ich, eine Arbeiterin, so rapide auf die schiefe Bahn geraten konnte. Unverheiratet, ohne Einkommen und dann noch auf seiten von Elementen, die den Fortschritt und Frieden stören.

Zuerst frage ich in Sanssouci. Aber die Abteilung Parkpflege kann froh sein, daß sie den Genetiker los ist. Er ist krank und geht in Kürze in Rente. Natürlicher Abgang. Was Besseres kann uns nicht passieren. Fachkräfte könnten wir gut gebrauchen. Allerdings keine wie den Genetiker. Der hat sein Leben lang nicht kapiert, wie der Hase läuft. Von wegen Pomonatempel, das hat schon seinen Sinn, daß dort im Terrain die Hecke hochschießt.

Bei *Havelobst* war meine Bewerbung umsonst. Ebenso bei *Saatzucht Werder*.

Um ein paar Mark zu verdienen, arbeite ich unterdes auf dem Kirchhof. Grabpflege. Heckenschnitt. Aushub, alles.

Hansi muß abends um sechs nicht läuten, er überläßt mir das Amt, wenn er noch mit seinen Bällen oder mit seiner Mutter zu tun hat. Die zentrale Friedhofsverwaltung deichselt die Angelegenheit mit dem Arbeitsvertrag. Facharbeiterlohn.

Unser Pfarrer drückt mir verschwörerisch die Hand. Ich bin ihm sehr dankbar. Vom ersten Geld kaufe ich für Niklas einen Zirkelkasten. Feine Geräte in blauem Samtfutteral.

Foxi muß nun seinen Hafer verdienen. Mädchen, die reiten wollen, kommen zu mir auf den Kirchhof, um zu fragen, ob's paßt, und dann traben sie schulmäßig mit Dressurgerte, in Stiefeln und Kappe, längs der Kirchhofsmauer an Bettys Grab und an mir und meiner Arbeit vorbei. Foxi wiehert manchmal. Die Reiterinnen sind Fortgeschrittene, Mitglieder einer Pferdesektion. Sabine hat sogar einen neuen Ausbilderschein. Langsam tut sie so, als würde ihr Foxi gehören, wenigstens im Herzen, aber sie führt auch die Kasse, schreibt alles auf. Ausgaben. Einnahmen. Pferdemist, und wenn's einen Taler gibt. Franz mischt sich ein, und auch ich versuche meine Meinung unterzubringen. Wenn ich Feierabend habe, bringe ich Fox von der Koppel in den Stall. Ich hänge mich an seine Schulter und höre zu, wie er den Hafer malmt. Gemächlich, gemach, um mir beizubringen, daß uns heute wie gestern niemand erwartet. Putzt das letzte Korn aus der Krippe. Dann leckt er die Stelle an seiner Schulter, das salznasse Fell, wo ich meine Stirn bei ihm angelehnt habe.

Ich kann mich auf Sabine verlassen. Ich habe nichts dagegen, wenn sie mit Foxi in die Römerberge hinüberreitet.

Es hätte uns allen, Hugo, mir oder den anderen Mädchen, passieren können. Fox stolpert manchmal. Er verwechselt die Hände.

Meist hat es ihm nichts weiter ausgemacht. Manchmal hat er nach einem dußligen Tritt ein Weilchen gelahmt, hat die Seite geschont. Einmal war seine linke Hand tags darauf ziemlich angeschwollen, wir haben mit Tonerde gekühlt. Nach einer Woche Koppelruhe war Foxi aber wieder mobil.

Diesmal sah es gleich ernst aus. Bis zur Försterei ist Sabine mit Fox geritten, da ist er gestolpert. Es war ein schmaler, mit hohem Gras bewachsener Weg. Ein Zeichen, daß nicht oft jemand da entlangging.

Fox hat sofort die rechte Hand nicht mehr einsetzen können. Sabine hat von der Försterei aus telefoniert. Die Sektion *Traktor*, bei der Sabine als Trainerin arbeitet, hat ein Auto mit einem Hänger geschickt. Gleichzeitig war der Tierarzt angekommen. Das sieht nicht gut aus, hatte er auf der Stelle gesagt. Das Pferd wurde in den Stall transportiert. Es sollte zum Röntgen in die Tierklinik der Charité gebracht werden. Dafür war von den Traktorleuten, die sich gut auskannten, ein Facharzt für Pferde und ein Spezialhänger aus Berlin beordert worden.

Ich fand Foxi im Stall. Er stand in schaumigem Schweiß, mit glasigen Augen. Die rechte Hand hing dick geschwollen wie eine Keule am Gelenk. Er tänzelte auf seinen drei Beinen, lehnte sich mit der Schulter an mich. Ich spürte, er war froh, daß ich gekommen war. Er erwartete Hilfe von mir. Ich konnte Bremsen vertreiben und Disteln aus der Mähne klauben. Sogar einen scharfkantigen Stein aus den Hufspalten kratzen. Ich hatte mich eigentlich bewährt. Die alte Frau Bunzel aus der Oberstube brachte Eimer und Handtuch für kalte Wickel. Ich band das nasse Tuch um das dicke Gelenk. Der Tierarzt sagte, das könne ich bleibenlassen. Auch Franz meinte, das Tier hilft sich selber. Wie denn? Foxi warf den Kopf in den Nacken. Ob es Schmerzmittel gäbe? Eine Spritze vielleicht?

Der Tierarzt nickte, druckste und hatte eine Antwort, die ich kaum verstand.

Ob sich das noch lohnt, sagte er. Fügte dann aber hinzu: Wir warten noch, damit die Spritze wirkt, wenn er auf Transport geht. Die von der Charité seien laut erneuter Telefonauskunft, die Sabine im Häuschen am Rat der Gemeinde eingeholt hatte, zwar gleich losgefahren, aber es konnte noch dauern. Sie wollten den Nordring um West-Berlin herum nehmen.

Sabine war in ihrer Hilflosigkeit mit den Leuten von der Sektion noch einmal zur Försterei gefahren. Sie wollte den Grasweg absuchen. Sie konnte sich nicht erklären, was geschehen war.

Eine Decke, Wassereimer und gute Worte, mehr hatte ich nicht für das arme Tier. Ich trocknete den Schweiß, versuchte die Pferdeschulter zu stützen. Franz winkte ab. Es war alles falsch, was wir versuchten. Und was das Schicksal machte. Alles verkehrt und verdreht. Wenn er erst einmal eingreifen würde, täte das Leben besser aussehen. Er winkte. Er jagte die Hühner vom Nußbaum. Das machte er immer als erstes, wenn Besuch in den Hof kam. Er schämte sich für seine liederlichen Viecher, denen die Leute unter den Bauch und ins Loch gucken konnten. Franz rannte mit dem Rutenbesen herum. Das aufgebracht rücksichtslose Hühnergegacker wollte nun kein Ende nehmen. Der Tierarzt hatte noch andere Sachen zu tun. Im Schloß in der Grenzhundeschule. Er meinte, lange kann es ja nicht mehr dauern. Er setzte die Spritze. Foxis Schmerzen wurden nur schlimmer. Die Augen wie Orgelknöpfe. Er fiepte in sich hinein.

Der Lump, dachte ich dem Tierarzt hinterher, vielleicht hatte der Lump bloß eine Salzlösung in der Flasche. Was weiß denn ich. Man konnte immer und überall betrogen werden. Ich schleppte gepreßte Strohballen aus der Scheune über den Hof, Franz konnte gucken, wie er wollte, ich stapelte das Stroh als Stütze unter Foxis Bauch. Sabine hatte an der Unglücksstelle über den Weg gespannt im hohen Gras einen Draht gefunden. Vielleicht hatte sich Foxi daran verletzt. Man sah an der geschwollenen Fessel ein bißchen Blut. Das machte uns Hoffnung. Auch weil der Draht nicht verrostet war. Wunden konnten heilen.

Das soll ein Spezialfahrzeug sein? Ich konnte meinen Schreck, meine Wut nicht verbergen. Es war einfach nur ein klappriger L 70, den Franz durch das offene Tor rückwärts auf den Hof vor die Stalltür dirigierte.

Zwei Männer sprangen aus dem Fahrerhaus. Sie stießen einen Riegel auf.

Eine normale, eher steile Rampe knallte herunter.

Da soll das schwerverletzte Pferd mit drei Beinen hinauf? Es würde nicht einmal gesund und in guter Laune so eine Schräge hinaufgehen.

Nun warten Sie erst mal ab. Die Männer gingen vorbei, sie inspizierten den Stall.

Wer ist denn von Ihnen der Tierarzt, wollte ich wissen.

Wir sollen hier bloß ein Pferd abholen. Sie hatten ihren Auftrag schon ausgemacht, den angstvoll fiependen Fox. Los gehts. Die Männer griffen sich Ziegelsteine von Franzens Stapel. Damit wurde die Rampe fixiert.

Nun steigen Sie mal da hoch! Einer der Männer zeigte mir, wo ich meinen Fuß aufsetzen sollte, darauf gab er mir einen Schubs. Ich fand mich miteins auf dem Hänger. So entsetzt, so ratlos und verlassen, von Gott und Hugo und Niklas und Betty. Franz guckte von unten wie ein Tölpel. Sabine kniete im Stall neben dem Pferd und pustete auf die fußballdicke Keule. Lieber Hugo, leih mir nur einmal und zwar jetzt deinen Mut und dein Talent zu deutlichen Revolten.

Im Stall klirrte die Kette gegen den Eimer. Ich wurde aufgefordert, das Pferd zu rufen. Was sollte ich tun? Ich rief, und vielleicht hatten kaukasische Mutterstuten mit mir gerufen. Vielleicht hatte er Mutter Galina von ferne gehört.

Loschatschkie moje.

Fox erschien in der Stalltür. Er polterte im Augenblick zu mir herauf. Wie sollte ich das Pferd nur loben und trösten. Wir klinkten das Halfter ins Halteseil.

Ein furchtbares Auto, kein Gurt, keine Standhilfe, nicht einmal Stroh. Das einzige Gute war die Plane gegen den Wind. Und daß die Männer bis jetzt recht behalten hatten. Bei uns steigt jedes Pferd die Rampe hoch. Und dann fragte einer: Wollen Sie mit? Sie können vorn beim Beifahrer sitzen.

Mein Zögern galt einer Unabkömmlichkeit, die mir in den Knochen steckte. Der akute Schreck hatte mich für eine irre himmlische Sekunde wieder seßhaft gemacht. Betty. Bettys Grab.

Sie brauchen nicht, sagte der Mann. Der andere hatte den Motor angelassen. Ich nahm meine Kirchhofsjacke. Geld und Ausweis hatte ich bei mir. Sabine sollte Hansi Bescheid sagen. Heute um sechse selber läuten und, bitte, Bettys Dahlien gießen.

Wir fuhren mit Foxi durch das Tor.

Der Fahrer raste die Strecke über Hennigsdorf, Schildow. Den Nordring. Ich war froh, daß er sich beeilte. Ich erschrak,

Straßenschäden, mein Bremsfuß hatte nichts zu bestellen. Die Tierklinik der Humboldt-Universität liegt gegenüber dem Charité-Gelände. Der große Hörsaal steht unter Denkmalschutz. Die Backsteingebäude stecken hinter Efeu und hohen Bäumen.

Es war gut, daß ich mitgefahren war.

Fox hatte soviel Vertrauen zu mir, daß er ohne Zögern von der Ladefläche herunterkam. Als hätte er Flügel. Und so erreichte er den Untersuchungsraum, die grüngekachelte Diagnosebox. Auf drei Beinen, aber eigentlich wohl fliegend.

Das sieht nicht gut aus, sagte der Tierarzt zu mir und zu seinen beiden Begleitern. Dieselben Worte, aber nun mit Universitätsgewicht. Eine maßgebliche Meinung.

Das Böse wuchs, aber die Hoffnung auf geschulte Hilfe auch. Ich war mit dem Pferd am richtigen Ort. Um das Röntgen vorzubereiten, wurde Foxi an den Narkosegalgen gehängt. In ein bis zwei Stunden sollte ich mich wieder melden. Bestimmt. Denn dann müsse eine Entscheidung getroffen werden. Man fragte noch nach Herkunft und Alter.

Ich ging zu den Quarantäneställen. Dort gab es unter hohen Kastanien ein paar Bänke. Tauben, die etwas von mir erwarteten. Unverdrossen zwei Stunden lang.

Der Tierarzt hielt mir die Röntgenbilder vor. Die Verletzungen am Knochen seien das eine, das andere sei die durchschnittene Beugesehne.

Ein so altes Pferd auf drei Beinen müsse sich von nun an nur noch quälen.

Wenn Sie sich bald entscheiden, können Sie dem Pferd viel Leid ersparen. Es steht ja noch unter Narkose.

In der Narkose habe ich Fox noch einmal gestreichelt. Sein klebriges Fell. Mein Fohlen aus Krasnodarsk. Gestüt Woschod. Sonnenaufgang. Sohn der feurigen Galina und des rotbunten Floristan. Sohn der Steppe.

Das Geläuf, die schön gewachsenen flinken Hufe schlenkern über dem Röntgentisch. Das Pferd hängt von Zahnradwinden hochgehievt in einer grünen Halteplane. Grüne Flügel. Grüngeflügeltes Tier.

Ich wünsche dir gute Reise.

Dann bin ich hinaus in den Stallverbinder gegangen. Dann habe ich einen Schuß gehört.

Zwei Wochen später bringt mir die Briefträgerin Post auf den Kirchhof. Fensterbriefe, weiter is nix, ruft sie über die Gräber. Weil ich dazu noch dreckige Hände habe, klemmt sie die Schreiben auf den Gepäckträger meines Fahrrads. Mittags setze ich mich unter die Kirchentraufe, dicht ans warme Gemäuer. Mit Nachrichten von Hugo kann ich erst nächste Woche rechnen, die kommen alle auf einmal, meist dienstags. Bei der Post walten Gesetze, chaotisch und dann wieder zuverlässig wie beim Wetter. Irgendwann scheint die Sonne.

Der erste Fensterbrief enthält ein Wie-Ihnen-bereits-mitgeteilt-wurde-Schreiben von der Humboldt-Universität zu Berlin, Sektion Tierproduktion und Veterinärmedizin. Ihr Vollblut-Fuchswallach Fox 19 Jahre, hat, vo. re. weiß, eine Durchschneidung der tiefen Beugesehne erlitten. Eine Wiederherstellung war nicht möglich. Anbei Postzahlkarte nebst Rechnung. 70 Mark Transport, 8 Mark Untersuchung, 9,10 Mark Arzneien. Insges.: 87,10 Mark.

Aus dem zweiten Briefumschlag fällt ein gefalteter gelber Zettel, eine Erlösbescheinigung, für den Fuchs Fox, Geschlecht Wallach, von der Roßschlächterei Danzig, Berlin Weißensee. Erkrankung lt. Attest, ausgefertigt nach dem Tagebuch des Tierarztes, über Staatliche Versicherung, Veterinärhygiene-Inspektion. Schlachtgewicht 220 kg. Preis je kg 0,70 Mark, gesamt 154 Mark. Die Beschau im geschlachteten Zustande ergab, daß das Fleisch des Tieres als tauglich zu erachten war. Die Summe geht ohne Schadensverrechungen an den Halter. Postüberweisung beiliegend.

Weil das Wort Erlös in dem Wort Erlösung steckt, ist es kein Wunder, daß ich mit Franz von einer Erlösungs-Bescheinigung rede.

Die Restsumme, sechsundsechzig Mark neunzig, die verfressen wir beide, das verspreche ich Ihnen. Die haun wir auf den Interhotel-Terrassen aufn Kopp. Franz winkt ab. Er stopft Arme voll Stroh in die Kaninchenbuchten. Zum Heulen viel.

Im ausgefegten Stall staksen die Hühner herum. Treten verwundert aus der Tür. Ein Auge zum Himmel.

Von Schweif und Mähne habe ich, wenn es mir einfiel, das ausgekämmte Haar gesammelt. Den Beutel nehme ich mit nach Hause. Roßhaar. Wenn ich darauf schlafe, kommen mir Träume.

Hugos Briefe erzählen von den beiden Welten, einer guten und einer schlechten. Die gute Welt ist bei mir.

Ich habe ihm auf seinen Wunsch hin von mir ein Foto geschickt, das letzte, ich im Schnee vorn auf der Straße. Wir haben wenig Bilder. Unterwegs hatten wir immer den Apparat vergessen. Und zu Hause im Grenzgebiet war das Fotografieren verboten. Von Hugo habe ich ungefähr sechzig Aufnahmen mit Foxi. Alle von einem Tag, an einer Stelle. Vor dem Zaun. Vom Satteln bis zum Fortreiten. Klick klick klick. Solche Bilder. Ich hüte unsere Fotos, die von den Kindern und wo wir mal alle zusammen drauf sind. Eins von uns vieren, noch mit Katze und Enten vor dem blauen Gehege, hatte ich Hugo in den Koffer gesteckt.

Ist es Menschenart oder Hugos Charakter? Es ist schön. Es wäre gut, wenn ich das Leben auch so wunderbar verklären könnte. Du liebe Zeit, unsere Christbäume waren fast immer wirklich häßliche windschiefe Sturzel mit krummen Ästen, Hugo stilisierte sie jedes Jahr zum Festbaum, und das nicht mit Kugeln, Lametta, Kerzen und so weiter, sondern nur durch Worte und Glauben. Und nun, in seinen Briefen, läßt Hugo unsere schwerheizbaren Stuben hochleben, unsere Birken, den guten, tüchtigen, zuverlässigen Franz, meine schöne grüne Arbeit auf dem Kirchhof und sogar meinen Mantel auf dem Foto, das ich ihm geschickt habe. Der Mantel ist der scheußlichste Mantel der Welt, zu lang, zu groß, ein sogenanntes Bormann-Modell, das mir eine Sängerin aus Leipzig während meiner Schwangerschaft mit Betty geschenkt hatte, und Hugo schreibt, wie fein ich darin bin. Ich stünde da wie eine Birke.

Ich sehe mich vielmehr als scheckiges Kalb.

Eine Birke, verwurzelt und biegsam. Das sind Hugos Bilder. Blicke von Hamburg auf mein Ufer im Abendlicht. Das Grün ist über den regnerischen Sommer gut gewachsen, es bedeckt die Mauer und die Krone ganz. Nicht nur Vögel, auch Schmetterlinge haben am Seeufer ihren Lebensraum. Nachmittags treiben zittrig gelbe Segel über dem glitzernden Wasser. Butterwittchen, die zu Tausenden aus den Irisblüten am warmen Beton hervor schwärmen. Ein bewaldeter Hügel steigt aus den Büschen, licht genug, daß man die Häuser von weitem erkennt. Aus manchen Gelände-Nestern schauen nur die Dächer. Schornsteine. Rauchfahnen. Von mir sieht man außer dem Dach auch noch die Fenster, man sieht mein Terrain mit der Wäscheleine, und man sieht einen Klecks sehr heftigen Wasserblaus, das ist das nunmehr trockene Entengehege. Man sieht Büsche, Johannisbeeren, mannshohe Rhododendren. Die Gießkanne. Die Zinkeimer. Den Hauklotz, den die Grenzer wieder hochgehievt haben. Man sieht Bettys aus Rohren geschweißte Schaukel, die ausgeblichenen Seile. Und auf der Hügelkuppe, von Feldern umsäumt, tief in den Kissen der Lindenbäume, die tausendjährige Feldsteinkirche. Der jüngere Turm, mit grauem Schiefer gedeckt, ragt in den jeweiligen Himmel. Bei Sonnenschein blinken die Ziffern und Zeiger der Uhr und auch die goldene Kugel auf der Spitze, in die beim Restaurieren im vorigen Jahre neue Versprechen gesteckt worden waren. Es ist ein Ort mit einer wirklich funktionierenden Kirchturmuhr, eine Kirche mit handgeläuteten Glocken. Es ist ein Ort letzter Rosen. Der Phlox duftet in den Abend hinein. Man sieht winzige grüne Lämpchen im trockenen Gras. Weit leuchtende Käfer. Schläfrige Rabenvögel, die die exotisch trockenen Birken bevölkern. Der Signalschuß, der kann sie nicht stören.

Das Bild bleibt, und die Erinnerung hat recht.

Niemand hat erfahren, daß ich es war.

Die Grenzer gaben bald auf. Glücklicherweise haben sie ohne Hunde gesucht. Sie haben gewiß wieder ein streunendes Tier gemeldet. Und damit den Vorgang abgeschlossen.

Ich kannte diese eine Stelle im Gutspark, wo der Fischbach

in den See mündet. Der Fischbach geht durch die Mauer, so hatte Niklas erzählt, und ich war mit Betty im Wagen manchmal in der Nähe vorbeispaziert. Einmal hatte ich auf der Gertrudenbank gesessen und ein Rascheln gehört. Eine Stimme.

Niklas hatte recht. Der Fischbach war nicht tot, er floß unter der Grenze durch in den See.

Ein Besuchsloch wollte ich finden, für alle vierzehn Tage ein Wochenende. Sonntagabend, spätestens Montagfrüh zurück zu Niklas, der sich mit Roberta für alle Ewigkeit verbunden fühlte. Sie war jetzt grade zum zweiten Male schwesterlich engagiert Tante geworden. Zurück zu meiner fußlahmen Mutter in Dresden, zurück zu den Erzgebirglern und zu Pfarrer Kunze, dem ich keine Schwierigkeiten machen wollte, für den frisch gepflanzten, etwas kümmernden Buchsbaum wollte ich ab Montag wieder da sein. Als Wasserspender. Ich hatte die Betonfassungen an den Wegen herausgegraben und dafür Buxus gesetzt. Für Betty hatte ich einen Grabstein bestellt. Ein kleines Quadrat aus schlesischem Marmor.

Der Mohn hat drei Zeiten, wie das Erinnern und das Vergessen.

Die erste Zeit des Mohns vergeht in der Stille. Die Großmutter tut, als wollte unser Großvater einen Zauber anstiften, wenn er mit der Sämaschine und einem Säcklein voll Mohn bei Vollmond den Berg hinaufzieht.

Das walte Gott, sagt sie.

In der Frühe ist der Großvater noch nicht fertig. Wir müssen ihm Milcheingebrocktes hochtragen und vielmal umsonst Heinrich rufen. Heinrich. Die Großmutter setzt sich ins Gras, sie weiß ja, daß er nicht hört und vernimmt mit seinem tauben Ohr. Nur wenn er will, sagt sie und nimmt den Essenträger unter die Schürze. Nun kann ich zusehen, wie der Großvater es macht, breitbeinig kommt er über das rote Feld gegangen, immer langsam – immer hinter der Maschine her. Ich kann sehen, wie das Maschinenmesser eine scharfe Furche in die Erde zieht und gleich auch den blauen Mohn aus dem auf Feinkorn eingestellten Trichter in die Furche verliert. Zum Schluß liegt das Feld wie eine linierte Schiefertafel.

So muß es sein, so grade und akurat, sagt der Großvater. Daran erkennt man uns.

Bei Halbmond sind die Linien schon grün.

Wenn der Mond wieder voll ist, sind die Zeilen zugewachsen. Die Schwalben können die Verwandlung am deutlichsten erkennen. Vom Himmel herab. Aber vom Kirschbaum aus sieht man es auch. Das total grüne Mohnfeld. Jetzt geht die Großmutter los, entschlossen, mit Hacke und dem Vespersack über der Schulter und mit mir an der Hand. Wir steigen hinauf. Das Vesper, Himbeerwasser und Specksemmel, lehnt am Kirschbaum, ich sitze auf dem Sack, und die Großmutter macht den Rücken krumm. Bis zum Himmelssaum und zurück und wieder zum Himmel. Dazwischen Vesper und dann Feierabend. Drei Tage lang. Mohn verziehn. Das herausgerissene Kraut bleibt liegen. Es welkt sofort. Während die auserwählten Pflanzen auf der Stelle gedeihen.

Vorläufig bleibt nichts zu tun. Wir können nur hoffen, abwechselnd auf Regen und Sonnenschein. Wenn ich Bescheid weiß, kann ich abends für das Richtige beten. Damit ist die zweite Zeit des Mohns eine Zeit des Werdens und Wartens, der Nachrichten und der Neugier. Gerdla, mein Onkelbruder, kommt sonnabends nicht mehr aus der Lern-Schmiede im Nachbardorf über den Berg marschiert. Stracks zum Kuchenschüssel-Auslecken. Um der Bettelsuse den süßen Rührlöffel zu spendieren. Statt dessen marschiert er auf dem Kampffeld in Richtung Smolensk.

Der Radiobericht sagt: Im Juni wenig Verluste. Auch dem Mohn hat das Gewitter nichts angetan. Der steht in Blüte, so heißt es aus Großvaters Mund. Ich urteile selbst. Mit geringem Mut überschreite ich den Mühlgraben und damit die Grenze des erlaubten Terrains. Ich steige so gemach wie die Sonne. Es ist Mittag, ehe ich das Feld erreiche. Die rote eisenhaltige Erde ist kühl. Ich muß mich nicht fürchten, ich bin ja nicht dumm. Wenn ich den Abdrücken meiner nackten Füße folge, finde ich aus dem hohen Blumengewölbe wieder heraus. Klebriger Saft tropft aus den geknickten Stengeln. Ich beiße in die grünen Köpfe, probiere die winzigen weißen Perlen, die darin stecken.

Bittere Kost. Die Blütenblätter fallen wie lilablaue Haut, so leicht, so fein. Ein Seidenteppich. Und plötzlich mischt sich in die vergnügliche Neugier eine böse Ahnung. So viel Spuren. So viel geknickte Stengel. Furcht schleicht herbei. Wo ist der Weg, um dem ewigen Mohnfeld zu entkommen? Jemand will mich strafen. Jemand hext Weichelzöpfe in mein Haar. Jemand, der sich im Mohn versteckt hält.

Großmutters Stimme befreit mich aus der Macht der Muhme, die darauf aus ist, barfüßige Kinder in ihrem grünen Gelände in die Irre zu treiben. Kreuz und quer die Abdrücke nackter Füße. Ich laufe in die Richtung, aus der ich die Stimme höre. Ich renne so schnell ich kann den Berg hinunter. Ich lebe erst wieder in Großmutters Armen.

Wie ein Essenkehrer oder Schornsteinfeger, so sehe ich aus. Das Haar, das Gesicht schwarz. Schwarz von Staub. Schwarzer Blütenstaub vom Mohn, das hat die Großmutter, eingenommen von ihren anderen Pflichten, überhaupt nicht erkannt. Von einer Mohnmuhme hat die Großmutter noch nie was gehört. Großmutters Hauptgespenster hausen im Getreide, in der Gerste und im Roggen. Die Roggenmuhme will nicht leiden, wenn unfromme Kinder Unser-täglich-Brot zertreten. Den Mohn schützt der Berg, so denken die Leute im Dorf. Niemand ahnt, wie hoch ich heimlich gegangen war.

Die dritte Zeit des Mohns heißt Trockenheit und Schlaf oder Erntetraum und Tränen. Männer haben Kiepen voll prasselnd brauner Hedl den Berg heruntergetragen, da ist es bei uns unten passiert. Es hat in der Zeitung gestanden, schwarzumrandet, mit einem schwarzen Kreuz. Gefreiter Gerd. Er ist gefallen auf dem Felde der Ehre. Großmutter hat an der Nähmaschine vom schwarzen Zeug aus der Lade zwei Schürzen genäht, eine für sich und eine für mich. Derweil sind die Mohnköpfe, die Hedl, in der warmen Sonne vor dem Scheunentor noch mehr getrocknet. Sie sind jetzt dürre genug. Die Nachbarinnen bringen ihre Melkschemel mit und Tränen und Tränen. Großmutter in der Mitte. Sie sitzen unterm Dach in der Scheune, Schüsseln im Schoß. Das Mohnausleveln beginnt.

Von der Kapsel wird das Rädel abgeschnitten, dann der blaue Mohn in die Schüssel geklopft. Man muß achtsam sein. Keine Spelzen. Keine Tränen. Nur reines trockenes Blau. Mal dunkel, mal hell, das gibt dann im großen Trog eine schöne Melange. Ich höre die Seufzer der Frauen und Großvaters Schweigen. Manchmal liegt sein Blick auf mir.

Doch nicht unser Gerdla, sagt er. Der nicht. Seine Hoffnung ist so verzagt und verwegen, daß ich wegsehen muß. Ich habe unterdes ein Gespür für Mohn. Ich erkenne, in welchem Hedl die feinsten Körner stecken. Das dunkle Blau schmeckt am besten. Ich höre das Blau, das blaue Klappern. Ich esse den Mohn. Der Mohn rieselt aus der aufgebrochenen Kapsel in den Mund. Nußfein. Honigsüß. Großvater holt die nächste Fuhre vom Berg. Ein Erntesegen. Ich esse noch mehr. Mohn macht müde und durstig. Das Wasser zum Trinken kommt mir entgegen. Minze. Basilikum, unser Brunnenschöpfstein. Die taumelnden Wasserlianen, der goldene Birnbaum öffnet die Arme. Lackglänzendes Laub, goldene Gondeln. Die Seufzer verschwimmen.